U0939331

中国志怪

搜神记

[东晋] 干宝 著
陆蓓容 译注

浙江文艺出版社
Zhejiang Literature & Art Publishing House

图书在版编目(CIP)数据

搜神记 /（东晋）干宝著；陆蓓容译注. — 杭州：浙江文艺出版社，2023.8

ISBN 978-7-5339-7300-1

I. ①搜… II. ①干… ②陆… III. ①笔记小说—中国—东晋时代 IV. ①I242.1

中国国家版本馆 CIP 数据核字（2023）第 127743 号

选题策划 柳明晔
责任编辑 关俊红 陈兵兵
责任印制 张丽敏
整体设计 人马艺术设计·储平
营销编辑 宋佳音
数字编辑 姜梦冉 诸婧琦

搜神记

[东晋]干宝 著 陆蓓容 译注

出　　版 浙江文艺出版社
地　　址 杭州市体育场路347号
邮　　编 310006
电　　话 0571-85176953（总编办）
　　　　 0571-85152727（市场部）
制　　版 浙江新华图文制作有限公司
印　　刷 浙江海虹彩色印务有限公司
开　　本 710毫米×1000毫米 1/16
字　　数 427千字
印　　张 30.75
插　　页 9
版　　次 2023年8月第1版
印　　次 2023年8月第1次印刷
书　　号 ISBN 978-7-5339-7300-1
定　　价 78.00元

炎帝女与赤松子

白水素女化田螺

管辂妙算助延寿

阳雍伯种石得玉

聂友射鹿获神板

李寄智勇斩大蛇

澹台子羽斩双蛟

羽衣女得衣飞天

小引

读闲书，先入乎其内，再徐徐图之，是岁月带来的宝贵教益。少年时代读《搜神记》，《三王墓》《李寄》《韩冯夫妇》《宗定伯》等名篇使人印象深刻，而随着年龄的增长，看待事物的眼光自然有所变化，对这部书的理解也时时更新。

《搜神记》在中国文学艺术史上影响深远：董永与七仙女、田螺姑娘等大家耳熟能详的故事可能都从此衍生，王乔登仙、琴高乘鲤等情节也屡次进入古代绘画世界。更不必说鲁迅曾以干将莫邪的故事为蓝本，写出《铸剑》这样精彩的“同人文学”。那么究竟应当如何认识以及阅读这部书呢？以下略述数语，聊为序引。

肇端于汉代的“小说”概念，并不特指完整的故事，只是篇幅短小、内容零散的杂记而已。在这一点上，《搜神记》与年代稍后的《世说新语》有着相似之处。不同的是，《世说新语》重在门阀贵族的言行，《搜神记》则重在大千世界里的种种异闻。它们的史料来源也大不一样。时至今日，刘义庆笔下那些美言懿行或奇谈怪论，仍旧能满足我们浪漫的想象；而干宝笔下那些与社会现实纠合的神怪思想及信仰行为，就不大容易亲近了。往昔如同异乡，身处灵异世界，会觉得有点魔幻，不知所措。掌权者看到方士势大，总要把人杀了；狐狸嗥叫，老鼠咬人手指，是家里要出事的象征；老人高寿，婴儿连体，又都是超越常识的异象……现代人从理智上收起“后见之明”也许不太困难，但真正以古人的眼光去理解这些事，谈何容易！毕竟，相关的生活知识早已被岁月的风吹成尘土，从历史这辆大车上缓缓跌落，再也难以寻求了。

而且，古人“写书”的概念和今天也不一样。干宝撰写《搜神记》时曾经一度缺乏纸张，上表向皇帝求纸，表文自称“臣前聊欲撰记古今怪异非常之事，会聚散逸，使自一贯，博访知古者。片纸残行，事事各异。又乏纸笔，或书故纸”。看来这项工作既要辑录旧文，加以润色，也要采访博闻强记之人，即有文字的求取文字，没有文字的亲笔记录。这样一来，出现在书中的故事，有的出于采集，有的出于写作，文字水平和风格时或微异，认识与趣味也难免参差不齐。如此，全面接触《搜神记》，就很容易给人一种走进历史丛林的感觉。看似光怪陆离的故事情节，可能隐约折射了当时之人关于神异的各种知识和观念。今天已成常识的自然现象，当时解释不了，就被郑重记载下来。古人就是从这样的思想气氛中一步步走过来的。

书的主题和写作方式，简陋的现实条件，也许还要加上作者本人的意图与禀赋，都使《搜神记》的文笔未臻上乘。书中的部分篇目奇丽夺人，但多数文字比较朴茂。假如你和我一样，是在“美文”熏陶下接受古典文学教育的读者，面对这样一部书，就需要一种新的眼光。作为文学作品，《搜神记》确实只靠经典名篇熠熠生辉；可是假如把这部书看成一个“晋代的民间故事集”，则不难借助民俗学者的理论，从怪力乱神的情节后面看出共通的叙述法则，诸如情节完满、逻辑自洽、功能项封闭，等等（参见施爱东《故事法则》）。我想，读这部书，确实能够隐约接触到比竹林七贤、江左名士们稍早一点，可能也更为普遍一点的观念世界。

书里有一些大同小异的故事。譬如，《庐陵亭》《宋大贤》《安阳亭》《阿铜》《细腰》等几则都是讲某个房子成了鬼屋，胆大的男子入住其中，深夜作祟之物前来，男子与之周旋，天亮后破除妖异。其中，前三则都发生在“亭”，也就是当时的驿亭旅舍中。以文学的视角去看，读者或许会指摘干宝压根不曾对这些雷同的故事稍加甄选。但以“民间故事集”的视角，却能够隐约看出不同地区、不同身份的原始创作者，如何按照自身所处的实际环境来改造故事的模板。

更进一步，就可以把这部书放进历史时空的坐标之中，当成一种有点儿猎奇的史料来读。《由拳县》是一则恐怖故事，讲洪水来临时浙江嘉兴变成湖泊，全城的人都成了鱼。只有一个老太太，知道城门上有血就得跑，才没有被淹死。施爱东考索这个故事的模型，发现早在《淮南子》中就有其祖本，故事发生在安徽和县，细节更为丰富。等到了《搜神记》的时代，随着风俗习惯的改变，遗失了一部分细节。而唐宋以后的各个朝代，又以同一基础情节衍生出来新的故事，自然地增添了很多新的内容（参见施爱东《故事的无稽法则》)。

《搜神记》与《世说新语》被称为志怪小说与志人小说的代表作。它们大约相距百年，作者身份、写作意图都有所差异，所展现的中古世界简直有天壤之别，然而在某个特定的层面上，它们都是真实的。当我们在神怪故事中看到许多平民、佐吏、小鬼、小狐狸的故事，也许会觉得故事的原始版本可能来自比较“底层”的“社会大众”之口，与濯濯春柳、巍巍玉山的精英世界两不相涉。干宝的时代究竟如何，已经不可确知了，但不妨跨越千年，借助著名的《阅微草堂笔记》稍作想象。纪晓岚科考成功，身居高位。可他笔下的灵异和鬼怪故事素材，既来自同一阶层的同事、朋友，也来自各家仆从下人。谈狐说鬼的风气可能真正跨越了阶层，广泛流行。只不过说和听的人，永远比写的人多(参见王东杰《探索幽冥》)。

今本《搜神记》，主流面貌多为二十卷，然而已是明人辑录之作，早非旧观。李剑国先生付出卓绝努力，尝试恢复最初三十卷本的旧貌，其新辑本代表了《搜神记》研究的最新成果。本次译注即在李辑本的基础上进行。尽管原书流传过程磕磕绊绊，仍不难设想，它之所以能够传到今天，必然有其独特的吸引力。不少故事以出人意表的情节，攫住了历代读者的心。

我们喜欢书里的什么故事，与自身的性情、趣味密切相关。《搜神记》的故事中，我曾经最喜欢有几分无厘头精神的《宗定伯》，后来所爱的篇目大大增加了。《胡博士》《斑狐书生》，主角都是爱读书的狐狸，极其可爱。《獭妇》里，那只变成娇俏小妇人的江南水獭也很有趣。我还喜欢王子乔，当他升仙离去时，对人间犹有眷恋。喜欢丁令威，他化为白鹤离家千年，还是想回来探视，却见人世兴衰如转毂……可以说，《搜神记》是一片很丰饶的沙滩，不同趣味的读者都能在岸上快乐地踩下脚印，拾起自己喜爱的贝壳。

由于时间匆促，这部书或尚有不足之处，万望读者指正是幸。

陆蓓容

目录

卷一 神化篇之一

卷二 神化篇之二

卷一〇 妖怪篇之一

卷一一 妖怪篇之二

卷一二 妖怪篇之三

卷一三 妖怪篇之四

卷一四 妖怪篇之五

妖怪篇之六 卷一五

变化篇之一 卷一六

变化篇之二 卷一七

卷一八 变化篇之三

卷一九 变化篇之四

卷二〇 变化篇之五

卷二一

卷二二

卷二三

卷二四

卷二九

卷三十

神化篇之一

赤松子

赤松子者，神农时雨师也[1]。服水玉，以教神农[2]。能入火自烧[3]。至昆仑山，常入西王母石室[4]。随风雨上下，炎帝少女追之，亦得俱去[5]。至高辛时，复为雨师[6]。今之雨师本之焉。

【注释】 1. 神农：上古时代传说有三皇五帝，具体名单各家说法稍有不同。但大多数说法都把神农列为三皇之一。 2. 水玉：传说中的长生药。水玉即把玉磨成粉，再用水调和服下。 3. 能入火自烧：也有版本作“能入火不烧”。“能入火自烧”，即赤松子能通过跳入火中燃烧自己而升仙，“能入火不烧”则是指赤松子服食水玉之后不怕火，即使踏入火中也不会自焚。 4. 西王母：上古传说中的西方女神，是长生不老的象征。 5. 炎帝：中华文化的重要象征，上古时代传说中曾为天下共主，有说法将他列入五帝之一，也有说法认为他就是神农氏或连山氏，但没有定论。少女：最小的女儿。 6. 高辛：即帝喾（kù）。三皇五帝传说中五帝的多数说法中都包含帝喾，其顺序在颛顼（zhuān xū）和尧之间。

【译文】 赤松子是神农在位时负责求雨的巫师。他服食水玉这种长生药，并把这个教给了神农。他能用跳入火中燃烧自己的方式登仙。他去昆仑山的时候，经常到西王母的石室中去。他能随着风雨上天入地，炎帝最小的女儿去追随他，也得以和他一同升仙而去。到高辛氏做首领的时候，他又来做求雨的巫师。现在的求雨巫师就是由此而来。

【简评】 农业具有供应食物的重要功能，与社会的繁荣稳定密切相关，在古代尤为如此。降雨与农业收成关系密切，因此求雨的巫师在上古时代十分重要。很多记录神仙的古书中都有对雨师的正面记述，有的称颂他们调节晴雨得当，有的则干脆把他们和长生不老的神仙联系起来，例如本文。

宁封子

宁封子，黄帝时人也，世传为黄帝陶正[1]。有人过之，为其掌火，能出入五色烟，久则以教封子。封子积火自烧，而随烟上下，视其炭烬，犹有其骨。时人共葬之宁北山中，故谓之宁封子焉[2]。

【注释】 1.黄帝：中华文化的重要象征，上古时代传说中曾为天下共主，三皇五帝传说中的三皇之一。陶正：官名，主管陶器。 2.宁：地名，又称宁邑，属冀州，西周后改名修武，位于今河南获嘉。

【译文】 宁封子是生活在黄帝时期的人，大家都传说他是为黄帝主管陶器的官员。有人来拜访他，帮他掌握烧制陶器的火候，那人能在彩色的烟尘里自由进出，时间长了，就把这个本事教给了封子。封子点燃火堆焚烧自己，就随着烟尘上天入地。去看看烧完的灰烬，其中还能找到他的骨头。当时的人就一起把他葬到宁邑北面的山上，因此称他为宁封子。

【简评】 点火自烧是上古时代传说中升仙的重要方式，《赤松子》一则中也说到赤松子“能入火自烧”。点燃的火堆会升起烟尘，上达天空，古人可能由此引发了想象，认为沿着这股烟能够上达天际而成仙，所以反复提到在烟里“出入”或“上下”。不过宁封子这个事例看起来似乎是失败了。

赤将子舆

赤将子舆者，黄帝时人也。不食五谷而啖(dàn)百草华[1]。至尧时为木工[2]。能随风雨上下。时时于市门中卖缴(zhuó)，亦谓之缴父[3]。

【注释】 1.啖：吃。华：同“花”。 2.尧：三皇五帝传说中的五帝之一，传说他善于治国，又十分仁慈。 3.缴父：即卖缴的老头。缴，指系在箭上的线，用于射鸟时回收猎物，也指系着这种线的箭。

【译文】 赤将子舆是生活在黄帝时期的人。他不吃五谷而吃各种草和花。到尧做首领的时候，他当了木工。他能跟随风雨上天入地。他时常在市场的门里卖绳箭，人们也叫他卖绳箭的老头。

【简评】 古人认为不吃五谷而吃花草也是与仙人关系密切的特征之一，这种看法可谓一直延续到今天。另外，在世界各国的古代神话传说中，神明的居所一般不是远方就是天上，中国神话尤其认同后者。当狂风暴雨从天而降时，毫无对抗能力，只能感受到自身渺小的古代人，很容易把这个现象联想成天神上天入地的手段。那么，在传说中那些有神通的人能驾驭风雨，随之上下，也就是很自然的事了。

偓佺

偓佺(wò quán)者，槐山采药父也[1]。好食松实，形体生毛，长七寸，两目更(gēng)方[2]。能飞行逮走马[3]。以松子遗尧，尧不服也。时受服者，皆三百岁也。

【注释】 1.槐山：传说中的地名，《山海经》中认为它在朝歌山东边。 2.更方：改变方向。此处指双眼可以看向不同方向。 3.逮：及，追上。

【译文】 偓佺是在槐山上采药的老人。他喜欢吃松果，身体上长了很多毛，有七寸长，两眼可以同时看不同方向。他能飞行追上奔跑的马。他把松子送给尧，尧没有吃。当时吃了松子的人都活了三百岁。

【简评】 从文中描述来看，偓佺很可能是古人把猿猴的形象神化的结果。

彭祖

彭祖者，殷时大夫也[1]。陆终生六子，坼(chè)剖而产焉[2]。第三子曰篯(jiān)铿，封于彭，为商伯[3]。历夏而至商末，号七百岁。常食桂芝[4]。

历阳有彭祖仙室，前世云，祷请风雨，莫不辄应[5]。常有两虎在祠左右。今日祠之讫，地则有两虎迹也。干宝曰：先儒学士多疑此事[6]。谯(qiáo)允南通才达学，精核数理者也[7]。作《古史考》，以为作者妄记，废而不论。余亦尤其生之异也。然按六子之世，子孙有国，升降六代，数千年间，迭至霸王，天将兴之，必有尤物乎[8]？若夫前志所传，修已背坼而生禹，简狄胸剖而生契，历代久远，莫足相证[9]。近魏黄初五年，汝南屈雍妻王氏生男儿，从右胳下水腹上出，而平和自若，数月创合，母子无恙，斯盖近事之信也[10]。以今况古，固知注记者之不妄也。天地云为，阴阳变化，安可守之一端，概以常理乎[11]？《诗》云："不坼不副(pì)，无灾无害。"[12]原诗人之旨，明古之妇人尝有坼副而产者矣，又有因产而遇灾害者，故美其无害也。

【注释】 1.大夫：古代官职名和爵位名，各个朝代之间稍有不同，但总体上都是中高级官员。 2.陆终：传说中颛顼的玄孙，也就是孙子的孙子。坼：裂开。 3.篯铿：彭祖的本名。彭：地名，即今江苏徐州。篯铿于此地建立彭国，故称彭祖。彭国是东方的重要诸侯国，相传从尧帝时代一直延续到商朝，直至为武丁所灭。伯：中国古代五等爵位——公、侯、伯、子、男中的第三等。 4.桂芝：据说是灵芝的一种。 5.历阳：即今安徽和县。 6.干宝曰：此句以下一段不是故事原文，是干宝对故事的评论。转引自裴骃《史记集解》。旧二十卷本无此内容。 7.谯允南：即谯周（约201—270），字允南，三国巴西西充（今四川阆中）人，蜀汉重要学者。其学生之一陈寿即《三国志》的作者。 8.六子：指尧、舜、禹、汤、文（周文王）、武（周武王），六位古代被认为贤明的君主。六代：即黄帝、唐、虞、夏、商、周。其中唐是尧的国号，虞是舜的国号。尤物：此处指特别之物。古代传说经常给一些人附会上一些特异事件，让人觉得这个人本来就不是普通人。此处作者就是此意，他问，难道注定会成功的人，必然会有一些特异的经历吗？ 9.契：传说中商朝始祖的名字。 10.黄初五年：即公元224年。黄初，三国时期曹魏的第一个年号。水腹：即小腹。 11.云为：即变化。 12.副：割裂。整句诗出自《诗经·大雅·生民》。

【译文】 彭祖是殷商时期的大夫。陆终生了六个孩子，是用剖宫的办法生出来的。其中第三个孩子叫作篯铿，被封到彭这个地方做商伯。他历经夏朝，直到商朝末期，号称活了七百岁。他经常服用桂芝。历阳有彭祖的仙室，从前的人们说，在这里祈祷求风求雨，无不立刻应验。祠堂附近有两只老虎经常出没，现在祭祀完了以后，地上就会显出两只老虎留下的痕迹。干宝评论说：之前的大儒学者都很怀疑这个故事。谯周是一个有各方面才能和学问，对术数易理十分了解的人。他写《古史考》的时候，认为这事是作者胡乱编造的，所以干脆没有提及。我最惊异的也是他的出生。但想到六贤王的时代，他们的子孙都继承了国家，前后横跨六个朝代，在数千年间，先后成为一代霸王，上天要让他兴盛，必然因为他拥有特异之处吧？至于从前所记述的，修己后背裂开而生出禹，简狄的胸剖开而生出契，因为经过的年代太久，都已无法证实。而最近在曹魏时期的黄初五年（224），汝南屈雍的夫人王氏生下一个男孩，是从右臂下面、小腹上面生出来的，而她平静安详，如同平常一样，几个月之后伤口愈合，母子都平安，这是过去不久的事，大概可以算是可信的了。用现在的事例反推古代，就知道注记的人没有编造。天地阴阳的变化，怎么能只认可一种情况，把可能性限制在常理之中呢？《诗经》说："不经剖割而分娩，安全无灾体康健。"探究一下诗人的意思，就明白古代妇女曾有剖开皮肉然后生产的，又有因为生产而遇到灾害的，从而赞美没有遇到灾害这件事。

【简评】 彭祖是我国历史上长寿之人的代表。本文说他活了七百岁，也有人说他活了八百多岁的。我们当然不会相信上古真的有人活了八百多岁，但考虑到从尧时期到商代有七八百年，以及古代部落或国家往往与其首领名字相混淆，因此很有可能并不是有一个彭祖活了几百年，而是篯铿开创的彭祖氏部落先后存在了几百年。后代没有辨明部落与其首领的区别，而长寿又是中华文化中一直以来的重要追求之一，因此彭祖氏部落的历史就很可能有意无意地被讹传成了彭祖长寿，并拥有了很强的生命力，一直流传到今天。

干宝的评论也很有趣。由于在古代，至少直到干宝的时代为止，还没有成熟的剖宫产技术，妇女产子主要依赖顺产，因此传说中一些裂肤而生的事例，一方面显得很神奇，另一方面又不被学者信服。干宝的论证很有意思，他首先提起传说中类似的事例，又承认年代久远，不十分可信；其次又举出去之不远的事例（黄初五年距干宝撰文时约一百年），有力地论证了非顺产的可能性；最后再举《诗经》为自己背书，用经典为自己的论证作结，整个过程还是相当扎实的。

葛由

葛由，蜀羌人也。周成王时，好刻木作羊卖之[1]。一日，乘木羊入蜀中。蜀中王侯贵人追之上绥(suí)山。绥山在峨眉西南，高无极也[2]。随之者不复还，皆得仙道。山上有桃，故里语曰：“得绥山一桃，虽不能仙，亦足以豪。”山下立祠数十处。

【注释】 1.周成王：西周第二代君主。 2.峨眉：即峨眉山。

【译文】 葛由是蜀地的羌人。周成王在位的时候，他喜欢把木头雕刻成羊来卖。有一天他骑着木头羊进入蜀地，那里的王侯贵人都追着他爬上了绥山。绥山在峨眉山的西南面，高得见不到山顶。跟着他去的那些人都没有回来，一个个都得了仙道。山上有桃树，过去当地俗语说："若能得到绥山上的一颗桃，即使成不了仙，也足以称豪了。"人们在山下盖了几十处祠堂。

【简评】 说到神迹，中国古代神话中常见的一个形式就是主人公能让人造之物活过来。本文就是这种故事。另外，极高的山也常被认为通天，登高山也被认为是成仙得道的手段之一。

王子乔

王子乔者，周灵王太子晋也[1]。好吹笙，作凤凰鸣。游伊、洛之间，道士浮丘公接以上嵩高山，三十余年[2]。后求之于山上，见桓良曰："告我家，七月七日待我于缑(gōu)氏山头。"[3]至时，果乘白鹤驻山头，望之不得到。举手谢时人，数日而去。后立祠于缑氏山下及嵩高首焉。

【注释】　1.王子乔：即太子晋，名晋，字子乔。中国古代用字称呼人带有一定的尊敬意味，所以“王子乔”本意类似“子乔王子”。本篇为旧二十卷本所无，《列仙传》中有相同记载。周灵王：东周第十一代君主。　2.伊、洛：即伊水、洛水，今天叫作伊河、洛河。这两条河在河南交汇并最终流入黄河，途经洛阳等中原地区的重要城市，其流域是中国古代重要的政治中心。道士：指仙道中人。《文选》卷二十一何劭《游仙诗》注引《列仙传》中，此处作“道人”。但故事发生时道教尚未产生，因此此处意义与后代不同。嵩高山：即嵩山。　3.缑氏山：山名，后简称缑山，位于今河南洛阳。古代其位置在嵩山和洛阳之间。山不甚高，但因传说与西王母和王子乔有关而著名。

【译文】　王子乔，就是周灵王的太子，名叫晋。他喜欢吹笙，能用它吹出凤鸣般的声音。他在伊河、洛河一带周游，被一个名叫浮丘公的仙道中人引领到嵩高山上，一待就是三十多年。后来桓良到山上请求与他相见，他看到桓良就说：“告诉我家里人，七月七日在缑氏山头等我。”到了那一天，他果然乘着白鹤停留在山头，能看到却无法接近。他举手向当时在场的人行礼，过了几天才离开。后来人们就在缑氏山下和嵩高山头为他设立了祭祠。

【简评】　古代学仙之人不少，但与统治者家族有关的并不很多。有趣的是，王子乔故事中涉及的一些地方，基本都在东周都城洛阳附近，可见王子乔即便成了仙，活动范围也没有扩大很多。

另外，王子乔成仙之后也还是不能突然割断与俗世的联系，必须与家人约在山顶远远地相见，行礼数日，对俗世有了交代，才能彻底抛却与家人、朋友等的关系，从此不必再来往。虽然从俗人到仙人的身份转变是假想的，但也反映了古代中国人在面对两种身份之间的矛盾时的一种解决思路。

王子乔虽然不免要向俗世有所表示才能脱身，但约在山巅，乘鹤而来，远远地行礼而不让人接近，几日后离去不复返，还是颇有缥缈而悠远的意味，令人顿生向往之感。

崔文子

有崔文子者，学仙于子乔。子乔化为白蜺(ní)，而持药与文子[1]。文子惊怪，引戈击蜺，中之，因堕其药。俯而视之，王子乔之尸也。置之室中，覆以弊筐，须臾而化为大鸟。开而视之，翻飞而去。

【注释】 1. 蜺：一种类似龙的神话生物，古人认为它与彩虹有关，也写作“霓”，尤指两道彩虹同时出现时位于外侧，颜色较黯淡的那道。

【译文】 有一个叫崔文子的人，跟着子乔学习如何成仙。子乔变化成白色的蜺，拿着神仙药去给文子。文子吓了一大跳，抓起戈来打蜺，一下子打中了，药就掉了。低头一看，地上是王子乔的尸首。崔文子把王子乔放在屋子里，盖上一个破筐，他很快就变成了一只大鸟。把筐拿开来看，大鸟一下子就飞走了。

【简评】 本篇可谓王子乔故事的续集。化成白蜺吓到人的故事，不禁令人想起《白蛇传》中白素贞误中雄黄后现出白蛇原形，吓死许仙的情节。而盖上筐就会变成鸟的灵感，恐怕也是来自用筐捕鸟的生活。古代作者的想象力实在丰富。

闻一多认为此处的“王子乔尸”应为“王子乔履”，也就是说文子打掉了王子乔的鞋。鞋被扣在筐下面，之后变成大鸟翻飞而去，也是很有趣的想象。

白蜺近于白虹，白虹在古代被认为是具有特殊意义的天象，尤其是白虹贯日，《战国策》《史记》等都有涉及。

尹喜

老子将西入关，关令尹喜，好道之士，睹真人当西，乃要(yāo)之途也[1]。

【注释】 1.老子：相传是春秋时人，姓李，名耳，字聃（dān），曾为史官，后悟道，作《道德经》，言简意赅，全书只有约五千字，但就此开创了春秋战国的道家流派，对中国哲学的发展产生了深远影响，也是后世道教的思想源流。有研究认为他与孔子等其他诸子百家还有一定的师承关系。本篇不见于旧二十卷本，是从《水经注》辑出的，但显然并非完篇。关令：管理关口出入的官员。尹喜：人名，传说他自己也有一定修为，老子来时他通过观察天空就预知有真人要来，后世有伪托他名字而写的《关尹子》。要：同“邀”，邀请。

【译文】 老子准备向西进入关口，把守关口的官员尹喜是一个喜欢修道的人，看到老子这样道行高深的人往西去，于是就在路上邀请他停留。

【简评】　传说老子在周朝做着史官，有一天忽然辞官离开，骑青牛西出函谷关，往流沙而去，不知所往，关令尹喜想要挽留但未成功。这个故事引发了后人各种想象和发挥。鲁迅在其短篇历史小说集《故事新编》中就改编了这个故事，题为《出关》。

冠先

冠先，宋人也[1]。以钓为业，居睢(suī)水傍百余年[2]。得鱼，或放或卖或自食之。常著冠带[3]。好种荔，食其葩实焉[4]。宋景公问其道，不告，即杀之[5]。后数十年，踞宋城门上鼓琴，数十日乃去。宋人家家奉祠之。

【注释】　1.宋：此处是指春秋战国期间存在的诸侯国宋国，都城在今天河南商丘附近。　2.睢水：古代河流名，流经商丘，今已不存。　3.冠带：指帽子和腰带，是正式服装的一部分。此处亦可理解为经常穿得很正式。　4.荔：指薜（bì）荔，又称木莲，果实多胶汁，可做凉粉等食物。　5.宋景公：宋国国君，公元前516年至约公元前469年在位。

【译文】　冠先是宋国人。他以钓鱼为生，在睢河旁住了一百多年。钓上来的鱼要么放走，要么卖掉，要么自己吃。他经常戴帽子、束腰带，穿着十分正式。他喜欢种薜荔，吃它的花和果实。宋景公问他修道心得，他不说，宋景公就杀了他。几十年之后，他蹲坐在宋国的城门上弹琴，几十天之后才离开。宋国人每家都供奉祭祀他。

【简评】 冠先的传说在整个《搜神记》里虽不算很突出，但更有普通人的色彩，较为真实。他原本不是什么达官贵人，修道也没有什么惊天动地的本事，只是装束行为有些特别。他住在宋国，国君不满意要杀了他，他也就很轻易地被杀掉了，没显出什么神通来。然而，这可能才是现实中多数修道者的命运。

琴高

琴高，赵人也。以鼓琴为宋康王舍(shè)人[1]。行涓、彭之术，浮游冀州、砀(dàng)郡间二百余年[2]。后复时入砀水中取龙子[3]。与诸弟子期曰：“期日皆洁斋，待于水傍，设屋祠。”果乘赤鲤鱼出，入坐祠中，砀中旦有万人观之。留一月，复入水。

【注释】 1.宋康王：宋国的末代国君，公元前328年至公元前286年在位。舍人：官职名。战国时期的舍人为贵族的随身侍臣。 2.涓：指涓子，传说是修成仙道的齐国人。彭：即彭祖。冀州：中国古代认为可将天下分为九州，冀州是其中之一，其范围大致在今天华北一带，西边和南边到黄河为止。砀郡：古地名，其范围大致在今天安徽砀山一带。传说涓子就是在砀山得道的。 3.龙子：当指蜥蜴。

【译文】 琴高是赵国人，因为会弹琴而成了宋康王的舍人。他修行涓子、彭祖那种法术，在冀州和砀郡之间四处巡游了两百多年。后来又不时跳入砀山下的河中捞取蜥蜴。他跟自己的弟子们约定说："到了约好的那天你们都要斋戒沐浴，到水边等我，准备好神祠来祭祀。"到了那天，他果然骑着红鲤鱼跳出河面，进入祠堂中受祭拜的地方坐下。白天里，砀郡有几万人来看他。琴高在祠堂里停留了一个月，又进入水中。

【简评】 "舍人"直译就是"在宫舍里的人"，春秋战国时其设置较为随意，国君贵族都可以把自己喜欢带在身边的人封为舍人。其中一些人可能有实用的才能，可以作为顾问；另一些人则可能有可以取悦国君的本领，如本篇中的琴高就是因其能弹琴。后世舍人的制度虽然改变了，但君主免不了还是会需要一些身边人，因此总有扮演这一角色的人存在。

砀山和冀州分别在宋国的南北，因此琴高的活动范围已经超过了宋国的边境。旧本"砀郡"作"涿郡"，"砀水"作"涿水"，把舞台从安徽搬到了河北，倒是都在冀州范围之内了。

祝鸡翁

祝鸡翁者，雒（luò）阳人也[1]。居尸乡北山下，养鸡百年余[2]。鸡至千余头，皆有名字，欲取，呼之名，则种别而至。后之吴山，莫知所去矣[3]。

【注释】 1.雒阳：即洛阳。雒，通“洛”。东汉多作“雒阳”，三国曹魏时改。本篇不见于旧二十卷本，辑自《水经注》。 2.尸乡：古地名，又名西亳(bó)，位于今河南洛阳。 3.吴山：可能指位于陕西陇县西南的吴山。

【译文】 祝鸡翁是洛阳人。他住在洛阳东边尸乡北山之下，养鸡养了一百多年。鸡的数量达到了一千多只，每只都有名字，要找哪只，呼唤它的名字，就能区分出来，找到那只鸡。后来他去了吴山，谁也不知道他最后到了哪里。

【简评】 养鸡养到一千多只，而且每只鸡都有名字，这个主人还真是有趣得很，而且记性够好！不过看起来是不大买进卖出的了。

陵阳子明

陵阳子明，上宣城陵阳山得仙，其后因山为氏[1]。

【注释】 1.宣城：即今天安徽省宣城市宣州区一带。陵阳山：古山名，在今天宣城境内。本篇不见于旧二十卷本。

【译文】 陵阳子明是登上了宣城的陵阳山而成仙的，因此他的后人把山名作为姓氏。

【简评】 陵阳子明的故事在《列仙传》《水经注》里也有提及，但内容稍不同。

河伯

冯夷，弘农华阴潼乡堤首里人也[1]。服八石，得水道仙，为河伯[2]。

【注释】 1.弘农：指弘农郡，古地名，其范围历代变化较大，故事发生时大致辖今陕西华阴、河南三门峡等地。华阴：弘农郡下属县，相当于今天陕西华阴。潼乡：华阴县下属乡，因在潼关附近而得名。本篇不见于旧二十卷本。 2.八石：南北朝时修仙者常服的矿物质，也是炼丹的原料。八种矿石的具体名单说法稍有不同。服用这种仙药或仙丹是南北朝修仙者常用的手段之一。河伯：黄河的水神。古代“河”专指黄河。

【译文】 冯夷是弘农郡华阴县潼乡堤首里人。他服用八石散，通过修炼水道成仙，做了河伯。

【简评】 服用药石是南北朝时很流行的一种修仙方法，当时大量贵族也参与其中。据说因为服药而皮肤脆弱敏感，因此衣服都要宽大而柔软；此外服药之后不久会有一小段时间身体燥热，需要散步来排解，因此又促成了“行散”的风气。

鲁少千

鲁少千，山阳人[1]。汉文帝微服怀金过鲁少千，欲问其道[2]。少千拄金杖，执象牙扇，出应门。

【注释】 1.山阳：古地名，在今天河南修武附近。 2.汉文帝：西汉第五位皇帝，名刘恒，公元前180年至公元前157年在位。好黄老，崇尚简朴无为，与其子汉景帝合计在位约四十年，两人统治时期合称“文景之治”。

【译文】 鲁少千是山阳人。汉文帝穿着普通人的衣服带着钱来找鲁少千，想问他如何修道。鲁少千拄着黄金制的手杖，拿着象牙骨制的扇子，出来给汉文帝开门。

【简评】 汉文帝好道，符合历史记载。不过偷偷溜出来找民间高人问道，大概也不会穿得太招摇；鲁少千打扮得倒是比皇帝还夸张，不知道鲁少千打开门的一瞬间，文帝的心里是何感想呢？故事却在这一刻之前戛然而止了，留给读者无尽的想象空间，是一种不错的写作手法。

不过，文帝为了问道微服跑出来的情节，可能只是民间想象罢了。

淮南操

淮南王安设厨宰，以侯宾客。正月上辛，有八老公诣门求见[1]。王曰："群蛾子复来也。"八公知不见，乃更形为八童子。王惊，见之，盛礼设乐，以享八公。援琴而弦歌曰[2]："月明上天，照四海兮。知我好之，公来下兮。公将与余，生毛羽兮。升腾青云，蹈梁甫兮。观见三光，过北斗兮[3]。驱乘风云，使玉女兮[4]。含精吐气，芝草郁兮。悠悠将将，天相保兮[5]。"今所谓《淮南操》是也。

【注释】 1.上辛：指农历每月上旬的辛日。传统上认为上辛是最为洁净的日子，适合祭祀。 2.弦歌：动词，意为伴着琴的演奏而歌唱。 3.三光：指日、月、星三种光，也可以指二十八宿中的房、心、尾三宿。 4.玉女：指仙人的女侍。 5.悠悠：闲适。也可理解为悠远久长。将将：优美貌。

【译文】 淮南王安排了厨师，等待客人上门享受宴席。正月上旬的辛日，有八个老人上门求见。淮南王说："一群蛾子又来了。"八个老人知道淮南王不愿见他们，就变形成八个小孩。淮南王非常惊讶，见了他们，办盛大的仪式，奏正式的乐曲来招待八位老人，并且弹起琴来唱："明朗的月亮升上了天，照亮了四海。因为知道我喜欢修仙，所以几位老人屈尊下来接见。我们都会生出羽毛和翅膀，腾驾于青云之上，双脚踏在梁甫山顶。看着房、心、尾三宿，穿过北斗七星。我们使唤风云，差遣仙女。体内蕴藏精华，吐出仙气，周围的灵芝神草葱郁。我们闲适而优美，上天也会保佑我们。"这就是今天的《淮南操》。

【简评】 王公贵族准备好吃好喝的等人上门，从春秋战国起就十分流行，譬如著名的孟尝君，就用这种方式养了一些人随行带着，结果在出使秦国的时候派上了大用场。这种风气到明清都还保持着，有人养着实际干活的幕僚，有的则是纯为招徕一些人娱乐自己。被支持的一般称为清客。其主人除了皇族，还有一些朝廷高官。

不过，在这种传统下，也有不少人来骗吃骗喝，而真正有能力的人又未必立刻脱颖而出，所以主人也难免认错，摆出不合适的态度，就会发生如本篇开头时的故事。

钩弋夫人

初，钩弋夫人有罪，以谴死，殡尸不臰（chòu）而香[1]。及昭帝即位，改葬之，棺空无尸，独丝履存焉[2]。

【注释】 1.钩弋夫人：姓赵，汉昭帝生母，在汉昭帝被立为太子前被借故赐死，当时身份是婕妤（jié yú）。后被追封为皇后。谴：此处义同“罪”。臰：同“臭”。 2.昭帝：即汉昭帝刘弗陵（前94—前74），汉武帝幼子。

【译文】 当初钩弋夫人有罪，因此而被处死，下葬时尸体没有臭味，反而发出香味。等到汉昭帝即位的时候给她重新下葬，结果棺材里空空如也，并没有尸体，只剩下一双丝质的鞋还在。

【简评】 钩弋夫人是颇具传奇色彩的历史人物，姓赵。传说她生而握拳，无法展开；遇到汉武帝后被他亲自掰开（也有说是遇到后自行打开的），拳中握有一个玉钩，因此得名钩弋夫人。她颇受汉武帝宠幸，在他老年时生下一子，就是后来的汉昭帝。汉武帝虽然非常喜爱这个孩子，但担心汉朝初期吕后专权的事重演，因此在将其立为太子之前赐死了钩弋夫人。

这些离奇的传说和她本人悲惨的结局，再加上对于美人的倾慕，诸多因素混在一起，促成了类似本篇的神奇故事。尸体不臭而香、开棺只剩丝履的情节让她在想象中摆脱了遭人处死的命运，暗示着她成仙而去，超脱于尘世悲欢之外。这大概也是神仙故事能够大行于世的原因之一。

阴生

汉阴生者，长安渭桥下乞小儿也[1]。常于市丐，市中餍(yàn)之，以粪洒之[2]。旋复见里，洒衣不污如故。长(zhǎng)吏知，试系(jì)着桎梏(zhì gù)，而续在市丐[3]。试欲杀之，乃去。洒之者家室屋自坏，杀十余人。长安中谣言曰："见乞儿，与美酒，以免坏屋之咎。"[4]

【注释】 1.长安：古都城名，在今天陕西西安附近。渭桥：汉朝时长安附近渭水上的桥梁有东、中、西三座，分别修建于汉景帝五年（前152）、秦始皇时和汉建元三年（前138），未知此处所指为其中哪座。至唐朝时这三座桥又经重修，其中西渭桥唐时称为咸阳桥，是送别胜地，经常出现在唐诗之中。 2.市：中国古代城市往往对所有街区的布局和功能都有明确规划。汉长安城中宫殿主要在中部和南部，居民在北部，市场在西北角。丐：乞讨。餍：同"厌"，厌恶。 3.长吏：古代官与吏不同，后者相当于低等公务员，职权和地位有限。长吏是其中职位较高的，如县尉、县丞等，此外还有少（shào）

吏，级别更低。系：拘禁。着桎梏：穿戴刑具。着，此处意为穿戴。桎梏，泛指犯人身上限制行动的刑具。桎，脚镣；梏，手铐。　4.咎：灾祸。

【译文】　汉朝时有个叫阴生的人，是在长安渭桥下乞讨的小孩。他经常在市场上乞讨，市场上的人讨厌他，把粪水泼在他的身上。很快又在里巷中看到他，被泼粪水的衣服上都看不到污渍，和被泼之前一样。有老差役知道了这件事，试着把他抓起来，让他戴上刑具，结果他又跑到市场上去乞讨。试着想要杀掉他，他就跑掉了。用粪水泼他的人，家里的屋子自行倒塌，死了十几个人。长安城中于是传唱起这样的歌谣："看到小孩讨饭，就把好酒给他，免得家里出现灾祸，房子自行倒塌。"

【简评】　在市场上经营的人难免势利，见了小乞丐而生出厌恶之情，不愿他来接近，不难想象。现实中的乞丐可能遭受各种欺凌而无力反抗，只有在本篇这样的神话故事里，才能设定他们身负神通而毫发无伤，甚至还能施行一些报复。故事是假的，但流传的歌谣也许真实存在过，也许还真反映了一些卑微的人的心声。

乡卒常生

谷城乡卒常生，不知何所人也[1]。数(shuò)死而复生，时人为不然[2]。后大水出，所害非一，而卒辄在缺门山上大呼，言卒常生在此，云复雨(yù)水五日必止[3]。止则上山求祠之，但见卒衣杖革带。后数十年，复为华阴市门卒。

【注释】 1.谷城：指位于今河南洛阳以西的谷城。乡卒：指在乡里工作的差役。 2.数：屡次。 3.缺门山：山名，在今河南新安西。雨：动词，下雨之意。

【译文】 谷城一个乡里有个叫常生的差役，不知道是哪里人。他死过好几次，每次都能复活，但同时代的人都不以为然。后来谷城发了大水，受害的人很多，这个差役就跑到缺门山上大叫，说差役常生在这里，并说雨再下五天必然会停。雨停后，大家爬上山想去祭祀他，却只看到他的衣服、手杖、革甲和腰带。几十年之后，他又出现在华阴，做了把守市场大门的差役。

【简评】 中国古代发生天灾，如洪水、地震、疫病之后，往往会出现一些消灾救人的故事。古时应对灾祸的能力差，祖先崇拜又一直模模糊糊地存在，祭祀这些善人也就在情理之中了，其中一些甚至慢慢被附会成神明。这种现象普遍分布于全国，如广东地区的车公、福建地区的保生大帝等。本篇的情形可能也类似。

丁令威

辽东城门有华表柱，忽有一白鹤集柱头[1]。时有少年举弓欲射之，鹤乃飞，徘徊空中而言曰："有鸟有鸟丁令威，去家千岁今来归，城郭如故人民非，何不学仙冢垒垒?"遂高上冲天而去。后人于华表柱立二鹤，至此始矣。今辽东诸丁，云其先世有升仙者，不知名字。

【注释】 1.辽东：战国燕至南北朝时期均设有辽东郡，在今天辽宁东部。本篇为旧二十卷本所无，但收入旧本《搜神后记》中。华表：古代桥梁、宫殿、城郭、陵墓等设施前兼有指示和装饰作用的巨柱。一般以石造为常见。集：指鸟栖息在树枝上。

【译文】 辽东郡城门外有华表柱，忽然有一只白鹤飞来停在柱头上。当时有少年张弓想要射它，白鹤就飞起来，在空中徘徊盘旋，并说："有一只鸟叫作丁令威，离开家一千年现在才回。城郭还跟当时一样，住在这的人却变了。为什么不去学仙，而化作了荒坟垒垒？"然后它就朝着天空更高处冲去，飞走了。后人在华表柱上立起两个石鹤，就是从这时开始的。今天辽东郡内各个姓丁的家族，都说自己祖上有人升天成仙，但不知道具体名字。

【简评】 丁令威的传说后来成了典故，大量出现在诗词作品之中，用以借指离乡很久或惋惜逝世。其用例直至晚清、民国仍然常见。如周作人为刘半农所写的挽联："十七年尔汝旧交，追忆还从卯字号；廿余日驱驰大漠，归来竟作丁令威。"就是用丁令威成仙的典故美化了刘半农去世的事实，仿佛他并不是在热河（即大漠）实地考察二十余日后染病归来而殁，而是修道有成，飞升成仙去了一样。

叶令王乔

王乔者，河东人也[1]。显宗世，为叶令[2]。乔有神术，每月朔望，常自县诣台朝[3]。帝怪其来数，而不见车骑，密令太史伺望之[4]。言其临至，辄有双凫从东南飞来。于是候凫至，举罗张之，但得一只舄(xì)焉[5]。乃诏尚方诊视，则四年中所赐尚书官属履也[6]。每当朝时，叶门下鼓不击自鸣，闻于京师。后天下玉棺于堂前，吏民推排，终不摇动。乔曰："天帝独召我邪？"乃沐浴服饰寝其中，盖便立覆。宿昔葬于城东，土自成坟。其夕，县中牛皆流汗喘乏，而人无知者。百姓乃为立庙，号叶君祠。牧守每班录，皆先谒(yè)拜之[7]。吏民祈祷，无不如应。若有违犯，亦立能为祟。帝乃迎取其鼓，置都亭下，略无复声焉。或云此即古仙人王子乔也。

【注释】 1. 河东：地名，各朝代所指稍有不同。秦汉时指今山西西南部黄河以东部分地区。 2. 显宗：东汉第二个皇帝汉明帝刘庄（57—75年在位）。叶：地名，春秋时属楚，汉朝时设县，在今天河南平顶山境内。按，旧二十卷本此处作"邺"，其地在今天河南安阳境内。 3. 朔望：即朔日和望日。依中国农历，每月初一对应月相为新月，称为朔日；每月十五对应月相为满月，称为望日。中国古代有朝朔望之礼：臣子须定期觐见皇帝、太后等居于皇宫中的重要人物，除每天参谒之外，最为常见的就是在每月的朔日和望日这两天上朝拜谒。 4. 太史：官名，掌管天文历法等。汉代以前还曾掌管修史之事。 5. 舄：即鞋。 6. 尚方：汉代时给皇帝制作各种器物的官署，抑或其主官。 7. 牧守：汉代地方行政区划分为州、郡、县三级，州的长官称为牧，郡的长官称为守，县的长官就是王乔这样的令。班录：即班禄，指列出各级官员等级高下，并给予不同俸禄。此处借指任命官员。录，通“禄”。

【译文】 王乔是河东人。显宗在位时，他是叶县的县令。王乔会神仙法术，每月的朔日和望日，经常从县里去皇宫觐见。皇帝见他经常来，却看不到他的车马，觉得奇怪，悄悄地让太史暗中观察他。太史说王乔到的时候总有两只野鸭从东南方向飞来。于是等野鸭飞来的时候，举起网罗把它捉住，结果只得到一只鞋。于是皇帝下诏让皇家工匠来仔细辨别，发现是汉明帝四年（61）年中的时候赐给尚书官的官鞋。每到王乔去朝觐时，叶县城门下的鼓没人敲就自己响了起来，连京城都听得到。后来有一具玉做的棺材从天而降，落在叶县县衙大堂门前，胥吏和百姓怎么推拉都纹丝不动。王乔说：“难道是天帝单独召见我吗？”于是洗净身体，换上新的衣裳配饰，躺了进去，结果棺盖马上就盖上去了。人们很快就把他葬在城东，泥土自己堆起来形成了坟头。那天傍晚，县里的牛全都流汗喘息困乏，没人知道是怎么回事。百姓就为他立了一座庙，起名为叶君祠。州牧、郡守每次新上任，都会先来拜谒这座庙。官吏和百姓前来祈祷，都如所希望的那样应验。如果有违法犯罪的事情，其神灵也能立刻加以惩罚。于是皇帝把他当县令时的那只鼓迎到都城来，放在郊外的驿亭下，结果那鼓再也没发出任何声音。有人说王乔就是古代的仙人王子乔。

【简评】 如同乡卒常生的故事一样，本篇也是将人神化，不过可能是因为王乔是县令，因此他厉害的程度和身后被信奉的程度都要高得多，人们甚至将他附会到了更早的王子乔身上。

旧二十卷本中虽然也有这个故事，但王乔变成了邺县令，从今天河南南部移到了河南北部，可能是因“叶”的常见音与“邺”相近导致的讹误。故事后半段下葬和设庙的内容也缺失了，那样一来，故事反而显得较为缥缈，比较符合神怪笔记的常见风格。本篇多了王乔的身后事，虽然更为神奇，还特意点出他可能与王子乔有关，反而显得落于实处，限制了读者想象的空间。

蓟子训

蓟(jì)子训，不知所来。到洛，见公卿数十处，皆持斗酒片脯(fǔ)候之，曰："远来无所有，示致微意。"[1]坐上数百人，饮啖终日不尽。去后，数十处皆白云起，从旦至暮。时有百岁公，说小儿时见训卖药会稽(kuài jī)市，颜色如此[2]。训不乐住洛，遂遁去。正始中，长安东霸城中有见之者，与一老公摩挲铜人，曰："适见铸此，已近五百岁。"[3]

【注释】 1. 脯：肉干。 2. 会稽：古地名，秦代设郡，辖今江苏东部及浙江西部一带，东汉时移治山阴（今浙江绍兴）。 3. 正始：三国时期曹魏曹芳在位时的年号，即公元240年至249年。霸城：即霸城门，汉代长安城东面的一个城门。

【译文】 蓟子训这个人不知从何而来。他来到洛阳，在几十个地方接见了朝廷高官，每到一处都拿着一斗酒、一片肉干招待他们，并说："我从远方来，没带什么东西，就表达一点小小的心意。"就座的几百个人，整天吃喝，却无法食尽这些酒肉。他走了之后，这几十个地方从早到晚一直都有白云升起。当时有个百岁老人，说自己小时候在会稽的市场上见到过蓟子训卖药，当时的容貌看起来就是这个样子。蓟子训不愿意住在洛阳，就悄悄溜走了。到了正始年间，在长安东面的霸城门附近，有人见到他正在跟一个老翁抚摸一个铜做的人像，并说："我正好见过铸造这尊铜像时的场景，已经过去将近五百年了。"

【简评】 此篇末句借蓟子训评论铜像的话暗示其寿命至少已经有五百年了，这是个中国古代故事中常见的写作技巧。这种办法非但显示出人物的寿命之长，甚至还透露准确的年岁，让故事更加仙气飘飘。

白玉棋局

昔有人骑入南谷山中，见一小池，横石桥，遂骤马过桥[1]。见二少年，临池弈棋，置白玉棋局[2]。见骑马者，拍手负局而走。

【注释】 1.骤马：即纵马，驱马。 2.棋局：此处单指棋盘。

【译文】 从前有人骑马进入南谷山里，看到一个小池塘，上面横着一座石桥，于是驱马过桥，却看到两个少年坐在池边下棋，棋盘是白玉做的。他们看到骑马的人，一拍手，背起棋盘就跑了。

【简评】 中国古代有不少传说，都说有人来到人迹罕至之处，看到仙人在下棋，并因此引发了一些奇遇。其中可能以《烂柯记》最为著名，但此外相近的故事还有不少。从内容来看，本篇或许是此类故事的一个源头。

神化篇之二

少翁

汉武帝幸李夫人[1]，夫人后卒，帝哀思不已。方士少翁言能致其神，乃施帷帐，明灯烛[2]。帝遥望，见美女居帐中，如李夫人之状，而不得就视之[3]。

【注释】 1.幸：宠爱，亲近。 2.致：招引，召唤。 3.就：接近。

【译文】 汉武帝宠爱李夫人。李夫人后来去世，汉武帝很悲伤，对她思念不已。有一个方士叫少翁的，说能把李夫人的魂魄召唤回来，于是就拉起帷帐，点上灯烛。汉武帝隔着帷帐望去，看到帐中有一个美女，看起来很像李夫人，但又不能走近了细看。

【简评】 方士自古就有，往往玩弄一些把戏，利用对方知识不足或心理弱点表演神通，从而骗取钱财，获得权势。本篇中的汉武帝思人心切，就是个很容易被利用的弱点，读者大概也能想象，所谓李夫人的魂魄多半是假扮的。

另一方面，从汉武帝的角度来说，大概是思念蒙蔽了他的双眼，不但没有看出方士是在装神弄鬼，恐怕连看到的美女也未必就真的很像李夫人，只要看到有一点点相像，便认定那就是美人的亡魂了。何况，仿佛看到却不能接近，并不能缓解相思之情，只会让再相见的渴望更加炽烈难抑。

徐登赵炳

徐登者，闽中人也[1]。本女子，化为丈夫，善为巫术[2]。又赵炳，字公阿，东阳人，能为越方[3]。时遭兵乱，疾疫大起，二人遇于乌伤溪水之上[4]。遂结言约，共以其术疗病。各相谓曰：“今既同志，且各试所能。”登乃禁溪水，水为不流[5]。炳复次禁枯树，树即生荑(tí)[6]。二人相视而笑，共行其道焉。登年长，炳师事之。贵尚清俭，礼神唯以东流水为酌，削桑皮为脯。但行禁架，所疗皆除[7]。后登物故，炳东入章安，百姓未之知也[8]。炳乃故升茅屋，梧鼎而爨(cuàn)[9]。主人见之惊懅(jù)，炳笑不应。既而爨孰，屋无损异[10]。又尝临水，从船人乞渡，船人不许。炳乃张盖坐其中，长啸呼风，乱流而济[11]。于是百姓神服，从者如归。章安令恶其惑众，收杀之。人为立祠室于永康，至今蚊蚋(ruì)不能入也[12]。

【注释】 1.闽中：秦代郡名。秦末虽废此郡，但名称被沿用了下来，一般指福建一带。 2.丈夫：指高大的男子，是对男子的美称。注意本词在古代多数时候都没有今天男性配偶的意思。 3.越方：特指越人的巫术。中国古代越人（分布于今天浙江、福建一带）是较为原始的部落，传说其巫师有巫术。 4.乌伤溪：水名，即今天浙江义乌江。 5.禁：此处指施展巫术。 6.荑：植物的芽。 7.禁架：禁咒，即巫术中的咒语。 8.物故：即去世。章安：地名，在今天浙江临海。 9.梧：支撑，架起。爨：烧火煮饭。 10.孰：通“熟”。 11.张盖：撑开伞。 12.永康：即今天浙江金华下辖的永康市。蚊蚋：蚊子。蚋是类似蚊子的能咬人的小飞虫的通称。蚊、蚋同义。

【译文】 徐登是闽中人，本来是女子，后来变化成了男人，擅长使用巫术。还有一个人叫赵炳，字公阿，东阳人，会使越人的巫术。当时有战乱，疫病大为流行，这两个人相遇于乌伤溪上。于是他们口头约定，用自己的巫术给人治病。两人都说："现在既然志向一致，不如各自试着展示一下自己的能力。"徐登就对溪水施展巫术，溪水停下不流了。接着赵炳对着枯树使用巫术，枯树立刻长出了新芽。两人相视而笑，踏上了同行的路。徐登年长，赵炳就把他当作自己的师父来侍奉。他们崇尚清苦节俭，拜神时只是把东流的河水当作酒，削下桑树皮当作肉脯。只要施展巫术，没有治不好的病。后来徐登去世了，赵炳就向东来到章安，那里的百姓还不知道他这个人。赵炳于是故意上到一个茅屋的房顶，在上面架起大锅点火煮饭。茅屋主人看了又惊又怕，赵炳却笑着不理他。等饭做好一看，茅屋却没有遭受什么损害。赵炳又曾经来到河边，请驾船的人渡他过河，驾船人没答应。赵炳就撑开伞坐到那里面，长啸一声唤来一阵狂风，在湍急的水流中渡过了这条河。于是百姓都把他看成神，跟随他的人如同百川归海一般。章安的县令对他引诱民众感到不满，就把他抓起来杀掉了。人们为他在永康建了祠堂，到现在都还蚊虫不侵。

【简评】 浙江、福建一带上古时代曾是百越之地。越人迁走了，关于越人巫术的传说却留了下来。也许是出于对未知的恐惧，传说中对于这些巫师的描写都比较负面，本篇倒是难得地讲了两个好巫师的故事。其实以己之长，解人之难，这是每个人都能做，也值得去做的事情，并不限于巫师，也不限于治病救人。徐登与赵炳的相遇是两人的幸运，觅得知音而又共同行善也堪称美谈，只是赵炳后来的命运令人遗憾。他显露神通后吸引了大批追随者，但也触犯了官府的禁忌。自己的势力范围内如何能容下另一个一呼百应的人？章安县令分明感到了威胁，一定要除掉他；可怜赵炳身负绝技，竟也不敌差役众多，就这么轻易地被抓住杀掉了。能人异士不论如何神奇，在权力面前都不堪一击，如此讽刺之事，本书中已经出现过，之后也还将会再次出现。

寿光侯

寿光侯者，汉章帝时人也[1]。能劾百鬼众魅，令自缚见其形[2]。其县人有妇，为魅所病，侯为劾之。得大蛇数丈，死于门外[3]。又有大树，树有精，人止者死，鸟过者坠。侯劾之，树盛夏枯落，有大蛇，长七八丈，悬死其间。章帝闻之，征问，对曰："有之。"[4]帝曰："殿下有怪，夜半后常有数人绛衣披发，持火相随，岂能劾之？"[5]侯曰："能，此小怪耳。"帝伪使三人为之。侯劾三人，三人登时著地无气。帝惊曰："非魅也，朕相试尔。"即使解之。

【注释】 1.汉章帝：即刘炟（dá）（56—88，75—88年在位），东汉第三任皇帝。 2.劾：指以符咒等降伏鬼魅。见：同"现"，显现。 3.丈：中国古代长度单位，十尺为一丈，汉代约合2.3米。 4.征：指皇帝召见臣民。 5.殿下：中国古代大型宫殿多数建造在有台阶的平台上，此处殿下指在宫殿周围台阶以下的部分。

【译文】 寿光侯是汉章帝时候的人。他能用符咒等降伏各种鬼魅，让它们捆住自己现出原形。与他同县的一个人，妻子因鬼魅而得病，侯帮他下咒驱鬼。结果有一条好几丈长的大蛇死在了门外。还有一棵大树，树上有妖精，人在那停留就会死，鸟飞过那里就会掉落。寿光侯下咒驱鬼，盛夏时节，树上的叶子纷纷枯黄掉落，有一条长七八丈的大蛇，挂在树枝上死了。汉章帝听说了他的事，把他召去问话，寿光侯回答说："确有此事。"皇帝说："我的宫殿台阶下有妖怪，到了夜半时分，经常有几个人穿着红衣服，披散着头发，拿着火把跟在我后面，你也能降伏它们吗?"寿光侯说："可以，这只是些小妖怪罢了。"皇帝找了三个人假扮这样的妖怪，寿光侯对他们使出符咒，三个人立刻躺在地上没有了呼吸。皇帝吓了一跳，说："这些不是鬼魅，只是我要考验你一下罢了。"立刻就让他解救这三人。

【简评】 掌权者对神异能力往往既仰赖，又畏惧，原因不难想象。所以汉武帝会利用方士"再见"李夫人，而章安令却要杀死以方术治病救人的赵炳。此处，汉章帝得知寿光侯的本领，也知道应当试一试。只可惜后续情节不得而知。

左慈

左慈，字元放，庐江人也。有神通[1]。尝在曹公坐，公曰："今日高会，恨不得吴松江鲈鱼为脍(kuài)。"[2]放云："可得也。"求铜盘贮水，放以竹竿饵钓盘中，须臾引一鲈出。公大拊(fǔ)掌，会者皆惊[3]。公曰："一鱼不周座席，得两为佳。"放乃复饵钓之，须臾引出，皆长三尺余，生鲜可爱。公使目前脍之，周赐座席，皆洽会者。公曰："今既得鲈，恨不得蜀生姜耳。"放曰："可得也。"公恐其近道买，因曰："吾昔使人至蜀买锦，可敕人告吾使，使增市二端。"[4]人去，须臾还，得生姜，又云："于锦肆下见公使，已敕增市二端。"后经岁余，公使还，果增市二端锦。问之，云："昔某月某日见人于肆下，以公敕敕之，增市二端锦。"后公出近郊，士人从者百许人。放乃赍(jī)酒一罂(yīng)，脯一片，手自倾罂，行酒百官，百官皆醉饱[5]。公还验之，酤(gū)卖家昨悉亡其酒脯矣[6]。公恶之，阴欲杀元放[7]。元放在公座，将收之，放却入壁中，霍然不见。乃募取之，或见于市，乃捕之，而市人皆放同形。后或见放于阳城山头，行人逐之，放入于群羊[8]。行人知放在羊中，告之曰："曹公不复相杀，本成君术，既验，但欲与相见。"羊中忽有一大老羝(dī)，屈前两膝，人立而言曰："遽(jù)如许？"[9]人即云："此羊是。"竞往欲取，而群羊数百，皆为羝羊，并屈前膝人立云："遽如许？"于是莫知所取焉。曹公执而煞之，乃见一束茅草[10]。《老子》曰："吾之所以为大患者，以吾有身也。及吾无身，吾有何患哉！"若老子之俦(chóu)，可谓能无身矣，岂不远哉也[11]！

【注释】 1.有神通：能通鬼神，泛指拥有无法解释的神奇本领。神通即通神，一般作名词。 2.脍：指切细的鱼肉。 3.拊掌：同"抚掌"，因情绪激动而拍手。 4.端：中国古代布帛的长度单位。上古以两丈为一端，后世则有四丈、六丈、八丈的不同说法。 5.赍：携带。罂：中国古代盛水或酒的容器，形状类似今天的酒坛。 6.酤：卖酒。 7.阴：暗地里。 8.阳城山：在今河南登封附近。 9.羝：公羊。遽：此处为疑问词，为何之意。 10.煞：杀死。　11.俦：辈，同类。

【译文】　左慈，字元放，是庐江人。他有些神奇的本领。他曾经出席曹操的宴席，曹操说："今天大摆宴席，可惜得不到吴地松江的鲈鱼来做脍。"左慈说："能得到的。"他要来铜盘，在其中贮水，然后在铜盘中放下竹竿，用鱼饵钓鱼，不一会儿就钓起一条鲈鱼。曹操拍手赞叹，其他出席宴会的人都很吃惊。曹操说："一条鱼不够招待在座的所有人，要是有两条就好了。"左慈就再下饵钓鱼，不一会又钓了上来。两条鱼都长三尺多，活蹦乱跳，令人喜爱。曹操让人在眼前切成脍，分给在座的人，每个人都有份。曹操说："现在得到了鲈鱼，只可惜得不到蜀地的生姜。"左慈说："能得到的。"曹操怕他在附近买，就说："我之前派人去蜀地买锦缎，可以让人去传达我的命令，让他多买两端。"人走后很快就回来了，生姜也买到了，还说："在卖锦缎的店铺里遇到了您的使者，已经命令他多买两端。"后来过了一年多，曹操的使者回来了，果然多买了两端锦缎。问他怎么回事，他回答说："过去某月某日在店铺遇到一个人，传曹公的命令，多买两端锦缎。"后来曹操到近郊去，有一百多名士人同行。左慈就带了一坛酒，拿了一片肉干，自己亲手从坛里倒酒给大家喝，所有人都喝醉吃饱了。曹操回来之后调查此事，发现酒铺所有的酒和肉脯在前一天都丢失了。曹操厌恶左慈，暗地里想把他杀掉。有一次左慈在座，曹操要抓他，他却没入墙里，一下子就不见了。于是曹操公开悬赏捉拿左慈。有人在市场里见到他，就把他抓住，而市场里的人都变成他的模样。后来有人在阳城山头看到他，差役就去追，左慈就混入一群羊中间。差役想抓住他，就大声说："曹公不想再杀你了，他本想确定一下你的法术，现在已经验证了，就只是想再见见你。"羊群中突然有一只又大又老的公羊，弯着前腿的两膝，像人一样站起来说："为什么要这样？"人们马上说："就是这只羊！"竞相上前想去捉住他。而羊群里几百只羊都变成了公羊，都弯着前膝说："为什么要这样？"因此谁也不知道该抓哪只了。曹操抓来一只羊杀掉，却发现只是一束茅草。《老子》说："我最大的担心就是我有肉身。等到连肉身都没有了，还有什么好担心的！"像老子那类人，可以说是能脱离肉身了。难道这样不就活得更久了吗？

【简评】　这则故事非常耐人寻味。对当权者来说，一个能钓两条鲈鱼的方术家是可爱的，能千里传信，就不只是可爱了，能收取市场上全部的物资，那几乎令人畏惧，不杀不足以除后患。通常，方术家只能束手就擒，幸好左慈是真的"业务精熟"。

干吉

孙策欲渡江袭许，与干吉俱行[1]。时大旱，所在熇(xiāo)厉[2]。策催诸将士，使速引船，或身自早出督切。见将吏多在吉许，策因此激怒，言："我为(wéi)不如干吉邪(yé)，而先趋务之？"[3]便使收吉。至，呵问之曰："天旱不雨，道途艰涩，不时得过，故自早出。而卿不同忧戚，安坐船中，作鬼物态，败吾部伍，今当相除[4]。"令人缚置地上暴(pù)之，使请雨[5]。若能感天，日中雨者，当原赦，不尔行诛[6]。俄而云气上蒸，肤寸而合，比至日中，大雨总(cōng)至，溪涧盈溢[7]。将士喜悦，以为吉必见原，并往庆慰，策遂杀之[8]。将士哀惜，共藏其尸。天夜，忽更兴云覆之。明旦往视，不知所在。策既杀干吉，每独坐，彷佛见吉在左右，意深恶之，颇有失常。后出射猎，为刺客所伤。治创方差（chài），而引镜自照，见吉在镜中，顾而弗见，如是再三[9]。因扑镜大叫，创皆崩裂，须臾而死。

【注释】 1.许：此处指许昌，当时曹操的大本营。 2.熇厉：即炎热。 3.许：此处指处所。为：岂。邪：疑问语气词，无实义。务：工作，此指事奉。 4.作鬼物态：指装神弄鬼。鬼物即鬼。败：败坏。 5.暴：通“曝”，意为晒。 6.日中：即中午。 7.上蒸：指雾气上升。肤寸而合：指云气逐渐聚合。肤、寸为古代长度单位，一指宽为寸，四指宽为肤。总至：骤然而至。总，通“匆”。 8.见原：被宽恕。见，用在动词前，表示被动；原，原谅，宽恕。 9.差：同“瘥”，病愈。

【译文】 孙策想渡过长江袭击许昌，跟干吉同行。当时旱灾很严重，部队所在的地方非常炎热。孙策催促所有将士，让他们快点拉船前行，有时候亲自早早出帐监督。他发现将官都在干吉那里，因此大怒，说：“我难道还不如干吉吗？他们竟先跑去事奉他！”就让人去抓捕干吉。等他被押到自己跟前，就责问他说：“天气干旱不下雨，道路难走，不能按时通过，所以我自己都早早出帐了。而你不分担我的忧虑，在船上安然坐着，装神弄鬼，败坏我部队的精神，现在应该杀掉你。”让人把干吉捆住放在地上暴晒，令他求雨。如果能感动上天，中午下雨，就赦免他，否则就杀了他。没多久雾气上升，聚成大量的云，等到了中午，骤然下起了大雨，河沟里水都涨满了流了出来。将士们都很高兴，以为干吉肯定会被宽恕，一起前去庆贺慰问，孙策于是杀了他。将士们既伤心又痛惜，一起把他的尸体藏了起来。到了夜里，忽然又生出云气覆盖那尸体。第二天早上去看，已经找不到尸身在哪里了。孙策杀了干吉之后，每次一个人坐着，就好像看到干吉在旁边。孙策对此非常厌恶，精神很是失常。

后来他出门打猎，被刺客袭击受伤。伤快治好的时候，他拿起镜子照向自己，却在镜子里看到了干吉，回头看却什么也没看到，如此反复好几次。于是他大叫着摔了镜子，伤口全都崩裂，不一会儿就死了。

【简评】 干吉本来可能只是个讨人喜欢的兵士，未必真有多大神通。可在军队中，首领的权威绝对不容侵犯，于是孙策言而无信地杀了他。

如果方术家都有神通，为什么“被杀”的那一下，总是要给掌权者面子呢？这是值得深思的。

介琰

介琰者，不知何许人也。吴先主时从北来，云从其师白羊公入东海[1]。琰与吴主相闻，吴主留琰，乃为琰架宫庙[2]。一日之中，数四遣人往问起居，或见琰如十六七童子，或如壮年。吴主欲学术，琰以帝常多内御，积月不教也[3]。

【注释】 1.吴先主：指三国时吴国的前任君主，即孙策。 2.吴主：即孙权，孙策之弟，继孙策为吴国君主。 3.内御：指内宫嫔妃。

【译文】 介琰这个人不知道是从哪里来的。孙策在位时从北方来，说曾跟随他的师父白羊公去了东海。介琰跟孙权有来往，孙权挽留介琰，还给他建宫殿庙宇。每天都多次派人前去请安问候，结果派去的人有的看到介琰像十六七岁的童子，有的看到他像是正值壮年。孙权想学习他的仙术，介琰借口帝王嫔妃众多，过了好几个月还是不教给他。

【简评】 方术家“留一手”，其实也是在保护自己。

焦湖庙巫

焦湖庙有一柏枕，或云玉枕，枕有小坼（chè）[1]。时单父县人杨林为贾（gǔ）客，至庙祈求[2]。庙巫谓曰：“君欲好婚否？”林曰：“幸甚。”巫即遣林近枕边，因入坼中，遂见朱门琼室[3]。有赵太尉在其中，即嫁女与林[4]。生六子，皆为秘书郎[5]。历数十年，并无思乡之志。忽如梦觉，犹在枕傍，林怆然久之。

【注释】 1.焦湖：即今安徽中部的巢湖。坼：裂纹。 2.单父：春秋时鲁国邑名，在今山东单县附近。为贾客：指因行商而旅行。 3.朱门：即红漆大门，汉代前后为最尊贵的象征，属于九锡（通“赐”）之一，非得到天子赏赐特许者不可使用。琼室：本指玉石做的宫殿，即传说中仙人居住的宫殿，后用来借指奢华的宫殿。 4.太尉：汉代政府最高军事长官，“三公”之一，或称大司马。 5.秘书郎：三国两晋时官职名，掌管图书经籍。

【译文】　焦湖庙有一个柏木做的枕头，也有说是玉石做的枕头，上面有一个小裂口。当时单父县人杨林外出经商，到这座庙拜神。掌管此庙的巫师问他："你想要个美满的婚姻吗？"杨林说："那太好了。"于是巫师带他来到那块枕头旁边，他就进入那个裂口，结果看到了奢华的府邸，里面有个赵太尉，马上就把女儿嫁给了他。生了六个儿子，都当上了秘书郎。过了几十年，他也没有思乡而想要离开的想法。忽然好像梦醒了，发现自己还在枕头旁，杨林不禁十分悲伤，久久不能平复。

【简评】　枕中遇仙，成婚而富贵的故事，后世多有。这一则则是较早的版本，它较为质朴，少细节而多概述。不过，美梦醒后的"怆然"，古今相近。

徐光

吴时有徐光，常行幻术于市里。从人乞瓜，其主勿与，便从索瓣，扙(zhàng)地而种之[1]。俄而瓜生蔓延，生花成实，乃取食之，因赐观者。鬻(yù)者反视所出卖，皆亡秏(máo)矣[2]。常过大将军孙綝(chēn)门，褰(qiān)裳而趋，左右唾溅[3]。或问其故，答曰："流血覆道，臭腥不可耐。"綝闻而怒杀之，斩其首无血。后綝上蒋陵，有大风荡綝车，顾见光在松树上，拊手笑之[4]。俄而綝诛。

【注释】 1. 瓣：瓜子，即瓜的种子。扙地：此处指破坏地面。 2. 鬻：卖。耗：没有了。 3. 大将军孙綝：大将军为三国东吴的最高军事统帅。孙綝（231—259），字子通，东吴皇族及权臣，曾把持朝政并主导君主废立，后被自己拥立的孙休诛杀。褰：撩起衣服。趋：奔跑。 4. 蒋陵：即孙权的陵墓，在今南京梅花山。荡：摇晃。

【译文】 吴国的时候，有个叫徐光的人，经常在市场上施行幻术。他跟卖瓜人讨要一个瓜，人家不给，他就要来一粒瓜子，捣破地面把它种下去。很快瓜就长出藤蔓，开花结果，他就把它摘下来吃，还送给围观的人。卖瓜人回头看自己要卖的瓜，全都没有了。他曾经经过大将军孙綝的大门，撩起衣服快速跑过，边跑边向四面呸吐唾液。有人问为什么，他说：“流出来的血铺满了大道，那腥臭味让人没法忍受。”孙綝听了大怒，就把他杀了，他的头被砍掉的时候一点血都没流。后来孙綝去蒋陵，有一阵大风把他的车吹得直晃，转头一看，看见徐光在松树上拍手嘲笑他。没多久孙綝就被诛杀了。

钱小小

吴先主杀武卫兵钱小小，形见大街[1]。顾借赁人吴永，使永送书与桁(háng)南庙，借木马二匹[2]。以酒噀(xùn)之，皆成好马，鞍勒(lè)全耳[3]。

【注释】 1. 吴先主：吴国的前任君主，当指孙策。武卫兵：吴国的兵种之一。 2.桁：桥。 3.噀：喷。勒：即绑在马头上，用于控御马匹的工具，又叫马笼头、马辔头、马嚼子等。

【译文】 吴国前任君主杀了武卫兵钱小小。他的身影却出现在大街上。他去找租赁中介吴永，让他送一封信到桥南的庙中，借两匹木马。借来后把酒喷在上面，它们都变成了很好的马，连马鞍、马辔头都齐全。

许懋

许懋，吴人，好黄白术[1]。一日，遇一道人，将一画扇簇挂于壁上，有药炉、童子在上。道人呼童子，而童子跪于炉前，画扇频动，炉火光炎，少顷药成。道人曰："黄白之术，役天地之数，非积功累行，不可求之。"遂告懋曰："五十年后，当于茅山相寻。"[2]遂不知所在。

【注释】 1.黄白术：即方士道人冶炼金银之术。黄指金，白指银，是隐讳的说法。本篇不见于旧二十卷本。 2.茅山：在今江苏句（gōu）容附近，原名句曲山，汉代时因茅氏三兄弟在此修道，故改称茅山。是道教名山。

【译文】 许懋是东吴人，喜欢炼金银的道术。有一天他遇到一个道人，将一把有画的扇子挂在墙上，画上面有药炉和童子。道人叫了一声童子，童子就跪在炉子前，扇子频频摆动，炉内的火又亮又旺，不一会儿药就煎好了。道人说："炼金银的道术，是驾驭天地的法术，若不是积功德、累善行，就不能去追求它。"于是道人告诉许懋："五十年后，你会在茅山找到我。"就不知道到哪去了。

【简评】 "黄白术"与现实关系过于密切，当然不能随便成功，否则，人间的基本运行规律都会被打乱，贫富问题将不可收拾。可惜，神怪故事却不能将这话挑明。

营陵道人

汉北海营陵有道人，能令人与已死人相见[1]。其同郡人，妇死已数年，闻而往见之，曰："愿令我一见亡妇，死不恨矣。"道人曰："可。卿往见之，若闻鼓声，疾出勿留。"乃语其相见之术。俄而得见之，于是与妇言语悲喜，恩情如生。良久，闻鼓音，声悢悢(liàng)[2]。不能得时出门，闭户掩婿，婿乃徒出[3]。当出户时，奄(yǎn)闭其衣裾(jū)户间，掣绝而去[4]。至后岁余，此人身亡，室家葬之[5]。开冢，见妇棺盖下有衣裾。

【注释】 1.北海营陵：在今山东昌乐附近。汉代有北海郡及北海国，营陵县属其治下。 2.悢悢：象声词，用以形容鼓声。 3.得时：指按时，切合时机。户：门。徒出：此处指独自出来。 4.奄闭：关闭。奄，通"掩"。衣裾：此处指衣服后侧的下摆。 5.室家：此处指家人亲戚。

【译文】 汉代北海的营陵有一个道人，能让人跟已经死去的人相见。有一个跟他同郡的人，妻子已经死了好几年，听说了他的本事，就去见他，说："希望能让我见一次我去世的妻子，这样我死了也没有遗憾了。"道人说："可以的。你去见了她，如果听到鼓声，就赶紧出门，不要停留。"就告诉他相见的法术。这人很快就跟妻子相见，于是就跟她说话，又悲又喜，两人的感情就像妻子生前一样。过了很久，听到鼓声响起，丈夫没能抓住时机出门，妻子就关上门掩护他，他才独自出来。出门的时候，关上的门夹住了他的衣服后襟，他扯断了它而离去。很多年后，这个人去世了，家人将他下葬。打开他妻子的坟墓，看到她棺材的盖板下面有一片衣服的后襟。

【简评】 原来营陵道人的方术是开棺。不过，古人似乎并不忌讳这类故事，至少在"怪力乱神"的世界中欢迎它；晚至明代的《牡丹亭》，也有杜丽娘从棺中回生的情节。

天竺胡人

永嘉年中，有天竺胡人来渡江南，言语译道而后通[1]。其人有数术，能断舌续断，吐火变化，所在士女聚共观试[2]。其将断舌，先吐以示宾客，然后刀截，流血覆地。乃取置器中，传以示人。视之，舌头半舌，观其口内，唯半舌在。既而还取含之，坐有顷，吐已示人，坐人见舌还如故，不知其实断不(fǒu)也[3]。其续断，取绢布与人，各执一头，对剪一断之。已而取两段，合持祝之，则复还连，绢与旧无异，故一体也[4]。时人多疑以为幻作，乃阴而试之，犹是所续故绢也。其吐火者，先有药在器中，取一片，与黍糖含之，再三吹呴(xū)，已而张口，火满口中[5]。因就爇(ruò)处取以爨(cuàn)之，则便火炽也[6]。又取书纸及绳缕之属投火中，众详共视，见其烧然，消糜了尽[7]。乃拨灰中，举而出之，故是向物。如此幻术，作者非一。时天下方乱，云建安霍山可以避世，乃入东冶，不知所在也[8]。

【注释】 1. 永嘉：即公元307年至公元313年，西晋怀帝司马炽的年号。译道：同“译导”，此处指翻译。 2. 数术：同“术数”，此处指神秘法术。 3. 已：通“以”。不：同“否”。 4. 祝：祈祷，此处指念咒。 5. 黍糖：即黄米所做的糖。吹呴：指吹气和呵气。 6. 爇：此处指火焰。爨：焚烧。 7. 属：种类。烧然：即燃烧。然，“燃”的古字。 8. 建安：旧县名，东汉起设置，近代时并入今福建建瓯。霍山：即霍童山，又名支提山，在今福建宁德。东冶：泛指今福建福州一带。

【译文】 永嘉年间，有一个来自天竺的胡人坐船到了江南，他说的话要经过翻译才能听懂。这个人懂得神秘的法术，能把舌头切断再接上，能把剪断的绢还原，能吐火，能改变自己的外观，附近的男女都跑来看个究竟。他要切断舌头的时候，先吐出来让观众确认，然后用刀截断，血流了一地。于是把切断的舌头放在容器里让观众传看。观众拿来一瞧，是舌尖那边的半截，再看那人的嘴里，只剩了另外半截舌头。之后他把断舌放回嘴里含着，坐了一会儿，再吐出舌头给人看，在场的人都看到舌头恢复了当初的模样，不知道实际上到底断了没有。他接续断绢的时候，先拿一块绢布，跟另一个人分别拉住布的一头，从中间把布剪断。然后把这两段拿来放在一起念咒，就能让它们重新相连，绢布跟之前的一样，仍然是一整块。当时很多人怀疑这是一种幻术，就暗中验证，发现接续的仍是原来的那块绢。他吐火的时候，事先把药放在容器里，拿出一片来跟黄米糖一起含在嘴里，反复吹气呵气，接着一张嘴，嘴里就都是火了。然后就把木柴拿近火焰点燃，马上火便烧得很旺。又把纸和绳线之类扔进火里，大家都仔细观察，看着它燃烧，直到完全烧光熄灭。于是拨动灰烬，从中拿出来的都是投进火中的原物。这样的幻术表演了不止一种。当时天下正在大乱，他说建安的霍山可以逃避乱世，就去了东冶，后来就不知道去哪了。

【简评】　这位道人分明是个魔术师啊！

神化篇之三

许季山

右扶风臧仲英，为侍御史[1]。家人作食，有尘垢在焉，炊熟，不知釜处。兵弩自行[2]。火从箧中起，衣尽烧而箧簏(qiè lù)如故[3]。儿妇女婢使，一旦尽亡其镜，数日后从堂下投庭中，言："还汝镜。"[4]女孙年四岁，亡之，求之不知处[5]。二三日，乃于圊(qīng)中粪下啼[6]。若此非一。许季山卜之曰："家当有青狗，内中御者名盖喜，与共为之。诚欲绝之，杀此狗，遣盖喜归乡里。"仲英从之，遂绝。仲英迁太尉长(zhǎng)史、鲁相[7]。

【注释】 1.右扶风：汉代官职名，与京兆尹、左冯翊（píng yì）合称三辅，拱卫都城长安，此处指其辖地，东汉起治所约在今陕西兴平一带。侍御史：东汉为御史台属官，负责监察、弹劾官员，俸禄为六百石。 2.兵弩：兵刃和弓弩。 3.箧簏：即竹箱。箧，即小箱子；簏，泛指竹编的容器。 4.一旦：有一天早上。 5.女孙：孙女。 6.圊：厕所。 7.太尉长史：即辅佐太尉的长史，作为当时最高军事长官的副手，是颇有权势的官职，俸禄为一千石。鲁相：即鲁国丞相。汉代至南北朝期间，曾多次有王室宗亲被封为鲁王，其手下的最高行政长官即为鲁相。

【译文】 右扶风的臧仲英是一名侍御史。他家的仆人做饭，饭里有灰尘污垢，等饭做熟了，锅却不知哪里去了。家里的兵刃和弓弩会自己移动。竹箱起火，箱里的衣服都烧毁了，箱子却没事。有一天，家里的儿媳妇、婢女都丢了镜子，几天后镜子都从堂下被扔进庭院里，有个声音说："还你们镜子。"有个四岁的孙女走丢了，找也找不到。过了两三天，她竟然在厕所的粪坑里哭。这样的事不止一件。许季山给他占卜，说："你家里应该有一条黑狗，还有一个内室守卫叫盖喜的跟它串通，一起作怪。真要断绝这种事，就杀掉这条狗，打发盖喜回老家。”臧仲英按他说的做，怪事就都没了。臧仲英后来先后升任太尉长史和鲁国丞相。

童彦兴

桥玄，字公祖，梁国人也，初为司徒长史[1]。五月末夜卧，见东壁正白，如开门明，呼左右，左右莫见。因起自往，手扪(mén)摸之，壁如故[2]。还床又见，心大恐。其旦，应劭(shào)往候之，玄告，劭曰：“乡人有童彦兴者，许季山外孙也[3]。其探赜(zé)索隐，穷神知化，虽眭(suī)孟、京房无以过也[4]。然天性褊(biǎn)狭，羞于卜筮(shì)者[5]。”玄闻，往请之，须臾便与俱还。公祖虚礼盛馔，下席行觞[6]。彦兴辞，公祖辞让再三，尔乃应之，曰[7]：“府君怪见白光如门明者，然不为害也[8]。六月上旬鸡鸣时，闻南家哭，即吉到。秋节迁北行郡，以金为名，位至将军、三公[9]。”到六月九日，太尉杨秉薨(hōng)[10]。七月，拜钜鹿太守，钜边有金焉[11]。复为度辽将军，遂登三事[12]。

【注释】 1.桥玄：东汉名臣，曾任度辽将军、司空、司徒等职，与本故事情节相符。旧二十卷本作“乔玄”。梁国：历史上曾有多个梁国，汉代的梁国大致在今天安徽北部与河南东部交界处。司徒长史：即辅佐司徒的长史。汉代司徒与丞相类似，主掌土地和人口。长史是其副手。 2.扪摸：摸。扪、摸同义。 3.应劭：东汉人，以博学多闻著称，曾为泰山太守，后为曹操制定典章，著有《汉官仪》等。候：拜访，探望。 4.探赜索隐：探索幽深隐微的事理。赜，指幽深奥妙之事。眭孟、京房：两人都是西汉时期著名的易学家。眭孟本名眭弘，字孟。汉代易学家京房有两人，一般指开创了京氏易学的那一位，本姓李，字君明。 5.褊狭：指心胸、器量、见识等不开阔。卜筮：即占卜吉凶。用龟甲称卜，用蓍草称筮。 6.虚礼：指态度谦恭地以礼相待。 7.辞让：客气地谦让。尔乃：这才。 8.府君：汉代用于尊称太守或其他地位相似的官员。 9.将军：在汉代为一类高级至顶级武将官职的统称，后文出现的“度辽将军”为将军中地位较普通的一种。三公：为汉代顶级文官官职的合称，指丞相（或称司徒）、太尉（或称司马）、御史大夫（或称司空）。 10.杨秉薨：杨秉去世。杨秉（92—165），字叔节。从其父杨震起，其自身、其子杨赐、其孙杨彪，连续四代官至太尉。薨，指贵族或高官去世。 11.钜鹿：今作“巨鹿”，地名，位于今河北邢台。 12.登三事：即升任三公之一。三事，即三公。按，历史上桥玄于公元170年升任司空，后改司徒、太尉，三公皆有经历。

【译文】 桥玄，字公祖，是梁国人。起初他担任司徒长史。五月末的夜里他躺在床上，看到东墙正在发白光，亮得就像有一扇门在那里打开了一样。他叫来仆人，仆人都看不见。他就自己站起来走过去用手去抚摸，墙跟以前一样。回到床上却又看见了，他心里非常害怕。第二天早上，应劭来看他，桥玄把这事情跟他说了，应劭说：“我有个同乡人叫童彦兴，是许季山的外孙。他一直探索幽深奥妙的事物，知道所有神灵的变化，即使眭孟、京房也胜不过他。但他天性狭隘小气，不爱占卜。”桥玄听了就去请他来，一会儿就一同回来了。桥玄态度谦恭，以礼相待，备下丰盛的宴席招待，还离开自己的座位敬酒。童彦兴推辞，桥玄反复地客气推让，他这才回答说：“府君您看见白光亮得像开了门一般，觉得惊奇，但这件事不会带来害处。六月上旬公鸡打鸣的时候，如果听到南边的人家哭，那么好事就到了。秋天您会升任北边某郡的长官，郡名有金字，最后您能一直升到将军、三公那个级别。”到了六月九日，太尉杨秉去世。七月，他升任钜鹿太守，“钜”字的左边偏旁就是“金”字。后来又任度辽将军，最后升任三公。

【简评】 童彦兴看来是个早期的算命先生，业务水平相当不差。

管辂筮怪

安平太守王基，家数有怪，使管辂筮之[1]。卦成，辂曰：“君之卦，当有一贱妇人生一男，堕地便走，入灶中死。又床上当有一大蛇衔笔，大小共视，须臾便去。又乌来入室，与燕斗，燕死乌去[2]。有此三卦。”王基大惊曰：“精义之致，乃至于此！幸为处(chǔ)其吉凶[3]。”辂曰：“非有他祸，直以官舍久远，魑魅魍魉共为妖耳[4]。儿生入灶，宋无忌之为也[5]。大蛇衔笔者，老书佐也[6]。乌与燕斗者，老铃下也[7]。夫神明之正者，非妖能乱也；万物之变，非道所止也；久远之浮精，必能之定数也[8]。今卦中不见其凶，故知假托之类，非咎妖之征[9]。昔高宗之鼎，非雉所雊(gòu)；太戊之阶，非桑所生[10]。然而妖孽并至，二年俱兴，安知三事不为吉祥？愿府君安神养道，勿恐于神奸也[11]。”后卒无他，迁为安南将军[12]。辂乡里乃太原问辂：“君往者为王府君论怪，云老书佐为蛇，老铃下为乌。此本皆人，何化之微贱乎？为见于爻象，出君意乎？”辂言：“苟非性与天道，何由背爻象而任胸心者乎？夫万物之化，无有常形；人之变异，无有常体。或大为小，或小为大，固无优劣。夫万物之化，一例之道也。是以夏鲧(gǔn)天子之父，赵王如意汉祖之子，而鲧为黄能，如意为苍狗[13]。斯亦至尊之位，而为黔喙之类也[14]。况蛇者协辰巳之位，乌者栖太阳之精，此乃腾黑之明象，白日之流景[15]。如书佐、铃下，各以微躯化为蛇乌，不亦过乎！”

【注释】 1.安平：此处指东汉时设置的安平郡，在今河北衡水。筮：占卜。 2.乌：乌鸦。 3.幸：希望。处：辨察。 4.直：只不过。 5.宋无忌：也称“宋毋忌”，传说中的火仙人。 6.书佐：负责文书工作的佐吏。 7.铃下：一般指某地首长的仆役，也指门卒、侍卫等。因常在首长办公地附近，等候首长摇铃召唤而得名。 8.道：指世界万物的运行规律。 9.征：征兆。 10.高宗之鼎，非雉所雊：指商高宗武丁在祭祀先祖成汤时，一只野鸡飞来，落在鼎耳上鸣叫，臣下借此劝谏他的故事。高宗即商高宗武丁，商朝第二十三任君主；雉，即野鸡；雊，特指野鸡鸣叫。太戊之阶，非桑所生：指商中宗太戊的朝堂上忽然长出桑树和构树，臣下因此劝谏他的故事。太戊即商中宗太戊，商朝第九任君主；阶，即台阶，古代朝堂高于四周，登上台阶才能入朝，所以此处用台阶代指朝堂。 11.神奸：能害人的鬼神。 12.安南将军：将军中较为高阶的一种，主掌安治，四安将军（安东、安西、安北、安南）之一。按，史载王基官至征南将军而非安南将军。 13.夏鲧天子之父：指鲧是夏朝第一任君主禹的父亲之事。赵王如意汉祖之子：指刘如意，汉高祖刘邦的第三子，非吕后所生，受封为赵王。刘邦数次欲立其为太子，因吕后和群臣反对未成。刘邦去世后，刘如意为吕后所杀。黄能：即黄熊。传说鲧死后化为黄熊。苍狗：传说吕后杀刘如意几年后，在外出途中被刘化成的青狗咬中腋下，并因此去世。 14.黔喙：指牲畜野兽之类。黔，黑色；喙，嘴。 15.蛇者协辰巳之位：蛇配于东南方位。协，配合，适配；辰巳，两者都属地支，中国古代阴阳家将它们对应到地理的东南方向上。乌者栖太阳之精：乌鸦是栖息在太阳里的精灵。中国上古时代传说太阳中有三只脚的乌鸦居住，因此将乌鸦作为太阳的象征。流景：闪耀的光彩。

【译文】 安平太守王基的家里总是有妖怪作乱，就让管辂为他占卜。卜卦完成，管辂说："你这一卦显示，应该有一个身份卑微的妇人生下一个男孩，孩子生下来就会走路，自己走到炉灶里死了。然后床上又应该有一条大蛇叼着笔，大人小孩都看到了，但它一会儿就不见了。再有一只乌鸦进到屋里，跟燕子打架，把燕子打死就飞走了。有这么三个卦象。"王基大吃一惊，说："义理精妙，竟然可以达到这种地步！请你帮我判断这些事的吉凶吧。"管辂说："并不会另有什么灾祸，只不过因为官舍建的时间久了，各种鬼怪共同作乱罢了。婴儿进到炉灶里，是火仙宋无忌干的。叼着笔的大蛇就是老书佐，跟燕子打斗的乌鸦是老仆役。神明堂堂正正，不是妖怪能搅乱的；万物的变化，并不限于天道地理。时间久远的小妖小怪，是必然会变成这样的。现在卦里只能看到现象却看不出凶兆，所以知道这是假冒一类的变化，并不是灾难的征兆。当年商高宗武丁的鼎本不是野鸡站上去鸣叫的地方，商中宗太戊的朝堂也不是桑树、构树的生长环境，但灾异之事齐出，两年之后，二位君主都实现了中兴，谁知道您这三件事就不是吉祥的好事？希望太守您安定心神，专心修养道术，不要惧怕害人的鬼神妖怪。"后来最终也没发生什么事，王基还升任了安南将军。管辂的老同乡乃太原问他："你以前为王太守评论妖怪作乱的事情，说老书佐变成了大蛇，老仆役变成了乌鸦。他们都是人，为什么会变化成卑贱的动物呢？你从爻的卦象上看出这些事，是出于你自己的想法吗？"管辂说："如果不是人性和天道，为什么要背离爻象而任由自己的想法来解释呢？万物和人类的变化没有确定的形式和规律。有的从小的变成大的，有的从大的变成小的，本来没有优劣之分。万物的变化都是一样的道理。所以，夏鲧是天子禹的父亲，赵王如意是汉高祖的儿子，结果鲧变成了黄熊，而如意变成了青狗。这些都是地位最为尊崇的人，结果也都变成了牲畜野兽。而且蛇适配东南方位，乌鸦是栖息在太阳里的精灵。这是从黑暗中出现光明的卦象，是太阳闪耀的光彩。像书佐、仆役这样，各自把微贱的身体变成有神通的大蛇、乌鸦，难道不比他们强吗?”

北斗南斗

管辂，字公明，善解诸术。至平原，见赵颜貌主夭亡而叹[1]。颜奔告父，父乃求辂延命。辂曰：“子归，觅清酒一榼(kē)，鹿脯一斤，吾卯日必至君家，且方便求请。”[2]其父觅酒脯而候之，辂果至。语颜曰：“汝卯日刈(yì)麦地南大桑树下，有二人围棋次，汝但一边酌满盏，置脯于前，饮尽更斟，以尽为度[3]。若问汝，但拜之，勿言，必合有人救汝。”颜依言而往，果见二人围棋。颜置脯斟酒于前。其人贪戏，但饮酒食脯，不顾。饮数巡，北边坐者忽见颜在，叱曰：“何故在此?”颜唯拜之。南面坐者人语曰：“适来饮他酒脯，宁无情乎?”[4]北边坐者曰：“文书已定。”南边坐人曰：“借文书看之。”见赵子寿可十九岁。乃取笔挑上，语颜曰：“救汝至九十年活。”[5]颜拜而回。管语颜曰：“大助子喜，且得增寿[6]。北边坐人是北斗，南边坐人是南斗。南斗注生，北斗注死。凡人受胎，皆从南斗，祈福皆向北斗。”

【注释】 1.平原：指平原郡，范围在今山东德州一带。 2.榼：古代盛酒或贮水的容器。 3.刈麦地：指割了麦子的农地。刈，割。次：场所。 4.适来：刚才。 5.挑上：指添一勾乙符号，形状是“✓”，表示文字对调。 6.助：祝贺。

【译文】 管辂，字公明，对各种道术都很有了解。他到了平原郡，看到赵颜的面相预兆他会早夭，因此叹气。赵颜跑回去告诉父亲，他父亲就来求管辂帮赵颜延长寿命。管辂说：“你回去找一罐清酒，一斤鹿肉干。等到卯日我一定会去你家，帮你实现愿望。”他的父亲就找来酒肉恭候，管辂果然来了，并且告诉赵颜说：“你卯日到割过麦子的那块地南边的大桑树下去，有两个人会在那里下围棋。你只管在旁边倒满酒杯，把肉干放到他们跟前，酒喝干了就继续倒，直到把所有的酒都倒光。如果他们问你，就只管磕头，不要说话，必然会有人救你。”赵颜按照他的话去了，果然看见两个人在下围棋。赵颜就在他们跟前摆肉倒酒。两个人专心下棋，只顾喝酒吃肉，没有看赵颜一眼。喝了好几回，坐在北边的人忽然看见赵颜在旁边，训斥他说：“你怎么在这?”赵颜只是磕头。坐在南面的人说：“刚才吃了他的酒肉，难道不讲点情面吗?”坐在北边的人说：“文书已经定稿了。”坐在南边的人说：“文书借我看看。”他看到赵颜的寿命应该到十九岁，就拿出笔来把两个数字调换了次序，跟赵颜说：“我救你，让你活到九十岁。”赵颜再次跪拜之后就回来了。管辂对赵颜说：“大大地恭喜你，而且你的寿命也延长了。坐在北边的是北斗仙人，坐在南边的是南斗仙人。南斗主管出生，北斗主管死亡。一般人投胎出生都由南斗引导，而祈福则都向着北斗。”

【简评】 南斗星君与北斗星君至今还是著名的道教神祇，不过人数有所变化，而掌管的细节也越来越丰富了。

淳于智筮鼠

淳于智字叔平，济北人[1]。性深沉，有思义。少为书生，善《易》。高平刘柔夜卧，鼠啮其左手中指，意甚恶之[2]。以问智，智为筮之曰："鼠本欲杀君而不能，当相为，使之反死。"乃以朱书其手腕横文后三寸为田字，辟方一寸二分，使夜露手以卧[3]。其明，有大鼠伏死手前。

【注释】 1.济北：即济北国或济北郡，秦朝时创立，后辖地范围多有变动，大致在今鲁西北，泰山以西的济水两岸。 2.高平：即高平郡，晋代始设，辖地在今天山东济宁一带。 3.辟方：开方，即见方，用以提示该正方形的尺寸。

【译文】 淳于智，字叔平，是济北人。他性格深沉，有思辨能力。年轻时是个书生，擅长《易经》。高平人刘柔夜里躺在床上，有老鼠咬了他的左手中指，刘柔感到很厌恶。他向淳于智问起这件事，淳于智给他占卜之后说："那老鼠本想杀你却做不到，我会帮助你做点事，让它反而死掉。"就用红墨在他手腕上横纹之后三寸的地方画了个田字，有一寸二分那么大，让他夜里睡觉时候把手露在外面。第二天早上，有一只大老鼠趴在刘柔的手跟前死了。

淳于智卜狐

谯国夏侯藻母病困，将诣淳于智卜[1]。有一狐当门，向之嗥唤。藻愁愕，遂驰诣智[2]。智曰："其祸甚急。君速归，在嗥处拊心啼哭，令家人惊怪，大小毕出，一人不出，啼哭勿休，然后其祸仅可救也。"藻如之，母亦扶病而出。家人既集，堂屋五间，拉然而崩[3]。

【注释】 1. 谯国：古代地名，辖境在今安徽亳州附近的安徽、河南两省交界。诣：拜访。 2. 驰：跑。 3. 堂屋：指中国古代住宅中的正房。拉然：形容倒塌的样子。

【译文】 谯国的夏侯藻因为母亲病重，要去找淳于智占卜。这时有一只狐狸站在门口，冲着他嗥叫。夏侯藻又担心又惊愕，于是跑着去拜访淳于智。淳于智说："那灾祸很快就到。你赶紧回去，在狐狸嗥叫的地方摸着心口大哭，让你家人觉得惊讶奇怪，一家老小都从屋子里出来。有一个人不出来，你都不要停下。这样做之后，才能勉强避过这场灾祸。"夏侯藻照他说的做了，连母亲也支撑着病体走出了屋子。等家人都聚齐了，只见五个开间的正房突然呼啦啦地崩塌了。

【简评】 故事要有趣，往往得有些出人意料的波澜。这一则就有此效果。明明是因母亲的病去问卜，结果却获知了房屋倒塌的灾祸预警，即是"祸福难测"的好例子。

同时，这一则另有可爱之处：古人也知道生命是最重要的，财产则要次之。

淳于智卜丧病

上党鲍瑗，家多丧(sāng)病，贫苦[1]。或谓之曰："淳于叔平，神人也[2]。君何不试就卜，知祸所在？"瑗性质直，不信卜筮，曰："人生有命，岂卜筮所移！"会智适来，应思远谓之曰："君有通灵之思，而但为贵人用[3]。此君寒士，贫苦多屯蹇(jiǎn)，可为一卦[4]。"智乃令詹作卦[5]。卦成，谓瑗曰："为君安宅者女子工耶？"[6]瑗曰："是也。"又曰："此人已死耶？"曰："然。"智曰："此人安宅失宜，既害其身，又令君不利。君舍东北有大桑树，君径至市，入市门数十步，当有一人持新马鞭者，便就请买，还以悬此桑树，三年当暴得财也。"瑗遂承其言诣市，果得马鞭，悬之。正三年，浚(jùn)井，得钱数十万，铜铁杂器，复可二十余万[7]。于是家业用展，病者亦愈[8]。

【注释】 1.上党：古代地名，其辖区在今山西东南。丧病：丧事和疾病。 2.淳于叔平：即淳于智，叔平是他的字。 3.应思远：即应詹（274—326），字思远。两晋时人，官至江州（今江西九江）刺史，封观阳侯，追赠镇南大将军。 4.屯蹇：艰难，不顺利。屯和蹇都是《易经》中的卦名。 5.詹：指应詹。 6.安宅：中国古代迷信，搬入新居之前要举行仪式，清除房中有害的邪气。 7.浚：深挖。 8.用：因此。展：增长。

【译文】 上党人鲍瑗的家里总有人去世和得病，十分贫苦。有人对他说：

“淳于叔平是个神人。你何不试试让他帮你占卜，以求知道灾祸的原因?”鲍瑗生性质朴耿直，不相信占卜这回事，说：“人活在世上命运总有定数，哪是占卜所能改变的!”恰好淳于智来到这里，应詹对淳于智说：“你有与神灵相通的精神力量，但是只为门第高贵的人施展。这位仁兄出自寒门，家境贫穷，生活艰苦，你可以帮他算一卦。”淳于智就让应詹作卦。卦作成了，淳于智就对鲍瑗说：“为你安宅的人是女子工吗?”鲍瑗说：“是的。”淳于智又问：“这个人已经死了吗?”鲍瑗说：“是的。”淳于智说：“这个人安宅的工作没有做好，既害死了自己，又有害于你。你的房子东北方有一棵大桑树。你直接去市场，进门走几十步就应该看到有一个人拿着新马鞭卖。你就上前去跟他买，回来把鞭子挂在那棵桑树上，三年以后应该会突然得到一大笔钱。”鲍瑗就按他的说法去了市场，果然买到了马鞭，回来挂了上去。整整三年之后，他挖井的时候挖到了几十万铜钱，另外还有铜和铁做的各种器具，又值二十多万。于是家产因此而大大增长了，病人也痊愈了。

【简评】 人生有许多事都是“自我实现的寓言”。因此，神仙方术存在的某种意义，就是告诉乞求者：“如此这般就会好。”而事后果然好了，其原因却未必在当初的“如此这般”。

郭璞筮偃鼠

永嘉五年十一月，有偃鼠出延陵[1]。郭璞筮之，遇《临》之《益》，曰：“此郡东县当有妖人，欲构制者，寻亦自死矣。”[2]

【注释】 1.永嘉五年：即公元311年。这一年，八王之乱余波未平，又发生了永嘉之乱。偃鼠：即鼹鼠。延陵：中国古代曾有多个名为延陵之地，此处指西晋时位于今江苏丹阳境内的县。 2.遇《临》之《益》：临、益都是《易经》中的卦名。构制：本指建筑物的规模，与前后语义不合，此处当仍以旧二十卷本之“称制”为是。

【译文】 永嘉五年（311）十一月，延陵县有大量鼹鼠出没。郭璞为此占卜了一番，得到了临卦和益卦，于是说：“这个郡境内东边的县应该是有装神弄鬼的人，想要自立为皇帝，不过很快自己就死了。”

郭璞筮病

杨州别驾顾球娣(dì)，生十年便病[1]。至年五十余，令郭璞筮之，得《大过》之《升》，其辞曰[2]：“大过卦者义不嘉，冢墓枯杨无英华。振动游魂见龙车，身被重累婴天邪。法由斩树杀灵蛇，非己之咎先人瑕。案卦论之可奈何！”球乃访迹其家事，先世曾伐大树，得大蛇杀之，女便病。病后有群鸟数千，回翔屋上，人皆怪之，不知何故。有县农行过舍边，仰视，见龙牵车，五色晃烂，甚大非常，有顷遂灭[3]。

【注释】 1.杨州：当为“扬州”之误。别驾：官名，魏晋时为州刺史的副手，职权很重。娣：指妹。 2.《大过》之《升》：大过、升都是《易经》中的卦名。辞：指卦辞，即评判占卜吉凶的判辞。 3.晃烂：明亮有光彩。

【译文】 扬州别驾顾球的妹妹，出生后十年就得了病。到了她五十多岁的时候，顾球让郭璞给她占卜，得到了大过卦和升卦，卦辞是这么说的："大过卦的意思不好，坟头有一株杨树枯死了没有开花。这惊动了游魂，有人看到了龙拉的车，身上背负了重重报应，生下的孩子天生就不正常。这是因为砍了枯树，还杀死了住在里面的灵蛇，这不是孩子的错，而是先人的过失。根据卦象得到了这些结论，但又有什么办法呢！"顾球就调查追踪自己家过去的历史，发现父辈曾经砍过一棵大树，出现了一条大蛇，也给杀死了，结果女儿就病了。得病之后有好几千只鸟在房子上面盘旋，人们看到了都觉得惊奇，不知道原因。有一个县里的农民走过房子边上，抬头一看，看到有龙拉着车，车的颜色多彩绚丽，很大很大，不同于一般的车，一会儿就不见了。

【简评】 当人们遇到无可解决，只能承担的困苦之境，常常会说"作孽"或"报应"，其实质也是归于"上辈子"或"祖宗"。这种思想主要受佛教影响。而这则故事里的郭璞，则是个道教仙人。

郭璞活马

赵固常乘一匹赤马以征战，甚所爱重，常系所住斋前[1]。忽腹胀，少时死。郭璞从北过，因往诣之。门吏云："将军好马今死，甚爱惜，今盛懊惋。”景纯便语门吏云：“入通，道吾能活此马，则必见我。”[2]门吏闻，惊喜，即启固[3]。固踊跃，令门吏走迎之[4]。始交寒温，便问：“卿能活我马不？”[5]璞曰：“马可活耳。”固忻(xīn)喜，即问：“须何方术？”[6]璞云：“得卿同心健儿二三十人，皆令持长竹竿，于此东行三十里，当有丘陵林树，状若社庙[7]。有此者，便以竿搅扰打拍之，当得一物，便急持归。既得此物，马便活矣。”于是命左右骁勇之士五十人使去，果如璞言，得大藂(cóng)林，有一物似猴而非，走出[8]。人共逐得，便抱持归。入门，此物遥见死马，便跳梁欲往[9]。璞令放之，此物便自走往马头间，嘘吸其鼻[10]。良久，马即起喷鼻，奋迅鸣唤，便不复见此物。固厚资给，璞得过江。

【注释】 1.赵固：两晋之交时的将领，先后依附前赵、西晋、东晋等。 2.景纯：郭璞字景纯。 3.启：禀告。 4.踊跃：跳跃，此处形容高兴的样子。走：跑。 5.交寒温：问候冷暖起居，指寒暄。不：同“否”。 6.忻喜：高兴喜悦。 7.健儿：士兵。 8.藂：同“丛”，丛生。 9.跳梁：同“跳踉”，跳跃。 10.嘘吸：吹吸。

【译文】 赵固经常骑一匹红马打仗，非常喜爱并重视它，经常把它系在自己的住屋之前。突然有一天马肚子胀起来，没多久就死了。郭璞从北边经过这里，就去拜访赵固。守门人说：“将军的好马刚刚死了，他很喜欢这匹马，现在非常懊恼。”郭璞就对守门人说：“你进去通报，说我能让这匹马复活，他一定会见我。”守门人听了又惊又喜，立刻禀告赵固。赵固高兴得跳了起来，让守门人跑去迎接郭璞。一寒暄完，赵固就问：“你能救活我的马吗？”郭璞说：“马是能复活的。”赵固十分高兴，立刻问：

“需要什么法术吗?”郭璞说:“找你心腹的士兵二三十个人,让他们都拿着长竹竿,从这里往东走三十里,应该会有丘陵和树林,形状就像庙宇。看到这样的地方,就用竹竿拍打它,应该会找到一个东西,就赶紧拿回来。找到了这个东西,马就能救活了。”于是赵固就命令身边的五十名精锐前去,果然跟郭璞说的一样,看到一大片丛林,有一个像猴又不是猴的动物跑出来。这些人一起追上去抓住了它,就抱住它带了回来。刚进门,这个动物远远地看见死马,就蹦跳着想要过去。郭璞命人放开它,这动物就自己跑到马头旁边,抱着马鼻吹吸。过了很久,马就站起来喷吐鼻子,振奋着嘶鸣,救它的动物就不见了。赵固给了一大笔钱,郭璞得以渡过长江。

【简评】 猴与马密切相关的观念历史很悠久。《西游记》中孙悟空一度官封“弼马温”,即是它的余绪。

在本则故事中,另有两个可爱的细节,可见赵固真的很爱他的马。一是“高兴得跳了起来”,二是“五十名精锐”——郭璞明明只说二三十人就足够了。

感应篇之一

附宝

黄帝有熊氏，少(shào)典之子，姬姓也[1]。母曰附宝，其先即炎帝母家有蟜(jiǎo)氏之女，世与少典氏婚[2]。及神农之末，少典氏又娶附宝。见大电光绕北斗枢星，照郊野，感附宝[3]。孕二十五月，而生黄帝于寿丘[4]。

【注释】 1. 黄帝：中国上古时代传说中的三皇五帝之一。少典：传说其曾为有熊氏君主，也是黄帝、炎帝的父亲。也有说法认为少典是部落名称而非指某个人。 2. 炎帝：中国上古时代传说中的三皇五帝之一。蟜：原指一种毒虫。有说法认为此虫即螫人的蜂。 3. 北斗枢星：即北斗七星的第一星，位于斗口，距斗柄最远。又比喻国家中央政权。文中附宝受孕与枢星相关，即暗示黄帝会一统天下。感：感应。中国上古传说中经常有女性因与一些神奇事件相感应而怀孕的说法。 4. 孕二十五月：一般人类女性怀孕时长为约十个月，此处说怀孕二十五个月是为突出其异常。寿丘：地名，传说其位于今山东曲阜附近。

【译文】 黄帝，即有熊氏，是少典的儿子，姓姬。他的母亲叫作附宝，之前是炎帝母亲家族有蟜氏的女儿，有蟜氏世代与少典一族通婚。到了神农帝末期，少典又娶来了附宝。附宝看到一道耀眼的电光环绕着北斗的天枢星回旋，明亮的光芒照亮了野外的大地，让她受到了感应。她怀孕二十五个月后在寿丘生下黄帝。

【简评】 中国古代传说中圣人的出生经历经常带有这种神奇的感应桥段。这种桥段一方面为主人公增添了神秘色彩，容易使听者肃然起敬；另一方面也经常是遮掩事实真相的手段，例如本故事中的二十五个月才分娩，也许事实是少典氏为了稳固自己的地位而提前宣布附宝有孕，实际上却在十五个月之后才使她成功受孕。

女枢

帝颛顼（zhuān xū）高阳氏，黄帝之孙，昌意之子，姬姓也[1]。母曰景仆，蜀山氏女，为昌意正妃，谓之女枢[2]。金天氏之末，瑶光之星，贯月如虹，感女枢幽房之宫，生颛顼于若水[3]。

【注释】 1.颛顼高阳氏：颛顼是上古时代传说中的三皇五帝之一，因封于高阳（传说在今河南杞县附近）而称高阳氏。屈原《离骚》的第一句就是自称是高阳氏的后裔。昌意：据说是黄帝的次子。 2.蜀山氏：传说中统治上古时代蜀地的部落名，相传最早的君主是蚕丛、柏濩和鱼凫。 3.金天氏：即少昊。传说为黄帝之子，颛顼早年曾辅佐过他。又传说他是金星的化身，故名金天氏。瑶光之星：即北斗七星的第七星，位于斗柄末端。一般认为象征着祥瑞。也称摇光。幽房：幽深的房间。此处指女枢的居所。若水：雅砻（lóng）江的古称，长江上游金沙江最大的支流。

【译文】 颛顼帝高阳氏是黄帝的孙子，昌意的儿子，姓姬。他的母亲叫作景仆，是蜀山氏的女儿，是昌意的正妃，人称女枢。在少昊统治的末期，北斗的瑶光星如同彩虹一样划过了月亮，使幽居的女枢受到了感应，就在若水附近生下了颛顼。

【简评】 “使幽居的女枢受到了感应”，恐怕只是为了解释她为何无端受孕的一个托词吧。

庆都

尧母曰庆都，观河，遇赤龙，晻然阴风，感而有孕，十四月而生尧[1]。

【注释】 1.晻然：昏暗不明的样子。十四月：一般人类女性怀孕时长为约十个月，此处说十四个月是为了强调其特殊，为尧增添神秘色彩。

【译文】 尧的母亲叫作庆都，她观赏河流时遇到了一条红龙，四周突然暗下来，还刮起了冷风。庆都因此受感应而有了身孕，十四个月之后生下了尧。

玉历

虞舜耕于历山，得玉历于河际之岩[1]。舜知天命在己，体道不倦[2]。

【注释】 1.虞舜：中国上古时代传说中的三皇五帝之一。受尧的禅让而统治天下。据说因曾被尧封在虞（据说在今山西西南部），故称虞舜。历山：传说即今山东济南附近的千佛山，也有人认为是山西南部的中条山。玉历：指玉膏，一种传说中的仙药。 2.体道：躬行正道。体，履行，实践。

【译文】 舜在历山耕作时，在河边的岩石上得到了玉历仙药。舜就知道命中注定自己会成为天子，于是不知疲倦地躬行正道。

麟书

《孝经右契》曰[1]：鲁哀公十四年，孔子夜梦三槐之间，丰、沛之邦，有赤烟气起，乃呼颜回、子夏侣往观之[2]。驱车到楚西北范氏之庙，见刍儿摇麟，伤其前左足，束薪而覆之[3]。孔子曰："儿来，汝姓为谁？"儿曰："吾姓为赤松，字时侨，名受纪。"[4]孔子曰："汝岂有所见乎？"儿曰："吾所见一兽，如麕（jūn），羊头，头上有角，其末有肉，方以是西走。”[5]孔子曰：“天下已有主也，为赤刘，陈、项为辅，五星入井，从岁星。”[6]儿发薪下麟示孔子，孔子趋而往，麟蒙其耳，吐三卷书，广三寸，长八寸[7]。每卷二十四字，其言赤刘当起，曰：“周亡，赤气起，大耀兴，玄丘制命，帝卯金。”[8]孔子精而读之[9]。

【注释】 1.《孝经右契》：书名，三国曹魏宋均著。是一部伪托儒家经义宣扬祥瑞灾异应验的书。 2.鲁哀公十四年：即公元前481年。孔子此时约七十一岁，两年后去世。三槐之间：相传周代宫外有三棵槐树，臣子中位阶最高的三公等待朝见天子时，即面向这三棵树而立。丰、沛之邦：汉高祖刘邦出生于沛县丰邑。颜回、子夏：二人都是孔子的著名弟子。一般认为颜回以德行著称，子夏以文学著称。侣：陪伴。 3.楚西北：楚国西北。楚，此处指汉代的楚国，分封国之一，其辖境在今天江苏徐州附近的江苏、山东、安徽交界处，而非春秋战国时的楚国。按，楚西北应指彭城，项羽建立西楚时的都城，也是刘邦家乡沛县所属的郡城，正在汉代楚国西北部。范氏之庙：春秋时晋国六卿之一的士氏，其后代因封地而先后改为范氏、刘氏。此处称范氏庙，可能是暗指刘氏。刍儿：喂养牲口的小孩儿。刍，以草喂牲口。捶麟：殴打麒麟。束薪：把柴火捆扎起来。 4.赤松：复姓，也写作“赤诵”。 5.麕：同“麇”，即獐子。 6.赤刘：指汉朝刘姓政权。汉朝自称属火德，对应红色，故称赤刘。陈、项：指陈胜、项羽。五星入井：五颗行星都进入井宿(xiù)。五星，即水星、金星、火星、木星、土星；井，即井宿，为二十八宿之一。岁星：即木星。木星约十二年公转一周，中国古代以此划分黄道为十二次，并用木星所在的星次纪年。古籍中常有“岁在……”的说法。 7.发：使显现。趋：跑。广：宽度。 8.大耀：十分明亮。玄丘：指孔子。孔子名丘，也被称为玄圣。制命：下命令，只用于君主或地位极高的人。帝卯金：即刘氏将称帝。“刘”的繁体字形“劉”包含“卯”字和“金”字，也称“卯金刀”。 9.精：专心。

【译文】 《孝经右契》里说：鲁哀公十四年，孔子在夜里梦到在沛县丰邑的三棵槐树之间，有红烟升起，就叫上颜回、子夏一起去看看。他们驾车来到楚国西北的范氏家庙，看到一个牧童在殴打一只麒麟，打伤了它的左前爪，把柴火捆起来盖在上面。孔子说：“小孩儿你来，你姓什么啊？”牧童说：“我姓赤松，字时侨，名叫受纪。”孔子问：“莫非你看到了什么吗？”牧童说：“我看到一头野兽，看着像獐子，头像羊，头上有角，角的末端有肉，正从这里往西跑。”孔子说：“天下已经有主人了，就是赤刘，姓陈的、姓项的都是给他做陪衬的。五大行星跟随岁星汇聚在井宿。”牧童揭开柴火露出麒麟给孔子看，孔子小跑着过去，麒麟垂下耳朵，吐出三卷书，那书宽三寸，长八寸。每卷书有二十四个字，说赤刘应该会兴起，上面写着：“周朝灭亡了，红色的烟气升起，十分明亮，玄圣孔丘颁布命令，卯金之人要做帝王。”孔子认真地读了这段话。

【简评】 两汉魏晋时期，道家学说流行，而其中也混入了不少神秘的阴阳家成分。于是谶纬大行其道，用各种预言、神怪故事等吸引和迷惑世人，为特定目的制造有利气氛。本篇提到的《孝经右契》即是其中之一。秦汉时的阴阳家把天上的星宿与地上的州县对应起来，并传说若五颗行星同时汇聚在同一个星宿之中，则对应地区就是一统天下的关键。秦末诸雄讨秦，最先进入秦都咸阳的是刘邦，而据说此时五星汇聚于井宿，对应的正是秦地，因此鼓吹刘邦会一统天下。此处让几百年前的孔子说出这些话，是额外虚构一个神秘的预言，意在使人更加认同刘氏王朝建立的必然性。而接下来的几篇也都讲述了类似的故事。

黄玉刻文

孔子作《春秋》，制《孝经》，既成，使七十二弟子向北辰星磬(qìng)折而立，使曾子抱《河》《洛》事北向[1]。孔子斋戒，向北辰而拜，告备于天，曰："《孝经》四卷，《春秋》《河》《洛》凡八十一卷，谨已备。"[2]天乃洪郁起白雾，摩地，赤虹自上而下，化为黄玉，长三尺，上有刻文，孔子跪受而读之曰[3]："宝文出，刘季握[4]。卯金刀，在轸北[5]。字禾子，天下服[6]。"

【注释】 1.《春秋》：编年体史书，也是六经之一。传为孔子根据鲁史修订而成，记录了鲁隐公元年（前722）到鲁哀公十四年（前481）间的历史。后世有很多解释评注《春秋》的书，最著名的是《左传》《公羊传》《穀梁传》，并称"春秋三传"。《孝经》：一本讲解孝道的书，十三经之一。传为孔子著或其弟子曾子记录的孔子言论，但今天基本公认为是秦汉时儒家学者的伪托之作。七十二弟子：传说孔子有弟子三千，其中七十二人较为优秀。北辰星：即北极星。因视觉上其他星都绕着北极星终年旋转，因此常用北极星比喻帝王。磬折：像磬一样弯腰。磬，中国古代打击乐器，一般为玉、石或金属制。曾子：曾参，字子舆，孔子著名弟子之一，其父曾点（字皙）也是孔子弟子，而身为孔子之孙的子思则是曾子的弟子。《河》《洛》：即《河图》《洛书》。传说上古时代有龙马浮出黄河、神龟浮出洛水（即今洛河），身上有神秘图案，当时的圣人据此创作了《周易》八卦、《洪范》九畴。 2.《春秋》《河》《洛》凡八十一卷：按，《春秋》不分卷，《河图》《洛书》不是书，未知"八十一卷"之数从何而来。 3.洪郁：形容云雾大量郁积的样子。摩：迫近，接近。 4.宝文：指祥瑞的文字。刘季：即刘邦，季是他的字。 5.轸北：轸宿对应分野的北部，即楚地北部。按，此处的楚地接近春秋时楚国的范围，即今湖北、湖南一带，但本文疑借指汉代楚国，即今江苏徐州一带。刘邦出生和起兵都在此附近。 6.字禾子：即字为“季”，仍指刘邦。

【译文】 孔子撰写《春秋》和《孝经》，完成之后，就让门下七十二弟子向着北极星鞠躬行礼，又让曾子抱着《河图》《洛书》向北站着。孔子沐浴更衣，向北极星遥拜，向上天报告自己的著作已经完成，说：“《孝经》四卷，《春秋》《河图》《洛书》一共八十一卷，在下都已完成了。”天上就涌出了大量的白雾，几乎要接近地面，又有一道红色的光从天上射下来，变成了一块黄玉，长有三尺，上面刻着字。孔子跪着拿起来读，上面写着：“祥瑞的文字出现了，会拿在刘季的手里。这个人姓刘，住在楚国北部，他的字是禾子，天下都会臣服于他。”

陈宝

秦文公时，陈仓人掘地得物，若羊非羊，若猪非猪，众莫能名，牵以献文公[1]。道逢二童子，童子曰：“此名为媦(wèi)，常在地中，食死人脑[2]。若欲杀之，以柏捶其首。”媦亦语曰：“彼二童子名陈宝，得雄者王，得雌者霸。”于是陈仓人乃舍媦，逐二童子。二童子化为雉，飞入于林[3]。陈仓人以告文公，文公发徒大猎[4]。雌上陈仓北阪，化为石。置之汧(qiān)渭之间，文公为立祠，名“陈宝祠”[5]。其雄者飞至南阳，今南阳雉县，即其地也[6]。秦欲表其符，故以名县[7]。每陈仓祠时，有赤光长十余丈，从雉县来，入陈仓祠中，有声如雄雉。其后光武起于南阳，皆如其言也[8]。

【注释】 1.秦文公：春秋时秦国君主，是秦升格为诸侯国后的第二任君主，公元前765年至公元前716年在位。陈仓：今陕西宝鸡的古称。 2.媦：一种怪兽。 3.雉：野鸡。 4.发徒：派出兵卒。 5.汧：即汧水，今称千河，在陕西宝鸡境内注入渭河。公元前762年，即秦文公四年，他以打猎为名来到此处，占卜得吉兆，于是迁都于此。 6.南阳雉县：古地名，辖区在今河南南阳境内，隋朝时废除。 7.表其符：标明这个祥瑞。表，标明；符，征兆，此处特指称霸天下的征兆。 8.光武：即东汉开国皇帝汉光武帝刘秀。

【译文】 秦文公在位的时候，有一个住在陈仓的人挖地，发现了一个生物，像羊又不是羊，像猪又不是猪，大家都说不出它的名字，此人就牵着这只动物去献给秦文公。路上遇到两个小孩，小孩说："这动物名字叫作媦，经常在野地里吃死尸的脑。如果想杀了它，用柏树枝敲它的头就行了。"媦也说话了，它说："那两个小孩叫作陈宝，抓住男的就能称王，抓住女的就能称霸。"于是陈仓人就放弃了媦，跑去抓那两个小孩。两个小孩变成野鸡飞进林子里。陈仓人把这个经过告诉了秦文公，文公派出士兵大加搜索。雌鸡跑上陈仓北面的山坡，化作了石头。秦文公让人把它移到了汧河与渭河之间，还给它立了祠堂，叫作"陈宝祠"。雄鸡则飞到了南阳，现在的南阳雉县，就是它飞去的地方。秦国想要标明这个祥瑞，就用"雉"给这个县命名。每次祭祀陈仓祠的时候，都有十几丈长的红光从雉县飞来落入陈仓祠，发出雄鸡般的声音。之后汉光武帝从南阳起兵发达，都和前面那句话说的一样。

【简评】 秦文公之后一百年左右，秦穆公成为春秋五霸之一，即得雌者霸；刘秀在南阳起兵，最终成为东汉开国皇帝，即得雄者王。本则显然也是东汉人编的瑞应故事。这一大篇的重点，就在“汉光武帝从南阳起兵发达”。

邢史子臣

宋大（dà）夫邢史子臣，明于天道[1]。周敬王之三十七年，景公问曰：“天道其何祥？”[2]对曰：“后五年五月丁亥，臣将死；死后五年五月丁卯，吴将亡；亡后五年，君将终；终后四百年，邾王天下。”[3]俄而皆如其言。所云“邾（zhū）王天下”者，谓魏之兴也。邾，曹姓，魏亦曹姓，皆邾之后。其年数则错，未知邢史失其数邪，将年代久远，注记者传而有谬也[4]？

【注释】 1.宋：指周代诸侯国宋国。西周初年，商纣王的庶兄微子启被封于商旧都商丘（今河南商丘），至战国时期被齐国所灭。大夫：官职名。周代时诸侯国国君以下有卿、大夫、士，大夫大约为中高阶的顾问。 2.周敬王之三十七年：即公元前483年。周敬王是东周的第十四位君主，公元前519年至公元前476年在位。景公：即宋景公，公元前516年至公元前469年在位。宋景公在本故事发生后的第十四年去世，与故事所言的时间略有出入。 3.吴：指周代诸侯国吴国，公元前473年为越国所灭，正在本故事发生之后十年。邾：指周代诸侯国邾国，又称邾娄国、邹国，建立者据称是颛顼的后裔，西周时被封在今天山东邹城一带，战国时为楚所灭。君主姓曹。按，故事发生后四百年约为公元前83年，即汉昭帝始元四年，而曹魏开始于公元220年，约为故事发生后七百年。此即下文质疑之处。王：称王。作动词时，“王”读作四声。 4.将：大概，或许。

【译文】 宋国的大夫邢史子臣很了解天地运行变化的道理。周敬王三十七年，宋景公问他：“天道是好还是坏呢？”邢史子臣回答道：“五年后五月的丁亥日，我会去世；我死后五年五月的丁卯日，吴国将会灭亡；吴国灭亡之后五年，您会去世；您去世后四百年，邾国将会一统天下。”后来果然都和他说的一样。他所说的“邾国将会一统天下”，指的是魏国的兴起。邾国君主姓曹，魏国君主也姓曹，都是邾国的后代。但年数错了，不知道是邢史大夫算错了数字呢，还是这故事年代太久远，记录它的人在传播时搞错了呢？

【简评】 这个故事，大约是曹魏诸人所编，动机相当明显。不过，故事的机巧似乎是更进了一步，半真半假，半可考半难征，便隐藏了它赤裸的成因。

土德

魏推五德之运，以土承汉[1]。

【注释】 1.五德之运：战国时齐国的邹衍鼓吹按五行规律解释王朝更替，称为五德终始说。此说后来被广泛接受，成为贯穿中国古代史的历史观念，至金朝为止，新王朝成立时都会讨论本朝与前朝的五行关系，并据此确定本朝尊崇的颜色。五德的确定会影响当朝礼仪的制定，对王朝的自我形象构建和统治风格都有隐微而深远的影响。以土承汉：邹衍提出五德终始说时是取五行相克规律来说明王朝更替，而王莽新朝时改为采用刘向、刘歆父子推崇的五行相生规律，后代沿用至金朝。根据相生说，东汉为火德，颜色以红色为尊，因为火生土，继承其正统的曹魏应该是土德，颜色以黄色为尊。

【译文】 魏国推导五德终始的气运转移，认定自身以土德承接汉朝。

张掖开石

初，汉元、成之世，先识之士有言曰：“魏年有和，当有开石于西三千余里，系五马，文曰‘大讨曹’。”[1]及魏之初兴也，张掖之柳谷有开石焉，始见于建安，形成于黄初，文备于太和[2]。周围七寻，中高一仞(rèn)，苍质素章，龙马、麟鹿、凤皇、仙人之象，粲然咸著[3]。此一事者，魏晋代兴之符也。至晋泰始三年，张掖太守焦胜上言：“以留郡本国图校今石文，文字多少不同，谨具图上。”[4]按其文有五马象：其一有人平上帻(zé)，执戟而乘之；其一有若马形而不成[5]。其字有“金”，有“合”，有“中”，有“大司马”，有“王”，有“大吉”，有“正”，有“开寿”；其一成行，曰“金当取之”。程猗(yī)《说石图》曰：“金者，晋之行也。”

【注释】 1.汉元、成之世：西汉的汉元帝、汉成帝年间。汉元帝于公元前48年至公元前33年在位，汉成帝于公元前33年至公元前7年在位。魏年有和：指魏国出现带有“和”的年号。开石：裂开的石头。 2.张掖之柳谷：地名，在今甘肃张掖境内。建安：东汉汉献帝的年号，相当于公元196年至公元219年。黄初：曹魏魏文帝曹丕的年号，相当于公元220年至公元226年。太和：曹魏魏明帝曹叡（ruì）的第一个年号，相当于公元227年至公元233年。 3.寻：中国古代长度单位，一寻等于八尺。按，汉代尺的长度与今天的不同，按出土的西汉造尺，一尺大约为二十三厘米。仞：中国古代长度单位，一仞等于七尺。按，寻和仞是长度相近的单位，有时定义会相互混淆，但两者都约等于正常成年男子的身高。苍质素章：质地青蓝，纹路不多。质，质地；章，花纹。龙马：指一种龙头马身的神兽，也可指身材高大的骏马。麟鹿：指体形巨大的鹿。凤皇：同“凤凰”。咸著：都很明显。 4.泰始三年：即公元267年。泰始是西晋开国皇帝晋武帝司马炎的第一个年号。国图：指象征本国兴盛的祥瑞之图。文字：图案和文字。文，同“纹”。 5.平上帻：又叫平巾帻，魏晋以来武官所戴的一种平顶头巾。

【译文】 当初汉朝元帝、成帝在位的时候，能预知未来的人曾经说过：“等魏朝的年号里有‘和’字的时候，应该会有一大块裂开的石头出现在西边三千多里外的地方，上面是五匹马，文字是‘大讨曹’。”等到魏国刚刚建立时，张掖的柳谷就出现了裂开的巨石，它出现于建安年间，等到黄初年间，上面就出现了花纹，太和年间文字也都清楚了。这块巨石周长七寻，正中间高一仞，质地青蓝，纹路不多，骏马、大鹿、凤凰、仙人的图样都清晰可见。这块石头的出现，就是魏国和晋朝先后兴起的标志。等到晋朝的泰始三年（267），张掖太守焦胜上书帝王，说：“用留在张掖郡版本的国图来校对现在石头上的文字，图画和文字稍微有些不同。我恭敬地把图准备好呈上。”按，图画中有五匹马的形状，其中一匹马上骑着一个头戴平上帻、手拿戟的人，还有一匹像是马的形状但又没完全成形。记录的文字则有“金”“合”“中”“大司马”“王”“大吉”“正”“开寿”，还有一处可以连成一行，读作“金当取之”。程猗的《说石图》说：“金，就是晋的意思。”

马后牛

初，武帝太康三年，建邺有寇[1]。余姚人伍振筮之，曰：“寇已灭矣。三十八年，扬州有天子。”至元帝即天位，果三十八年[2]。先是，宣帝有宠将牛金，屡有功[3]。宣帝作两口榼(kē)，一口盛毒酒，一口盛善酒，自饮善酒，毒酒与金，金饮之即毙[4]。景帝曰：“金名将，可大用，云何害之？”[5]宣帝曰：“汝忘石瑞，马后有牛乎？”[6]元帝母夏侯妃与琅邪(láng yá)国小吏姓牛私通，而生元帝[7]。愍(mǐn)帝之立也，改毗(pí)陵为晋陵[8]。时元帝始霸江、扬，而戎翟(dí)称制，西都微弱[9]。晋将灭于西而兴于东之符也[10]。

【注释】 1.武帝太康三年：即公元282年，太康是西晋开国皇帝晋武帝司马炎的第三个年号。本篇未见于旧二十卷本。建邺：今江苏南京的古称。 2.元帝即天位：指东晋开国皇帝晋元帝司马睿于公元317年在建康（今江苏南京）

登基之事。按，公元282年至317年仅三十六年，“三十八年”当自太康元年起才算正确。　3.宣帝：指司马懿（yì）。司马炎建立西晋后，追尊其祖父司马懿为宣皇帝。牛金：三国时曹魏将领，曾先后跟随曹仁、司马懿。　4.榼：古代盛酒或贮水的器具。　5.景帝：指司马师。司马炎建立西晋后，追尊其伯父司马师为景皇帝。　6.石瑞：指被看作祥瑞的石头。当指前一篇《张掖开石》中发现于张掖柳谷的开石，上有纹路，类似图画和文字。马后有牛：即司马氏的天下将要被牛氏取代。　7.元帝母夏侯妃：即西晋琅琊恭王司马觐的王妃夏侯光姬，晋元帝的生母。琅邪：郡、国名，也写作“琅玡”“琅琊”“瑯琊”等，辖境相当今山东半岛东南部。　8.愍帝：即西晋的晋愍帝司马邺（300—318），西晋最后一位皇帝，公元313年登基。毗陵：今江苏常州的古称。因避东海王司马越的世子司马毗之讳而改名晋陵。按，史载毗陵改名在晋愍帝登基之前。　9.江、扬：即江州、扬州。两晋时江州辖今江西、福建大部和浙江的一部分，扬州辖今浙江大部及江苏、安徽的一部分。两者并非今天的九江、扬州两城。戎翟：本指中原周边的少数民族，西方的称戎，北方的称翟或狄，此处指十六国中的前赵，公元308年由匈奴人刘渊建立。西都微弱：指位于长安的西晋朝廷十分虚弱。西都，指长安，与东都洛阳相对。晋愍帝即位时，晋朝朝廷已经在八王之乱、永嘉之乱等的摧残下丧失几乎全部军队和物资，是在非常勉强地维持着统治。　10.符：征兆，标志。

【译文】　当初晋武帝太康三年（282）的时候，建邺出现了强盗。余姚人伍振为此事进行占卜，说：“强盗已经被消灭了。过三十八年，扬州会有皇帝出现。”到晋元帝登上皇帝大位，果然是三十八年。在这之前，司马懿有一个爱将叫牛金，多次立下战功。司马懿做了一个双嘴酒壶，一边装毒酒，另一边装无毒的酒。他自己喝了无毒的酒，把有毒的给了牛金，牛金喝了就被毒死了。司马师说：“牛金是名将，可以好好任用，为什么要害死他？”司马懿说：“你忘了祥瑞石头上写着，司马氏会被牛氏取代吗？”晋元帝的母亲夏侯王妃与琅邪国的牛姓低级小官私通，才生下了他。晋愍帝登基时，把毗陵改名为晋陵。当时晋元帝刚刚开始控制江州、扬州，同时北方又有匈奴人称帝，位于长安的西晋朝廷势力虚弱，这是晋朝将要在西边灭亡而在东边兴盛的征兆。

【简评】 在中国古代，血统是正统的保证。关于“马后有牛”，司马懿毒死牛金却防不住东晋皇帝变为牛姓人后代的传说，流传甚广，一些史书也有记载。这不禁令人想起清朝民间传说乾隆皇帝其实是汉人陈家子弟的故事。维护正统的人怒斥这是想要贬低统治者正统性而故意编造的谎言，但这种故事的劲爆情节始终受到大多数人的青睐，千百年流传不绝。

感应篇之二

应妪

后汉中兴初，有应妪者，生四子而寡[1]。昼见神光照社，试探之，乃得黄金[2]。自是诸子宦学，并有才名，至玚(yáng)七世通显[3]。

【注释】 1.后汉中兴：指东汉立国。后汉，东汉的别称。寡：丧夫。 2.社：指祭祀土地神的牌位。 3.玚：指应玚（？—217），字德琏，东汉汝南人，建安七子之一。

【译文】 东汉刚刚立国的时候，有一个姓应的妇人，生了四个儿子之后丈夫去世了。有一天白天，她看到有神奇的光照在土地神的牌位上，试着用手去摸，结果得到了黄金。从那以后，几个儿子出去游学做官，都以才华著称，直到应玚为止，七辈人都很显赫。

【简评】 应氏在东汉末年确实累世显赫，早至应顺在汉和帝时任河南尹，其子应叠为江夏太守，应叠子应彬为武陵太守，应彬子应奉为司隶校尉（监察中央及皇族的官员并负责都城地区的行政），应奉子应劭（shào）为泰山太守并负责制定典章，在卷三《童彦兴》中曾出场，另一子应珣（xún）为司空掾（即司空的辅佐官），而应珣生应玚及应璩（qú），后者也有文名，最终官至侍中，是皇帝的近臣，地位很高。应顺至应玚为六世，从年代推测，应顺之父当为文中“诸子”之一，如此则为七世。另外应璩的子孙也持续显赫，其孙应詹为东晋江州刺史、观阳侯，在卷三《淳于智卜丧病》中曾出场，应詹两子后来也分任高官。

窦氏蛇祥

汉定襄太守窦奉妻，生子武，并产一蛇，奉送蛇于林中[1]。及武长大，有海内俊名。后母卒，及葬未窆（biǎn），宾客聚集[2]。有大蛇自榛草而出，径至丧所，委地俯仰，以头击柩，涕血皆流，俯仰诘屈，若哀泣之容，有顷而去[3]。时人知为窦氏之祥。

【注释】 1.定襄：指两汉期间存在的定襄郡，其辖境在今山西朔州西北一带，东汉末年废。武：即窦武（？—168），东汉扶风人。其长女窦妙于公元165年被汉桓帝立为皇后，他因此以国丈身份掌权，并在桓帝去世后拥立汉灵帝即位。 2.窆：将棺材葬入墓穴中。 3.榛草：丛生的杂草。诘屈：曲折。

【译文】 东汉的定襄太守窦奉之妻生下窦武，同时生出的还有一条蛇。窦奉把蛇送到林子里放生。等到窦武长大，他的美名全国都知道。后来他的母亲去世，举行了葬礼，但棺椁还没入土，宾客都聚集在周围。这时有一条大蛇从乱草中钻出，直奔丧礼现场，蜷伏在地上抬头又低头，用头敲打灵柩，眼泪和血混合着流了出来，身体不停地起伏屈伸，看起来神情非常悲伤，过了好一会儿才离去。当时的人都听说了窦氏的这个吉祥之事。

【简评】 窦奉并未杀死这条小蛇，小蛇长大后也还记得母亲，甚至能知道母亲去世的消息，赶来哀悼。这个征祥故事竟然有几分温情。

三鳝鱼

杨震，字伯起[1]。弘农华阴人也[2]。常客居于湖，不答州郡礼命数十年，众人谓之晚暮，而震志愈笃[3]。后有冠雀衔三鳝鱼，飞集讲堂前[4]。都（dū）讲取鱼进曰[5]："蛇鳝者，卿大夫服之象也[6]。数三者，法三台也[7]。先生自此升矣。"年五十，乃始仕州郡。

【注释】 1.杨震：字伯起，东汉人。自杨震至其曾孙杨彪为止，四代人最终都官至太尉，其中杨震之子杨秉曾在卷三《童彦兴》中出现。本篇不见于旧二十卷本。 2.弘农华阴：即东汉时弘农郡华阴县，其地在今陕西华阴附近。 3.湖：据《后汉书·杨震传》，此处指东汉时的弘农郡湖县，其西面即为华阴县，辖地在今河南灵宝西部。礼命：礼聘和任命，即政府征召他做官。晚暮：指年纪很大，出来做官时间已太迟。 4.冠雀：同"鹳（guàn）雀"，即鹳，一种水鸟，外形类似鹤。集：鸟停在树枝上。按，这就是"集"字最初的意思，其他意思都是后来引申出来的。 5.都讲：中国古代学舍的负责人。进：进奉。 6.卿大夫服之象：高官官服的象征。卿大夫，春秋战国时期即为各诸侯国的中高级官位名，此处应为借指。按，汉代高级官服纹饰中未见蛇鳝类图像，此处未知何指。 7.三台：本为中国古代天文术语，指太微垣中的六颗星，两两成对组成上中下三台；此处用来比喻三公，即帝王之下地位最高的三名官员。另有"三臺"一词，字形简化后写法相同但词义与此不同。

【译文】 杨震，字伯起，是弘农郡华阴县人。他经常住在邻近的湖县，州和郡礼聘他去任官，他几十年也不答应，大家都说他年纪很大了，出来做官已经太迟，但杨震却更加坚持自己的想法了。后来有一只鹳嘴里叼着三条鳝鱼，飞来停在讲堂跟前。讲堂负责人恭敬地把鱼捧上前说：“蛇鳝是卿大夫官服上的形象，三条鱼是暗示三公。先生您从此就要高升了。”杨震五十岁的时候，才开始在州郡里任职。

【简评】　国家的运转需要人才的支持。两汉、三国、南北朝时期主要以臣下举荐、国家征召的形式起用人才。唐以后虽然改为科举取士，但推荐仍然部分有效。一部分人善于利用这种制度，先构建自己的隐士形象，博取名声，再通过拜访高官贵族等，将名声变为官职等实利。清代有诗讽刺这种现象说：“翩然一只云中鹤，飞去飞来宰相衙。”（蒋士铨《临川梦·隐奸·陈眉公出场诗》，“云中鹤”即指隐士，可参见卷一《丁令威》篇）营造隐士形象需要显得高洁超脱，拒绝朝廷的征召往往是其中重要一环，除了表示自己不在乎高官厚禄之外，坚拒不出也能让对方更加高看一眼，甚至许诺更高的官位。这种套路，人们屡试不爽，不过并非全无风险。如果碰上朱元璋这样的皇帝，被征召还敢推让，搞不好就直接送命了。

忠孝侯印

常山张颢（hào），为梁国相[1]。时天新雨后，有鸟如山鹊，飞翔入市[2]。近地，市人擿（zhì）之，稍下堕地[3]。民争取，即化为一圆石。颢命椎（chuí）破之，得一金印，文曰“忠孝侯印”[4]。颢以上闻，藏之秘府。

颢后官至太尉。后议郎汝南樊行夷，校书东观（guàn），上表言[5]：“尧舜之时，尝有此官。今天降印，宜可复置。”

【注释】 1.常山：历史地名，东汉时为常山国，辖境大致在今河北阜平至山西阳泉、河北元氏一带。张颢：字智明，东汉人。其兄张奉为中常侍（皇帝近臣，常随身边供咨询、顾问等），自己也被引荐，从梁国相做起，一路高升至太尉。梁国相：即东汉诸侯国梁国的最高行政官员。东汉时的梁国辖境在今河南商丘至安徽砀山一带。 2.山鹊：今名红嘴蓝鹊，头黑背蓝，尾羽白而长，喙和脚为橘红色。 3.擿：同“掷”，扔。 4.椎破：重击打破。椎，与“锤”意义相近，本指一种兵器，也指用这种兵器攻击。 5.议郎：官职名，汉代设立，南朝刘宋废止。为郎中令（又名光禄勋）下属，无固定工作内容，主要供咨询。东观：本为东汉洛阳南宫内的一处楼观，因汉章帝、和帝时为藏书处，后代指宫中藏书之地。

【译文】 常山郡的张颢曾经当过梁国的国相。一次刚刚下过雨，有一只像是山鹊的鸟飞到了市场里。它接近地面的时候，市场里有人扔东西砸它，它稍稍下落到了地上。人们争着去抓它，它就变成了一块圆石头。张颢让人把圆石锤破，得到了一方金做的印章，文字是“忠孝侯印”。张颢把此事报告给皇帝，金印就被收藏在宫中的藏书处。后来张颢一直升到太尉。再后来，出生于汝南的议郎樊行夷到藏书处校对书籍，向皇帝递交奏章说：“尧舜在位的时候曾经有这个官职。现在这个印又从天而降，可以考虑重新设置这个职位。”

【简评】 这类故事常是“卒章显志”，用意到最后才透露出来。尧舜时的官印重现，也许暗示着“尧舜般的帝王”也重现了吧？

张氏钩

京兆长安有张氏者，昼独处室，有鸠自外入，止于对床[1]。张氏恶之，披怀而祝（zhòu）曰[2]：“鸠尔来，为我祸耶？飞上承尘。为我福耶？来入我怀。”鸠翻飞入怀[3]。以手探之，则不知鸠之所在，而得一金带钩焉，遂宝之[4]。自是之后，子孙昌盛。有为必偶，资财万倍[5]。蜀客贾（gǔ）至长安中，闻之，乃厚赂内婢，婢窃钩以与蜀客[6]。张氏既失钩，渐渐衰耗，而蜀客亦数罹穷厄，不为己利[7]。或告之曰：“天命也，不可以力求。”于是赍（jī）钩以反张氏，张氏复昌[8]。故关西称“张氏传钩”云[9]。

【注释】 1. 京兆：全称“京兆尹”或“京兆郡”“京兆国”，两汉魏晋时期为都城地区的二级行政区划。长安：即京兆尹下辖的长安县。鸠：泛指一类与鸽外形相似的鸟。对床：指旁边的床。按，古代床也可指坐具，其高度较低，旁边可设矮桌，称为几（jī）。前文有“处室”，《说文解字》认为“处”义为“得几而止”，即凭几而坐。 2. 披怀：敞开胸前的衣襟。披，打开。祝：发誓。 3. 翻飞：意即飞，“翻”字强调其动感。 4. 带钩：系腰带的钩子。 5. 偶：此处意为有成功的运气。 6. 贾：经商。 7. 穷厄：指困境和灾祸。 8. 赍：送，交付。 9. 关西：中国古代地理名词，指陕西潼关或河南函谷关以西的地区。

【译文】 京兆长安县有一个姓张的人，一个白天，他独自在屋里闲坐，有一只鸽子从外面飞进来，落在旁边的床上。张氏觉得讨厌，就敞开衣襟睹咒说："鸽子你来了。是给我带来灾祸的话，就飞上天花板去；是给我带来福气的话，就飞进我怀里吧。"鸽子就扑棱棱地飞进了他的怀里。张氏伸手进去摸，鸽子不见了，但摸到一个金带钩，于是就把它当成宝贝。从那以后，他子孙兴盛，要做的事都能做成，财产增长了好多倍。有一个蜀郡人到长安做生意，听说了这事，就用很多钱贿赂张家负责内室的婢女，让她把钩子偷了出来交给自己。张氏丢了钩子，渐渐地衰落下去，但蜀郡人也好几次遇到了困境和灾祸，自己也没得到好处。有人对他说："这是天命，不可以强求。"因此他就把带钩送还给了张氏，结果张氏重新兴旺起来。所以关西地区人们都称此事为"张氏传钩"。

管弼

河间管弼，侨居临水北岸，田作商贾，往往如意[1]。尝载两舫(fǎng)米下都粜(tiào)，垂行，忽于宅中见一物，形似鼍(tuó)而长大，行还辄得大利[2]。如此，一家遂巨富，二十年恒有万斛(hú)米[3]。

【注释】 1.河间：指东汉河间国，辖地在今河北南部。此篇不见于旧二十卷本。 2.舫：多船并联称为舫，也泛指一般的船。下都：意为顺流而下到都城去。粜：卖米。与此相对，买米称为"籴（dí）"。垂行：将要出发之时。垂，将近。鼍：扬子鳄。辄：总是。 3.斛：中国古代主要用于粮食的体积单位，一斛等于十斗（dǒu，宋代改一斛为五斗），一斗等于十升。按，出土文物显示，唐以前的一升约为今公制二百毫升或即二百立方厘米。

【译文】　河间人管弼离开家乡，住在一条河的北岸边。他不论是在田里耕作还是经商贸易，都能得偿所愿。他曾经装了两船米准备顺流而下去都城贩卖，将要出发的时候，忽然看到家里有一个物体，外形像扬子鳄但更长更大，他往来卖米总是能赚到大钱。就这样，他全家就变得非常有钱，二十年间一直有上万斛的米。

感应篇之三

祀星

《周礼·春官宗伯》曰祀司中、司命、风伯、雨师，星也[1]。风伯，箕(jī)星也[2]。雨师，毕星也[3]。郑玄谓司中、司命，文昌第五、第四星也[4]。

【注释】 1.《周礼·春官宗伯》：《周礼》，又称《周官》或《周官经》。十三经之一，主要记述古代理想官制，其中混杂了周朝制度和战国时各国具体情况，也掺入了作者的理想成分。共分六卷，《春官宗伯》是其第三卷，主讲祭祀制度。 2.箕星：即箕宿（宿类似于西方天文学中的星座），由四颗星组成，因形状似箕而得名。 3.毕星：即毕宿，由八颗星组成，因其状似小型捕兽网，故名为“毕”。 4.郑玄：字康成，今山东高密人。东汉重要经学家，他曾注解过多部经典，对后世影响甚大。文昌：指紫微垣中的一个星座，由六颗星组成，象征六个政府部门或官员。

【译文】 《周礼·春官宗伯》中说要祭祀司中、司命、风伯、雨师，这些都是星宿的名字。风伯是指箕宿，雨师是指毕宿。郑玄说，司中、司命分别是文昌的第五、第四颗星。

苍水使者

秦时，有人夜渡河，见一人丈余，手横刀而立，叱之，乃曰：

"吾苍水使者也。"[1]

【注释】 1.本篇不见于旧二十卷本。丈余：一丈为十尺，而据出土实物，秦汉时一尺长约二十三厘米。因此丈余约为两米五。苍水使者：此名也见于《吴越春秋·越王无余外传》，故事中他曾转告治水的禹如何才能得到山神书。

【译文】 秦朝的时候，有人夜里渡过一条河，看到一个两米多的人，手里横着拿刀站在眼前，就喝骂他，那人就说："我是苍水使者。"

戴文谌

沛国戴文谌（chén），隐居阳城山中[1]。曾于客堂食际，忽闻有呼曰："我天帝使者，欲下凭君，可乎？"[2]文谌闻甚惊。又曰："君疑我也？"文谌乃跪曰："居贫，恐不足降下耳。"既而洒扫设位，朝夕进食甚谨。后谌于室内窃言之，其妇曰："此恐是妖魅依凭耳。"[3]文谌曰："我亦疑之。"及祠飨（xiǎng）之时，神已知之，乃言曰："吾相从，方欲相利，不意有疑心异议。"[4]文谌辞谢之际，忽堂上如数十人呼声[5]。出视之，遂见一大鸟，五色，白鸠数十随之，有云覆之，东北入云而去，遂不见。

【注释】 1.沛国：东汉时的诸侯国，辖境在今安徽、江苏、河南三省交界一带。阳城山：在今河南登封附近，嵩山东侧。按，阳城山在东汉都城洛阳东南不远处，是隐居的时髦选择，如东汉时益州牧刘焉、名士陈寔等都曾在此隐居，类似唐朝时的终南山。 2.客堂：接待宾客的房间。凭：依附，此处指神鬼灵魂等附着在人的实体上。 3.妇：妻子。 4.祠飨：祭祀。祠、飨都有祭祀的意思。 5.辞谢：道歉，谢罪。

【译文】 沛国人戴文谌隐居在阳城山里。有一次他在客堂吃饭的时候，忽然听到有声音跟他说：“我是天帝的使者，想要下来附在你的身上，可以吗?”戴文谌听了非常吃惊。那声音又说：“你是怀疑我吗?”戴文谌就跪下说：“我过得很清贫，怕配不上您下来凭附罢了。”然后他打扫房间，设置牌位，每天早晚都十分恭谨地供奉食物。后来戴文谌在屋里悄悄地说到此事，他的妻子说：“这恐怕是妖魔鬼怪来凭附吧。”戴文谌说：“我也怀疑。”等到祭祀的时候，神已经知道了这件事，于是说：“我来跟着你，正打算让你得到些好处，没想到你怀疑我、议论我。”戴文谌正在道歉谢罪，忽听得堂上好像有几十个人在呼喊。出来一看，就见到一只大鸟，颜色五彩斑斓，几十只白鸽跟随着它，有云气遮覆它们，向东北飞去，向上穿过云层，就看不见了。

胡母班

胡母班，曾至太山之侧，忽于树间逢一绛衣驺(zōu)，呼班云：“太山府君召。”[1]班惊愕，逡(qūn)巡未答[2]。复有一驺出呼之，遂随行。数十步，驺请班暂瞑目[3]。少顷，便见宫室，威仪甚严[4]。班乃入阁拜谒，主者为设食，语班曰：“欲见君无他，欲附书与女婿耳。”[5]班问：“女郎何在？”[6]曰：“女为河伯妇。”[7]班曰：“辄当奉书，不知何缘得达？”[8]答曰：“今适河中流，便扣舟呼青衣，当自有取书者。”[9]班乃辞出。昔驺复令闭目，有顷，忽如故道[10]。遂西行，如神言而呼青衣。须臾，果有一女仆出，取书而没（mò）[11]。少顷复出，云：“河伯欲暂见君。”婢亦请瞑目，遂拜谒河伯。河伯乃大设酒食，词旨殷勤[12]。临别，谓班曰：“感君远为致书，无物相奉。”[13]于是命左右：“取吾青丝履来。”甚精巧也，以贻（yí）班[14]。班出，瞑然忽得还舟[15]。遂于长安经年而还，至太山侧，不敢潜过，遂扣树，自称姓名：“从长安还，欲启消息。”[16]须臾，昔驺出，引班如向法而进，因致书焉[17]。府君谓曰：“当别遣报。”[18]班语讫（qì），如厕，忽见其父著械徒作，此辈数百人[19]。班进拜，流涕问：“大人何因及此？”[20]父云：“吾死，不幸见谴三年，今已二年矣，困苦不可处（chǔ）[21]。知汝今为明府所识，可为吾陈之，乞免此役，便欲得社公耳[22]。”班乃依教，叩头陈乞。府君曰：“死生异路，不可相近，身无所惜。”[23]班苦请，方许之，于是辞出，还家。岁余，儿子死亡略尽[24]。班惶惧，复诣（yì）太山，扣树求见，昔驺遂迎之而见[25]。班乃自说：“昔辞旷拙，及还家，儿死亡至尽[26]。今恐祸故未已，辄来启白，幸蒙哀救[27]。”府君拊（fǔ）掌大笑曰：“昔语君‘生死异路，不可相近’故也。”[28]即敕外召班父，须臾至庭中[29]。问之：“昔求还里社，当为门户作福，而孙息死亡至尽，何也？”答云：“久别乡里，自

xīn sì
忻得还，又遇酒食充足，实念诸孙，召而食之耳。”[30]于是代之，父涕泣而出，班遂还[31]。后有儿，皆无恙。

【注释】 1.胡母班：字季友，生于泰山奉高（今山东泰安）。董卓当权时任执金吾（都城的戍卫长官），与其他高官一起被派去与袁绍议和，被杀。其后代胡母原、胡母辅之为西晋名士。胡母，复姓。太山：即泰山。绛衣驺：穿大红色衣服的随从骑士。太山府君：即泰山府君，又称东岳大帝，魏晋时被看作泰山山神。据说泰山不但上通天庭（所以有泰山封禅），而且下通地府，人死后灵魂都会来到泰山由泰山府君管辖，因此他也被看作阴间主管，本篇即是如此。国内现存很多东岳庙，就是供奉泰山府君的。 2.班惊愕：因为泰山府君主掌阴间，所以胡母班怀疑自己被其召见是因为自己马上就要死了，故此十分震惊。逡巡：犹豫，迟疑。 3.瞑目：闭眼。 4.威仪甚严：此处指泰山府中各类人员的仪容举止都十分严肃庄重。 5.附书：托人捎带信件。 6.女郎：本义指年轻女子，此处用来代称对方的女儿。 7.河伯：指黄河的河神。古代“河”专指黄河。 8.辄：立刻。奉书：接受信件。奉，此处为下级称自己从上级处收到某物的敬辞。何缘：如何，怎样。 9.适：前往。扣：敲击。青衣：此处指侍从婢女，因其多穿青色或黑色的衣服而得名。 10.昔：之前的，刚才的。 11.没：沉入水中。 12.殷勤：情意恳切。 13.致：送达。 14.贻：赠送。 15.瞑然：模模糊糊地。注意与“暝然”相区别。 16.潜过：悄悄经过而不拜访。潜，暗中，偷偷地。 17.如向法：用与上次相同的方法。向，从前，原先。因：于是。 18.遣报：即送给你回报。 19.讫：结束，完毕。著械徒作：戴着枷锁镣铐服劳役。械，指枷锁镣铐等刑具；徒，即徒刑，一种强制劳动的刑罚，徒作，即指作徒刑规定的劳役。 20.大人：对老者、长辈的敬称，此处特指胡母班的父亲。古代在家庭以外的人面前常用“家大人”称呼自己的父亲。 21.见谴：被责罚。见，表被动；谴，责罚。不可处：无法承受。处，承受。 22.明府：对地方高官的敬称，此处指泰山府君。可：此处意为或许。便：顺便。社公：土地神。　23.身无所惜：他没什么值得你怜惜的。　24.略尽：将尽。略，大致。　25.诣：前往。　26.旷拙：粗疏失当。　27.辄：擅自。此处是谦辞，表示未经允许就擅自前来。启白：陈述，禀告。幸：希望。　28.拊掌：拍手。　29.敕：上级向下级发布命令。　30.忻：欢喜。食：用饭菜招待。　31.代：取代，此处意为免去某官员的职务，换成其他人。

【译文】 胡母班曾有一次经过泰山旁边，忽然在树林里遇到一个穿大红衣服的随从骑士，呼唤他说："泰山府君要召见你。"胡母班震惊得说不出话，迟疑着没有回答。又有一个骑士出来呼唤他，他才跟着去了。走了几十步，骑士请胡母班暂时闭上眼睛。过一会儿就看到了宫殿，宫中的人仪容举止十分庄重。胡母班就进入楼阁中拜见，主人为他设置宴席，并跟他说："我想见你没有别的事，只是想捎一封信给我的女婿。"胡母班问："您女儿现在在哪里？"回答说："我女儿嫁给了河伯。"胡母班说："我立刻就捎送您的书信。不知道怎样能把信送到呢？"回答说："你到了黄河河心之后，就拍打船帮呼唤婢女，应该自然就会有来取书信的人。"胡母班就告辞出门。刚才的骑士又让他闭眼，过了一会儿，忽然回到了原来的路上。于是他就向西行进，按照山神所说的那样呼唤婢女。很快，果然有一个女仆出现，拿走了书信沉入河中。过了一会儿，她又出现，说："河伯想要见你。"女仆也让他闭眼，他就拜见了河伯。河伯就大摆宴席，热情地跟他交谈。快要分别的时候，他对胡母班说："感谢你走了远路来送信，也没什么可以送你的。"于是就跟身边的仆人说："拿我的青丝鞋来。"那鞋十分精巧，河伯把它送给了胡母班。胡母班出来后，眼前一花，就回到了船上。他在长安停留多年之后才返回，到了泰山旁边，不敢偷偷走过，就敲树并自报姓名："我从长安回来，有消息要禀报。"不一会儿，从前见过的那个骑士就出来，引领着胡母班用与上次相同的方法进见泰山府君，于是胡母班就称把书信送到了。泰山府君跟他说："我会另外给你回报。"胡母班说完了话去上厕所时，忽然看到自己的父亲戴着枷锁镣铐在服劳役，像他这样的有几百人。胡母班上前拜见，流着眼泪问："父亲您为何变成这样?”父亲说:“我死了之后，不幸被罚作苦役三年，现在已经两年了，非常痛苦，难以承受。现在知道府君大人认识你，可以帮我说一说，求求他免除我的劳役。顺便，我想当个土地公。”胡母班就按照父亲说的，向泰山府君磕头，说明情况并且求情。泰山府君说:“死人和活人属于不同的世界，不应该去接近，他没什么值得你怜惜的。”胡母班苦苦哀求，泰山府君才同意了。于是他就告别回家。过了一年多，他的几个儿子快要死光了。胡母班十分惶恐，又去泰山，敲树要求拜见，之前那个骑士就来迎接他去见泰山府君。胡母班就自己说:“我上次说了很粗笨的话，等回到家，儿子都死光了。我现在担心灾祸还没完，就自作主张跑来禀报，希望您能哀怜我，救救我。”府君拍手大笑说:“我之前跟你说‘死人和活人属于不同的世界，不应该去接近’，就是因为这个。”就下令从外面召来胡母班的父亲，不一会儿他就来到了泰山府堂上。府君问他:“你从前希望能回家乡做土地公，回去了就该为家里带去好事，可是你的孙子都死光了，这是为什么呢?”回答说:“我离开家乡太久，回去了很高兴，而且吃喝不愁，实在想念那些孙子，所以只是召见他们，让他们来吃喝罢了。”于是泰山府君就免了他的官，胡母班的父亲哭着出去了，胡母班也就回了家。后来再生的儿子就都没事了。

【简评】 神鬼故事虽然时时诡异奇幻，但折射着人间的真实面貌。泰山府君主管阴间，为了胡母班的人情就免除了他父亲的劳役，其举动与当时的县官应当相去不远；胡母班见父亲在服苦役，也不管是何理由，只管向泰山府君求情免除，现实中自然也少不了类似的举动；胡母班的父亲托儿子免了惩罚，还要来了土地公的职位，结果愚蠢短视，害死了诸多孙辈，还丢了官，这种事情现实中只多不少。

赵公明参佐

散骑侍郎、汝南王祐，疾困，与母辞诀[1]。既而闻有通宾者，曰某郡某里某人，尝为别驾，祐亦雅闻其姓字[2]。有顷，奄然来至，曰[3]：“与卿士类，有自然之分，又州里，情便款然[4]。今年国家有大事，出三将军，分布征发[5]。吾等十余人，为赵公明府参佐[6]。至此仓卒，见卿有高门大屋，故来投[7]。与卿相得，大不可言。”祐知其鬼神，曰：“不幸笃疾，死在旦夕，遭卿，以性命相乞。”[8]答曰：“人生有死，此必然之事，死者不系生时贵贱。吾今见领兵千人，须卿，得度簿相付[9]。如此地难得，不宜辞之。”祐曰：“老母年高，兄弟无有，一旦死亡，堂前无供养。”[10]遂歔欷(xū xī)，不能自胜[11]。其人怆然曰[12]：“卿位为常伯，而家无余财[13]。向闻与尊夫人辞诀，言辞哀苦[14]。然则卿国士也，如何可令死[15]？吾当相为。”因起去：“明日更来。”其明日又来，祐曰：“卿许活吾，当卒恩不？”[16]答曰：“大老子业已许卿，当复相欺耶？”[17]见其从者数百人，皆长二尺许，乌衣军服，赤油为志[18]。祐家击鼓祷祀，诸鬼闻鼓声，皆应节起舞，振袖飒飒有声。祐将为设酒食，辞曰：“不须。”因复起，谓祐曰：“病在人体中如火，当以水解之。”因取一杯水，发被灌之[19]。又曰：“为卿留赤笔十余枝，在荐下[20]。可与人使簪之，出入辟恶灾，凡举事者皆无恙[21]。”因道曰：“王甲李乙，吾皆与之。”遂执祐手与辞。时祐得安眠。夜中忽觉(jiào)，即呼左右，令开被：“神以水灌我，将大沾濡(rú)。”[22]开被而信有水，在上被之下，下被之上，不浸，如露之在荷[23]。量之，得三升七合(gě)[24]。于是疾三分愈二，数日大除[25]。凡其所道当取者，皆死亡，唯王文英半年后乃亡。所道与赤笔人，虽经疾病及兵乱，皆亦无恙。初有妖书云："上帝以三将军赵公明、锺士季，各督数万鬼兵取人，莫知所在。"[26]祐病差(chài)见此书，与所道赵公明合焉[27]。

【注释】 1.散骑侍郎：即散骑常侍，官名。跟随皇帝身边负责咨询、劝谏，地位较高但职务不繁重。汝南王祐：指司马祐（？—326），字永猷（yóu），两晋皇族，其祖父司马亮是司马懿的庶子，也是八王之乱中第一个作乱的。西晋灭亡时，五个晋朝皇族南渡建立东晋，人称五马渡江，司马祐是其中之一。按，历史上司马祐封散骑常侍是在太宁年间（323—326），去世是咸和元年（326）。疾困：病情严重。辞诀：诀别。 2.别驾：官名，魏晋时为州刺史的副手，职权很重。雅闻：曾经听说过。雅，向来。 3.奄然：气息微弱的样子。本用于描述人虚弱，此处是暗示访客其实是鬼魂。 4.与卿士类：与您同样是读书人。士类，泛指读书人。自然之分：当然的情谊。州里：此处指同乡。款然：关系密切融洽。款，融洽，投合。 5.国家有大事：此处指将出兵。《左传》中曾提到"国之大事，在祀与戎"，意指祭祀和军事是国家最重要的两件大事。三将军：即三军主帅。分布征发：分别出征。分布，散布；征发，指调集兵力和物资准备出征。 6.为赵公明府参佐：给赵公明当部下。赵公明，是道教传说中的瘟神之一；参佐，即部下。 7.仓卒：同"仓促""仓猝"，匆忙急迫。高门大屋：指身份高贵之人的豪华住宅。 8.鬼神：此处专指鬼。遭：遇到。 9.得度簿：记录去世人名的本子。得度，道教中指成仙，佛教中指涅槃（niè pán）成佛，此处指人死亡。 10.堂前：母亲的代称。 11.歔欷：同"嘘唏"，抽泣叹息。 12.怆然：悲伤的样子。 13.常伯：本指周代时君主左右管理民事的大臣，后指皇帝近臣如侍中、散骑侍郎等。 14.尊夫人：对他人母亲的敬称。 15.国士：指一国之中最优秀的人物。 16.卒恩不：是否完成对我的恩惠。卒，完成；不，同“否”，表询问，是否。 17.大老子：年老男子的自称。 18.赤油为志：用红油染的布作为旗帜。赤油，指红油涂染的布，常用来装饰器仗或车舆等，以示尊贵；志，同“帜”，旗帜。 19.发被灌之：揭开被子把水浇在里面。发，使露出。 20.荐：垫在床铺最下面的草席。 21.簪：此处意为当成簪子插在头发里。 22.觉：睡醒。注意与现代汉语中的“睡觉”之义相区别。沾濡：浸湿。 23.信：果真。 24.三升七合：约等于今天0.74升。中国古代以十合为一升，而三国两晋时期的一升约等于今天0.2升。 25.除：指病愈。 26.妖书：邪恶的书。古时被当局厌恶的传说、神秘预言等经常被称为妖言、妖书等。按，《晋书》中记载，太宁二年（324）有名叫李脱的方术道士因写作妖书而被处死，此处可能就是指李脱的书。锺士季：与赵公明同为道教传说中瘟神之一。此名可能来自锺会（225—264）。锺会字士季，三国时魏国高官，是灭蜀汉的主要将领之一，但成功后反叛魏国失败而被杀。 27.病差：病愈。

【译文】 散骑常侍、汝南王司马祐病情严重，与母亲作了临终告别。过了没多久，听说有人上门来做客，自称为是某郡某里的某个人，曾经在司马祐手下做过副官，司马祐也确实听说过他的姓名。过了一会儿，他就轻飘飘地进来了，说：“我与您同为读书人，本来就有当然的情分，又是同乡，感情上就十分融洽了。今年国家有大事发生，派出三军主帅，向各地调兵出征。我和另外十几个人一起给赵公明做部下。匆忙之间到了这里，看见您这么气派的宅邸，所以来投靠。我跟您意气相投，实在太好了。”司马祐知道他是鬼，说：“我不幸得了重病，过不了多久就要死了，但遇到了您，求您帮我保住性命。”回答说：“人生下来就会死，这是必然的事情，死人的身份地位跟生前的无关。我现在领兵一千，需要您，把抓人的簿子托付给您。这样的事很少发生，您不该推辞。”司马祐说：“我的老母亲年纪很大了，我又没有兄弟，等到我死了，我的母亲就没人供养了。”于是叹息抽泣起来，哭得自己都控制不住了。那个人悲伤地说：“您贵为散骑常侍，家里却没有多余的钱财。之前听到您与您母亲诀别，说的话都悲伤苦痛。而您是本国最优秀的人才啊，怎么能就让您这么死了呢？我应该帮您做点什么。”于是站起来离去：“我明天再来。”第二天他又来了，司马祐说：“您许诺说让我活下去，现在您能完成这个恩惠吗?”回答说：“老头子我已经许诺了您，还会骗您吗?”就看见跟来的有好几百人，身高都大概只有两尺高，穿着黑色的军装，拿着红油染成的布作旗帜。司马祐家里开始敲鼓祭祀，这些鬼听到鼓声，都和着鼓点跳起军舞，甩动袖子，发出哗哗的声音。司马祐准备设酒宴招待他们，那人推辞说：“不用。”接着又站起来对司马祐说：“病在人身体里就像火一样，应该用水来消解。”就拿了一杯水，揭开被子浇在司马祐身上。接着又说：“我给您留下十几支红笔，放在草垫下面了。你可以让人当成簪子插在头发里，不论在家在外，都能避开坏事灾祸，办事都不会出问题。”接着说：“王甲、李乙这些人，我都给过。”最后拉着司马祐的手跟他告别。当天司马祐睡了个好觉。半夜里他突然醒来，叫来侍者，让他们掀开被子，说：“神用水浇我，会浸湿很多东西。”掀开被子果然有水，在上下两层被子中间，并不浸湿被子，就像荷叶上停留的露珠。称量了一下这些水，有三升七合。司马祐的病就好了三分之二，几天后就彻底痊愈了。凡是那人说到要抓的人都死了，只有王文英过了半年才死。他所说的给过红笔的人，虽然遭受疾病和战乱，最后却都没事。起初有妖书说：“天帝派三军主帅赵公明、锺士季出征，各自带领几万鬼兵抓人，谁也不知道他们在哪里。”司马祐病愈之后看到这妖书，发现自己的遭遇与书中所言赵公明之事能够互相印证。

陈节方

陈节方谒（yè）诸神，东海君以织成青襦（rú）一领遗（wèi）之[1]。有神王方平，降陈节方家，以刀二口，一长五尺，一长五尺三寸，名泰山环，语节方曰[2]："此刀不能为余益，然独卧可使无鬼，入军不伤[3]。勿以入厕溷（hùn），且不宜久服，三年后求者，急与[4]。"果有戴卓以钱百万请刀。

【注释】 1.谒：拜见。东海君：即东海的海神，其姓名身份有多种说法，此处不一一列举。织成青襦一领：一件青色的名贵丝织上衣。织成，一种名贵的丝织品，布料中混有彩丝和金丝，一般为顶级官员适用的材料；襦，也称半衣、衫子，中国古代服饰的一种，只遮盖上半身，相当于今天的上衣；领，用于衣服的量词。遗：给予，赠予。 2.王方平：即王远，字方平，东汉时东海郡人。曾在东汉朝廷任职，传说曹魏时在丰都得道成仙。成语"沧海桑田"即来自道书中记载的麻姑对王方平所说的话。泰山环：此物所指不明，但从命名方式来看，应该是一种环首刀，即单面开刃，手柄末端有一个圆环的刀。两汉起逐渐流行。 3.余：多余的，更多的。 4.厕溷：厕所。服：佩戴。

【译文】 陈节方祭拜各个神明，东海之神送给他一件青色的名贵丝织上衣。还有一个名叫王方平的神，降临到陈节方家，送给他两口刀，一口长五尺，另一口长五尺三寸，名叫泰山环。他对陈节方说："这刀不能带来多余的好处，但是独自入睡时可以让鬼不能接近，在战场上可以让人不受伤。不要把它带进厕所，而且不适合长时间佩戴在身上。三年后有人跟你求这刀的话，就赶快给他。”后来果然有一个叫戴卓的人用一百万钱向他求这宝刀。

张璞

张璞，字公直，不知何许人也。为吴郡太守，征还，道由庐山[1]。子女观于祠室，婢使指像人以戏曰：“以此配汝。”[2]其夜，璞妻梦庐君致聘曰：“鄙男不肖，感垂采择，用致微意。”[3]妻觉怪之，问故，婢言其情。于是妻惧，催璞速发。明引中流，而舟不为行，阖(hé)船震恐[4]。乃皆投物于水，船犹不行。或曰：“投女则船为进。”皆曰：“神意已可知也，以一女而灭一门，奈何？”璞曰：“吾不忍见之。”乃上飞庐卧，使妻沉女于水[5]。妻因以璞亡兄孤女代之，置席水中，女坐其上，船乃得去[6]。既璞见女之在也，怒妻曰：“吾何面目于当世也？”乃复投己女于水中。及得渡，遥见二女在岸下，有吏立于侧，曰：“吾庐君主簿也[7]。庐君谢君，知鬼神非匹，又敬君之义，故悉还二女[8]。”问女，言但见好屋吏卒，不觉在水中也。

【注释】 1.吴郡：古代位于江南的一个郡，辖境在今天长江和钱塘江之间太湖四周，治所在今江苏苏州。东汉时从会稽（kuài jī）郡分出，至唐代废止。征还：受朝廷征召而返回。征，征召，一般只用于君主召臣子来拜见自己。2.子女：此处指女孩。子，此处指幼小的。婢使：婢女。像人：人的塑像。配：婚配，结婚。 3.庐君：指庐山神。致聘：指送交聘礼，从而定下婚约。 4.阖船：指所有船上的人。阖，全部。 5.飞庐：船上高层的小楼。6.席：船帆。 7.主簿：官名，汉代时许多中央和地方机关都设有此职，主管文书实务，是较重要的辅佐官。 8.匹：相配。

【译文】 张璞，字公直，不知道是哪里人。他当过吴郡太守，受朝廷征召返回，路上经过庐山。小女儿到那里的庙游玩，婢女指着庙里的塑像开玩笑说："把你嫁给他。"当天晚上，张璞的妻子梦见庐山神来送聘礼，说："我的儿子没什么出息，感谢您屈尊选择了他，用这点聘礼表示我微小的心意。"张妻觉得奇怪，向家人追问原因，婢女说了当时的情况。于是张妻害怕了，催促张璞尽快出发。天亮的时候来到了江心，船却不动了，全船的人都震惊害怕。他们就都往水里扔东西，船还是不走。有人说："把女孩扔下去船就走了。"大家都说："神的意思已经明白了。为了一个女孩而让一家人都死掉，何必呢？"张璞说："我不忍心看她被扔下去。"就到船的小楼上去躺着，让妻子把女儿沉到水里。张妻就用张璞已经故去的兄弟之女代替，把船帆放到水里，让女孩坐在上面，船总算能开走了。张璞看到女儿仍在船上，冲着妻子大发脾气说："我有什么脸面活在世上？"就又把自己的女儿扔进水里。等到渡过了长江，远远地看到两个女孩在岸边，有一个小吏站在一旁，说："我是庐山神的主簿。庐山神感谢您，他知道鬼神跟人不相配，又敬重您的仁义，所以把两个女孩都还给您。"问女孩们事情经过，她们说看见屋子豪华，有很多差役兵士，不觉得在水里。

【简评】 这是一个恶劣的故事。婢女妄言，庐山神开玩笑，其恶尚小；张璞之妻扔下其亡兄的孤女，其心若毒。而张璞知道后，投下自己的女儿，倒是显得“诚信”了，可他所在意的只是自己的脸面名声。若是孩子可以换取这一切，“不忍”也只是一瞬间的动摇而已。何况，还可以再问下去：为什么受害的只是女孩？

如愿

昔有商人欧明，乘船过青草湖[1]。忽遇风，晦暝，而逢青草湖君[2]。邀归止家，堂宇甚丽[3]。谓欧明曰：“惟君所须富贵金玉等物，吾当与卿。”[4]明未知所答。傍有一人私语明曰：“君但求如愿，不必余物。”明依其人语，湖君默然。须臾，便许。及出，乃呼如愿，是一少婢也。湖君语明曰：“君领取至家，如要物，但就如愿，所须皆得。”[5]明至家，数年遂大富。后至岁旦，如愿起晏，明鞭之[6]。如愿以头钻粪帚中，渐没，失所在[7]。明家渐贫。故今人岁旦，粪帚不出户者，恐如愿在其中也[8]。

【注释】 1.青草湖：湖名，即今洞庭湖南部。最早北部的洞庭湖与南部的青草湖仅通过水道相连，南北朝时连成一体，大致成为现在洞庭湖的样子。古人经常以“洞庭青草”并称，或用青草湖代指整个洞庭湖。 2.晦暝：指天色昏暗。 3.止家：指在家里留宿。 4.富贵：财宝。 5.就：接近，指与人相见。 6.岁旦：指农历新年的第一天。起晏：起床晚了。 7.粪帚：指清扫粪便的硬毛刷子。 8.不出户：不拿出家门。户，此处指大门。

【译文】　从前有个名叫欧明的商人，乘船经过洞庭湖。忽然遇到大风，天色昏暗，结果碰到了青草湖的湖神。湖神邀请他到自己的家暂住，房屋都非常豪华。他对欧明说：“只要是您喜欢的财宝金玉等，我都会给您。”欧明不知道该答什么好。旁边有个人悄悄跟欧明说：“您只须索取如愿，其他的东西都不必要。”欧明按那个人的话说了，湖神不说话。过了一会儿，就答应了。等到欧明要出门，湖神就叫来如愿，原来是一个年轻的婢女。湖神对欧明说：“您把她带回家，如果要什么东西，只要去找如愿，想要的就都会得到。”欧明回到家，几年之内就变得非常富有。后来有一次大年初一，如愿起床晚了，欧明用鞭子抽打她。如愿就一头扎进粪帚里，渐渐钻进去，找不到了。欧明家也渐渐变穷。所以现在的人，大年初一都不把粪帚拿出家门，因为怕如愿正藏在里面。

【简评】　故事中的人物命名是个有趣又耐琢磨的事。一位能让家境改观，有求必应的婢女，得名为“如愿”，确实合适，也说明编者用了心。

蒋子文

蒋子文者，广陵人也[1]。嗜酒好色，挑挞(tà)无度[2]。常自谓己青骨，死当为神[3]。汉末为秣(mò)陵尉，逐贼至钟山下，为贼击伤额，因解绶缚之，有顷遂死[4]。及吴先主之初，其故吏见文于道头，乘白马，执白羽扇，侍从如平生[5]。见者惊走，文进马追之，谓吏曰：“我当为此土地之神，以福尔下民耳[6]。尔可宣告百姓，为我立祠，当有瑞应也；不尔，将有大咎[7]。”是岁夏大疫疾，百姓辄相恐动，颇有窃祠之者矣[8]。未几文又下巫祝曰[9]：“吾将大启祐孙氏，官宜为吾立祠[10]。不尔，将使虫入人耳为灾也[11]。”孙主以为妖言。俄而果有小虫如鹿虻（méng），入人耳皆死，医巫不能治，百姓逾恐[12]。孙主尚未之信也，既而又下巫祝曰：“若不祀我，将又以火吏为灾。”是岁火灾大发，一日数十处。火渐延及公宫，孙主患之[13]。时议者以为鬼有所归，乃不为厉，宜告飨（xiǎng），有以抚之[14]。于是使使者封子文为中都侯，次弟子绪，为长水校尉，皆加印绶，为立庙堂[15]。转号钟山为蒋山，以表其灵，今建康东北蒋山是也[16]。自是灾沴（lì）止息，百姓遂大事之[17]。

【注释】 1.广陵：古地名，东汉时为广陵县，大致位于今江苏扬州和安徽天长之间，高邮湖南侧。 2.挑挞：同“挑达”，放纵不羁。 3.青骨：即骨头是黑色的。 4.秣陵尉：即秣陵县的县尉。秣陵，即秣陵县，治所在今江苏南京的南部，秦代创置，隋朝废除，之后秣陵也常作为南京的代称之一；尉，县尉，主要负责县内治安，大县可能有多名。钟山：指位于江苏南京东面的山，又称紫金山、蒋山、神烈山。解绶：解下衣带。 5.吴先主：指孙权。故吏：指从前做过其下属的官吏。道头：街头。 6.当：应当，将要。 7.瑞应：指祥瑞的回应。咎：灾祸。 8.辄相恐动：经常惊恐骚动。 9.下巫祝：即向巫师下达神谕。巫，指古代从事占卜、祈祷等活动的人；祝，此处指祭祀仪式中负责礼仪的人。 10.启祐：同“启佑”，引导帮助。孙氏：即东吴君主家族，代指吴国。 11.不尔：不然，即不这样的话。 12.鹿虻：一种飞虫，据说大小类似苍蝇，会叮咬人和动物。 13.公宫：帝王的宫殿。 14.不为厉：即不作乱，不带来灾祸。厉，灾祸。告飨：向鬼神祭祀祷告，并奉上供品。 15.印绶：印信和系印信的丝带，借指官位。中都侯：封号的一种，详情未知。中都，当指都城、京城。长水校尉：官名，汉武帝设置，属八校尉之一，掌管分布在长水附近的乌桓人、胡人骑兵约七百人，后代至南北朝仍有设置，属于领军将军，但已不在长水附近。长水，河流名，在汉代长安附近；校尉，武官的一种，因统领一校（约七百人）而得名，最初仅稍逊于将军，后来逐渐下降为普通武官的称呼。 16.建康：今江苏南京的古称之一，东晋建立时改此名。 17.灾沴：灾难，灾祸。事：供奉，即祭拜。

【译文】 蒋子文是广陵县人。他爱喝酒，喜好美色，性情放纵没有限度。他经常说自己骨头是黑色的，死了应该会成神。汉朝末年，他担任秣陵县尉，追逐贼人到钟山下，被对方打伤了额头，就解下衣带来绑在伤口上，过一会儿就死了。等到孙权时代早期，蒋子文原来手下的小吏在街头看见他骑着白马，拿着白色的羽毛扇子，周围的随从与他活着的时候一样。看见他的小吏吓得赶紧跑开，蒋子文拍马追上去，跟那个小吏说："我担任了这里的土地神，来造福你们这些百姓。你可以告诉百姓，为我建立祠庙，就会有祥瑞兆应，不然就会有大灾祸。"这一年夏天疫病严重，百姓经常恐慌骚动，其中有不少人偷偷祭拜蒋子文。没过多久，蒋子文又通过巫师传话说："我会彻底引导和支持孙家，官方应该为我兴建祠庙。不然的话，我就让虫子钻入人耳成灾。"吴王认为是蛊惑人的胡说。没过多久，果然有如同鹿虻一样的小虫，钻进人耳里，人就都死了。医生和巫师都治不了，百姓更加恐慌。但吴王还是不信。后来蒋子文又通过巫师传话说："如果不祭祀我，我就再让掌管火的人制造灾祸。"这一年火灾频繁发生，一天有几十处起火。火灾渐渐蔓延到吴国王宫，吴王颇为忧虑。当时的人议论，认为鬼有了去处，才不会作怪，应该祭拜它，以此安抚它。于是吴王派使者加封蒋子文为中都侯，封他兄弟的儿子蒋绪为长水校尉，都给了官印绶带，还给建了祠庙。又把钟山改名为蒋山，来表彰蒋子文的神灵，这就是今天建康城东北的蒋山。灾祸从此停止，于是百姓都纷纷祭祀他。

戴侯祠

豫章有高山峻石，仰之绝脰(dòu)[1]。有戴氏女，久疾不瘥(chài)[2]。出觅药，见一小石，形像偶人，女礼之曰：“尔有人形，岂神？能差(chài)我宿疾者，吾将事汝[3]。”其夜，梦有人告之曰：“吾将祐汝。”自后疾渐差。遂为立祠山下，名“石侯祠”。戴氏为巫，故俗名“戴侯祠”。

【注释】 1.豫章：古地名，汉代设置，唐代废止，其间辖境多有变动，但大致都在今江西南昌附近。今天也作为南昌的别称。高山峻石：可能指位于今江西九江的庐山。峻，高而陡峭。绝脰：折断脖颈。脰，脖子。 2.瘥：痊愈。 3.差：同“瘥”，痊愈。事：供奉，即祭拜。

【译文】 豫章境内有座很高的山，仰望山顶得把脖子折断。有一个姓戴的女子，久病不愈。她外出找药，看到一小块石头，形状像是人偶。女子就向它行礼说：“你有人的形状，难道是神吗？要是能治好我多年的病，我就祭拜你。”当天夜里，她梦见有人告诉她：“我会保佑你的。”这之后病就渐渐好了。她就在山下为这块石头立了祠庙，起名叫“石侯祠”。戴氏自己做庙里的巫师，所以大家都叫它“戴侯祠”。

【简评】 这则故事中的神异成分很少，毋宁说是由一连串的偶然凑泊而成。偶然有人病了，偶然遇到小石头，偶然病愈，偶然在高山下立祠。

黄石公

益州之西、云南之东有神祠，克山石为室，下有民奉祠之[1]。自称“黄石公”，因言此神张良所受黄石公之灵也[2]。清净不烹杀，请而不享[3]。诸祈祷者，持一百纸、一双笔、一丸墨，置石室中，而前请乞。先闻石室中有声，须臾问来人何欲。既言，便具语吉凶，不见其形[4]。至今如此。

【注释】 1.益州：古地名，其辖境大致包括今天陕西、湖北、四川、重庆、贵州、广西、云南的部分地区。云南：此处指三国时蜀汉设置的云南郡，辖境在今云南省西北部。按，云南郡正在益州之西，而云南之东，大致在今天四川攀枝花附近。注意益州和云南并非并列关系。克：通“刻”，刻镂，此处指开凿。 2.张良所受黄石公：指曾教导西汉开国功臣张良的黄石公。传说张良年轻时在博浪沙刺杀秦始皇失败，逃亡时在下邳（pī，在今江苏睢宁）遇到黄石公，通过了他的考验而得到他传授的兵法。张良苦读其书十年后开始追随刘邦，最终协助其建立西汉。 3.清净不烹杀：指不主张杀生。清净，此处指不杀生。按，中国古代的祭祀中往往要供奉祭品，其中基本都含有新鲜屠宰的动物，此处即指不要这些祭品。请而不享：拜见神明却不用献上祭品。 4.具：完全。

【译文】 益州西部的云南郡的东边，有一座神庙，房屋是开凿山石而成的，下面有民众供奉祭祀它。庙中的神自称黄石公，因此人们说它是教导张良的那个黄石公的灵魂。这个神不主张杀生，人来祭拜也不用带祭品。祈祷的人们，只要拿来一百张纸、一对笔、一块墨，放在石屋里，然后上前乞求。先是听到石屋里有声音，过一会儿就问来的人想要什么。来人说了之后，对方就完整地说明吉凶，但看不见说话的人的形体。到现在还是这样。

【简评】 每个神都有自己的性格和爱好。这位黄石公喜欢收取文房用具，大概真是个“知识分子”。

范丹

陈留外黄范丹，字史云[1]。少为尉从佐，使檄（xí）谒（yè）督邮[2]。丹有志节，自恚（huì）为厮役小吏[3]。一日，于陈留大泽中，杀所乘马，捐弃衣帻（zé），诈逢劫者[4]。有神下其家曰：“我史云也，为劫人所杀，疾取我衣帻于陈留大泽中。”家取得衣帻。丹遂之南阳，转入三辅，从英贤游学[5]。十三年乃归，家人不复识焉。陈留人高其志行，及殁（mò），号曰“贞节先生”[6]。

【注释】 1.陈留外黄：古地名，在今河南兰考和民权一带。陈留，指陈留郡或陈留国，辖境在今河南中东部。 2.尉从佐：县尉的随从。檄谒督邮：给督邮送公文。檄，官府公文；谒，拜访；督邮，郡一级的监察官员，汉至南北朝设置。 3.志节：指志向节操。恚：愤怒，怨恨。 4.陈留大泽：陈留附近的大湖。泽，指水流汇聚处，即沼泽或湖泊。按，陈留附近的大湖泊，可能指的是陈留西北的乌巢泽。捐弃衣帻：扔掉衣服、头巾。捐弃，抛弃；帻，指头巾，中国古代人不剪发，而把长发盘起来，用头巾或帽子固定住。5.三辅：本指西汉时京兆尹、左冯翊（píng yì）、右扶风三个官员及其管辖的行政区，辖有当时京城及其附近地区。后来也借指都城地区。 6.殁：去世。

【译文】 陈留郡外黄县的范丹，字史云。他年轻时做了县尉的随从，任务是给陈留的督邮送公文。范丹志向很高，以自己只能当一个不起眼的小官而深感怨愤。一天，他在陈留郡的大湖里，杀掉了所骑的马，扔掉了衣服、头巾，假装遇到了打劫的。有神降临他的家，说："我是史云，被打劫的人杀死了，快去陈留的大湖里拿我的衣服、头巾。"家人取回了衣服、头巾，范丹就去了南阳，再转道去了都城，跟着才德兼具的人们游历学习。过了十三年才回家，家人已经不认识他了。陈留人高度评价他的志向和做法，他去世以后，称他为"贞节先生"。

卷七

感应篇之四

灵女庙

汉代十月十五日，宫中故事，以豚酒上灵女庙，吹埙(xūn)击筑，奏《上弦》之曲，连臂踏地，歌《赤凤来》之曲，乃巫俗也[1]。

【注释】 1.故事：旧有的制度习惯。吹埙击筑：吹奏埙，敲击筑，演奏乐曲。埙，吹奏乐器，形状如蛋，用黏土烧制而成，上有孔，吹奏方法类似箫，河姆渡、仰韶等原始文化遗址中即有出土，后成为宫廷雅乐的重要乐器之一；筑，击弦乐器，棒状并有多根弦，演奏方法类似大提琴但不用琴弓，而是用竹片敲击弦发声，今已失传，仅有出土文物和图像。连臂踏地：指一排舞者依次挽住小臂踏地打节拍。连臂，指人们互相挽住小臂，连成一排；踏地，即用脚蹬踏地面应和节拍。

【译文】 汉代十月十五日的时候，按照宫中的旧规矩，要给灵女庙供奉猪肉和酒，还要吹埙击筑，演奏《上弦》曲，互相挽住小臂连成一排踏地打节拍，唱《赤凤来》歌，这是当初巫师留下的习俗。

白水素女

谢端，晋安侯官人也。少丧父母，无有亲属，为邻人所养。至年十七八，恭谨自守，不履非法，始出作居[1]。未有妻，乡人共愍(mǐn)念之，规为娶妇，未得[2]。端夜卧早起，躬耕力作，不舍昼夜[3]。后于邑下得一大螺，如三升壶，以为异物，取以归，贮瓮中畜(xù)之[4]。十数日，端每早至野，还见其户中有饭饮汤火，盘馔甚丰，如有人为者，端谓是邻人为之惠也[5]。数日如此，端便往谢邻人，邻人皆曰："吾初不为是，何见谢也？"端又以为邻人不喻其意[6]。然数(shuò)尔不止，后更实问，邻人笑曰："卿以自娶妇，密著室中炊爨(cuàn)，而言吾人为炊耶？"[7]端默然心疑，不知其故。后方以鸡初鸣出去，平早潜归，于篱外窃窥其家，见一少女美丽，从瓮中出，至灶下燃火[8]。端便入门，径造瓮所视螺，但见壳[9]。仍到灶下问之曰："新妇从何所来，而相为炊？"[10]女人惶惑，欲还瓮中，不能得，答曰："我天汉中白水素女也[11]。天帝哀卿少孤，恭慎自守，故使我来，权相为守舍炊烹，十年之中使卿居富得妇，自当还去。而卿今无故窃相伺掩，吾形已见(xiàn)，不宜复留，当相委去[12]。虽尔，后自当少差，勤于田作，渔采治生[13]。今留此壳去，以贮米谷，常可不乏。"端请留，终不肯。时天忽风雨，翕(xī)然而去[14]。端为立神座，时节祭祀。居常饶足，不致大富耳。于是乡人以女妻端。端后仕至令长云[15]。今道中素女是也。

【注释】　1.作居：自造房屋，立门户。　2.愍念：即怜悯。规：规划，谋划。　3.不舍昼夜：白天晚上都不停歇。舍，停止。　4.畜：饲养。　5.谓：以为，认为。　6.不喻其意：即不懂他的意思。喻，明白。　7.数尔：屡次这样。实：核对，核实。炊爨：生火做饭。　8.平早：同"平明"，天亮的时候。 9.造瓮所：到瓮那里去。造，前往。 10.仍：于是。新妇：东汉魏晋时常用此词称呼一般妇女，并不特指妻子。 11.天汉：即银河。 12.伺掩：躲起来偷偷窥视。伺，偷偷窥视；掩，躲藏起来。吾形已见：我的原形已经显露了。委去：舍弃某事物而离开。 13.虽尔：虽然如此。少差：很少出差错。 14.翕然：忽然。 15.令长：即县令。秦汉时万户以上的县首长为县令，不足万户的为县长，后来用令长泛指县首长。

【译文】 谢端是晋安郡侯官县人，他年少时父母就去世了，又没有亲属，被邻居抚养长大。到了十七八岁，他恭敬谨慎，坚持自己的操守，不做非法的事情，才出来独自劳作居住。他没有娶妻，同乡人都怜悯他，筹划给他娶媳妇，结果没成。谢端夜里才睡下，一早就起床，亲自下地耕田，努力劳作，白天晚上都不停歇。后来他在县外得到一个很大的田螺，就像一个三升的壶，他觉得是个奇异的东西，就拿回家，放在瓮中养着。一连十几天，谢端每天一早出门到野外，回来时就看见家门里摆着饭菜浆汤，有热水，还烧着火，饭菜相当丰盛，就像有人特意做的。谢端以为是邻居所施的恩惠。连着好几天都这样，谢端就去感谢邻居，结果邻居们都说："本来不是我做的，为什么要谢我呢？"谢端又以为邻居没明白他的意思。但是这样的事屡次发生，后来谢端又去核实查问，邻居都笑着说："你自己娶了媳妇，偷偷让她在屋里做饭，结果却说是我们干的吗？"谢端没说什么，但心里暗暗怀疑，不明白是怎么回事。后来他早上鸡开始叫的时候出门，天大亮的时候就悄悄回家，在篱笆外窥视自己家，就看见一个少女，十分美丽，从瓮中出来，走到炉灶旁去点火。谢端就走进门里，直接走到放瓮的地方去看螺，结果只看见了壳。于是他走到灶旁问那个少女说："姑娘你从哪里来？还给我做饭？"少女十分惊慌，想要回到瓮中，回不去，就回答说："我是银河中的白水素女。天帝怜惜你年纪轻轻就没了父母，还能恭敬谨慎，坚持操守，就派我来，姑且为你看家做饭，十年里让你富起来娶上媳妇，我自然就要回去。但是你现在私自偷偷窥探，我的原形已经暴露，就不能再留下来了，必须舍你而去。虽然如此，此后自然会稍好一些，要努力在田间耕作，捕鱼采果，治理生计。现在我把这个壳留给你储存大米谷子，可以保证你一直不会缺粮食吃。”谢端请她留下，她终究不肯。当时天上忽然刮风下雨，她忽地一下就随着离开了。谢端为她立了牌位，每到时令和节日都祭祀。他日子一直过得很丰裕，只是不算特别富罢了。于是同乡人把女儿嫁给谢端。据说谢端后来做官做到县令的级别。这就是今天的道中素女。

【简评】 这分明是《田螺姑娘》故事的原型。不过，后世流传的不同版本的故事中，田螺姑娘最后常常就嫁给了该男子，而在这里，她只是帮他做了些家务，且预备帮他攒钱娶媳妇。临走之时，还好好教导了他，也不听这个凡人的挽留，依旧保留了一丝仙气。

不过，故事中展现的渴望，却与后来的版本相同。那是因为普遍的人性并无大变。

麋竺

麋竺尝从洛归，未达家数十里，路傍见一好新妇，从竺求寄载[1]。行可数里，妇谢去，谓竺曰[2]：“我天使也，当往烧东海麋竺家[3]。感君见载，故以相语。”竺因私请之，妇曰[4]：“不可得不烧。如此，君可驰去，我当缓行，日中火当发[5]。”竺乃急行还家，遽（jù）出财物，日中而火大发[6]。

【注释】 1. 麋竺：字子仲，本为徐州豪门，在刘备入主徐州遇到危机时倾尽家产支持，后始终跟随刘备，是蜀汉的重臣。洛：即洛阳，东汉时为都城。好新妇：漂亮的妇女。好，貌美。 2. 谢去：辞别而去。 3. 天使：上天的使者。东海：即东海郡，地名，东汉时辖区在今山东、江苏交界附近。麋竺的籍贯是东海郡的朐（qú）县（即今江苏连云港），故称东海麋竺。 4. 私请之：私下求她放过。 5. 日中：中午。 6. 遽：急忙，赶快。

【译文】 麋竺有一次从洛阳返回，还有几十里路到家，在路旁看到一个貌美的女子，她向麋竺请求搭便车。麋竺载她走了几里地，女子跟他告别，并对他说："我是上天派来的使者，要去火烧东海郡麋竺的家。感谢你载我一程，所以告诉你这些。"麋竺就私下请求她放过自己，女子说："不去烧不行。这样吧，你可以快点赶回去，我就慢慢走，中午火就会烧起来。"麋竺就赶紧回到家，匆忙搬出家里的财产和家具，到了中午，房子里就燃起了大火。

【简评】 这个故事的有趣之处在于：仙界也有不能腾云驾雾，而得搭便车的小仙；她也有不得不完成的工作，以及"枪口抬高一寸"的仁慈。仙毕竟是人的翻版啊。

孤石庙

宫亭湖孤石庙，尝有一估客下都观，经其下，见二女子云："可为妾买两量丝履，自厚相报。"[1]估客至都，市好丝履，并箱盛之。自市一书刀，亦在箱中。既还，以箱及香置庙中而去，忘取书刀。湖中正泛，忽有一鲤鱼跳入船中，破鱼腹，得书刀焉[2]。

【注释】 1.宫亭湖：即鄱（pó）阳湖，古称彭蠡（lǐ）湖或彭蠡泽，位于江西，是中国现今最大的淡水湖。估客：即行商，通过行走各地而完成交易的商人。量：通“裲（liǎng）”，双。 2.泛：指乘船行进。

【译文】 鄱阳湖边有一座孤石庙，曾经有一个商人顺流而下去都城，经过庙的下面，看到两个女子说：“为我们俩买两双丝鞋，我们自然会好好报答。”商人到了都城，买了上好的丝鞋，还买了箱子盛放。自己买了一柄裁书刀，也放在了箱子里。回来的时候，就把箱子放在庙里，上了香，就走了，忘了拿走裁书刀。他正坐船在湖中行进着，忽然有一条鲤鱼跳到船上，剖开鱼肚子，就在里面找到了裁书刀。

【简评】 宫亭湖由庐山下湖畔的宫亭庙得名，本仅指其附近水域，后也可扩展指整个鄱阳湖。文中“下都观”的“观”字不易理解。旧本作“尝有估客下都，经其庙下”，而无“观”字，则比较通顺。现在这个版本是新辑校的，可能会更接近早期版本面貌，但并不易读。

中国古代有不少鱼腹藏物的例子。专诸刺王僚时，把匕首藏在鱼肚子里；陈胜吴广起义时，在鱼腹中藏入了写有“陈胜王”的丝帛。古诗《饮马长城窟行》中，还有“客从远方来，遗我双鲤鱼，呼儿烹鲤鱼，中有尺素书”的句子。闻一多先生曾指出“双鲤鱼”其实是古代木质信封上的图样，但诗歌却按鱼腹藏书的方式来处理。看来，在鱼腹中藏物，是早期常有的奇思妙想。当然，文中这条鱼，可能只是在给仙女们跑腿，而不是她们的真身。

黄祖

庐江龙舒陵亭，有流水，边有一大树，高数十丈，常有黄鸟千数巢其上[1]。时久旱，长老共相谓曰：“彼树常有黄气，或谓有神灵，可以祈雨。”[2]因以酒脯往祭。亭中有寡妇李宪者，夜起，室中或有光，忽见一妇人，着绣衣[3]。妇人曰：“我树神黄祖也，能兴云雨。以汝性洁，佐汝为生。朝来父老皆欲祈雨，吾已求之于帝，明日日中当验。”宪乃具告亭中众人，大惊异。至日中，果大雨，遂为立祠。神谓宪曰：“诸乡老在此，吾居近水，当少致鲤鱼。”[4]言讫，有鲤数十头飞集堂下，坐者莫不惊悚。如此岁余，神曰：“将有大兵，今辞汝去。”留一玉环曰：“持此可以避难。”后袁术、刘表相攻，龙舒之民皆流亡，唯宪里不被兵[5]。

【注释】 1.陵亭：地名，在安徽庐江境内，细节未详，史上多有记载。亭，古代行政规划的一级，十里为一亭，十亭为一乡。数十丈：一丈为十尺，汉尺约合二十三厘米，因此数十丈可能指一百米左右。 2.长老：老人。 3.或：仿佛，好像。 4.致：送达。 5.里：此处指家。被兵：指因战斗而导致毁坏。

【译文】 庐江郡龙舒县的陵亭有一条河流过，岸边有一棵大树，高几十丈，常有数以千计的黄鸟在上面筑巢。当时久旱不雨，住在附近的老人互相商量说：“那棵树常年散发黄色的气，有人说它有神灵，我们可以向它求雨。”就拿着酒和肉干去祭拜。陵亭有一个叫李宪的寡妇，夜里醒来，看到屋里仿佛有光，忽然看到一个女子，穿着彩绣的丝质服装。女子说："我是树神黄祖，能调遣云和雨。因为你本性纯洁，所以来帮助你生活下去。早上亭里的老人都想求雨，我已经向天帝请求了，明天中午应当会应验。"李宪就把这事情详细地告诉给了亭里的人，大家都非常惊讶。到了中午，果然下了大雨，于是大家给树神建了祠庙。树神对李宪说："亭里的长辈都在场，我住得离水近，就略送些鲤鱼吧。"说完，就有几十条鲤鱼一起飞到堂屋前，坐着的人都吓了一大跳。这样过了一年多之后，树神说："本地会有很大的兵祸，我现在与你告别，准备离开了。"她又留下一件玉环说："拿着这个就可以避开灾祸。"后来袁术和刘表互相攻击，龙舒县的人都只好流亡，只有李宪家没受到战争的破坏。

【简评】　袁术，字公路，东汉末军阀之一，出身名门望族，一度占领淮南和江南大片地区；刘表，字景升，东汉末军阀之一，主要控制荆州，即今湖北、湖南一带。初平二年（191），袁术命下属孙坚攻打刘表，借此消除袁绍在荆州、襄阳一带的势力。孙坚首战胜利，成功把刘表围困在襄阳城内，但在后来的两军拉锯期间，孙坚却战死了，他战败的情形有好几种不同的说法。敌方失去帅将，刘表便转危为安。两年后，袁术受刘表军队不断逼迫，加上曹操的夹击，只能不断退让，先到了今天的江西一带，又反攻占领寿春。此时，孙坚的儿子孙策就在舒城。孙坚死后，袁术让孙策领其父旧部，继续参与战争。文中说"袁术和刘表互相攻击"，而龙舒县的人都逃亡了，可能是指襄阳之战后三方混战的时候。

丁姑

淮南全椒县有丁新妇者，本丹阳丁氏女，年十六适全椒谢家[1]。其姑严酷，每使役，皆有程限，或违顷刻，仍便笞(chī)捶[2]。不可堪处，以九月七日自经而死[3]。遂有灵响闻于民间，仍发言于巫祝曰：“念人家妇女，工作不已，使避九月七日，勿用作。”[4]吴平后，其女幽魂思乡欲归[5]。永平元年九月七日，见形，著缥(piǎo)衣，戴青盖，从一婢[6]。至牛渚津求渡，有两男子共乘船捕鱼，仍呼求载[7]。两男子笑，共调弄之，言：“听我为妇，即当相渡也。”[8]丁妪(yù)曰[9]：“谓汝是佳人，而无所知[10]。汝是人，当使汝入泥死；是鬼，使汝入水。”便却入草中[11]。须臾，有一老翁乘船载苇又至，妪从索渡，翁曰[12]：“船上无装，岂可露渡[13]？恐不中(zhòng)载耳[14]。”妪言无苦。翁因出苇半许，安处著船中，径渡之，至南岸[15]。临去，语翁曰：“吾是鬼神，非人也，自能得过，然宜使民间粗相闻知[16]。翁之厚意，出苇相渡，深有惭感，当有以相谢者。翁速还去，必有所见，亦当有所得也[17]。”翁曰：“愧燥湿不至，何敢蒙谢！”[18]翁还西岸，见两少男子覆水中。进前数里，有鱼千数，跳跃水边，风吹置岸上，翁遂弃苇载鱼以归。于是丁妪遂还丹阳。今江南人皆呼为“丁姑”，九月七日不用作事，咸以为息日也[19]。今所在祠之[20]。

【注释】 1.适：出嫁。 2.姑：婆婆。仍便：于是，就。仍、便，此处同义。笞捶：也作“笞棰”，指用竹条、木条等抽打。 3.不可堪处：不能够忍受。堪、处，此处都是忍受之意。自经：上吊自杀。 4.灵响：指灵验的回应。仍：于是。 5.吴平：即吴国平定后，指西晋于公元280年灭吴之事。 6.永平：西晋惠帝的年号。见形：即现形，指显露出别人看得见的身体。缥衣：指青白色的丝织衣服。青盖：指青色的盖状帽子。 7.仍：于是。 8.听：

听从，接受。 9. 丁妪：即丁姓妇女。妪，妇女。 10. 佳人：此处指好人。 11. 却：退却，后退。 12. 从索渡：向他请求摆渡自己过江。从，向；索，要求。 13. 无装：指没有船篷等装置。露渡：指在船上没有篷的情况下渡江。 14. 中：符合，适合。 15. 安处：安排处置。径：径直，直接。 16. 鬼神：此处专指鬼。 17. 所见：指下文两个男子淹死。所得：指下文的鱼。 18. 燥湿不至：即照顾不周。燥湿，泛指生活状况，类似冷暖、饥饱等词。 19. 息日：休息日。 20. 所在：到处，处处。

【译文】 淮南全椒有一个姓丁的媳妇，本是丹阳丁氏的女儿，十六岁时嫁到了全椒谢家。她的婆婆严厉残酷，每次给她活干，都设下最后期限，如果超时了一点点，就用竹条抽打她。丁氏女忍受不了，就在九月七日上吊自杀。结果她就在民间有了灵验之名，于是她告诉巫师："考虑到家家户户的妇女一直在不停工作，让她们避开九月七日，不要干活。"吴国平定后，这个女子的鬼魂想念家乡，想要回到丹阳去。永平元年（291）九月七日，她现出身形，穿着青白色的丝衣，戴着青色的帽子，带着一个婢女，到牛渚津找渡船。有两个男子一起乘船捕鱼，丁氏女就呼唤他们，请他们载自己过江。两个男子笑了，一起调戏她说："如果你同意做我的妻子，就渡你过江去。"丁氏女说："我认为你们是好人，结果你们什么都不知道。你们要是人，就叫你们死在泥里；你们要是鬼，就叫你们掉进水里。"她就退进草丛里。没过一会儿，又有一个老翁装了一船芦苇到了这里，丁氏女向他请求摆渡自己过江，老翁说："船上没有船篷，怎么能敞开着摆渡你们呢？恐怕不适合吧。"女子说"没关系"。老翁就卸下一半左右的芦苇，安排两人上船，直接把她们送到了长江南岸。丁氏女临走的时候对老翁说："我是鬼，不是人，自己就能过江，但我要让民间稍微知道一下我的存在。老翁您卸下船上的芦苇来摆渡我，深情厚意使我感到十分惭愧，应该要拿些什么东西来感谢您。老翁您赶快回去，会看到一些东西，也会得到一些东西。"老翁说："我对二位照顾不周，哪里敢要什么谢礼？"老翁回到西岸，看到两个年轻男子趴在水里淹死了。往前行船几里，看到数以千计的鱼在岸边跳动，大风吹来把它们都吹到岸上，老翁就扔掉所有的芦苇，装了一船鱼回去了。这样丁氏女就回到了丹阳。现在的江南人都叫她“丁姑”，九月七日不干活，都把这一天当作休息日。现在到处都祭祀丁姑。

【简评】 全椒在今安徽滁州，丹阳指丹阳郡丹阳县，治所在今安徽马鞍山市东。西晋时两地隔长江相望。所以，当丁氏女想回家的时候，要到与牛渚矶（zhǔ jī）相对的长江北岸，即牛渚津这个渡口去求渡。牛渚矶又名采石矶，在长江南岸，又因长江流经此地时基本呈现由南向北的流向，又可称牛渚矶在长江东岸。本则故事中“翁还西岸”，即因此故。另外，这个故事全方位展现了中国古代平民女性的困境。她会被夫家当成免费劳动力，会被陌生的男性骚扰调戏，甚至做了鬼，竭尽了灵力，也只能为人间的女同胞争取到一天的休息时间。

成公智琼

魏济北国从事掾(yuàn)弦超，字义起[1]。以嘉平中夜独宿，梦有神女来从之[2]。自称天上玉女，东郡人，姓成公，字智琼[3]。早失父母，天帝哀其孤苦，遣令下嫁从夫。义起当其梦也，精爽感悟，嘉其美异，非常人之容。觉寤(jiào wù)钦想，若存若亡[4]。如此三四夕。一旦，显然来游，驾辎軿(zī píng)车，从八婢，服绫罗绮绣之衣，姿颜容体，状若飞仙[5]。自言年七十，视之如十五六女。车上有壶榼(kē)、清白琉璃五具，饮啖奇异，馔(zhuàn)具醴(lǐ)酒，与义起共饮食[6]。谓义起曰：“我天上玉女，见遣下嫁，故来从君[7]。不谓君德，盖宿时感运，宜为夫妇[8]。不能有益，亦不能为损。然行来常可得驾轻车乘肥马，饮食常可得远味异膳，缯(zēng)素常可得充用不乏[9]。然我神人，不能为君生子，亦无妒忌之性，不害君婚姻之义。”遂为夫妇。赠其诗一篇，其文曰：“飘颻浮勃逢(péng)，敖曹云石滋[10]。芝英不须润，至德与时期[11]。神仙岂虚降，应运来相(xiàng)之[12]。纳我荣五族，逆我致祸灾。”此其诗之大较[13]。其文二百余言，不能悉录。又注《易》七卷，有卦有象，以彖(tuàn)为属，故其文言既有义理，又可以占吉凶，犹扬子之《太玄》、薛氏之《中经》也[14]。义起皆能通其旨意，用之占候[15]。作夫妇经七八年。父母为义起取妇之后，分日而燕，分夕而寝[16]。夜来晨去，倏忽若飞，唯义起见之，他人不见也。虽居暗室，辄闻人声，常见踪迹，然不睹其形。每义起当有行来，智琼已严驾于门，百里不移两时，千里不过半日[17]。义起后为济北王门下掾，文钦作乱，景帝东征，诸王见移于邺宫，官属亦随监国西徙[18]。邺下狭窄，四吏共一小屋。义起独卧，智琼常得往来，同室之人，颇疑非常。智琼止能隐其形，不能藏其声，且芬香之气，达于室宇，遂为伴吏所疑。后义起尝使至京师，空手入市，智琼给其五匹弱绯、五端细纻(zhù)，采色光泽，非邺市所有[19]。同房吏问意状，义起性疏辞拙，遂具言之[20]。吏以白监国，委曲问之，亦恐天下有此妖幻，不咎责也[21]。后夕归，玉女已求去，曰：“我神仙人也，虽与君交，不愿人知。而君性疏漏，我今本末已露，不复与君通接。

积年交结，恩义不轻，一旦分别，岂不怆恨。势不得不尔，各自努力矣[22]。”呼侍御人下酒啖食。发簏，取织成裙衫两裆(dāng)遗义起，又赠诗一首[23]。把臂告辞，涕零溜漓，肃然升车，去若飞流[24]。义起忧感积日，殆至委顿[25]。去后积五年，义起奉国使至洛，到济北鱼山下[26]。陌上西行，遥望曲道头，有一马车，似智琼。驱驰前至，视之，果是玉女也。遂披帷(wéi)相见，悲喜交至[27]。控左授绥(suí)，同乘至洛，遂为室家，克复旧好[28]。至太康中犹在，但不日日往来，每于三月三日、五月五日、七月七日、九月九日、月旦、十五，辄下往来，来辄经宿而去[29]。张敏为之赋神女[30]，其序曰：“世之言神仙者多矣，然未之或验也。至如弦氏之妇，则近信而有征者[31]。甘露中，河济间往来京师者，颇说其事，闻之常以鬼魅之妖耳[32]。及游东土，论者洋洋，异人同辞，犹以流俗小人好传浮伪之事，直谓讹谣，未遑(huáng)考核[33]。会见济北刘长史，其人明察清信之士也[34]。亲见义起，受其所言，读其文章，见其衣服赠遗之物，自非义起凡下陋才所能构合也[35]。又推问左右知识之者，云当神女之来，咸闻香薰之气，言语之声，此即非义起淫惑梦想明矣。又人见义起强甚，雨行大泽中而不沾濡，益怪之。夫鬼魅之近人也，无不羸病损瘦，今义起平安无恙，而与神人饮燕寝处，纵情兼欲，岂不异哉！余览其歌诗，辞旨清伟，故为之作赋。”赋曰：“皇览余之纯德，步朱阙之峥嵘。靡飞除而入秘殿，侍太极之穆清[36]。帝愍余之勤肃，将休余于中州。托玄静以自处，寔(shí)应夫子之好仇(qiú)[37]。于是主人怃(wǔ)然而问之曰[38]：‘尔岂是周之褒姒(sì)、齐之文姜，孽妇淫鬼，来自藏(zāng)乎[39]？傥亦汉之游女、江之娥皇，厌真愆(qiān)、倦仙侍乎[40]？’于是神女乃敛袂(mèi)正襟而对曰[41]：‘我实贞淑，子何猜焉[42]！且辩言知礼，恭为令则；美姿天挺，盛饰表德。以此承欢，君有何惑？’尔乃敷茵席，垂组帐[43]。嘉旨既设，同牢而飨(xiǎng)[44]。微闻芳泽，心荡意放。于是寻房中之至嬿(yàn)，极长夜之欢情[45]。心眇(miǎo)眇以忽忽，想《北里》之遗声[46]。既澹泊于幽默，扬觉寐而中惊[47]。赋斯时之要妙，进伟服之纷敷[48]。俯抚衽(rèn)而告辞，仰长叹以欷吁[49]。乘云雾而变化，遥弃我其焉如[50]。”弦超为神女所降，论者以为神仙，或以为鬼魅，不可得正也[51]。著作郎干宝以《周易》筮之，遇《颐(yí)》之《益》，以示同寮(liáo)郎，郭璞曰[52]：“《颐》贞吉，正以养身，雷动山下，气性唯新。变而之《益》，延寿永年，乘龙衔风，乃升于天：此仙人之卦也[53]。”

【注释】 1.魏济北国：即曹魏时的济北国。济北，地名，曹魏时辖境在今山东肥城、平阴、东阿一带，仅经历一任藩王（即曹志），详见后注。从事掾：又称从事或从事员，两汉三国时多有设置，是刺史的幕僚秘书。 2.嘉平：曹魏齐王曹芳的第二个年号，即公元249年至公元254年。 3.东郡：地名，曹魏时期辖境东西狭长，西至今河南新乡、滑县东南，东至今山东郓城一带。按，东郡与济北国相距不远。 4.觉寤：睡醒。钦想：思慕，怀着爱慕的心情想念和回忆。若存若亡：仿佛有又仿佛没有，指非常微妙的情绪和回忆。亡，同“无”。 5.显然：指公开地，不遮掩地。辎軿车：泛指有遮帘的马车，女子常用。辎、軿，都属于这种车。绫罗绮绣：泛指华丽的丝织品。绫、罗、绮、绣，都是指某种丝织品。 6.壶榼：泛指可以盛茶酒饮料的容器。馔具醴酒：指佳肴美酒。馔具，此处指食物；醴酒，指一种甜酒。 7.见遣：被派遣。见，此处表被动，可翻译为“被”。 8.宿时感运：从前安排下的命运。　9.行来：此处指往来出行。轻车：轻快的马车。远味异膳：指远方不易得的美味，类似今天的山珍海味。缯素：泛指上好的丝绢布料。缯，指帛（bó）；素，指尚未染色的白帛。　10.飘飖：此处形容漂荡起伏。浮勃逢：乘船去渤海蓬莱仙岛。浮，水上航行；勃，同“渤”，指渤海；逢，通“蓬”，指蓬莱等仙岛，传说是仙人居住的岛屿。敖曹：形容声音嘈杂的样子。11.芝英：灵芝。与时期：意为使（开花的）时刻到来。与，给予。　12.相：辅助，帮助。　13.大较：大略，大概。　14.《易》：《易经》。据称上古时代流传的《易经》共有三个版本，即《连山》《归藏（cáng）》《周易》，其中只有传说中周文王编写的《周易》流传至今，因此《易经》一般就等同于《周易》。魏晋时《连山》和《归藏》可能尚未散佚，但从下文涉及的彖辞来看，神女注释的应该是《周易》。有卦有象：有卦辞也有彖辞。有卦，此处指注释了卦辞，卦辞即解释每一卦本身含义的文字；有象，此处指注释了彖辞，彖辞是总论某一卦整体意象的文字，相比卦辞，引申解释的内容更多。卦辞是《周易》原书的内容，彖辞是注释《周易》的《易传》（又称《十翼》）的一部分，传说《易传》为孔子所作。以彖为属：按卦象的断辞分类。彖，指判断，也指《周易》中对卦象的解释和评论；属，指种类。扬子之《太玄》：扬雄的《太玄经》。扬子，指扬雄，字子云，西汉哲学家、文学家，《太玄经》是其模仿《周易》写成的一部著作。薛氏之《中经》：此书未知何指，可能是已经散佚的《周易》类书籍。　15.占候：借助占卜或观察天象等手段预言未来的吉凶。　16.取：同“娶”。燕：通“晏”，指休息。　17.严驾：指准备好车马。严，整备，预备。移：推移，经过一定的时间。　18.济北王：即曹志，字允恭，曹植的小儿子。他于曹魏太和六年（232）被封为济北王，西晋泰始元年（265）降封他处，是曹魏期间唯一的济北王。文钦作乱，景帝东征：指毌丘（guàn qiū，复姓）俭和文钦因司马师擅行废立，于正元二年（255）在寿春（今安徽淮南寿县）发动叛乱，司马师前去平叛之事。文钦，字仲若，三国时曹魏武将，与毌丘俭共同举兵失败后逃至吴国；景帝，即司马师，字子元，司马懿之子，魏国权臣，西晋建立后追尊其为景帝。诸王见移于邺宫：即各个藩王都被命令移动到邺城的宫殿。司马师为控制各地曹姓藩王，命令他们离开封国，统一迁往邺城接受监视居住。官属：指众官员及其手下的吏。监国：此处指诸侯王。 19.弱绯：一种较细较软的红色丝织品。五端细纻：五端细麻布。端，布匹的长度单位，古以两丈为一端。采色：色彩，颜色。 20.意状：情况。性疏辞拙：性格粗陋直率，不善言辞。 21.咎责：责备，责罚。 22.努力：保重。在中古时代的诗文，例如“努力加餐饭”“各自努力”等劝慰的表述中，此词只有“保重”之意。 23.两裆：也写作“裲裆”“两当”，古代一种类似于今天背心的上衣。 24.把臂：两人面对面，互相抓住对方的小臂。 25.委顿：精神萎靡、颓废。 26.奉国使：侍候国家派出的使节。济北鱼山：在今山东东阿附近，东平湖北侧。 27.披帷：拨开车上的帷幕。 28.控左授绥：此处当为“空左授绥”，意为空出车厢左边，并把上车绳递给上车人。按，中国古代所谓马车，由四匹马拉着一个车厢，人从后面上车，因车厢离地面较高，需要一根绳子帮助登车。根据《礼记·曲礼》，车厢内以左为尊，驾车人在右，需要先拉着右侧的上车绳上车，控制好马匹，再回身把左侧的上车绳递给较尊贵的乘车者，这个动作就叫授绥，其中包含显示自己地位较低而接受者地位较高的尊敬之意。 29.太康：西晋武帝年号，即公元280年至公元289年。弦超在公元250年左右已任职但尚未娶妻，推算为二十岁左右的话，太康年间是三十年之后，大概应是五十几岁。月旦：农历每月初一。经宿：度过整晚。 30.张敏：西晋人张敏，生平不详，曾先后做过平南参军、太子舍人、济北长史、尚书郎、益州刺史，经历与本故事相合。他有一篇文章《头责子羽文》被收在《容斋随笔》中，严可均辑《全晋文》说他咸宁年间（275—280）任尚书郎，领秘书监。《隋书·经籍志》记录晋尚书郎张敏有文集二卷，应该是同一人。《晋书·张载传》中提到太康（280—289）初年益州刺史张敏，可能也是同一人。本篇提到的《神女赋》作者历来有张敏和张华（字茂先，西晋文学家）两种说法，暂无定论，本次整理所依据的版本认为是张敏。 31.有征：有根据。 32.甘露：曹魏曹髦（máo）的第二个年号，即公元256年至公元260年。河济之间：在黄河与济水之间。清朝咸丰年间黄河改道，在今东平湖附近夺大清河（古济水下游）入海，济水即不复存在。 33.浮伪：虚伪。未遑：没有时间做某事。遑，闲暇，空闲。 34.会见：恰好遇见。会，恰好。 35.构合：虚构故事并使其通顺可信。 36.靡飞除：小步登上较高的台阶。靡，缓行。穆清：指清和之气。 37.寔：同“实”，实在是。好仇：同“好逑”，好的配偶。 38.怃然：惊愕的样子。 39.周之褒姒、齐之文姜：褒姒，传说西周末期的美女，周幽王妃子，历史记载说幽王为了博取她的一笑而不惜戏弄诸侯，让他们千里迢迢赶来救驾，导致后来西周的灭亡，此事真假难辨，但历来作为美女祸乱国家的典型例子流传至今。文姜，春秋时期鲁桓公夫人，齐襄公之妹并与齐襄公长期私通，还多次参与鲁国外交事务，在古代也被看成祸乱国家的典型。自藏：自以为好。藏，通“臧”，美好之意。 40.汉之游女、江之娥皇：游女，出自《诗经·周南·汉广》“汉有游女，不可求思”，指品行端正的女子；娥皇，传说中尧的女儿，与妹妹女英一起被嫁给舜，舜在苍梧去世后，两人痛哭并于长江湘江一带投水自尽。两者都是古代传说中品行美好的高洁女子。厌真愆、倦仙侍：厌倦了伴随陪侍仙人。厌真愆，当作“厌真伴”，原文作“猒真僣”。僣，“愆”的俗字，据李剑国的观点，可能本作“傡（bàn）”，通“伴”，后传抄时先误加人字旁，再讹变为“僣”。 41.敛袂正襟：整理衣袖衣襟，以示庄重。袂，指衣袖，尤其是靠近袖口的部分。 42.猜：猜疑，怀疑。 43.尔乃：于是，就。尔，同“而”。敷茵席：铺开草席。垂组帐：挂起华美的帷帐。 44.嘉旨：指美酒佳肴。嘉，好；旨，食物美味。同牢而飨：指古代婚礼中，夫妇同吃一个祭品上的肉的行为，借指举行婚礼。牢，指古代祭祀时所供奉的牛、羊、猪，每种一只合称一牢；飨，此处意为行祭礼。 45.至嬿：极致的美好，最高的快乐。欢情：两情相悦的感情。 46.眇眇以忽忽：指精神飘飘荡荡，恍恍惚惚的状态。眇眇，辽远，形容精神仿佛远离了身体，飘荡到了别处；忽忽，模糊不清，形容精神恍恍惚惚的样子。《北里》之遗声：指流传下来的《北里》舞曲，相传为商纣王下令为妲己所作，在古代被认为是艳情舞曲。 47.既澹泊于幽默：已经在静默里平静下去。扬觉寤而中惊：仰头醒来，心中大惊。扬，同“仰”。 48.伟服之纷敷：华丽服装的盛多。纷敷，即纷披，此处指华服的大量装饰和分层。 49.俯抚衽：低头并把手放在胸前交领上。 50.焉如：同“何如”，为什么。 51.得正：同“得证”，得到证明。 52.遇《颐》之《益》：得到了颐卦和益卦。颐、益都是《周易》中的卦名。颐卦卦形为䷚，由山和雷上下相叠而成，这是占卜中得到的正卦；然后用特定方法确定从下向上数第五爻（yáo，即八卦中每一根连通或断开的横线）为动爻，需要反转其阴阳而得到变卦，则得到益，卦形为䷩，由风和雷上下相叠而成，所以作者说先后得到了两个卦象。用《周易》占卜时，都需要先得到正卦，再确定动爻并得到变卦，综合考虑两卦而预测未来的吉凶。同寮郎：即各位郎官同事。干宝曾任东晋秘书省著作佐郎，负责协助修撰国史等，因此称同事为同寮郎。同寮，即同僚。郭璞：字景纯，东晋著名学者，曾注释多部古书并被后代广泛引用，传说还擅长方术。本书中收入多个与郭璞有关的故事，见卷三。 53.此仙人之卦也：颐卦的形状如同一个张开的嘴，所以称为颐（颐的本义是下巴），引申为保养身体之意，所以说“以养身”，又颐由上山下雷二卦合成，所以说“雷动山下”；益卦是有所得益之意，则在正卦养身的基础上再有得益，因此说“延寿永年”，又益由上风下雷合成，因传说龙出行常有风雷相伴，所以此处附会成“乘龙衔风，乃升于天”。衔：马嚼子，引申为控制。

【译文】 曹魏时济北国的从事掾弦超，字义起。嘉平年间，一天夜里，他独自在床上睡觉，梦见有一个神女来找他。她说自己是天上的玉女，本是东郡人，姓成公，字智琼。因为弦超小时候就失去了父母，天帝怜惜他孤单困苦，就下令让这个神女来嫁给他。弦超在梦中的时候，神清气爽，感受分明，他夸赞她异常美丽，超越常人。一觉醒来，怀着爱慕的心情回想，梦中的事若有若无。就这样过了三四晚。后来有一个白天，神女忽然大大方方地来拜访，坐着有帷幕的车，带了八个婢女，她穿着绫罗绸缎制成的好衣服，身姿和容颜就像飞舞的仙女一样。她说自己七十岁了，而看起来就像十五六岁的女孩。车上有各种酒具，还有五副青白色的琉璃杯，饮食之物都很珍奇，她取出佳肴美酒，就跟弦超一起吃喝。神女对弦超说：“我是天上的玉女，被派来下嫁人间，所以来找你。

这不是因为你德行出众，只是从前的命运安排我应当与你结为夫妻。我不能给你带来什么好处，也不会有什么坏处。但是出行时经常能乘坐轻快的马车，骑乘肥壮的好马，吃喝上经常可以有山珍海味，丝绸布匹可以一直充足而不缺乏。但我是神仙，不能给你生孩子，也没有妒忌的性格，不会损害你的婚姻大事。”两人就结为夫妇了。神女送给他一首诗，说：“前往蓬莱仙岛的船在渤海上漂荡起伏，海浪拍打在高耸入云的山石上发出巨大的响声。神草灵芝不需要水的滋润，高尚的道德就会使它开放。神仙降临人间不会毫无缘由，一切都靠命运的相助。接纳我做妻子则家人亲戚都会享受荣华，违逆我的话就会遇到灾祸。”这就是那首诗的大意，全文有两百多字，没法都记录下来。她又注释了七卷《周易》，其中有卦辞和象辞，用彖辞分类，所以书中的内容既包含哲学道理，又可以用来占卜吉凶，类似扬雄的《太玄经》和薛氏的《中经》。弦超能看懂整部书，并用它来占卜。两人成为夫妇后七八年，弦超的父母为他娶了媳妇，智琼从此每隔一天前来饮宴留宿。夜里到来，清晨离开，来去速度都很快，就像飞一样。只有弦超能看见她，别人都看不见。即使在昏暗的屋子里，也能听见她的声音，总能看到踪迹，但看不到她本人的样子。每次弦超将要出行，智琼就已经在门外准备好了马车，走一百里不用两个时辰，一千里也不超过半天。弦超后来当了济北王的门下掾，毌丘俭和文钦发动叛乱，司马师率军东征，各个诸侯王都被迫搬到邺城的王宫里，下属官员也跟着诸侯国的实权人物向西迁徙。邺城住宿空间很狭窄，四个小吏挤在同一间小屋里。弦超独自睡一张床，智琼经常来他这里，一起住的人都怀疑他有什么异事。智琼只能隐藏其身形，却藏不住声音。而且她身上的香气充满了屋子，所以才会被同行的小吏怀疑。后来弦超曾经出使到京城，两手空空去了市场，智琼给了他五匹红色软绸布、五端细麻布，它们的色彩和光泽都是邺城的市场上找不到的。和弦超同屋的小吏问他这是什么情况，他性格粗陋直率，不擅饰辞，就全部都说了。小吏把事情禀告给监国官员，官员婉转地问弦超，也是担心天下有这样的妖人幻术，而不是为了责罚他。后来弦超黄昏时回家，智琼已经请求离去。她对他说：“我是神仙，虽然与你相交，不愿意被别人知道。但是你秉性疏阔不周密，现在我的事情原委都暴露了，不会再和你相联系了。我们相好了这么多年，情意不轻。一旦分别，难道不悲痛吗？情势让我不得不这样做，以后我们各自保重。”于是她就让侍者准备了酒，和弦超一起吃饭。她打开箱子，拿出织成做的裙衫和背心留赠弦超，又送了他一首诗。两人握着对方的胳膊彼此告别，泣涕淋漓。她就端容登车，像流星一样飞速地走了。弦超忧愁伤感了好些日子，几乎到了颓废的程度。智琼走后五年，弦超侍奉国家派出的使节去洛阳，到了山东东阿附近的鱼山下，在道路上往西行进的时候，远望弯曲的路尽头有一驾马车，车里的人好像是智琼。他奔驰上前，仔细一看，果然是她。于是她就打开车上的帷幕与弦超相见，空出车厢左边，把上车的绳递给他，同车到了洛阳，于是他们就结成了夫妻，重修旧好。他们活到太康年间，但智琼不是每天与弦超来往，只在每年三月三日、五月五日、七月七日、九月九日、每月初一和十五，总是下凡与他来往，来的话，总是度过整晚才走。张敏为这件事写了《神女赋》，序言说：“世上讲神仙之事的很多，但是没有能证实的。至于弦超的妻子，则近乎确信而有实证。甘露年间，黄河与济水之间一带的人到都城来，总是说这件事，听的人常常以为这是鬼魅造成的妖异。等到我去东边游览的时候，谈论这事的人很多，大家众口一词，我还是以为这是俗世小民喜欢传说些伪造的故事，只把它们看成是谣言，没来得及考查核实。我正好遇到了济北的幕僚官员刘先生，他是个见识清明而可信的人，亲自见过弦超，听过弦超的话，又读过他的文章，见到过智琼留赠给他的衣服和礼物，这一切当然不是弦超这样一个凡庸之士能够虚构并讲通的。我又向弦超周围的熟人打听，他们都说，智琼神女来的时候，都能闻到她身上熏香的气息，听到她说话的声音，这就明显不是弦超自己荒淫惑乱，颠倒梦想了。另有人见到弦超很强大，冒雨走过大沼泽，身上也不会被浸湿，更加感到奇怪。鬼魅这种东西靠近人，人没有不因此羸弱生病、消瘦减损的。现在弦超平安无恙，而和仙女一同饮食休息，放纵情欲，难道不是很奇异吗？我看了说这件事的诗歌，言辞意旨清楚而宏伟，所以我为这件事作了赋。”赋文说：“皇上看见我纯洁的美德，让我登上峥嵘的朱阙。缓步走过崇高的台阶进入秘殿，在清和的仙宫里侍奉。上帝怜悯我勤劳端肃，将要让我在中州休息。我本以玄静之道自处，实在是为了答应那个人的求偶。于是他惊愕地问我：‘你难道是周朝的褒姒、齐国的文姜，是淫邪的坏女鬼，自以为美好而来吗？或者你是汉水边的游女、江水上的娥皇，厌倦了伴随陪侍仙人吗？’于是神女就整理衣袖衣襟，严肃地回答说：‘我实是贞节的淑女，你有什么好猜疑的！并且你辨别言谈，就可以知道我遵守礼法，将恭顺作为好的准则；我天生有美妙的姿容，用盛大的装饰来体现德行。我用这一切博取你的欢心，你又有什么好疑惑？’于是两人就铺开草席，挂上华美的帷帐，摆上了美食佳肴，举行婚礼。弦超略微闻到智琼的体香，心意开始放荡。于是两人就追求了房中的至乐，尽情欢爱了整夜。精神飘飘荡荡，恍恍惚惚，回想着《北里》舞曲的声音。他已经在静默里平静下去，又仰头醒来，心中大惊。歌咏了当时的美好，又穿上了许多的华服。她就低头并把手放在胸前交领上告了别，他就仰头长叹唏嘘。她就这么腾云驾雾地离去，远远地丢下我一个人去了哪里？”神女下降到弦超身边，谈论这件事的人，或者以为她是神仙，或者以为她是鬼魅，无法证明。著作郎干宝用《周易》算了一卦，卦象是《颐》之《益》。干宝把这个结果展示给同事，郭璞说：“《颐》卦大吉，正可以指示保养身体。雷在山下轰动，气质性情都会更新；变卦为《益》，就更加持久长寿，人将乘着龙，驾驭着风，就这样登上天去。这是仙人的卦象啊。”

【简评】 人类男性遇到神女，与她共度欢乐时光而又分别的叙事模板，在汉晋之时非常流行。目前传世或已知的《神女赋》就有好几篇，加上在神女传统下诞生的《洛神赋》等作品，不难看出这类故事实是一种文学风气下的模式化产物，均受到战国时期宋玉《神女赋》的影响。学者指出，这类文本后来有所分化，一类的叙事趋于“人类男性的空想”，而另一类则像张敏这一篇一样，设置了神女主动委身，甘心以人类男性为主体的情节。今人看来，这种情况不啻中下层男性的白日梦，而在当时，也许身为小吏、朴拙无文的平民男主角，反而受到更多读者的欢迎。

成夫人

永嘉中，有神见兖州，自号樊道基[1]。有妪（yù），号成夫人[2]。夫人好音乐，能弹箜篌，闻人歌弦辄（zhé）起舞[3]。

【注释】 1.见：同“现”，出现。 2.妪：此处指妻子。 3.箜篌：一种古代拨弦乐器。歌弦：歌唱演奏。辄：就。

【译文】 永嘉年间，有一个神出现在兖州，称呼自己作樊道基。他有一个妻子，叫成夫人。成夫人喜好音乐，会弹箜篌，听见别人唱歌演奏就立刻跟着跳舞。

感应篇之五

曾子

曾子从仲尼，在楚而心动[1]。辞归，问母，曰："思之啮指。"孔子闻之曰："曾之至诚也，精感万里。"

【注释】 1. 仲尼：孔子的字。

【译文】 曾参跟随孔子，在楚国时觉得心跳不安，他就辞别孔子，回家询问母亲。母亲说："我想念你，想到咬了自己的手指。"孔子听说了，说："曾参那极其诚挚的心意，让他的精神能与万里之外的母亲相感应。"

【简评】 诚孝感应之说姑置不谈，"思之啮指"，倒很真切。人在极度的思恋之情中，有时会难以抑制地做出伤害自己身体的行为。

阴子方

宣帝时，阴子方者，至孝，有仁恩。尝腊日晨炊，而灶神形见，子方再拜受庆[1]。家有黄羊，因以祠之。自是已后，暴至巨富[2]。田有七百余顷，舆马仆隶，比于邦君。子方常言："我子孙必将强大。"[3]至识三世，而遂繁昌。故后常至腊日祠灶，而荐黄羊焉。

【注释】 1.腊日：古代岁末祭祀祖先、祭拜众神、庆祝丰收的节日。腊日通常在每年的腊月举行，后世固定在腊月八日。 2.已后：同“以后”。 3.常：通“尝”，曾经。

【译文】 汉宣帝的时候，有个叫阴子方的人，极其孝顺，仁爱而有恩德。他曾在腊日那天做早饭，而灶神现出了原形，阴子方拜了两次，请求领受灶神的福泽。他家里有只黄羊，就拿它来祭了灶。从那以后，他突然成了大富翁，有田地七百多顷，车马仆人与国君一样多。阴子方曾经说：“我的子孙一定会强大。”到阴识的时候是第三代，阴家就繁荣昌盛了。所以后来人们常常在腊日祭灶，并以黄羊作为祭品。

【简评】 本则故事也见于《后汉书·阴识传》。阴识是真实的历史人物，他是东汉初期的功臣，汉光武帝皇后阴丽华的哥哥，阴皇后之子刘庄（汉明帝）的舅舅。这样一门外戚，的确是兄弟贵盛，家族繁昌。这个故事好像是有人要用灶神的福泽来解释阴家的发迹，又好像是要用阴家的发迹来宣传灶神信仰。原初动机已经难以考察，因为我们不知道是谁在什么立场下讲述了它。

丁兰

丁兰，河内野王人。年十五丧母，乃刻木作母事之，供养如生。兰妻夜火灼母面，母面发疮。经二日，妻头发自落，如刀锯截，然后谢过[1]。兰移母大道，使妻从服，三年拜伏[2]。一夜，忽如风雨，而母自还。邻人有所借，木母颜和则与，不和不与。后邻人忿兰，曰：“枯木何知。”遂用刀斫木母，应刀血出。兰还号，乃殡殓，造服行丧。报仇，廷尉以木减死。汉宣帝嘉之，拜太中大夫。

【注释】 1.谢过：谢罪。 2.从服：为姻亲的亲属服丧。

【译文】 丁兰是河内郡野王县人。他十五岁就失去了母亲，于是刻了木制的母亲像来侍奉，就像供养活着的母亲那样供养它。丁兰的妻子夜里用火烧木像的面部，木像母亲的脸上生出了疮疤。过了两天，丁兰之妻的头发自己脱落下来，像被刀截断的那样，然后她才谢了罪。丁兰把木像母亲移到大路上，让妻子跟着自己为母亲服丧，跪拜俯伏了三年。有一天晚上，忽然刮风下雨，而木像母亲自己回了家。邻居问丁兰借东西，如果木像母亲容颜和悦，他就借；看上去不高兴，他就不借。后来邻居恨丁兰，说：“枯木知道什么。”于是就用刀砍了丁兰的木像母亲。刀下血出。丁兰回来后哭号，于是把木像母亲收殓了，准备了丧服，为它办了丧事。丁兰为木像母亲报了仇，廷尉因为木像的缘故而为丁兰减罪免死。汉宣帝嘉奖丁兰，封他为太中大夫。

【简评】 这则故事的语言文字可能有些错乱，因为情节前言不搭后语，幸而大体意思没有受到影响。丁兰的孝行故事本于儒家思想，在中古时代非常流行，原始版本受到欢迎后，佛教徒也取以为己用，在其中安排了“妻头发自落，如刀锯截”的报应桥段，又曾以感应之说来理解它，把它比附于信众礼佛的灵异体验。本文显然已经是这种添油加醋后的版本了。其实，推究本源，丁兰的故事不过是模仿巫术（以偶代人）的实践。在流行巫蛊，相信人偶能感应的汉代，这种行为本身自有其社会基础。

董永

董永父亡，无以葬，乃自卖为奴。主知其贤，与钱千万遣之。永行三年丧毕，欲还诣主，供其奴职。道逢一妇人曰："愿为子妻。"遂与之俱。主谓永曰："以钱丐君矣。"[1]永曰："蒙君之恩，父丧收藏。永虽小人，必欲服勤致力，以报厚德。"主曰："妇人何能？"永曰："能织。"主曰："必尔者，但令君妇为我织缣百匹。"[2]于是永妻为主人家织，十日而百匹具焉。主惊，遂放夫妇二人而去。行至本相逢处，乃谓永曰："我是天之织女，感君至孝，天使我偿之。今君事了，不得久停。"语讫，云雾四垂，忽飞而去。

【注释】　1.丐：给予。　2.缣：双股丝织成的细绢。

【译文】　董永的父亲死了，没有钱下葬，于是他把自己卖给人家当奴仆。主人知道他很贤德，就给了他千万钱，把他打发走了。董永守完了三年孝，想要回到买主那里供职做仆役，路上碰到一个妇女说："我愿意做你的妻子。"董永就和她一起到买主家去了。主人对董永说："我已经把钱送给你了。"董永说："承蒙您的恩德，我死去的父亲才得以收殓埋葬。我虽然是个卑微的人，也一定想要勤劳尽力，来报答您的大恩。"主人说："这妇人能干什么呢？"董永说："会纺织。"主人说："你一定想要报答我的话，就让你妻子给我织一百匹细绢。"于是董永的妻子为主人纺织，十天就织完了一百匹。主人大惊，于是让夫妇二人离去了。女子走到与董永相逢的地方，才对董永说："我是天上的织女。感念你的至孝，天帝让我来帮你偿还欠债。现在你的事情已经了结，我不能长久停留。"说完，只见云雾从四面垂下，她忽然就飞走了。

【简评】 董永的故事之所以著名，主要是因为它在后世越传越奇，失去了原先这种诚朴忠厚的气味，而与牛郎织女的模型结合，成为元代杂剧、南戏的主题，又被明传奇和清代各种地方戏曲吸收。学者指出，到了唐宋时期，这个故事已经包括孝感、遇仙、分别、得官、送子、寻母等多重要素，基本满足了传统社会中男性的全部渴望。这也是它能够风靡的原因。本于人情的孝顺，自然是好的。但若说孝顺可以换来一切，便是诓骗。

可是，这种诓骗却引起了平凡之人更强烈的渴望。

郭巨

郭巨，兄弟三人，早丧父。礼毕，二弟求分，以钱二千万，二弟各取千万。巨独与母出居客舍，夫妇佣赁，以给供养[1]。居有顷，妻产男。巨念与儿妨事亲，一也；老人得食，熹分儿孙，减馔，二也[2]。乃于野凿地，欲埋儿。得石盖，下有金一釜，中有丹书曰："孝子郭巨，黄金一釜，以用赐汝。"于是名振天下。

【注释】 1.给：满足。 2.熹：通"喜"。

【译文】 郭巨家有兄弟三人，他们的父亲很早就去世了。丧礼刚结束，两个弟弟就要求分家。因为家里有钱二千万，两个弟弟每人拿走了一千万。郭巨独自和母亲离开家去旅馆里居住，夫妻两人去打工，以此供养母亲。过了一段时间，他妻子生了儿子。郭巨想，财物用于抚养儿子就有碍于侍奉母亲，是其一；老人得到吃的，总喜欢分给子孙，自己减少了饮食，是其二。于是他就在野外挖地，想把儿子埋掉。他挖到一块石盖，下面有一锅黄金，锅中有朱砂写的文字，说："孝子郭巨，黄金一锅，用来赏你。"于是郭巨的名声震动了天下。

【简评】 郭巨的故事后来被收入《二十四孝》，成为最经典的"孝顺—回报"事例。为了奉养母亲而预备杀死儿子的情节，实在太过愚昧和野蛮，因此在新文化运动中受到强烈批判。鲁迅说，自己小时候得到一部《二十四孝图》，其中最反感的故事就包括"郭巨埋儿"，因为"我最初实在替这孩子捏一把汗，待到掘出黄金一釜，这才觉得轻松。然而我已经不但自己不敢再想做孝子，并且怕我父亲去做孝子了。家景正在坏下去，常听到父母愁柴米；祖母又老了，倘使我的父亲竟学了郭巨，那么，该埋的不正是我么？如果一丝不走样，也掘出一釜黄金来，那自然是如天之福，但是，那时我虽然年纪小，似乎也明白天下未必有这样的巧事"。

衡农

衡农，字剽卿，东平人[1]。少孤，事继母至孝[2]。常宿于他舍，值雷雨，频梦虎啮其足[3]。农呼妻相出于庭，叩头三下，屋忽然而坏，压死者几百余人，唯农夫妻获免。

【注释】 1.东平：地名，在今山东泰安。西汉时曾置东平国。 2.孤：幼年丧父。 3.常：通“尝”，曾经。

【译文】 衡农，字剽卿，东平人。他幼年丧父，侍奉继母极其孝顺。有一次他在另一个房间过夜，正好碰上雷雨，频频梦见老虎咬他的脚。他马上叫妻子一起出屋来到院中，磕了三个头，房子忽然倒塌，压死了几百个人，只有衡农夫妻两人幸免于难。

【简评】 孝顺是好的，它本于父母子女之间的情感。一些人编出孝顺会有善报的故事，用心却不怎么光明。它是果报思想的本土化发展。对普遍贫苦的早期劳动人民而言，许诺一个虚空的美好结局，就把经济上负担沉重的赡养义务包装成了美德，让他们心甘情愿地背负下去。不妨审视一下这些故事中的主人公，思考一下他们何以大多无权无势，主要以劳作为生。

周畅

周畅少孝，独与母居。每出入，母欲呼之，常自啮其手，畅即应手痛而至。治中从事未之信，候畅时在田，母啮手，而畅即归[1]。为河南尹，元初二年大旱，畅乃葬路旁露骸，为立义冢，应时注雨[2]。

【注释】 1.治中从事：古代官职，是州刺史麾下的佐官。 2.义冢：埋葬无主尸骨的坟墓。

【译文】 周畅少年时就很孝顺，他一个人和母亲住在一起。每次他出门，母亲想叫他，常常咬一下自己的手，周畅就会感应到手痛而回家。治中从事不相信这事，等周畅在田间干活的时候，让他母亲咬手，周畅就回来了。周畅任河南尹时，赶上元初二年（115）的大旱，于是他把流民倒毙路旁暴露的骸骨埋葬了，给他们建造了坟墓，天上立刻就下了雨。

【简评】 周畅的故事与孝顺、贤德两个要素相关。他当然也是一个优秀的典范人物，具备一些感应能力，非平常人所及，但并不引人反感。至少，在《搜神记》的故事版本中，他不是因为"少孝"而当上河南尹；收葬流民遗骨，也确实是得体善良的行为。

此外，周畅与母亲的感应，与曾子的故事版本非常相似，这可能并不是巧合，而出于本则故事编撰者有意的采择。

阳雍伯

后汉阳公字雍伯，雒阳县人。少以侩(kuài)卖为业[1]。至性笃孝，父母终殁，葬之于无终山，遂家焉。阳公以为人生于世，当思入有思，故常为人补履，终不取价[2]。山高八十余里，而上无水。公以往返辛勤，乃行车汲水，作义浆于阪头，以给行路[3]。行者皆饮之。居三年，有一人就饮之，饮讫，怀中出石子一升与公，使至高平好地有石处种之，谓曰："种此可生好玉。"公未娶，又语云："汝后当得好妇。"言毕忽然不见。公乃种其石。数岁，时时往视，见玉子生石，人莫知之。时有徐氏者大富，为右北平著姓[4]。有好女，甚有名行，时人多求之，不许。公有佚气，乃试求焉[5]。徐氏笑之，以为狂，然闻其好善，乃戏媒人曰："雍伯能得白璧一双来，当听为婚。"媒者致命。公至所种石中，索得五双白璧，以贽(zhì)徐氏[6]。徐氏大惊，遂以女妻公。天子闻而异之，拜为大夫。乃于种玉处，四角作大石柱，各一丈。中央一顷之地，名曰"玉田"。至今相传云：玉田之揭，起于此矣，而今不知所在[7]。北平阳氏，即其后也。

【注释】 1.侩卖：做牙侩拉拢买卖，即交易经纪人。 2.有思：指道德完备。 3.浆：饮料。 4.右北平：郡名，东汉时治所在今河北唐山一带。5.佚气：逸气，超脱世俗的气概、气度。 6.贽：持物以求见。 7.揭：标示。此处指命名。

【译文】 东汉的阳雍伯是洛阳县人。年轻时做买卖经纪人为生。他天性非常孝顺，父母亲死了，他把他们葬在无终山，就把家也安在那里。阳雍伯认为人活在世上，应该想着完善德行，所以他总是帮人补鞋子，到底也不肯收钱。无终山高八十多里，山上没有水，他考虑人们来回过路辛苦，于是驾着车去汲水，烧成免费的饮料放在山头，让行路的人喝。行路的人都喝这饮料。过了三年，有一个人来这里喝饮料，喝完，从怀里拿了一升石子给阳雍伯，让他到高而平坦，土地良好，又有石头的地方把它种下，对他说："种这些石头，会长出宝玉。"阳雍伯当时没有娶妻，那人又对他说："你之后会娶到一个好妻子。"说完，那人忽然不见了。于是阳雍伯就种下了那些石子。几年中，他常去察看，只见小宝玉从石头上长出来，别人都不知道这件事。当时有一户姓徐的人家，非常富有，是右北平郡的名门望族。这家有个好女儿，富有名声和品行，当时有很多人来求婚，姓徐的都不答应。阳雍伯有超脱世俗的气度，于是试着向徐家求娶。姓徐的讥笑他，觉得他发了狂，但又听说他喜欢行善，便对媒人开玩笑说："如果阳雍伯能带来一双白璧，就听凭他和我的女儿结婚。"媒人把这话带给了阳雍伯，他来到自己所种的石田中，寻到了五双白璧，便带着它们去求见姓徐的。姓徐的大吃一惊，于是把女儿嫁给了他。皇帝听说了这件事，觉得很奇特，就任命阳雍伯为大夫。于是他在种玉之处四角立起了大石柱，每根石柱各有一丈高，把中央的一顷地命名为"玉田"。人们至今相传说，玉田得名于此，但现在已不知所在。现在北平的阳氏一族，就是阳雍伯的后人。

【简评】 撇开果报思想的窠臼，这则故事的主人公是个朴实善良，令人喜欢的人。即便加上果报的俗套，它也不失为一个有趣的故事，是因为仙人教给阳雍伯的致富良方很奇妙。种石得玉，甚至有一点视觉形象上的美感。后来，"种玉"成了一个典故，用来比喻缔结良姻。

罗威

罗威，字德行。少丧父，事母至孝。母年七十，天大寒，常以身自温席，而后授其处。

【译文】 罗威，字德行。他少年时死了父亲，侍奉母亲非常孝顺。母亲七十岁了，天气十分寒冷时，他常常用自己的身体把席子焐暖，然后把那块温暖的地方给母亲睡。

【简评】 这是一种比较现实，可以做到，不像在表演的孝行。幸而，现代人有了很多取暖的手段，不用再这样辛苦了。

徐泰

嘉兴徐泰，幼丧父母，叔父隗养之，甚于所生。隗病，泰营侍甚谨。是夜三更中，梦二人乘舡(chuán)，持箱上泰床头，发箱出簿书，示曰："汝叔应合死也。"[1]泰即于梦中下地，叩头祈请哀愍[2]。良久，二人曰："汝县有同姓名人不？"泰思得，语鬼云："有张隗，不姓徐。"此二人云："亦可强逼。念汝能事叔父，当为汝活之。"遂不复见。泰觉，叔乃瘥(chài)[3]。

【注释】 1.舡：同“船”。发：打开。合：该。 2.哀愍：悲悯，哀怜。 3.瘥：病愈。

【译文】 嘉兴县的徐泰，幼年父母双亡，叔父徐隗抚养他，对他比对亲生的儿子还好。徐隗病了，徐泰护理侍奉很恭谨。一夜三更时分，徐泰梦见两个人乘船而来，拿着箱子来到自己床头，打开箱子，拿出簿籍给他看，说：“你的叔父应该死了。”徐泰就在梦中起床下地，向他们磕头请求哀怜。过了很久，那两个人说：“你县里有没有与你叔父同名同姓的人？”徐泰想到一个，对鬼说：“有一个张隗，不姓徐。”这两个人说：“也可以强迫他死。念在你能服侍叔父，应当帮你让叔父活命。”于是他们就不见了。徐泰醒来，叔父的病就痊愈了。

【简评】 徐隗活了，张隗就该白白替死吗？假如张隗家也有个孝顺的晚辈呢？或者，假如他没有孝顺的晚辈，可自己什么都没做错呢？

孟宗

孟宗至孝，坟以梓木为表，感花萼生于枯木之上。

【译文】 孟宗极其孝顺，用梓木来标示父母亲的坟，他的孝行让花萼受到感动，在这枯木上开放了。

【简评】 在后世，孟宗最著名的孝行是，母亲大冬天想吃笋，他找不到，就在竹子前边哭，哭得竹林里长出笋来。这则故事被收入了《二十四孝》。

张嵩

张嵩者，陇西人也，有至孝之心。年始八岁，母患卧在床。其母忽思堇菜而食，嵩忽闻此语，苍忙而走，向地觅堇菜，全无所得。遂乃发声大哭云："哀哀父母，生我劬劳[1]。母今得患，何时得差(chài)[2]？天若怜我，愿堇菜化生。"从旦至午，哭声不绝。天感至孝，非时为生堇菜。遂将归家，奉母食之[3]。因食堇菜，母患得痊愈。张嵩后长大成人，母患命终。家中所造棺椁坟墓，并自手作，不使奴婢之力。葬送亦不用车牛人力，唯夫妇二人推之。葬讫，三年亲自负土培坟，哭声不绝，头发落尽。天知至孝，于墓所直北起雷之声。忽有一道风云而至嵩边，抱嵩至墓东八十步。然始霹雳，冢开，出其棺。棺额上云："张嵩至孝，通于神明。今日天感至诚，放却活延命，更得三十二年，将归侍养[4]。"闻者无不嗟叹，自古至今，未闻斯事。天子遂拜嵩为金城太守，后迁为尚书左仆射。

【注释】 1. 哀哀父母，生我劬劳：出自《诗经》，是形容父母养育孩子辛苦的诗句。 2.差：病愈。 3.将：带。 4.放却活延命：别本作“放母却活延命”，文意更洽，译文从之。

【译文】 张嵩是陇西人，有纯孝之心。他刚八岁的时候，母亲患病卧床，忽然想吃堇菜。张嵩突然听了这话，匆忙外出，在地里寻找堇菜，完全找不到。于是他就放声大哭说：“父母亲生下我，辛勤劳苦，非常可哀。我的母亲得病了，不知道什么时候才能好？如果老天可怜我，希望堇菜能生长出来。”他从早上哭到中午，一直不停。老天被他的纯孝之心所感动，在不合季节的时候，为他生出堇菜。于是张嵩带着堇菜回家，呈给母亲吃了。因为吃到了堇菜，他母亲的病痊愈了。张嵩后来长大成人，母亲得病而亡。家里所做的棺椁、坟墓，都是他亲手营造的，不让奴婢出力，他为母亲送葬也不用车载、牛拉、人牵，只有他们夫妻两人推着棺材。葬事完毕，三年之间，他亲自背土筑坟，哭声不断，头发都掉完了。老天知道他非常有孝心，就在他母亲墓葬的正北边轰下雷声。忽然有一道风云飞到张嵩身边，把他抱到了墓东边八十步的地方，然后才开始劈雷。雷劈开了坟墓，那棺材露了出来。棺材顶部的板子上写着：“张嵩纯孝，神明都知道了。今天老天有感于他的至诚之心，放他母亲还阳延寿，此后再增添三十二年的寿命，让他带母亲回家去侍候奉养。”听说的人没有不叹息的，从古到今，没有听见过这样的事。皇帝于是封张嵩为金城太守，后来升为尚书左仆射。

【简评】 其实，亲人活着的时候，好好相处，满足他们合理的愿望，亲人病了，尽力看护，亲人过世，久久怀念，就是非常可敬的孝行了。一味行孝，放弃正常合理的生活，伤害了自己的身体，亲人有知，也会伤心的。当然，假若这样的孝行能换来官职，就是另一回事了。鲁迅闻之，又会说：“那时我虽然年纪小，似乎也明白天下未必有这样的巧事。”

东海孝妇

《汉书》载：东海孝妇，养姑甚谨。姑曰："妇养我勤苦，我已老，何惜余年，久累年少。"遂自缢死。其女告官云："妇杀我母。"官收系之，拷掠毒治[1]。孝妇不堪楚毒，自诬服之[2]。时于公为狱吏，曰："此妇养姑十余年，以孝闻彻，必不杀也。"太守不听。于公争不得理，抱其狱辞哭于府而去[3]。自后郡中枯旱三年。后太守至，思求其所咎，于公曰："孝妇不当死，前太守枉杀之，咎当在此。"[4]太守实时身祭孝妇之墓，未反而大雨焉。长老传云：孝妇名周青。青将死，车载十丈竹竿，以悬五幡[5]。立誓于众曰："青若有罪，愿杀血当顺下；青若枉死，血当逆流。"既行刑已，其血青黄，缘幡竹而上极标，又缘幡而下云尔[6]。

【注释】 1.收系：逮捕监禁。拷掠：拷打，刑讯。毒治：严惩。 2.楚毒：酷刑。诬服：无辜而服罪。 3.理：辩白。狱辞：供词。 4.咎：怪罪。 5.幡：用竹竿等直着挂的长条形旗子。 6.标：末梢。

【译文】 《汉书》上说，东海郡有一个孝顺的媳妇，赡养婆婆非常恭谨。婆婆说："媳妇赡养我很辛勤劳苦。我已经老了，哪里能留恋我的风烛残年，为此长久地拖累年轻人呢?"于是她上吊而死。她的女儿到官府告状说："这媳妇杀了我的母亲。"官府把媳妇抓了起来，严加刑讯。孝顺的媳妇难以忍受酷刑，自己承认了诬名而服罪。当时于公任管理监狱的小吏，说："这个媳妇赡养婆婆十多年，以孝顺闻名四方，一定不会杀死婆婆的。”太守不听他的。于公与太守争辩，但未能以理服之，于是就抱着那媳妇的供词在官府哭了一场走了。从那以后，东海郡内大旱三年。新上任的太守就位后，想找到这大旱是在怪罪什么。于公说：“孝顺的媳妇不应该死，前任太守冤杀了她，大旱应该就是在怪罪这件事。”太守立刻亲自去孝妇的坟前祭奠，还没回去就下起了大雨。老人们传言说：这孝顺的媳妇名叫周青。她将死的时候，囚车上插着十丈高的竹竿，用来悬挂五种颜色的长旗。她在众人面前发誓说：“我周青如果有罪，甘心被杀，鲜血该顺流而下；如果我周青是被冤枉而死，鲜血该向上倒流。”行刑完毕后，她的鲜血呈青黄色，沿着挂旗的竹竿流到了末梢，又沿着旗帜流下来。

【简评】 故事中的“于公”，名叫于定国，《汉书》有传。故事的主干，可能就出于《汉书》对于公仗义执言的记载，《搜神记》的这个版本，只多了孝妇临刑时的情形，为惨痛的现实增添了一分凄厉。这个故事非常生动真切，许多情节曾被元代关汉卿的杂剧《窦娥冤》吸收使用。以此为梗概的杂剧还有几种，只是没有流传下来。倒是东海孝妇故事的原始版本一直流传在“东海”，即今日的山东与苏北地区一带。

先雄

犍为符先泥和，其女者名雄。泥和至永建元年为县功曹，县长赵祉遣泥和拜檄谒巴郡太守，以十月乘船于城湍堕水死，尸丧不得[1]。雄哀恸号咷，命不图存，告弟贤及夫，令“勤觅父尸，若求不得，吾欲自沉觅之”。时雄年二十七，有子男贡，年五岁，贳三岁，乃各为作绣香囊一枚，盛金珠环，预婴二子[2]。哀号之声，不绝于口，昆族私忧。至十二月十五日，父丧未得，雄乘小船，于父堕处哭数声，竟自投水中，旋流没底。见梦告弟：“至二十一日，与父俱出。”投期如梦，与父相持，并浮出江[3]。县长表言郡，太守萧登，承上尚书，遣户曹掾为雄立碑，图像其形，令知志孝[4]。

【注释】 1.功曹：汉代的官职名，通常属于郡守的幕僚，主要职掌人事。檄：信函。此处指公函。 2.婴：系到颈上，戴。 3.投期：到期。投，靠近，临近。 4.承：接受，承受。户曹掾：官名，职掌户曹之事。

【译文】 犍为郡符县先泥和有个女儿名叫雄。永建元年（126）时，先泥和担任县功曹之职，县长赵祉派他带着公函去拜见巴郡太守。他在那年十月坐船，在城河湍急处落水而死，尸体没有找到。雄哀伤悲痛，号啕大哭，性命也不想要了，她告诉弟弟贤和自己的丈夫，让他们“赶紧去寻找父亲的尸体，如果捞不到，我就想自己跳到河里去找”。当时雄已二十七岁，她有一个五岁的儿子叫贡，另一个三岁的叫贳。她给他们各做了一个绣花香囊，把黄金、珠宝、环佩装在里面，预先给两个儿子挂在脖颈上。她悲痛的哭声不绝于口，兄弟亲族都暗中为她担心。到十二月十五日，她父亲的尸体还没找到，雄就乘着小船，在父亲落水的地方哭了几声，竟然就自己跳下水去，一会儿就随着水流沉入了河底。她出现在弟弟的梦中，告诉他：“到二十一日，我和父亲一起出来。”到了那一天，果然如梦中所说的那样，她与父亲互相搀着，一起浮出了水面。县长上表对郡一级官府禀告这件事，太守萧登接受后，又把表文进呈给了尚书，尚书派户曹掾为雄立了碑，把她的形象画在碑上，让人们知道她有孝顺的心志。

【简评】 符先泥和的姓名称谓非常奇怪，幸亏训诂学家曾经进行考证，才搞明白：犍为郡下有符县，而符县中有名为“先泥和”的男子，与他的女儿“先雄”、儿子“先贤”。其实，“雄”字也是传抄讹字。学者认为这位跳水救父的女子应该叫作“先雒”。这则故事很令人感慨。一位重感情的女性，既牵挂父亲，也舍不得儿子。自己抱着必死的决心，临行还要给孩子们留下念想。

感应篇之六

和熹邓后

和熹邓后，梦登梯，以扪(mén)天体，荡荡正青，若钟乳者，后仰漱之[1]。以询占梦，言：“尧梦攀天而上，汤梦及天舐之，此皆圣王之梦，吉不可言。”[2]

【注释】 1.扪：抚摸。钟乳：滴水石的一种，状如石柱或石笋。漱：吮吸。2.占梦：占梦的人。

【译文】 汉和熹邓皇后曾经梦见自己登上梯子去摸天，天体平坦，天色青青，像钟乳石，皇后就仰头去吮吸。她向占梦的人询问梦的含义，占梦的说：“尧曾经梦见自己抓着天向上爬，汤曾经梦见自己碰到了天而舔它，这都是圣王的梦，吉利得难以言表。”

【简评】 和熹邓后，是东汉和帝的皇后邓绥。在阴皇后因施行巫蛊之术被皇帝所废后，她被立为皇后，以有德行著名。和帝去世后，她先后扶立殇帝和安帝，成为太后，一直不肯还政于帝，直到她去世后，安帝才获得亲政的机会。占梦者说她做了“圣王之梦”，并不夸张。

孙坚夫人

初，孙坚夫人孕，而梦月入其怀，既而生策。及权在孕，又梦日入其怀，以告坚曰：“妾昔妊策，梦月入我怀；今也又梦日入我怀，何也？”坚曰：“日月者阴阳之精，极贵之象，吾子孙其兴乎？”

【译文】 起初，孙坚的夫人怀孕时梦见月亮进入她的怀里，后来生了孙策。等到她怀着孙权的时候，又梦见太阳进入她的怀里。她把这件事告诉孙坚说：“过去怀孙策，梦见月亮进入我的怀里；今天又梦见太阳进入我的怀里，这是为什么呢？”孙坚说：“太阳和月亮，是阴阳的精华，是极其显贵的象征。我们的子孙大概会兴旺的吧？”

【简评】 孙策、孙权的父亲孙坚，在汉朝时是重要的地方武将，拥有一定的军事实力，曾经参与讨伐董卓。他的卒年有几种不同说法，主流观点认为，是在初平二年（191）讨伐刘表的战役中被落石击中头部而死，死时还不到四十岁。其后，长子孙策继承基业，奠定了孙吴的大局，但被刺而亡。于是，其次子孙权获得了称帝的机会。是命运之轮的转动，才造成了“月亮”与“太阳”的区别。

张车子

有周擥啧者，贫而好道。夫妇夜耕困卧，梦天公过而哀之，敕外有以给与[1]。司命案录籍云[2]：“此人相贫，限不过此，唯有张车子应赐钱千万。车子未生，请以借之。”天公曰：“善。”曙觉言之。于是夫妻戮力，昼夜以治生，所为辄得，资至千万[3]。先时有张妪者，常往擥啧佣赁野舍[4]。有身，月满当孕，便遣出，驻车屋下。产得儿，主人往视，哀其孤寒，作糜粥以食之[5]。问：“当名汝儿作何？”妪曰：“在车下生，梦天告之，名为车子。”擥啧乃悟，曰：“吾昔梦从天换钱，外白以张车子钱贷我，必是子也，财当归之矣。”自是居日衰减。车子长大，富于周家。

【注释】 1.过：过访。敕：命令。 2.司命：主宰命运的神。案：考查。录籍：此处指记载命运的簿册。 3.戮力：合力，协力。戮，通“勠”。治生：自营生计。资：钱。 4.野舍：别本作“野合”，即与人私通。 5.糜粥：粥。

【译文】 有一个叫周擥啧的人，贫穷而讲道义。夫妻两人夜间种地，疲惫地躺下睡着了。擥啧梦见天帝来造访，深表怜悯，敕令外边的人给他们一些东西。主宰命运的神查了一下簿册，说：“此人面相贫穷，上限也不过如此。只有张车子应该被赐予千万钱。张车子还没有降生，请允许把这钱先借给周擥啧。”天帝说：“好。”天亮了，周擥啧醒来，便把这梦说了出来。于是夫妻两人齐心合力，日夜经营生计，做的事总是有收益，有了成千上万的财富。此前有个姓张的妇女，曾经到周家做用人。因为和别人私通而怀了孕，孕期已满该生育了，周家就把她从室内打发出去，让她住在车棚底下。她生了个儿子。主人去看望她，哀怜她孤苦贫寒，煮了粥给她吃，问："你要给你的孩子起个什么名字？"张姓女子说："这孩子是在车底下生的。我梦见天帝告诉说，这孩子名叫车子。"周擥啧才恍然大悟，说："我过去梦见自己向天帝借钱，下人禀告说把张车子的钱借给我，一定是这个孩子了。财富应该要逐渐归向他了。"周家的财富从此日渐减少。张车子长大后，比周家人更富裕。

【简评】 这是一个好故事，逻辑清楚，情节完整，还很生动，所以征引它的文献很多。其实，故事的前半段是很感人的。正因为有了天帝托的梦，这对贫穷夫妇就相信了自己一定能富起来，比过去更勤勉，也更有信心了。按心理学的观点，人所相信的事情，才有可能成为现实。假如故事的原型真的曾经致富，那也并不是天帝的功劳。

张奂妻

后汉张奂为武威太守，其妻梦带奂印绶，登楼而歌[1]。觉以告奂，奂令占之。曰："夫人方生男，复临此郡，命终此楼。"后生子猛，建安中，果为武威太守。杀刺史邯郸商，州兵围急，猛耻见擒，乃登楼自焚而死[2]。

【注释】 1.印绶：官印和系印信的丝带。古人印信上系有丝带，佩带在身。2.见：动词前表被动，相当于“被”。

【译文】 东汉的张奂任武威太守时，他的妻子梦见自己佩带着张奂的印绶，登楼唱歌。她醒后把梦告诉了张奂，张奂命人占卜，占卜的人说：“您的夫人将要生下儿子，这孩子会再度统治武威郡，会死在这座楼。”后来张奂生子张猛，建安年间，张猛果然当了武威太守。他杀了刺史邯郸商，被州里的军队紧急围困，他耻于被活捉，就登上楼自焚而死。

【简评】 张猛之事于史有征，《搜神记》所记至为简略。起初，邯郸商为雍州刺史，张猛任武威太守。二人长期不和。在斗争中，邯郸商落败被杀，张猛自立为雍州刺史。到了建安十五年（210），曹操派兵讨伐张猛，当时军民都倒向曹营大将，张猛见势已去，才自焚而死。

吴先主

吴先主病，遣人于门观不祥[1]。巫启见一鬼，著绢巾，似是大臣将相[2]。其夜，先主梦见鲁肃来入，衣巾如之[3]。

【注释】 1.吴先主：指孙权。 2.启：禀告。 3.衣：穿，此处指戴。

【译文】 孙权病了，派人到门前观察有什么不吉利的事。巫师禀告说见到一个鬼，戴着绢做的头巾，好像是大臣将相。那天夜里，孙权梦见鲁肃来拜见，戴的头巾就像巫师说的那样。

【简评】 建安二十二年（217），鲁肃病逝，孙权亲自为他办理丧事。这则故事应当发生在鲁肃死后。

道士吕石

吴时，嘉兴徐伯始病，使道士吕石安神座。石有弟子戴本、王思二人，居在海盐，伯始迎之以助。石昼卧，梦上天，北斗门下见外鞍马三匹，云明日当以一迎石，一迎本，一迎思。石梦觉，语本、思：“如此，死期至，可急还，与家别。”[1]不卒事而去[2]。伯始怪而留之，曰：“惧不见家也。”间一日，三人同日死。

【注释】 1.语：对……说。 2.卒：终止，尽，完毕。

【译文】 吴国的时候，嘉兴的徐伯始生了病，让道士吕石来安放神座。吕石有两个徒弟戴本、王思，住在海盐，徐伯始把他们接来给吕石做助手。吕石白天睡觉时，梦见自己上了天，在北斗门下看见门外有三匹装了鞍子的马，据说明天要用一匹来迎接吕石，一匹迎接戴本，一匹迎接王思。吕石梦醒后，对戴本、王思说：“如果真像梦中所见到的这样，我们的死期都到了。你们应该赶紧回去，和家人告别。”安放神座的事情还没做完，他们就走了。徐伯始觉得奇怪，挽留他们。他们说："怕见不到自己的家人了。"过了一天，三人同日而死。

【简评】 这则故事倒是挺有趣的。生病的人没有死，反而是来安放神座的道士梦见死期到了，三人就毫不抗拒地接受了自己的命运。

刘雅

淮南书佐刘雅，梦见青刺蜴从屋栋落其腹内，因苦腹痛[1]。

【注释】 1.书佐：主办文书的佐吏。

【译文】 淮南国的文书小吏刘雅，梦见一只青色长刺的蜥蜴从屋子的正梁上落进了他的腹中，他因此被腹痛所苦。

【简评】 这一类梦境与现实相关联的故事，其关联之处，往往是人为建立的。毕竟，肚子疼了才会想去寻找原因，然后才能想起某月某日的梦境。

费季

吴人费季，客贾数年。时道路多劫，妻常忧之。季与同辈旅宿庐山下，各相问去家几时[1]。季曰："吾去家已数年，临来与妻别，就求金钗以行，欲观其志，当与吾否耳[2]。得钗，仍以著户楣上[3]。临发忘道，此钗故当在户上也[4]。"尔夕，妻梦季曰："吾行遇盗，死已二年。若不信吾言，吾行时尝取汝钗，遂不以行，留在户楣上，可往取之[5]。"妻觉，揣钗得之，家遂成服发丧[6]。后一年余，季行来归还。

【注释】 1.旅宿：在旅舍过夜。 2.就：向。 3.楣：门框上的横木。 4.故：仍然。 5.遂：终于，到底。以：以之，指带着金钗。 6.成服：亲属按照与死者关系的亲疏穿上不同的丧服。发丧：宣布死讯。

【译文】 吴国人费季，外出做生意已好几年，当时路上经常有强盗抢劫，其妻常常为此担忧。费季和同伴们在庐山下的旅舍过夜，彼此询问离家有多久了。费季说："我离家已经好几年了。临走和妻子告别时，向她要了一支金钗才动身，我只是想试试她的心意，看她会不会给我罢了。我拿到金钗，就还把它放在门框上端的横木上。临近出发的时候，忘了对妻子说这件事。这金钗仍然应该还在门上。"这天晚上，妻子梦见费季说："我出行遇上强盗，已经死了两年。若你不相信我的话，我走的时候曾经拿了你的金钗，到底没有带着它走，而是把它留在门框上端的横木上，你可以去把它取下来。"他妻子醒后，去摸了横木，拿到了金钗，于是家里人依等次穿好丧服，对外公开了费季的死讯。过了一年多，费季回家了。

【简评】 这是一个完整而精彩的故事。它的构思之妙，在于借着思家远行的丈夫之口，向同宿的旅客们说出金钗藏在门楣上这个秘密，以此把细节告诉我们；随后，又让远在家乡的妻子梦见这件事的详情，让这件夫知、读者知，而妻不知的事，成为推动情节发展的要素。这就避免了叙事的重复。这个故事的语言也很生动，作者使用了一些具有语法意义的词，让文章变得灵动跳跃。《搜神记》是辑录之书，并不全出于干宝之笔。如果读得仔细，就能在不同的篇目和类目之间，感受到细微的文风之别。

诸仲务女

诸仲务一女显姨，嫁为米元宗妻，产亡于家。俗闻产亡者以墨点面，其母不忍，仲务密自点之，无人见者。元宗为始新县丞，梦妻来上床，分明见新白妆面上有墨点。

【译文】 诸仲务有一个女儿叫显姨，嫁给米元宗为妻，因生育而死在家中。当时民间传闻，生育而死的，要用墨点在脸上。她母亲不忍心这样做，诸仲务就暗中自己给女儿点了墨点，没有人看见。米元宗任始新县丞时，梦见他妻子来上床，分明看见她那新用白粉化过妆的脸上有墨点。

【简评】　古代医疗条件有限，生育是非常危险的事，难产而死的例子很多，因此有一些专门针对这种鬼的禁忌和迷信。直到唐代，难产而死者以墨点面的说法还在流传。

有研究提及，汉代宫中姬妾在时机不宜时，会用红色点面，以回避临幸。学者更以此推测，难产而亡要以墨点面，可能也是为了在阴间标识暂缓孕育之事。可惜这种推测很难得到确证。

温序

温序字公次，太原祁人。任校尉，行部，为隗嚣所得，伏剑死[1]。而世祖怜之，送葬到洛阳城旁，为筑冢[2]。长子寿，为印平侯，梦序告之曰："久客思乡。"寿即弃官，上书乞骸骨，帝许之[3]。

【注释】　1.行部：巡行所视察的地方。伏剑：用剑自刎。　2.世祖：指汉光武帝刘秀。　3.乞骸骨：此处指温寿乞求安葬他父亲的骸骨。在后世，"乞骸骨"特指自己请求退休，好让骸骨能归葬故乡。

【译文】　温序字公次，是太原郡祁县人，任校尉之职。有一次，他巡视时，被隗嚣劫持，自刎而死。世祖皇帝很怜惜他，把他的尸体送到洛阳城边，为他修筑了坟墓。他的大儿子温寿，做了印平侯，梦见温序告诉他说："我客居久了，想念家乡。"温寿就辞去官职，上书乞求将父亲的尸骨迁葬到老家去，皇帝批准了。

【简评】 温序的故事见于《后汉书》，原文的细节更为精彩，能看出主人公的秉性：温序是一位武将，巡视时劫持他的，是隗嚣的部下苟宇。苟宇想劝他一同造反，谋夺天下。温序不肯，竭力搏斗。苟宇的属下想一哄而上地杀他，苟宇却说："这是一位义士，要为气节而死，可以给他一把剑。"于是温序接过剑，把胡须衔在嘴里，说："既然我被贼人逼死，别让泥土把我的胡须弄脏。"

虞荡

冯乘虞荡夜猎，见一大麈(zhǔ)射之[1]。麈便云："虞荡，汝射杀我耶?"明晨，得一麈而入，少时荡死。

【注释】 1.麈：古书上指鹿一类的动物。

【译文】 冯乘县的虞荡夜间去打猎，看见一只大麈，就射它。麈就说："虞荡，你要射杀我吗?"第二天早晨，他带着一只麈回去，不久虞荡就死了。

【简评】 冯乘县，即今天的湖南省江华瑶族自治县，也就是今天的湘、桂、粤交界之处。该县境内为五岭山脉的萌渚岭山系所盘亘，气候又暖湿多雨，正是适合大鹿生存的地方。

士人陈甲

吴郡海盐县北乡亭里，有士人陈甲，本下邳人，元帝时寓居华亭。猎于东野大薮(sǒu)，歘(xū)见大蛇，长六七丈，形如百斛船，玄黄五色，卧冈下[1]。士人即射杀之，不敢说。三年后，与乡人共猎。至故见蛇处，语同行云："昔在此杀大蛇。"[2]其夜，梦见一人，乌衣黑帻(zé)，来至其家[3]。问曰："我昔昏醉，汝无状杀我[4]。吾昔醉，不识汝面，故三年不相知。今自来就死。"其人即惊觉。明旦，腹痛而卒。

【注释】 1.薮：草野。歘：快速。 2.故：原来，本来。 3.帻：头巾。 4.无状：没有根据。

【译文】 吴郡海盐县北乡亭中，有个读书人叫陈甲，他本来是下邳县人。晋元帝时寄居在华亭。他到东边野外的大草野中去打猎，忽然看见一条大蛇，长六七丈，形状就像能承重百斛的船，花色五彩错杂，躺在山冈下。陈甲就把它射死了，不敢告诉其他人。三年后，他和乡里的人一起去打猎，来到原来看见蛇的地方，他对同行者说："我曾经在这里杀死了一条大蛇。"那天夜里，他梦见一个人，穿着黑色的衣服，戴着黑色的头巾，来到他家里，责问他说：“我过去喝醉了酒昏睡之际，你无缘无故杀了我。我那时醉了，没有记住你的面貌，所以过了三年还不知道是你。现在你亲自来受死了。”那人马上惊醒了。第二天，他腹痛而死。

【简评】 蛇喝醉了酒，在它的栖息地休息，本来无意害人，是人被吓着了，自己无故射杀了它。对蛇来说，这是一场无妄之灾，它有充分的理由实施复仇。我很喜欢这个故事，以及它所遵从的故事法则。人类的许多行为后果，都是咎由自取。

妖怪篇之一

妖怪

妖怪者，盖是精气之依物者也。气乱于中，物变于外，形神气质，表里之用也。本于五行，通于五事[1]。虽消息升降，化动万端，然其休咎之征，皆可得域而论矣[2]。

【注释】 1.五事：礼节上的五件事，包括貌、言、视、听、思。 2.休咎：吉凶，善恶。域：局限，此处指限定。

【译文】 妖怪大概是精气所依附的物体。精气在体内发生混乱，物体的外形就发生了变化。形体和气质，是外表和内在的体现。它以金、木、水、火、土五行为本源，与容貌、言谈、观察、谛听、思考五种事情相通。虽然它消失增长、上升下降，变化多端，但它的吉凶征兆，都可以限定范围并加以讨论。

【简评】 本则具有总论的性质，似乎是《妖怪篇》的序言。显然，《搜神记》所关心的妖怪，不只是事件，更是“休咎之征”，也就是它对于人事的种种预兆。此后的故事大体以时代为序，其中干宝熟悉的晋代故事最多，三国、两汉次之，而时代最早、文献最渺茫的先秦时期，故事数量也最为有限。

山徙

夏桀之时，厉山亡。秦始皇之时，三山亡。周显王三十二年，宋大丘社亡。汉昭帝之末，陈留昌邑社亡。京房《易传》曰："山默然自移，天下有兵，社稷亡也。"故会稽山阴郭中有怪山，世传本琅琊东武海中山也[1]。时天夜，风雨晦冥，旦而见武山在焉[2]。百姓怪之，因名曰怪山。时东武县山，亦一夕自亡去。识其形者，乃知其移来。今怪山下见有东武里，盖记山所自来，以为名也。又交州郁州山移至青州[3]。凡山徙，皆不极之异也[4]。

【注释】 1.会稽山阴：在今浙江绍兴一带。琅琊东武：在今山东诸城一带。 2.晦冥：昏暗。 3.交州：东汉时辖境相当于今天广东、广西大部及越南中部、北部，三国以后辖境有所缩小。青州：今山东泰山以东到渤海、黄海之滨。 4.不极：不合中正的准则。

【译文】 夏桀的时候，厉山消失了。秦始皇的时候，三座山消失了。周显王三十二年（前337），宋国大丘地方的土地庙消失了。汉昭帝末年，陈留郡昌邑县的土地庙消失了。京房《易传》说："山悄悄地自行迁移，天下将有兵乱，国家就会灭亡。"从前会稽郡山阴县城里有座怪山，相传本是琅邪郡东武县海中的山。一天夜里，刮风下雨，天色阴暗，第二天早上便看见东武县的山到了山阴了。百姓觉得奇怪，于是就管它叫怪山。当时东武县的山，也在一天晚上自行消失了。认得那座山形状的人，才知道它是从东武县迁移来的。现在怪山下还有东武里，大概是为了标记这山的来处，才用"东武"作为里名。另外，交州的郁州山迁移到了青州。凡是山丘迁移，都是不合准则的怪事。

【简评】　《易传》作者京房，是西汉元帝时期著名的《易经》学者，开创了京氏易学，在当时相当流行。京房所作的《易传》今天已经亡佚不全（传世版本不太可靠），但征引篇章者极多，保留了部分文本，因此还可以大概推想它的体例与思想特点：这部书是用《易》学来讨论灾异的。学者指出，京房将数术占验之学与《易》结合起来，为他的政治信念和政治理想提供灾异预言，同时又带有鲜明的儒家色彩。《搜神记·妖怪篇》中反复征引了京房的书。

马化狐

周宣王三十三年，幽王生，是岁有马化为狐。

【译文】　周宣王三十三年（前795），周幽王出生，这一年有马变成狐狸。

郑女生四十子

鲁哀公之八年，郑有女一生四十子，其二十人为人，二十人死。其九年，晋有豕生人，能言。吴赤乌七年，有妇人一生三子。

【译文】 鲁哀公八年（前487），郑国有一个妇女，生了四十个孩子。其中二十个长大成人，二十个死了。鲁哀公九年（前486），晋国有头猪生了个人，会说话。吴国赤乌七年（244），有个妇女，一胎生了三个孩子。

御人产龙

周烈王之六年，林碧阳君之御人产二龙[1]。

【注释】 1.御人：侍女，侍妾。

【译文】 周烈王六年（前370），林碧阳君的侍女生了两条龙。

齐地暴长

周隐王二年四月，齐地暴长，长丈余，高一尺五寸。京房《易妖》曰："地长四时暴，占春夏多吉，秋冬多凶。"历阳之郡，一夕沦入地中而为泽水，今厤(lì)湖是也，不知何时。《运斗枢》曰：

"邑之沦，阴吞阳，下相屠焉。"

【译文】 周隐王二年（前313）四月，齐国的土地突然猛长，长一丈多，高一尺五寸。京房《易妖》说："土地在四季中突然猛长，以此占卜，春、夏多吉事，秋、冬季多凶事。"历阳郡一夜之间陷入地下成为湖泊，就是今天的麻湖，这事不知道发生在什么时候。《运斗枢》上说："城市下沉，是因为阴气吞没阳气，象征下民彼此残杀。"

【简评】 以现代的眼光看来，这可能是两次地震。

洧渊龙斗

鲁昭公十九年，龙斗于郑时门之外洧渊。京房《易传》曰："众心不安，厥妖龙斗其邑中也。"[1]

【注释】 1.厥：代词，其。

【译文】 鲁昭公十九年（前523），龙在郑国时门之外的洧渊中相斗。京房《易传》说："人心不安定，那妖异是龙在那座城市中相斗。"

【简评】 龙斗的事又见于《左传》。当时郑国人因此而请求祭祀龙，著名政治家子产说："我们打仗的时候，龙从来没有对我们以礼相见；龙打架就由它们打，我们也不用祭拜它们。何况我没什么要向龙祈求的，龙也没什么要向我祈求的。"于是这件事就作罢了。

九蛇绕柱

鲁定公元年秋，有九蛇绕柱。占以为九世庙不祀，乃立炀宫[1]。

【注释】 1.炀宫：祭祀鲁炀公的庙。鲁炀公是鲁国的先君，伯禽之子。

【译文】 鲁定公元年（前509）秋天，有九条蛇盘绕在柱子上。占卜的结果认为是九世的祖庙无人祭祀，于是就建造了炀宫。

【简评】 这件事也见于《春秋》及三传。《左传》只解释了因为昭公出葬，季平子向炀公祈祷，所以建立了炀宫；《公羊传》《穀梁传》则说立炀宫是非礼的事，没有言及其原因。而"九蛇绕柱"的说法，出自《山海经》。早期，不同的书可能因其性质、功能有别，也因其作者的学派有别，对同一件事有不同的解说。

马生人

秦孝公二十一年，有马生人。昭王二十年，牡马生子而死[1]。刘向以为马祸也。故京房《易传》曰："方伯分威，厥妖牡马生子[2]。上无天子，诸侯相伐，厥妖马生人也。"

【注释】 1.牡马：雄马。牡，雄性的鸟或兽。 2.方伯：指实力强大的诸侯，或诸侯的领袖。

【译文】 秦孝公二十一年（前341），有马生下人。秦昭王二十年（前287），有匹公马因为生小马而死。刘向认为这是马的灾祸。所以京房《易传》说："诸侯分争威势，那妖异是公马生小马。上面没有天子，诸侯互相征伐，那妖异是马生人。"

【简评】 秦孝公、昭王时代的两件事，史源可能是《汉书·五行志》，也就是说，干宝采择、整理了它。《五行志》是《汉书》首创的一类志书，其中有大量阴阳灾异之说。例如此事，就被解释为：公马不是能生育的马，妄生而死，就好像秦凭着武力得到天下，不久就自取灭亡。

魏女子化丈夫

魏襄王十三年，有女子自首化为丈夫，与妻生子[1]。故京房《易传》曰："女子化为丈夫，兹谓阴昌，贱人为王；丈夫化为女子，兹为阴胜阳，厥咎亡也。"[2]

【注释】 1.自首：主动自白。 2.咎：灾祸。

【译文】 魏襄王十三年（前306），有个女人主动自白说变成了男人，和他妻子生下了孩子。所以京房《易传》说："女人变成男人，这叫作阴气昌盛，卑贱的人要称王；男人变成女人，这叫作阴气胜过阳气，那灾祸是国家要灭亡。"

【简评】 在古代阴阳五行的观念里，阴是不能与阳匹敌的，处在较低的地位。一旦阴盛，一定会有灾殃。

五足牛

秦文王五年，游于朐衍，有献五足牛者，时秦世丧用民力[1]。京房《易传》曰："兴繇(yáo)役，夺民时，厥妖牛生五足。"[2]

【注释】 1.秦文王：别本作“秦孝文王”，但秦孝文王在位仅一年，此处当指秦惠文王。丧用：别本作“大用”。 2.繇役：即徭役，指政府强迫人民承担的无偿劳动。繇，通“徭”。

【译文】 秦惠文王五年（前320），巡游到朐衍，有人向他进献五只脚的牛。当时秦国大量耗费民力。京房《易传》说：“大兴徭役，强占农时，那妖异是牛长出五只脚。”

【简评】 京房是汉代人，当然知道秦国和秦朝发生的一切，也知道秦为什么二世而亡。他用“兴繇役，夺民时”来解释牛生五足，所凭借的，就是这种后见之明。不过，这种灾异之学在它流行的时代，或许有一点规训和警诫作用。例如，至少可以让相信它的执政者不要那么耗费民力。

妖怪篇之二

龙见温陵井

汉惠二年正月癸酉旦，有两龙见于兰陵廷东里温陵井中[1]。京房《易传》曰："有德遭害，厥妖龙见井中[2]。行刑暴恶，黑龙从井出。"

【注释】 1.惠：汉惠帝。 2.厥：代词，其。

【译文】 汉惠帝二年（前193）正月癸酉日那天早上，有两条龙出现在兰陵县廷东里温陵的井中。京房《易传》说："有德的人被害，那妖异是有龙出现在井中。行刑残暴凶恶，就会有黑龙从井中出来。"

【简评】 癸酉，为干支之一。中国古代用天干地支纪年月日，以纪日为例，将十天干与十二地支相配，甲子至癸亥六十日一个轮回。假设某一天为甲子日，第二天乙丑日，第三天丙寅日，依此类推。历史上的历日，专业人士可以计算而得，非专业人士需要借助工具书来查询。

马狗生角

汉文帝十二年，吴地有马生角，在耳，上向。右角长三寸，左角长二寸，皆大二寸。后五年六月，齐雍城门外有狗生角。刘向以为马不当生角，犹下不当举兵向上也，吴将反之变云。京房《易传》曰："臣易上，政不顺，厥妖马生角，兹谓贤士不足。"

【译文】 汉文帝十二年（前168），吴地有马长了角，位置在耳朵那里，向上生长。右边的角长三寸，左边的角长二寸，都是二寸粗。此后五年的六月，齐地雍城门外有狗长了角。刘向认为马不应该长角，就好像臣子不应该起兵攻打君主，这是预示吴国将要叛乱的灾变。京房《易传》说："臣子取代君主，政治不顺，那妖异是马长角。这就是说贤能的人不够多。"

【简评】 这个灾异有一个残忍的历史背景。封在吴国的亲王刘濞，是汉高祖刘邦兄长之子，与汉文帝为堂兄弟。他的儿子刘贤入宫朝见。皇太子刘启（即后来的汉景帝）与刘贤喝酒、下六博棋时彼此争胜，刘启用棋盘砸了刘贤的头，刘贤当场死亡。从此，刘濞就有了异心，十多年称病不朝。到皇太子登基之后，刘濞发动了七国之乱，最后兵败而亡。历史文献的书写者都有自己的立场。在赢家通吃的世界里，当然可以说"下不当举兵向上"，而刘濞却不能对汉文帝说一句"你儿不当举棋盘向我儿"。

下密人生角

汉景帝二年九月，胶东下密人，年七十余，生角，角有毛生。故京房《易传》曰："冢宰专政，厥妖人生角。"[1]《五行志》以为人不当生角，犹诸侯不当举兵向京师也，其后有七国之难起。

【注释】 1. 冢宰：周朝官名。即太宰。春秋时期，周王年幼时，冢宰代天子理政。

【译文】 汉景帝二年（前155）九月，胶东国下密县有个七十多岁的人长了角，角上有毛。所以京房《易传》说："冢宰专制，那妖异是人头上长角。"《五行志》认为人不应长角，就好像诸侯不应起兵去攻打京城。那之后就发生了七国的叛乱。

【简评】 汉景帝三年（前154），以吴王刘濞为中心的七个刘姓宗室诸侯，不满朝廷削藩，担心失去权力，遂一同兴兵反抗。这件事史称"七国之乱"。汉景帝的削藩政策是由御史大夫晁错提出的。于是七国诸侯便要求诛杀晁错，汉景帝不得不照办。但即使杀掉了替罪羊，也没能平息这次叛乱，汉景帝只得派出军队镇压。镇压成功之后，诸侯就失去了实际的政治权力，王国和州郡不再有本质的差别。

犬豕交

汉景帝三年，邯郸有犬与家豕交。时赵王遂与六国共反，外结匈奴以为援。《五行志》以为赵王昏乱。犬，兵革失众之占；豕者，北方匈奴之象[1]。逆言失听，交于异类，以生害也。

【注释】 1.兵革：武器、铠甲等装备，代指战争。众：兵，军队。

【译文】 汉景帝三年（前154），邯郸有狗和猪交配。当时赵王就与其他六国共同造反，并勾结匈奴作为外援。《五行志》以为赵王昏昧暴虐。狗，是战争中失去队伍的征兆；猪，是北方匈奴的象征。听不进逆耳的话，与不同类的异族结交，因而生出灾祸。

【简评】 赵王名叫刘遂，是刘邦的孙子。汉文帝即位后被立为赵王。在晁错建议景帝削藩之后，赵国被削去了常山郡。刘遂于是参与七国之乱，他的领土在七国之中最靠北边，确实接近北方的匈奴。但匈奴看到形势对他不利，就不肯轻易进入中原的疆界。最后，在汉与赵国的围城之战中，朝廷大将栾布攻破了邯郸，刘遂知道无望，便自杀了。

乌斗

汉景帝三年十一月，有白颈乌与黑乌群斗楚国吕县。白颈不胜，堕泗水中，死者数千。刘向以为近白黑祥也[1]。楚王戊暴逆无道，刑辱申公，与吴谋反[2]。乌群斗者，师战之象也。白颈者小，明小者败也。堕于水者，将死水地。王戊不悟，遂举兵应吴，与汉大战，兵败而走。至于丹徒，为越人所斩。堕泗水之效也。京房《易传》曰："逆亲亲，厥妖白黑乌斗于国。"[3]燕王旦之谋反也，又有一乌一鹊斗于燕宫中，乌堕池死。《五行志》以为楚、燕皆骨肉蕃臣，骄恣而谋不义，俱有乌鹊斗死之祥[4]。行同而占合，此天人之明表也。燕阴谋未发，独王自杀于宫，故一乌而水色者死；楚炕阳举兵，军师大败于野，故乌众而金色者死，天道精微之效也[5]。京房《易传》曰："颛(zhuān)征劫杀，厥妖乌鹊斗也。"[6]

【注释】 1.祥：征兆。吉兆、凶兆均可称为"祥"。 2.刑辱申公：申公培是楚王刘戊的老师，曾劝楚王不要参与七国之乱，反被处以徒刑，受到侮辱。 3.亲亲：亲属。 4.蕃：通"藩"，王侯的封国。 5.水色：指黑色。此处并不是指水的颜色，而是在战国时期齐国阴阳家邹衍提出的五德理论中，金木水火土五种元素所对应的颜色。其中水德对应着黑色。炕阳：张皇自大的样子。金色：指白色。金德对应着白色。 6.颛征：专擅征伐。颛，通"专"。

【译文】 汉景帝三年（前154）十一月，有白色脖子的乌鸦和黑乌鸦在楚国的吕县成群打斗。白脖子乌鸦没能打胜，掉进泗水之中，死了几千只。刘向认为这近似于白色与黑色的那类征兆。楚王刘戊暴虐无道，用刑罚侮辱了申公培，并与吴王一同谋反。乌鸦成群搏斗，是军队打仗的象征。白脖子乌鸦体形小，就说明小的一方要失败，它们掉进水里，说明楚王会死在水乡。楚王戊没有觉悟，竟然起兵响应吴王，与汉廷大战，兵败而逃，到了丹徒县，被越国人所杀。这是乌鸦掉进泗水之事应验了。京房《易传》说："背叛亲属，那妖异是白乌鸦与黑乌鸦在境内相斗。"燕王刘旦阴谋叛乱的时候，又有一只乌鸦与一只喜鹊在燕国王宫里搏斗，乌鸦掉进水池里死了。《五行志》认为楚王、燕王都是有骨肉之亲的宗王，骄纵而图谋不义，都有乌鸦、喜鹊等相斗而死的征兆。行为相同而征验相合，这是天象对应人事的明确表现。燕王的阴谋没有被公开，只有燕王独自在王宫中自杀，所以只有一只黑色的乌鸦死了；楚王公然起兵，军队大败于郊外，所以是许多白色的乌鸦死了。这是自然规律精细入微的效验。京房《易传》说："专擅征伐、劫持杀害，那妖异是乌鸦与喜鹊相斗。"

【简评】 事态平定之后，解释权都掌握在胜利者手里。关于七国之乱的灾异灵验故事这么多，而各种征兆都清一色地暗示诸侯王的失败，很少有七国胜利的故事流传下来，就足以说明这一点。这是因为，以常理推断，既然灾异应验是西汉流行的政治理论和政治话语，那么，不只汉王朝会利用它，七国诸侯王也同样会利用它。只不过，失败者的声音传不到今天。

牛祸

汉景帝中六年，梁孝王田北山，有献牛足出背上者[1]。刘向以为牛祸，思心霿(méng)乱之咎也[2]。至汉桓帝延熹五年，临沅县有牛生鸡，两头四足。

【注释】 1.中六年：汉景帝时，史官纪年分为三段，即"前元""中元""后元"。中六年，即中元之六年。田：田猎。 2.霿乱：黑暗纷乱。

【译文】 汉景帝中六年（前144），梁孝王在北山打猎，有人献上一只背上长脚的牛。刘向认为这属于牛的灾异，是思虑黑暗昏乱的灾殃。到了汉桓帝延熹五年（162），临沅县有牛生下了鸡，那鸡有两个头、四只脚。

【简评】　在灾异叙事流行，人们普遍相信甚至还反过来利用它的时候，也就自然会有人想方设法地制造它，献上它。

赵邑蛇斗

汉武帝太始四年七月，赵有蛇从郭外入，与邑中蛇斗孝文庙下，邑中蛇死[1]。后二年秋，有卫太子事，自赵人江充起[2]。

【注释】　1.斗：搏斗。　2.后二年：即太始四年（前93）之后两年的征和二年（前91）。

【译文】　汉武帝太始四年（前93）七月，赵国有条蛇从城外进来，与城内的蛇在孝文帝庙下搏斗，城内的蛇死了。此后两年的秋天，发生了卫太子的事情，这事情起于赵国人江充。

【简评】　卫太子，即刘据，是汉武帝和皇后卫子夫的嫡长子。武帝晚年重用与太子不和的江充等酷吏。江充意欲陷害太子，就设计从太子宫中挖掘出桐木做的人偶。情急之下，太子只能以谋反之罪把江充杀了。江充的助手向武帝求助，武帝派使者召太子，但使者不敢前去，遂诬太子谋反。太子兵败逃亡，最后被发现、围捕而自杀，其母亲及门客或自杀或被害。这是汉武帝晚年重大的政治事件，史书上称为“巫蛊之祸”。

辂軨厩鸡变

汉宣帝黄龙元年，未央殿辂軨（lù líng）厩中，雌鸡化为雄鸡，毛衣亦变，不鸣不将，无距[1]。元帝初元中，丞相府史家，雌鸡化为雄鸡，冠距鸣将。至永光年中，有献雄鸡生角者。《五行志》以为王氏之应也。

【注释】 1.辂軨：汉代厩名。厩：牲口棚。将：带领。距：鸡附足的骨头。

【译文】 汉宣帝黄龙元年（前49），未央宫辂軨厩内的雌鸡变成了雄鸡，毛色也变了，但不啼叫，也不率领群鸡，脚爪后面没有鸡距。汉元帝初元年间，丞相府史家的母鸡变成了公鸡，有鸡冠、鸡距，啼叫而带队。到永光年间，有人献上长角的雄鸡。《五行志》认为这是感应到了王莽之事。

【简评】 王莽在西汉末年篡夺了政权。元始五年（5），他毒死汉平帝，次年立年仅两岁的孺子婴为皇太子，代天子主持朝政，称自己为“摄皇帝”“假皇帝”。到了初始元年（8），王莽正式称帝，改国号为“新”，改长安为常安，封孺子婴为定安公。新朝一共持续了十五年。

范延寿

汉宣帝之世，燕代之间，有三男共取一妇，生四子。及其将分妻子而不可均，乃致争讼。廷尉范延寿断之曰："此非人类，当以禽兽处之。禽兽从母不从父也，请戮三男子，以儿还母。"宣帝嗟叹曰："事何必古。若此，则可谓当于理而猒(yàn)人情也[1]。"延寿盖见人事而知用刑矣，未知论人妖将来之应也。

【注释】 1.当：适合，适当。猒：同"厌"，满足。

【译文】 汉宣帝的时候，在燕国与代国之间，有三个男人合娶一个妻子，生下四个孩子。等要分妻子、孩子的时候便分不匀了，于是到了打官司的地步。廷尉范延寿断案说："这已经不是人类的事了，该用对待禽兽的办法来处理。禽兽的孩子都跟母亲而不跟父亲。请杀了这三个男子，把孩子还给母亲。"汉宣帝叹息说："断案为什么一定要以古代为依据呢？像范延寿这样，就可以说是既合乎道理而又满足了人之常情。"范延寿大概是审视了人间的常事而知道如何判刑的，他还不知道怎样根据人间的妖异事件来推知将来应验的事。

【简评】 这个"三男共取一妇"的故事，细想起来非常悲哀。从男性的角度，也许是因为贫穷而无力独娶；从女性的角度，也许是因为无法独自生活而不得不依靠三个男人。即便如此，女性受到的侮辱和损害仍旧更多。她和孩子被男人们像东西一样分来分去。这还不够，那"当于理而猒人情"的廷尉，竟然把三个事实上的家庭主要劳动力都杀了，留下一个母亲带着四个孩子。不知道他们将来的生计，是否也在“人情”的考虑之中？

每个时代、每个个体，都有不同的价值观。以今天的眼光去批评古人，当然有失公平。不过，至少可以说，在现代，可以不必罔顾生存，一味奢谈伦理道德。

茅乡社大槐树

汉建昭五年，兖州刺史浩赏，禁民私所立社[1]。山阳橐茅乡社有大槐树，吏伐断之，其夜树复立故处。说曰：凡断枯复起，皆废而复兴之象也，是世祖之应耳[2]。

【注释】 1. 私所立社：指擅自聚集，崇奉私神。社，土地之神的神主，也指土地庙。 2. 世祖：指汉光武帝刘秀。他继承了西汉的国祚，建立了东汉，所以是“废而复兴”。

【译文】 汉朝建昭五年（前34），兖州刺史浩赏取缔了人民私自设立的土地神社。山阳郡橐县茅乡的社内有一棵大槐树，官吏砍断了它。那天夜里，槐树又在原来的地方立起来了。有种解释说：“凡是断树、枯树重新立起来，都是败废后又恢复兴盛的象征。这是对世祖中兴的感应。”

【简评】 先秦时期，社制已经比较成熟，到了汉代，各级的社都已经制度化。古人常常在社祠种树，周朝规定：二十五家共立一社，种植当地适宜生长的树木。汉代也沿袭了这个习俗，所以文中的社里有大槐树。当时的学者说，种大树，是为了“尊而识之，使民望见即敬之”，即标志社坛所在。其实，推究本源，可能有着对神木的原始崇拜，只是越到后代越趋淡化了。

鼠巢

汉成帝建始四年九月，长安城南有鼠衔黄蒿、柏叶，上民冢柏及榆树上为巢，桐柏为多。巢中无子，皆有干鼠屎数十。时议臣以为恐有水灾起。鼠，盗窃小兽，夜出昼匿，今正昼去穴而登木，象贱人将居贵显之位也。桐柏，卫思后园所在也[1]。其后赵后自微贱登至尊，与卫后同类。赵后终无子而为害。明年，有鸢焚巢，杀子之象云[2]。京房《传》曰：“臣私禄罔辟，厥妖鼠巢也。”[3]

【注释】 1.卫思后：汉武帝皇后卫氏，名字已失，字子夫。她的曾孙汉宣帝即位后，追尊她为“思后”。 2.鸢：老鹰。 3.罔辟：欺骗君主。

【译文】 汉成帝建始四年（前29）九月，长安城南有老鼠衔了黄蒿、柏树叶，爬到百姓坟头的柏树和榆树上做巢，桐柏乡的巢最多。巢中没有小老鼠，只有几十颗老鼠屎干。当时议事的大臣认为恐怕会有水灾发生。

老鼠，是偷窃东西的小动物，昼伏夜出。现在大白天离开洞穴爬上树木，象征着卑贱的人将居于高贵显赫的位置。桐柏乡是汉武帝卫皇后陵园所在地。那之后，赵皇后从卑位登上了至高无上的后位，与卫皇后一样。赵皇后终究没有儿子而被害。第二年，有老鹰烧掉了巢，这是杀子的象征。京房《易传》说："臣下私设爵禄而欺骗君主，那妖异是老鼠做巢。"

【简评】 赵皇后是汉成帝刘骜的皇后，真名已不可知，只知道少年时学过歌舞，号称"飞燕"。她确实出身平民，入宫之前，是阳阿公主府上的歌妓。后来与妹妹一起入宫，双双受宠，但十余年间没有生育，只是暗中参与帮助当时的定陶王刘欣当上了皇帝，即汉哀帝。这样，她成了皇太后，被视为哀帝一党。可是哀帝死后，王莽专权，便将赵皇后与哀帝之妻傅皇后一起废为庶人。她们两人只得同日自杀。我猜这则故事可能经过窜乱。因为老鹰烧掉巢的灾异，与前后文似乎并不相关。

长安男子

汉成帝河平元年，长安男子石良、刘音，相与同居。有如人状在其室中，击之，为狗，走出。去后，有数人被（pī）甲持兵弩至良家[1]。良等格击，或死或伤，皆狗也[2]。自二月至六月乃止。其于《洪范》，皆犬祸，言不从之咎也。

【注释】 1. 被：此义后作"披"，穿着。 2. 格击：格斗。

【译文】 汉成帝河平元年（前28），长安的男子石良、刘音彼此同住。有个像人一样的东西在他们的房间里，他们打它，它就变成了狗，跑出房了。它走以后，有几个人穿着盔甲、拿着兵刃和弓箭来到石良家。石良等与他们格斗，他们有的死、有的伤，都是狗。从二月一直打到六月才告结束。根据《洪范》的观点，这些都是狗的灾祸，是说话不听的祸殃。

【简评】 汉代出土的陪葬品里，常有陶制的微缩家具与禽畜。其中往往有个陶楼，有个院子，家里有陶灶、陶壶，空场里有陶鸡、陶狗。其实，狗是汉代人的好朋友。

燕生雀

汉绥和二年三月，天水平襄有燕生雀，哺食至大，俱飞去。京房《易传》曰："贼臣在国，厥咎燕生雄雀。"[1]一曰，生非其类，子不嗣也。

【注释】 1.贼臣：奸臣，乱臣。

【译文】 汉朝绥和二年（前7）三月，天水郡平襄县有燕子生了麻雀，燕子把它们喂大了，就都飞走了。京房《易传》说："奸臣在国内，那妖异是燕子生公麻雀。"又一种说法：生下来的不是自己的同类，儿子就不能继承父亲的家业。

【简评】　绥和二年（前7），汉成帝去世，汉哀帝即位。六年后，哀帝死，王莽扶持了汉平帝登基，自己日渐坐大，终于篡汉为新。这大概是对应“又一种说法”的后见之明。

大厩马生角

汉绥和二年，大厩马生角，在左耳前，围长各二寸。哀帝建平二年，定襄有牡马生驹，三足，随群饮食[1]。《五行志》以为：马，国之武用；三足，不任用之象也。

【注释】　1.牡马：雄马。牡，雄性的鸟或兽。

【译文】　汉朝绥和二年（前7），大马厩里的马长出了角，在左耳的前面，周长和高度各二寸。汉哀帝建平三年（前4），定襄郡有公马生下了小马。小马只有三只脚，跟着马群共同饮食。《五行志》认为：马是国家的军备，三只脚是不能胜任使用的象征。

【简评】　四足动物只有三只脚，被视为能力不足，是由来已久的观念。明代有了“三脚猫”的俗语，至今，我们还用它来形容做事技艺不精。

零陵树变

汉哀帝建平三年，零陵有树僵地，围一丈六尺，长一十四丈七尺[1]。民断其本，长九尺余，皆枯。三月，树卒自立故处。汝南西平遂阳乡有树仆地，生枝叶如人形，身青黄色，面白，头有頿(zī)发，稍长大，凡长六寸一分[2]。京房《易传》曰："王德欲衰，下人将起，则有木生为人状。"其后有王莽之篡。

【注释】 1.围：约略计量圆周的单位，指两只胳膊合围起来的长度，也指两只手的拇指和食指合围的长度。 2.頿：同"髭"。凡：共。

【译文】 汉哀帝建平三年（前4），零陵郡有树木倒在地上，周长一丈六尺，高十四丈七尺。人们切断了它的树根，长九尺多，都枯了。三个月后，树终于又自己在原地立了起来。汝南西平遂阳乡有树倒地，长出的树枝树叶像人的形状，身体是青黄色，脸是白色，头上有胡须和头发，后来稍稍长大，共长六寸一分。京房《易传》说："君王的道德要衰败了，下面的人将兴起，就会有树木长成人的样子。"那以后就有王莽的篡权。

【简评】 树木的变异是灾异叙事中常见的一种，本书中还会反复出现。树木倒伏再生，或有人为因素；而树木像人脸，则是因为人心中先有了"脸"的概念，才能从树木的纹理或形状上看出它与脸相似之处。

豫章男子

汉建平中，豫章有男子化为女子，嫁为人妇，生一子。长安陈凤曰："阳变为阴，将亡继嗣。"[1]生一子者，将复一世乃绝也。故后哀帝崩，平帝没，而王莽篡焉。

【注释】 1.继嗣：后嗣。也可指帝王的继位者。

【译文】 汉建平年间，豫章郡有个男人变成了女人，嫁作人妻，生了一个儿子。长安人陈凤说："男性变作女性，将要失去后嗣。"她生了一个儿子，说明再过一代才会绝后。所以后来汉哀帝驾崩，汉平帝逝世，而后王莽篡夺了帝位。

【简评】 灾异应验之说，其实也可视为一种流行的政治投机。作出预言的成本很低，而预言灵验的收益很高。因此，有些预言是可以根据形势，把现实中的异象与个人的判断结合在一起，提前作出的。而如何理解、利用它，则以一时一地的实际需要为准则。关于王莽篡权的征验这么多，是否都出于反对者一边呢？支持者会不会也曾想借此推动形势向有利于自己的方向发展呢？都是值得思考的事情。

赵春

汉平帝元始元年二月，朔方广牧女子赵春病死。既棺敛，六日出在棺外，自言见夫死父，曰："年二十七，不当死。"[1]太守谭以闻。说曰："至阴为阳，下人为上。"其后王莽篡位。

【注释】 1.棺敛：用棺材收殓。敛，通"殓"。

【译文】 汉平帝元始元年（1）二月，朔方郡广牧县的女子赵春病死，已经收殓入棺，第六天却从棺材里出来了。她自己说见到了死去的公公，对她说："你二十七岁，不应该死。"朔方太守谭某把这件事向上禀报了。有人解释："极盛的阴气转变为阳气，底下的人将要上位。"那以后就有王莽篡夺皇位的事。

【简评】 王莽篡位一定是汉代人特别关心的大事。在上者的反应还可通过正史略作考证，民间的心态已经不容易推想了。这些灾异故事里，也许还能隐约折射出一点儿。

长安女子

汉元始元年六月，有长安女子生儿，两头两颈，面俱相向。

四臂共胸，俱前向。尻(kāo)上有目，长二寸[1]。故京房《易传》曰：“‘睽(kuí)孤，见豕负涂。’[2]厥妖人生两头。两颈，不一也；足多，所任邪也；足少，不胜任。下体生于上，不敬也；上体生于下，媟(xiè)渎也；生非其类，淫乱也；生而大，速成也；生而能言，好虚也[3]。”

【注释】 1.尻：臀部。 2.睽孤：乖离而孤独。豕负涂：猪匍匐在泥淖中。3.媟渎：亵狎，轻慢。

【译文】 汉元始元年（1）六月，有一个长安女子生下儿子，孩子有两个头两个脖子，面孔都相对着，四条手臂共用一个胸膛，都向前。臀部长着眼睛，长二寸。所以京房《易传》说：“‘乖离而孤独，就看见猪匍匐在泥淖中。’那妖异是人长两个头。两个脖子，象征政见不一致；脚多，象征被任用的是坏人；脚少，象征臣下不能胜任官职。下部的器官长在上部，象征不恭敬；上部的器官长在下部，象征亵狎轻慢；所生下的不是同类，象征淫乱；生下来就长大，象征短期内很快完成；生下来就会说话，象征喜欢虚言。”

【简评】 各种象征的标准越多，灾祥出现时与之匹配就越容易。早期的连体婴，可能不被当作人看，而是被看成怪物。每当出现而被上报时，就不免被拿来关联现实。

妖怪篇之三

蛇见德阳殿

汉桓帝即位，有大蛇见德阳殿上。雒阳市令淳于翼曰："蛇有鳞，甲兵之象也。见于省中，将有椒房大臣受甲兵之诛也[1]。"乃弃官遁去。到延熹二年，诛大将军梁冀，捕治宗属，扬兵京师也[2]。

【注释】 1. 省：王宫禁署，禁中。椒房大臣：指外戚。椒房，西汉时未央宫中的宫殿椒房殿，是皇后住所。 2. 梁冀：汉桓帝梁皇后的哥哥。

【译文】 汉桓帝即位，有条大蛇出现在德阳殿上。洛阳市令淳于翼说："蛇有鳞片，是铠甲兵器的象征。出现在王宫之内，是将有外戚大官被军队诛杀的象征。"于是他就弃官逃跑了。到延熹二年（159），汉桓帝诛灭了大将军梁冀，逮捕惩治他的同族之人，在京城中用了兵。

【简评】 梁冀之妹梁皇后逝世后，他想收养汉桓帝宠妃贵人邓猛为自己的养女，并让她当上皇后，但怕邓猛的姐夫和母亲不同意，于是先杀了她姐夫，又想杀她母亲。事情败露后，汉桓帝大怒，于是和宦官合作，一同清除梁冀势力，包围他的家，收缴了大将军印绶，降封为侯。梁冀只能与妻子孙寿一起自杀。他们死后，族人都遭到牵连。这就是"诛大将军梁冀，捕治宗属，扬兵京师"的史实。

赤厄三七

汉灵帝数游戏于西园，令后宫婇女为客舍主，身为商贾，行至舍间，婇女下酒，因共饮食，以为戏乐[1]。盖是天子将欲失位，降在皂隶之象也。其后天下大乱，遂传古志之曰“赤厄三七”[2]。三七者，经二百一十载，当有外戚之篡，丹眉之妖。篡盗短祚，极于三六，当有龙飞之秀，兴复祖宗。又历三七，当复有黄首之妖，天下大乱矣。自高祖建业，至于平帝之末，二百一十年，而王莽篡位，盖因母后之亲[3]。十八年而山东贼樊崇、刁子都等起，实丹其眉，故天下号曰“赤眉”。于是光武以兴祚，其名曰秀。至于灵帝中平元年而张角起，置三十六方，众数十万人，皆是黄巾，故天下号曰“黄巾贼”，故今道服由此而兴。初起于邺，会于真定，诳惑百姓曰：“苍天已死黄天立，岁名甲子年，天下大吉。”起于邺者，天下始业也，会于真定也[4]。小民相向跪拜信趣出，荆、杨尤甚[5]。弃财产，流沉道路，死者数百[6]。角等初以二月起兵，其冬十二月悉破。自光武中兴至黄巾之起，未盈二百一十年，而天下大乱，汉祚废绝，实应三七之运也。

【注释】 1.婇女：宫女。 2.遂传古志之曰：别本作“古志有曰”。赤厄：在“五德终始”的政治理论中，汉宣帝以后，将汉朝认定为火德，以赤为色。所以汉朝的厄运称为“赤厄”。 3.母后之亲：元始三年（3），王莽的女儿成为汉平帝的皇后。 4.真定：刘邦平定陈豨叛乱时，将东恒县更名为“真定”，取“真正平定”之义。此处一语双关，既指地名，又隐含会师于此的象征意义。 5.趣：通“趋”。 6.流沉：流浪。

【译文】 汉灵帝多次在西花园中游戏，他让宫女扮作旅馆的主人，自己打扮成商贾，来到这旅馆里，宫女端出酒菜，他就与她们一起吃喝，把这当作娱乐。这是天子即将失去皇位，下降到奴仆地位的征兆。那以后，天下大乱。于是就传起了古书上说的：“汉朝的厄运在于三七。”所谓“三七”，就是说经过二百一十年，会有外戚篡权，有红眉毛的妖孽。篡权的乱臣贼子国祚短暂，以十八年为极限，到时就有英才俊秀的真龙天子来恢复祖宗的基业。又经过二百一十年，应该又会有黄头的妖孽，天下会大乱。从汉高祖建立帝业，到汉平帝末年，经历了二百一十年，而王莽出来篡夺了政权，这是凭借了皇后之亲。过了十八年而山东强盗樊崇、刁子都等起兵，确实用丹砂涂眉毛，所以天下都把他们叫作“赤眉”。在这个时候，汉光武帝刘秀出来复兴汉朝的国祚，他的名字叫“秀”。到汉灵帝中平元年（184），张角起兵，他把军队分设为三十六方，队伍有几十万人，都戴黄色的头巾，所以天下称之为“黄巾贼”，所以今天的道教服装便是从这时兴起的。张角等人在邺县起兵，到真定会师，他们欺骗迷惑百姓说：“青天已经死去，黄天就要建立，那一年是甲子年，天下大吉。”从邺县起兵，象征天下重新开始建立基业，到真定会师。百姓都向他们下跪行礼，信从、投奔他们，这种情况在荆州、扬州特别突出。百姓抛弃了家产，流落在路上，死了好几百人。张角等最初在二月起兵，到那年冬天十二月便全部被摧毁了。从光武帝中兴，到黄巾军起兵，还不满二百一十年，而天下大乱，汉朝的国统断绝，这实在是应验了“三七”的气数。

【简评】 “三七”的谶语形成较早，在西汉宣、元、成帝之际就有成说，而王莽篡汉、黄巾起义、赤眉起义等后续的历史事实，处处应此“二百一十年”的成数，难道完全是巧合吗？根据历史学家的研究，其实恰恰相反，很可能是这些政治事件的主导者反过来利用了流行的预言及人们对它的观念。简单地说，他们是在以有心算无心，利用这种预言来增强说服力，吸引世人。

夫妇相食

汉灵帝建宁三年，河内有妇食夫，河南有夫食妇。夫妇，阴阳二仪之体也，有情之深者也[1]。今反相食，阴阳相侵，岂特日月之眚（shěng）哉[2]！灵帝既没，天下大乱，君有妄诛之暴，臣有劫弑之逆，兵革伤残，骨肉为仇，生民之祸至矣，故人妖为之先作[3]。恨而不遭辛有、屠黍之论，以测其情也。

【注释】 1. 二仪：道教观念名词，即指阴阳。 2. 眚：灾难。 3. 仇：仇敌。

【译文】 汉灵帝建宁三年（170），河内郡的一个妻子吃了丈夫，河南郡的一个丈夫吃了妻子。夫妻是阴阳两种物质的形体，彼此间有最深的人情。现在反而互相吞食，是阴阳双方互相侵犯，岂止是太阳、月亮的灾眚呢！汉灵帝死后，天下大乱，君主有妄杀臣子的暴虐行为，臣子有劫杀君主的悖逆行径，武装势力互相残杀，骨肉之亲反目成仇，人民的灾难到了极点，所以人间的妖异先一步发生了。遗憾没能碰上辛有、屠黍所说的那些话，用来推测事情的发展状况啊。

【简评】 周平王迁都洛阳，太史辛有到了伊川，见到披着头发在野外祭祀的人，认为当地礼仪已经消亡，预言不到一百年内，这里就会变成西方外族居住的地方，后来果然。屠黍是晋出公的太史，生活在春秋末、战国初。他认为晋国形势不佳，君主无德，于是归于东周。他曾预言天下诸侯国，晋国先亡，中山国其次，也都应验。文中说“遗憾没能碰上”这样的预言，也就说明，有时候，世人是在渴望预言的，渴望它在黑暗而不知尽头的现实世界里，给人一些时间节点，以免生活太过痛苦绝望。

校别作树变

汉灵帝熹平三年，右校别作中有两樗(chū)树，皆高四尺[1]。其一株宿昔暴长，长一丈余，粗大一围，作胡人状，头目鬓发备具[2]。其五年十月，正殿侧有槐树，皆六七围，自拔倒竖，根上枝下。其于《洪范》，皆为木不曲直[3]。又中平中，长安城西北六七里，有空树，中有人面，生鬓。

【注释】 1.右校：掌管营造的官署。樗：臭椿树。 2.宿昔：比喻时间不是很长。 3.《洪范》：《尚书》篇名。其中论及五行，有“木曰曲直”之句，意为木可以弯曲，可以伸直。

【译文】 汉灵帝熹平三年（174），右校的附属作坊中有两棵臭椿树，都有四尺高。其中的一棵一下子猛长，长了一丈多，粗了一围，长成了西域外国人的形状，头、眼睛、鬓角、头发都具备。熹平五年（176）十月，正殿旁边的槐树，都有六七围大小，自己拔起来倒竖着，树根向上，树枝向下。用《洪范》的理论来看，这些情况都属于树木不能弯曲或伸直。另外，中平年间，长安城西北六七里外有一棵中空的树，里边长出了人的面孔，还长着鬓发。

【简评】　树木倒拔可能是狂风所致。至于树木像人脸，那是因为我们先认识了人脸，才能从树木的纹理上看出它“像”——心理学家告诉我们，人难以认识自己完全不知道的东西。

雒阳女子

汉光和二年，雒阳上西门外女子生儿，两头异肩，四臂共胸，面俱相向。自是之后，朝廷霿(méng)乱，政在私门，二头之象也[1]。后董卓杀太后，被以不孝之名，废天子又害之，汉元以来，祸莫大焉。

【注释】　1.霿乱：黑暗纷乱。私门：权势之家，权贵者。

【译文】　汉光和二年（179），洛阳上西门外有个女人生了个孩子，孩子的两个头长在不同的肩膀上，四条胳膊长在一个胸膛上，两张脸都彼此相对。从此之后，朝廷昏乱，政权落到了权贵手中，这就是两个头所象征的事。后来董卓杀了太后，让天子背上不孝的罪名，废除、杀害了汉少帝。汉朝建元以来，没有比这更大的灾祸了。

【简评】 这是一个以连体婴来预言政局的事件。这类事情在后续各卷中还有很多。古人并不只是少见多怪，而是选择在他们需要的地方利用这些见闻。

人状草

汉光和七年，陈留，东郡，济阴冤句、离狐界中，草生作人状，操持兵弩，牛马龙蛇鸟兽之形，白黑各如其色，羽毛头目足翅皆备，非但仿佛，像之尤纯[1]。旧说曰：近草妖也。是岁有黄巾贼起，汉遂微弱。吴五凤元年六月，交阯稗草化为稻[2]。

【注释】 1. 济阴：郡名，辖境相当今山东荷泽附近。 2. 交阯：同“交趾”，古地区名，辖境相当于今广东、广西大部和越南北部、中部。稗草：禾本科的杂草。

【译文】 汉朝光和七年（184），陈留郡、东郡和济阴郡的冤句县、离狐县地界中，草长成人的形状，拿着兵刃、弓箭。有的草长成牛马、龙蛇、鸟兽的形状，颜色或白或黑，都如它们的本色一样，羽毛、头、眼睛、脚、翅膀都具备，不只是近似，而是极其像。过去的说法认为：这是近似于草的妖怪。这一年有黄巾贼起兵，汉朝从此就衰弱了。吴国五凤元年（254）的六月，交阯的杂草化作了稻禾。

【简评】　长得奇妙的植物自来存在。原产于地中海地区的意大利红门兰，单朵花就像一个戴头盔的人形；南美洲的蒲包花独叶草，长得丑了些，但好歹像人，五官俱全；厄瓜多尔的猴面小龙兰，长着一张猴子脸——猴子也属灵长类。

怀陵雀斗

汉中平三年八月，怀陵上有万余雀，先极悲鸣，已因乱斗相杀，皆断头，悬着树枝枳棘[1]。到六年，灵帝崩。夫陵者，高大之象也。雀者，爵也[2]。天诫若曰：怀爵禄而尊厚者，自还相害，至灭亡也。

【注释】　1. 怀陵：东汉冲帝的陵墓。枳棘：枳木与棘木。因其多刺而称恶木。　2. 爵：在鸟的义项上通“雀”。但这里则是用“爵”来训释“雀”。此二字古音相同。

【译文】　汉中平三年（186）八月中，怀陵上空有一万多只麻雀，先是非常悲哀地鸣叫，接着就胡乱搏斗，自相残杀，都断了头，悬挂在树枝和荆棘上。到中平六年（189），汉灵帝驾崩了。陵这种东西，是高大的象征。雀，就是爵。上天仿佛在告诫说："拥有爵位俸禄而地位尊贵的人，很快会自相残害，直到灭亡。"

【简评】 这则故事的预兆显然指向重臣，与"灵帝崩"的结果并不匹配。在《后汉书·五行志》中，还有更详细的来龙去脉："大将军何进以内宠外嬖，积恶日久，欲悉纠黜，以隆更始冗政，而太后持疑，事久不决。进从中出，于省内见杀，因是有司荡涤虔刘，后禄而尊厚者无余矣。"也就是说，灵帝死后，大将军何进想要谋取权力，却在斗争中失败，于是引发了清洗运动，使那些"拥有爵位俸禄而地位尊贵的人"被扫荡一空。这才与群雀自相残杀的局面相符。

越巂男子

汉建安七年，越巂(xī)有男子化为女子[1]。周群曰："哀帝时亦有此变，将有易代之事也。"至二十五年，献帝封山阳公。

【注释】 1.越巂：郡名，治所在今四川西昌附近。

【译文】 汉建安七年（202），越巂郡有个男人变成了女人。周群说："哀帝时也有过这种变异，将要有改朝换代的事了。"到建安二十五年（220），汉献帝被封为山阳公。

【简评】 汉献帝建安年间，政权已经基本把持在曹操手中，皇帝成为傀儡。献帝的皇后伏寿一度想要杀死曹操，事败后反而被幽闭至死。曹操逼迫献帝废后，再立的皇后即是曹操之女曹节。到曹操逝世后，献帝将皇位禅让给当时还是魏王的曹丕，自己被封为山阳公。

荆州童谣

建安初，荆州童谣曰：“八九年间始欲衰，至十三年无孑(jié)遗。”[1]言自中兴以来，荆州独全，及刘表为牧，民又丰乐[2]。至建安八年九年当始衰。始衰者，谓刘表妻死，诸将并零落也。十三年无孑遗者，言十三年表当又死，因以丧破也。是时，华容有女子忽啼呼云：“荆州将有大丧。”言语过差，县以为妖言，系狱月余[3]。忽于狱中哭曰：“刘荆州今日死。”[4]华容去州数百里，即遣马吏验视，而刘表果死。县乃出之。续又歌吟曰：“不意李立为贵人。”后无几，曹公平荆州，以涿郡李立，字建贤，为荆州刺史。

【注释】 1. 孑遗：遗留，残存。 2. 中兴：指光武帝刘秀建立东汉。牧：古代州的长官。 3. 过差：过分，失度。 4. 荆州：因刘表为荆州牧，故称。

【译文】 汉献帝建安初年，荆州的童谣说：“八九年间开始要衰落了，十三年就没有遗留了。”这是说汉代从中兴以来，只有荆州得以保全。等到刘表任荆州牧时，老百姓又丰足快乐，到建安八年（203）、九年（204）应该开始衰落。所谓开始衰落，是指刘表的妻子死去，各将领也都死亡了。十三年没有遗留，是指建安十三年（208），刘表又应该要死了，荆州因此就要丧乱破败了。这时候华容县有个女子忽然哭着呼喊说：“荆州就将有大丧事。”话说得太过分，县里认为她妖言惑众，把她逮捕入狱关了一个多月。她忽然在狱中哭着说：“刘表今天死了。”华容县与荆州相距几百里，县里的人立刻派骑马的兵吏去察看，刘表果然死了，于是县官就把她放了出来。她接着又吟唱道：“没想到李立成了贵重的人物。”后来没多久，曹操平定荆州，任命姓李名立字建贤的涿郡人为荆州刺史。

【简评】 曹操攻打荆州，是东汉末最重要的战役之一，奠定了后来三分天下的格局。建安十三年（208）秋天，曹操在许昌集合军队，准备乘破袁绍之势南击刘表，但刘表八月就去世了。曹操兵分多路，驻于新野。当时的荆州牧由刘表之子刘琮接任。他判断形势后，向曹操投降。曹操在荆州休整了一段时间后，转而预备东征孙权，这才有了后来孙刘联盟与曹军的决战。那场决战，名叫赤壁之战。其中最精彩的部分，就是中国人耳熟能详的火烧连营。

山鸣

建安七八年中，长沙醴陵县有大山常大鸣，如牛呴(hǒu)声，积数年[1]。《论语摘辅像》曰：“山土崩，川闭塞，漂沦移，山鼓哭，闭衡夷，庶桀合，兵王作。”[2]时天下尚乱，豪桀并争。曹操事二袁于河北；孙吴创基于江外；刘表阻乱众于襄阳，南招零、桂，北割汉川，又以黄祖为爪牙，而祖与孙氏为深仇，兵革岁交。十年，曹操破袁谭于南皮。十一年，走袁尚于辽东。十三年，吴禽黄祖[3]。是岁，刘表死，曹操略荆州，逐刘备于当阳。十四年，吴破曹操于赤壁。是三雄者，卒共参分天下，成帝王之业。是所谓“庶桀合，兵王作”者也。十六年，刘备入蜀，与吴再争荆州。于时战争四分五裂之地，荆州为剧，故山鸣之异作其域也。

【注释】 1.呴：吼叫。 2.衡：同“横”，梗塞，不顺。夷：毁灭。庶桀：众多桀骜之人。 3.禽：同“擒”，捕捉。

【译文】 建安七八年间，长沙醴陵县有座大山，常常发出巨大的鸣响，像牛吼叫的声音，这样持续了好几年。《论语摘辅像》说：“山土崩塌，河流封闭阻塞，漂散、沦落、迁移。山脉隆起号哭，闭塞、不顺、毁灭。桀骜之人会合，拥兵之王兴起。”当时天下还乱着，豪杰并起，彼此争夺。曹操在河北侍奉袁绍、袁术；孙吴在江南创立基业；刘表在襄阳镇压乱民，他在南面招抚零陵郡、桂阳郡的人，北面割据汉水一带，又以黄祖为帮手，而黄祖与孙氏有深仇，连年交兵。建安十年（205），曹操在南皮打败袁谭。十一年（206），他又让袁尚出奔辽东。十三年（208），吴国活捉了黄祖。这一年，刘表死了，曹操攻下荆州，在当阳追逐刘备。十四年（209），吴国在赤壁击败曹操。曹、刘、孙三雄，终于一起把天下分割成三份，建立了帝王大业。这就是“桀骜之人会合，拥兵之王兴起”了。建安十六年（211），刘备进入蜀地，再度与吴国争夺荆州。这个时期，因战争而四分五裂的地区，以荆州最为厉害。所以山发出鸣响的怪事在那个地域中发生。

【简评】 荆州位于三国之间，战略位置特别重要。赤壁之战后，刘备向孙权借荆州，久久不还。当时荆州由关羽驻守，孙权手下的将领陆逊设计调走关羽，派遣奇兵入城，夺下荆州。关羽亦被杀。刘备闻讯进攻孙吴，不幸大败，军事实力受到损伤，便无法再争夺荆州了。

本文中的《论语摘辅像》一段，半通不通，不易译解，它是一种谶纬之书。“谶”，指的是神秘的预言。而汉代的学者相信有经就有纬，以纬书来与经书对应，借此阐释新的思想。这两类知识虽然侧重点不同，但常常彼此结合，给儒生说经的文献包上一层神秘的外衣。谶纬之书在西汉末、东汉初流行了一段时间，后来渐渐亡佚，其思想内涵已很难完全了解，就连语言也不易读懂了。

妖怪篇之四

鹊巢陵霄阙

魏黄初中，有鹰生燕巢中，口爪俱赤。至青龙中，明帝为陵霄阙，始构，有鹊巢其上。帝以问高堂隆，对曰："《诗》云：'惟鹊有巢，惟鸠居之。'今兴宫室，起陵霄阙，而鹊巢之。此宫室未成，身不得居之象也。"

【译文】 魏国黄初年间，有鹰生在燕巢里，嘴爪都是赤色。到了青龙年间，魏明帝建造陵霄阙，刚造的时候，就有鹊在它上面筑巢。明帝向高堂隆问这事，高堂隆回答说："《诗经》中说：'那鹊有巢，鸠就去住。'现在开始建造宫室，筑起陵霄阙，鹊却来筑巢，这是宫室还没建成，自己就不能再居于其中的征兆。"

【简评】 魏明帝曹叡算是一位贤明的君主，但统治后期大兴土木。青龙这个年号持续了五年（233—237），此后，景初三年（239），明帝就病逝于洛阳，时年三十五岁。真所谓"宫室未成，身不得居"。

廷尉府鸡变

魏明帝景初二年，廷尉府中有雌鸡变为雄，不鸣不将[1]。是岁，宣帝平辽东，百姓始有与能之议，此其象也。然晋三后并以人臣终，不鸣不将，又天意也[2]。

【注释】 1.将：带领。 2.后：帝王。

【译文】 魏明帝景初二年（238），廷尉府中有雌鸡变为雄鸡，既不打鸣，也不率领群鸡。这一年，晋宣帝司马懿平定辽东，百姓中开始有了把国家交给有能力者的议论，雌鸡变雄鸡就是征兆。但晋代的宣帝、景帝、文帝都以人臣的身份终其一生，没有召唤、率领群雄，这又是天意。

【简评】 “百姓始有与能之议”，挑明了说，就是百姓认为不如把国家交给司马懿。如果不是“有能力者”的后裔建立了晋朝，这种话很难在历史记载中完整地保留下来。

青龙黄龙

自明帝终魏世，青龙黄龙见者，皆其主废兴之应也。魏土运，青木色也，而不胜于金，黄得位，青失位之象也[1]。青龙多见者，君德国运，内相克伐也，故高贵乡公卒败于兵[2]。

【注释】 1.魏土运：早期政治迷信中，流行五德终始之说。“五德”即木、火、土、金、水所代表的五种德运。战国时期齐国的阴阳家邹衍宣称每个朝代都有与五行相对应的德，也就是来自天意的合法性。早期的五德理论主张每一“德”彼此相克，王莽篡汉之后，一般采用五德相生之说。汉代为火德，火生土，因此曹魏的德运属土。 2.高贵乡公：曹髦，三国时期曹魏第四代皇帝。登基前曾被封为高贵乡公，故称。

【译文】 从明帝时代到魏灭亡，青龙、黄龙出现，都是当时君主废兴之事的感应。魏属土运，青是五行中木的颜色，而不能胜过金，这是黄得位、青失位的征兆。青龙多次出现，是因为君主之德和国家气数在内部相克相战。所以高贵乡公最终在战事中失败。

【简评】 曹髦时代，司马氏已经坐大，他不甘坐受废辱，谋求讨伐司马昭，但事机泄露，反而被司马昭镇压。双方在宫内遭遇，曹髦被一剑刺死在车上。他死后，只能以王礼下葬。而当时刺杀他的人，并没有因此获得泼天富贵，而是成为司马昭的替罪羊，落得族诛的下场。

鱼集武库屋上

魏齐王嘉平四年五月，有二鱼集于武库屋上，高贵乡公兵祸之应[1]。

【注释】 1.齐王：曹芳。武库：兵器库。

【译文】　魏国曹芳嘉平四年（252）五月，有两条鱼栖止在兵器库的房顶上。这是高贵乡公兵祸之事的预兆。

【简评】　魏明帝曹叡的亲儿子都没有活到成年，曹芳是其养子。景初三年（239）明帝逝世，曹芳即位，成了曹魏在位最久的君主，接替他的，就是高贵乡公曹髦。

大石自立

吴孙亮五凤二年五月，阳羡县离里山大石自立。孙皓承废故之家得位，其应也。

【译文】　吴国孙亮五凤二年（255）五月，阳羡县离里山的大石头自己立了起来。孙皓能继承过去已经荒废的家业，得到帝位，是大石头这件事应验了。

【简评】　孙皓是吴大帝孙权之孙，废太子孙和之子，也是东吴的最后一位皇帝。吴景帝孙休逝世时，太子年幼，所以大臣们拥立了他，这就是“承废故之家”。后来，吴国被晋所灭，孙皓投降，被封为“归命侯”。大石头竟然只管预兆他当上皇帝，不管预兆他失去帝位，实在是不够敬业啊。

荧惑星

吴以草创之国，信不坚固，边屯守将皆质其妻子，名曰“保质”[1]。童子少年，以类相与嬉游者，日有十数。永安二年三月，有一异儿，长四尺余，年可六七岁，衣青衣，来从群儿戏。诸儿莫之识也，皆问曰：“尔谁家小儿？今日忽来？”答曰：“见尔群戏乐，故来耳。”详而视之，眼有光芒，爚(yuè)爚外射[2]。诸儿畏之，重问其故，儿乃答曰：“尔恶我乎？我非人也，乃荧惑星也[3]。将有以告尔：‘三公锄，司马如。’[4]”诸儿大惊，或走告大人。大人驰往观之，儿曰：“舍尔去乎！”竦(sǒng)身而跃，即以化矣[5]。仰面视之，若引一匹练以登天。大人来者，犹及见焉，飘飘渐高，有顷而没。时吴政峻急，莫敢宣也。后四年而蜀亡，六年而魏废，二十一年而吴平，于是九服归晋[6]。魏与吴、蜀，并为战国，“三公锄，司马如”之谓也。

【注释】 1.信：信用。 2.爚爚：光彩耀目貌。 3.荧惑：火星，由于火星荧荧似火，行踪捉摸不定，故得名。火星是战争、死亡的代表。 4.锄：除去。如：语气助词，可理解为“焉”，或“乎”。 5.竦身：耸身，纵身向上跳。 6.九服：全国各地。

【译文】 吴国因为是刚刚建立的国家，信用不牢靠，驻守边疆的将领都把妻子儿女作为人质，名叫“担保人质”。每天有十几个儿童少年因为同样做人质而在一起玩耍。永安二年（259）三月，有一个奇异的小孩，身高四尺多，年纪大概六七岁，穿着青色的衣服，来跟孩子们玩耍。孩子们没有一个认识他的，都问："你是谁家的孩子，今天忽然来到这里？"他回答说："看见你们成群玩耍很开心，所以我来了。"仔细地观察他，他眼睛有光芒，光彩夺目，向外射出。孩子们都怕他，反复问他的来历，他才回答说："你们怕我吗？我不是人，而是火星。我有句话要告诉你们：'灭三公，司马家。'"孩子们大吃一惊，有的跑去告诉大人。大人便跑来看那孩子。那孩子说："我要抛下你们离开了！"纵身一跳，立刻就消失了。抬头看他，就像拖着一匹白练上了天。跑来的大人还来得及看见他。他飘飘然地渐渐升高，过了一会儿就看不见了。当时吴国的政局很严峻，没有人敢宣扬这件事。过了四年，蜀国灭亡了；过了六年，魏国被废了；过了二十一年，吴国被平定了。于是全国各地都归顺了晋朝。魏和吴、蜀都是与晋王朝交战的国家，这就是那句"灭三公，司马家"的所指。

【简评】　撇开灾异的政治预言，这其实是个结构完整、细节到位、描写精彩的故事。那主掌战争的火星还有着恻隐之心，下界来向孩子们发出预告。作为人类，我读这个故事时，也有一点恻隐之心：这些在吴国都城做质子的小孩儿们，在"二十一年而吴平"的时候，都成年了吧。他们会成为战争中无名的亡魂吗？

陈焦

吴孙休永安四年，安吴民陈焦死七日复生，穿冢出。此与汉宣帝同事。乌程侯皓承废故之家，得位之祥也。

【译文】 吴国孙休永安四年（261），安吴县的居民陈焦死了七天后复活，打穿坟墓爬了出来。这和汉宣帝的时候发生的事情一样。这是乌程侯孙皓继承过去已经荒废的家业，而获得帝位的征兆。

【简评】 孙皓在成为吴国君主前曾被封为乌程侯。在他下台之后，也没有获得庙号和谥号，所以过去的史家就用“乌程侯”或“归命侯”来指代他。

吴服制

吴景帝以后，衣服之制，长上短下[1]。又积领五六，而裳居一二[2]。上饶奢，下俭逼，上有余，下不足之妖也。故归命放情于上，百姓恻于下之象也[3]。

【注释】 1.吴景帝：即吴国第三任皇帝孙休。 2.领：领子，衣领。此处指上衣。 3.归命：指归命侯孙皓。

【译文】 从吴景帝孙休以后，衣服的形制是上长下短。又流行穿五六件上衣，而只穿一两件下裳。这是上位者富饶奢侈、在下者贫穷拮据，上位者财富有余、在下者财富不足的妖异。所以这是归命侯孙皓在上位纵情自在，而百姓身居卑位、心怀悲伤的征兆。

【简评】 孙皓即位后，初期政局清明，而中期取得了几次军事胜利后，他便信心大增，施政日渐残暴，虐杀大臣，国内矛盾频发，终至亡国。

鬼目菜

吴孙皓天纪三年八月，建业有鬼目菜生工黄狗家，依缘枣树，长丈余，茎广四寸，厚三分。又有荬菜生工吴平家，高四尺，厚三分，如枇杷形，上圆径一尺八寸，下茎广五寸，两边生叶绿色。东观案图，名鬼目作芝草，荬菜作平虑，遂以狗为侍芝郎，平为平虑郎，皆银印青绶[1]。明年，晋平吴，王濬（jùn）止船，正得平渚，姓名显然，指事之征也[2]。黄狗者，吴以土运承汉，故初有黄龙之瑞[3]。及其季年，而有鬼目之妖，托黄狗之家。黄称不改，而贵贱大殊，天道精微之应也。

【注释】 1. 东观：宫廷中贮藏档案、典籍和从事校书、著述的处所。案：查考。 2. 王濬：西晋大将，平定吴国的主力。 3. 土运承汉：出于五德终始之说，吴也认为自身以土德之运承袭汉代。参见本卷《青龙黄龙》条注释 1。

【译文】 吴国孙皓天纪三年（279）八月，建业工匠黄狗家长出了鬼目菜。这菜依附攀缘在枣树上，长一丈多，茎粗四寸，厚三分。工匠吴平家又长出了荬菜，高四尺，厚三分，形状像枇杷，上直径一尺八寸，下茎宽五寸，两边长出绿色的叶。朝廷的图书档案馆官员查考图籍后，把鬼目菜叫作“芝草”，把荬菜叫作“平虑”。于是朝廷任命黄狗做“侍芝郎”，吴平做“平虑郎”，都授予白银印章和系印的青色绶带。第二年，晋军平定吴国，王濬停船的地方就叫作“平渚”。地名和菜名相符，菜的出现，是王濬出兵之事的征兆。至于黄狗，则是因为吴以土德之运承袭汉代，所以开国初年有黄龙出现的祥瑞，到了末年，就有鬼目菜的妖异，出现在黄狗家中。黄的颜色没有改变，而黄龙和黄狗却贵贱悬殊，这是精微的天道感应。

【简评】 王濬上书请伐东吴，是公元279年四月之事。晋廷封他为龙骧将军，发兵至成都，他乘船沿长江东下，连克西陵、夏口、武昌，直抵建邺（即今南京），逼得孙皓出降。这件事在历史上极为著名，连唐诗都有以此为内容的怀古名篇，即刘禹锡《西塞山怀古》。那首诗如此写道：王濬楼船下益州，金陵王气黯然收。千寻铁锁沉江底，一片降幡出石头。人世几回伤往事，山形依旧枕寒流。今逢四海为家日，故垒萧萧芦荻秋。

妖怪篇之五

衣服车乘

晋兴后，衣服上俭下丰，又为长裳以张之，著衣者皆厌(yāo)褄盖裙[1]。君衰弱，臣放纵，下掩上之象也。陵迟至元康末，妇人出两裆，加乎胫之上，此内出外也[2]。为车乘者，苟贵轻细，又数变易其形，皆以白篾为纯，古丧车之遗象[3]。乘者，君子之器，盖君子立心无恒，事不崇实也。及晋之祸，天子失柄，权制宠臣，下掩上之应也。永嘉末，六宫才人，流徙戎翟，内出外之应也[4]。及天下乱扰，宰辅方伯，多负其任，又数改易，不崇实之应也。

【注释】 1.厌：压。褄：衣裙上的带子。 2.陵迟：衰败。两裆：背心的一种。 3.苟：随便，轻率。纯：美，善。 4.戎翟：对中国北方、西北等地部落的统称。这里指永嘉末年五胡乱华，匈奴等族建立的前赵政权劫掠中原，掳走宫女的事。

【译文】 晋王朝兴盛后，衣服上身短小、下身宽大，又做了长长的下裙来使它加长。穿上衣的人，衣带都覆盖住裙子。这是君主衰弱、臣下放纵，以下掩上的征兆。风气败坏到元康末年，女人把背心穿在外面，加长到小腿之上，这是把内衣当作外衣穿了。那时做车子的，随意地崇尚轻小，又几次改变它的形状，以在车上使用白色的竹篾为美，这是古代灵车留下来的形制。车是君子的用具。发生这种情况，大概是当时的君子没有恒心，做事也不务实。等到晋王朝发生祸乱，天子失去权柄，权力把控在宠臣手中，衣服以下掩上的事应验了。永嘉末年，六宫的女子都被蛮族掳走，内衣外穿的事应验了。等到天下混乱，宰相和地方长官大多承担了匡扶帝室的重任，但这些人的任免又改易了好几次，用车不务实的事应验了。

【简评】 古人经常在社会风气、流行趣味、奇异事件与王朝盛衰间建立联系。时代与它的征象当然有关，可不能从征象中强行建构本质关系。而且，这些征象往往在衰世中被视作预兆，在盛世中，就好像不复存在了。不妨思考其间的原因。

胡器胡服

自泰始以来，中国相尚用胡床、貊盘，及为羌煮、貊炙[1]。贵人富室，必置其器，吉享嘉会，皆此为先。胡床、貊(mò)盘，戎翟之器也；羌煮、貊炙，戎翟之食也[2]。戎翟侵中国之前兆也。太康中，天下文饰，以毡为絔(mò)头及带身、裤口[3]。于是百姓相戏曰："中国其必为胡所破也。"夫毡，胡之产者也，而今天下以为絔头、带身、裤口，胡既三制之矣，能无败乎？元康中，氐、羌反，至于永嘉，刘渊、石勒遂有中都。自后四夷迭据华土，是其应也[4]。

【注释】 1. 胡床：马扎，最早出自西域。貊盘：古代貊族装食物的盛器。羌煮：西北少数民族的饮食，一说为浓汤蘸鹿头肉。貊炙：西北少数民族的饮食，一说为烤全羊之类烤肉。 2. 戎翟：对中国北方、西北等地部落的统称。 3. 絔头：亦作"帞头""帕头"，古代男子束发的头巾。 4. 四夷：古代对中原周边各族的统称。

【译文】 从泰始年间以来，中原流行用胡床、貊盘，吃羌煮、貊炙。富贵人家，一定有这些食器；吉庆的飨宴和美好的盛会，都会首先吃这些东西。胡床、貊盘，是西北人的器具；羌煮、貊炙，是西北人的食物。这些风气都是他们侵入中国的先兆。太康年间，全国的人打扮起来，都用毛毡做头巾、腰带、裤脚口。于是人们都开玩笑说："中国一定会被胡人攻破吧。"毛毡，是胡地出产的东西，而全国拿它来做头巾、腰带、裤脚口，胡人已经从三个地方控制了中国，中国能不失败吗？元康年间，氐、羌反叛，到了永嘉年间，刘渊、石勒终于占有了都城。从此以后，外族先后入主中原领土，这是用毛毡做衣料之事的应验。

【简评】 泰始、太康、元康、永嘉，均是西晋（266—316）年号。当时，北方少数民族地区政权不断涌现，是这个故事的现实背景。自4世纪初，刘渊及李雄分别建立汉赵及成汉，至5世纪中叶北魏拓跋焘灭北凉为止，北方地区动荡不安。众多入主中原的民族中，以匈奴、羯、鲜卑、羌及氐为主，统称五胡。这些民族部落分布在西晋北方、西方的边陲地区，势力日渐增强，八王之乱后，开始攻击华北地区，史称五胡乱华。然后就是永嘉之乱，西晋王朝覆灭，宗室被杀殆尽，"四海南奔"。然后，《搜神记》作者干宝所处的东晋（317—420）时期拉开了帷幕。

方头履

昔初作履者，妇人员头，男子方头[1]。员者顺之义，盖作者之意，所以别男女也。履者，所履践而行者也。太康初，妇人皆方头履，言去其从，与男无别。

【注释】 1.履：鞋。员：圆形。这一义项后作“圆”。

【译文】 从前最先开始做鞋的人，把妇女的鞋做成圆头，男人的鞋做成方头。圆有顺从的意思，大概做鞋的人是想把男、女区别开来。鞋这种东西，是让人踩踏着它而走的。太康年间，妇女都穿方头的鞋，就是说要去掉那顺从的含义，女人与男人没有什么两样。

【简评】 在古代，“言去其从”是作为不祥的事情来记载的。幸而生于今日，要记得从不祥到平常，花了多少年的时光。

彭蜞化鼠

太康四年，会稽郡彭蜞及蟹皆化为鼠，甚众，覆野，大食稻为灾[1]。始成者有毛肉而无骨，其行不能过田塍(chéng)[2]。数日之后，则皆为壮。至六年，南阳获两足虎。虎者阴精，而居乎阳，金兽也；南阳，火名也[3]。金精入火，而失其形，王室乱之妖也。

【注释】 1.彭蜞：即蟛蜞，淡水产小型蟹类。学名是相手蟹。 2.田塍：即田埂。 3.金兽：古人相信五行各有对应的动物。金与白虎相应，所以说虎是金兽。南阳：地名，可从字面理解为“南方的太阳”，所以是“火名”。

【译文】 晋太康四年（283），会稽郡的蟛蜞和蟹都变成了老鼠，数量非常多，遍布田野，它们大吃水稻，成了灾。它们刚变成老鼠的时候，有毛有肉而没有骨头，还爬不过田埂。几天以后，就都长得很健壮了。太康六年（285），南阳郡有人捕获两只脚的老虎。老虎是阴气之精，但生活在阳气之中，它是金兽。南阳，是火的名称。金的精气进入火，失去了它原有的形状，这是晋王室变乱前的妖异。

【简评】 这样的灾异故事，历朝历代都有很多。而干宝何以特别热衷于选录和记载西晋时期的呢？一方面，可能是因为时代较近，文献留存较多；另一方面，应该也因为那是属于他的“近现代史”，对他而言，西晋的灭亡，只是不久前的往事，动荡的北方政局，甚至还是持续的现实。

鲤鱼现武库

太康中，有鲤鱼二枚，现武库屋上。武库，兵府；鱼有鳞甲，亦是兵之类也[1]。鱼又极阴，屋上太阳，鱼现屋上，象至阴以兵革之祸干太阳也[2]。及惠帝之初，诛太后父杨骏，矢交宫阙，废太后为庶人也，死于幽宫[3]。元康之末，而贾后专制，谤杀太子，寻亦废故。十年之间，母后之难再兴，自是祸乱构矣[4]。京房《易妖》曰：“鱼去水，飞入道路，兵且作。”

【注释】 1.类：同类。 2.兵革：武器和盔甲，泛指战争。 3.太后：指晋武帝皇后杨芷。矢：箭。 4.构：造成。

【译文】 太康年间，有两条鲤鱼出现在武库的屋顶上。武库是藏兵器的库房，鱼有鳞甲，也与兵器同类。鱼又是极阴的东西，而屋顶上阳气极盛，鱼出现在屋顶上，象征极阴因战争灾祸冲犯了极阳。到晋惠帝初年，诛杀太后的父亲杨骏，乱箭交飞于宫殿之中。把太后废黜为平民，她死在深宫之中。元康末年，贾后独擅大权，诽谤杀害了太子，不久贾后也被废黜而死。十年之间，与皇后有关的灾难发生了两次，从此以后，就造成了祸乱。京房《易妖》说："鱼离开了水，飞到道路上，兵乱就将要发生。"

【简评】 杨芷是晋武帝的第二任皇后，而贾后即晋惠帝之妻，也就是杨芷名义上的儿媳妇。晋惠帝低智，武帝过世后，杨芷与其父杨骏专权。贾后意欲夺权，便声称杨骏谋反，杨芷同谋，这就是她饿死于深宫的原因。到了贾后专权的时代，她没有儿子，却谋害了太子，引发朝臣反对，终于被废黜、毒杀。

晋世宁舞

太康之中，天下为《晋世宁》之舞。其舞，抑手以执杯盘而反覆之，歌曰："晋世宁，舞杯盘。"总干山立，武王之事也；发扬蹈厉，太公之志也；《武》乱皆坐，周、召之治也[1]。其治民劳者，舞行缀远；其治民逸者，舞行缀近。今执杯盘于手上而反覆之，至危也。杯盘者，酒食之器也。而名曰《晋世宁》者，言时人苟且酒食之间，而其智不及远，如器在手也。

【注释】 1.总干：持着盾牌。总，持；干，盾牌。乱：乐章的尾声叫作乱。

【译文】 太康年间，全国都跳《晋世宁》舞。跳那种舞，要压着手拿着杯盘翻转，歌唱："晋代安宁，舞动杯盘。"持着盾牌，像山似的正立，是象征周武王总领天下之事；精神奋发，意气昂扬，是象征太公望坚定的意志；《武》乐终结，大家都坐下，象征周公、召公的文治。凡是治下人民劳苦的诸侯，观赏的舞，舞蹈者的行距远；凡是治下人民安逸的诸侯，观赏的舞，舞蹈者的行距近。现在舞蹈者用手拿住杯盘翻转，是非常危险的事情。杯盘是盛装酒食的器具，而给这样的舞蹈取名为《晋世宁》，就是说当时之人在酒食之间苟且偷生，他们的见识短浅，就如同杯盘的安危寄托在舞蹈者的手中。

【简评】 跳舞的人没有什么错，他们甚至在用行动支持晋王朝，毕竟舞蹈的名字叫作"晋世宁"。讽刺的是，后人说，是这叫作"晋世宁"的舞预兆了晋王朝的不安宁。

折杨柳

太康末，京洛始为《折杨柳》之歌[1]。其曲始有"兵革苦辛"之辞，终以禽获斩截之事。后杨骏被诛，太后幽死，“折杨”之应也。

【注释】 1.京洛：指太康年间西晋的都城洛阳。西晋末期，曾短暂迁都至长安。在干宝的逻辑里，京洛可以指长安、洛阳两地；而在太康时期，则应该指洛阳一地。

【译文】 太康末年，洛阳开始唱《折杨柳》歌，这首曲子开始有“战乱痛苦”的词句，最后以被擒、斩杀的事情结尾。后来杨骏被杀，杨太后被禁闭而死，是“折杨”应验了啊。

【简评】 其实，《折杨柳》是乐府旧题，传说汉代张骞从西域引入《摩诃兜勒曲》，李延年因之作新声二十八解，以为武乐，其中即有此曲，并非西晋时的新乐调。不过，曲调如旧，而词可以随时创作。所以西晋版本的《折杨柳》开始歌唱战争之苦。

江南童谣

太康后，江南童谣曰：“局缩肉，数横目，中国当败吴当复。”又曰：“宫门柱，且莫朽，吴当复，在三十年后。”又曰：“鸡鸣不拊翼，吴复不用力。”[1]于时吴人皆谓在孙氏子孙，故窃发乱者相继。按“横目”者“四”字，自吴亡至元帝兴，几四十年，皆如童谣之言[2]。“局缩肉”，不知所斥。

【注释】 1.鸡鸣不拊翼：鸡叫的时候都不拍打翅膀。拊，击。 2.元帝：晋元帝司马睿，东晋的第一位皇帝。

【译文】 太康时期以后，江南的童谣说："局缩肉，数横目，中国当败吴当复。"又说："宫门柱，且莫朽，吴当复，在三十年后。"还说："鸡鸣不拊翼，吴复不用力。"当时吴地的人都认为吴国的复兴要靠孙姓子孙，所以暗中作乱的孙家后人彼此相继。按，把"目"字横过来就是"四"字。从孙吴灭亡到司马睿兴起，将近四十年，都像童谣说的那样。"局缩肉"，不知道指什么。

【简评】 西晋时期，孙吴政权虽已覆灭，江南地区仍然有很多人利用孙吴的旗号反抗中原统治。这里却说，最后复兴了江南的，仍是晋王朝的后裔，即东晋开国帝王司马睿。这则故事也见于《宋书》。史官说，"局缩肉"是直骂元帝是一团怯懦退缩的肉。史官还说，干宝的"不知道"不是真不知道，而是不敢知道，"盖讳之也"，因为他就生活在晋元帝、晋明帝父子的时代。

妇人移东方

太康后，天下为家者，移妇人于东方，空莱北庭，以为园囿[1]。夫王朝南向，正阳也；后北宫，位太阴也；世子居东宫，位少阳也。今居内于东，是与外具南面也。亢阳无阴，妇人失位而干少阳之象也。贾后谗戮愍怀，俄而祸败亦及[2]。

【注释】 1.天下为家者：指皇帝。空莱北庭：把北庭腾空出来，让它长草。莱，动词，长草之意。园囿：皇家花园。 2.戮：杀。愍怀：指司马遹，晋惠帝司马衷唯一的儿子。惠帝即位后册立其为皇太子。后被皇后贾南风阴谋废黜，数月后更被杀害，谥为愍怀太子。

【译文】 太康年后，皇帝把妇人住处移到宫廷的东面，把北庭空出来，让草木生长，把它当成皇家花园。天子的朝廷面向南，是处于正阳之位；王后居于北宫，是处于太阴之位；太子居于东宫，是处于少阳之位。现在让内人住在东方，是让女子和男子都朝南。阳气亢胜而没有阴气，是妇人没有处在自己的地位而干犯了少阳之位的征兆。贾后用谗言杀害了愍怀太子，不久灾祸与失败也及于自身。

【简评】 假如一定要讲道理的话，“女性住在东面就会干犯了男性地位”之类的想法是一种普遍的理论，而贾后干政是特定的事件。如果一种理论在一段时期内只能得到这一次验证，它几乎就是无效的。当然，本来就不必总是对历史文献讲道理。

炊饭化螺

永熙初，卫瓘家人炊饭，堕地，尽化为螺，出足起行。螺被甲，兵象也，于《周易》为《离》，《离》为戈兵。明年，瓘诛。

【译文】 永熙初年（290），卫瓘家人煮饭，饭掉到地上，全都变成了螺，伸出足爬行。螺披有甲壳，是有兵事的征兆。在《周易》中属于离卦，离卦预示着戈兵之事。第二年，卫瓘被诛杀。

【简评】 卫瓘曾先后出仕魏国与西晋，在西晋期间，入朝任尚书令，官至太保。他也是因阻拦贾后专权，受其诬陷，才被楚王司马玮所杀。当时，司马玮假作诏命，召集诸军，派清河王司马遐去抓卫瓘。卫瓘身边的人怀疑诏命真伪，谏请卫瓘不必伏诛。但他认为事态已经恶化，就放弃了抵抗，子孙九人一起赴死。讽刺的是，司马玮擅杀卫瓘之后，随即就被贾后以此为由诛杀。不知道他家的米饭，是否也曾经变作了螺。

吕县流血

元康五年三月，吕县有流血，东西百余步。至元康末，穷凶极乱，僵尸流血之应也。后八载而封云乱徐州，杀伤数万人，是其应也。

【译文】 元康五年（295）三月，吕县有鲜血流淌，从东到西长一百多步。到元康末年，凶乱之事到了极限，是僵尸、流血那些预兆应验了。此后第八年，封云起兵攻打徐州，杀伤了几万人，这是流血之事应验了。

【简评】 古人很愿意相信流血是兵灾的征兆，这也是一例。封云是临淮

（今江苏盱眙附近）人，西晋末年起义。太安二年（303），石冰攻扬州，封云起兵攻徐州呼应。后来石冰兵败，依附封云，最后二人都被封云的部将所杀。

高原陵火

元康八年十一月，高原陵火[1]。太子废，其应也。汉武帝世，高园便殿火，董仲舒对，与此占同[2]。

【注释】 1. 高原陵：晋宣帝司马懿的陵墓，位于今河南洛阳北邙首阳山。2. 高园：汉高祖长陵寝园的别称。便殿：正殿以外的别殿。

【译文】 元康八年（298）十一月，司马懿的陵墓起火。太子被废，是这件事应验了。汉武帝时代，汉高祖长陵的高园别殿起火，董仲舒的对答与这征兆相同。

【简评】 许多历史文献本来的意义已经随时光流逝而不再重要了，却意外地成为学者们讨论其他史实的佐证材料。汉武帝时，高园别殿起火，董仲舒曾上书，批评寝殿不应在陵墓旁边，恰恰证明了西汉早期先帝的寝殿坐落在陵墓旁边——这倒是重要的礼制问题和建筑史问题。

周世宁

元康中，安丰有女子曰周世宁，年八岁，渐化为男，至十七八而气性成。女体化而不尽，男体成而不彻，畜妻而无子。

【译文】 晋惠帝元康年间，安丰郡有个女子叫周世宁，八岁的时候，逐渐变成男人。到十七八岁，气质性情发育成熟，女性器官变化了但没有完全消除，男性器官长成了却没有长得彻底，娶了妻子而没有子女。

【简评】 这只是一个性别特征变异的人。

缬子髻

元康中，妇人结髻者，既成，以缯急束其环，名曰“缬子髻”。始自中宫，天下翕然化之[1]。及其末年，有愍怀之事。

【注释】 1.翕然：一致。化之：被流行的风气感化。

【译文】 元康年间，妇人盘发髻的，盘好之后，用缯紧紧束系发髻环，这种发型称为“缬子髻”。它起源于宫中，后来天下人全都那样束发了。到了元康末年，就有了愍怀太子被害的事。

五兵佩

元康中，妇人之饰有五兵佩。又以金银、象角、玳瑁之属为斧钺戈戟，而戴之以当笄[1]。男女之别，国之大节，故服物异等，贽币不同[2]。今妇人而以兵器为饰，又妖之大也。遂有贾后之事，终以兵亡天下。

【注释】 1.玳瑁：有时也称龟甲，一种海龟的背甲。笄：古代女子用以装饰发耳的一种簪子。 2.贽币：见面礼，泛指各种礼品。

【译文】 元康年间，妇女的饰品有仿照五种兵器形状而制成的五兵佩。又用金银、象牙、兽角、玳瑁之类，做成斧、钺、戈、戟的形状，把它当作簪子戴。男女之间的分别，是国家的重大礼节，所以穿的、用的等级不同，各种礼品也都不同。现在妇女把兵器作为饰品，是极其反常的大妖异。于是有了贾后的事情，西晋终究因兵乱而失去了天下。

【简评】 1981年内蒙古原乌兰察布盟达尔罕茂明安联合旗西南西河子出土了一件金链，其上缀有两个小盾、两个小戟、一个小钺和一对小梳子。学者指出，它就是五兵佩的传世实物。

江淮败屩

元康之末，以至于太安之间，江淮之域有败屩(juē)自聚于道，多者或至四五十量[1]。余尝视之，使人散而去之，或投林草，或投渊谷。明日视之，悉复聚矣。民或云见狸衔而聚之，亦未察也。说者曰：夫屩者，人之贱服，最处于下，而当劳辱，下民之象也。败者，疲弊之象也。道者，地理四方，所以交通王命，所由往来也[2]。今败屩聚于道者，象下民罢病，将相聚为乱，绝四方而壅(yōng)王命[3]。在位者莫察。太安中，发壬午兵，百姓嗟怨[4]。江夏男子张昌遂首乱荆楚，从之者如流。于是兵革岁起，天下因之，遂大破坏。

【注释】 1.屩：古代一种草编的鞋履。量：通“緉”，双。 2.道者，地理四方，所以交通王命，所由往来也：此遵李剑国标点，可能有误。疑应作：道者地理，四方所以交通，王命所由往来也。 3.罢：古同“疲”，累。壅：阻挡。 4.壬午兵：兵制名。西晋太安二年（303）晋惠帝颁下诏书，征荆州武勇之人入蜀镇压李流，号“壬午兵”。

【译文】 元康末年到太安年间，长江淮河流域，有破草鞋自己积聚在道路上，多的地方竟达四五十双。我曾经去看，让人把它们丢散分开，有的扔进树林草丛中，有的扔进深渊或山谷。第二天再去看，它们又全部再度聚拢起来了。有百姓说看见狐狸把它们衔起来积聚在一起，我也没有去查验。议论此事的人说：“草鞋是低等的服装，在人身的最底下，而承担着劳苦的事，它是平民百姓的象征。破了是困苦穷乏的象征。道路是土地的纹理，四方靠它来交往，帝王的命令靠它来传送。现在破草鞋积聚在道路上，象征着老百姓疲乏困苦，将要聚集起来造反，断绝各地的交往而阻挡帝王的谕旨下达。”在位的人没有察觉这种异象。太安年间，惠帝征召了壬午兵，人民都叹息怨恨。江夏的男子张昌于是率先在荆楚一带作乱，追从他的人像流水一样。从那以后，兵祸连年不断，天下都顺应着这种形势，终于导致了严重的破败、毁坏。

【简评】 晋惠帝征召壬午兵，要求人们从今天的湖北江陵一带出发，远赴四川成都去征讨李流。对安土重迁的人来说，这是巨大的心理伤害。当时有“荆州蛮”张昌聚众在湖北云梦一带起义，拥立了一位“天子”刘尼，自称为相国，流民和躲避征兵服役的人往往有投靠他的，几个月间就号称三万部卒。最后张昌被击败而杀死。

石来

太安元年，丹杨湖熟县夏架湖，有大石浮二百步而登岸[1]。民惊噪，相告曰：“石来！”寻有石冰入建邺。

【注释】 1.丹杨：即丹阳，郡名，三国吴时移治建业（今江苏南京），西晋以后辖境渐小。

【译文】 太安元年（302），在丹阳郡湖熟县夏架湖，有块大石头漂浮了二百步，登上了湖岸。百姓惊叹喧嚷，互相传话说："石头来了！"不久就有石冰攻进建邺的事。

【简评】 石冰是张昌的部将，奉命率军攻扬州，又攻破江州。封云起兵响应张昌后，占领了徐州。因此，张昌的部队一度占领过长江中下游荆、江、徐、扬、豫五州的大部分地区。

云龙门

太安元年四月癸酉，有人自云龙门入殿前，北面再拜曰："我当作中书监。"即收斩之。夫禁庭，尊秘之处，今贱人径入而门卫不觉者，宫室将虚，而下人逾之之妖也。

【译文】 太安元年（302）四月癸酉日，有个人从云龙门进宫走到大殿之前，朝北拜了两次，说："我应该任中书监之职。"宫里的人马上就把他逮住杀了。所谓禁廷，是尊贵禁秘的地方，现在下贱的人径直闯进去而守门人没发觉，这是宫廷将空虚、下贱的人逾越规矩的妖异。

【简评】 顾炎武《日知录》有一条说，"自古国家中叶，多有妖人阑入宫禁之事"，并在举例时引及此条。意思是说，宫外的小人物闯进宫的事情，并非绝无仅有，而是史不绝书的。当然，史所以书，也常常是因为把这些事当成了国家将要灭亡的先兆。

张骋牛言

太安中，江夏郡功曹张骋，乘车周旋，牛忽言曰："天下方乱，吾甚极为，乘我何之？"[1]骋及从者数人皆惊惧，因绐(dài)之曰："令汝还，勿复言。"[2]乃中道还。至家，未释驾，犬又言曰："归何早也？"[3]骋益忧惧，秘而不言。安陆县有善卜者，骋从之，卜人曰："大凶，非惟一家之祸，天下将有兵起，一郡之内皆破亡乎？"骋还家，牛又人立而行，百姓聚观者众。其秋，张昌贼起，先略江夏，诳曜百姓，以汉祚复兴，有凤凰之瑞，圣人当出，从军者皆绛抹额，以彰火德之祥[4]。百姓波荡，从乱如归。骋兄弟并为将军、都尉，未期而败。于是一郡残破，死伤者大半，而骋家族灭矣。京房《易妖》曰："牛能言，如其言占吉凶。"

【注释】 1.周旋：进退。极：着急。为：用于句尾，表示感叹。 2.绐：欺骗。 3.释驾：解下拉车的牲口。 4.诳曜：欺骗迷惑。火德：以五行中的火来附会的王朝运势。早期有"五德终始"的说法，汉朝对应着火德。

【译文】 太安年间，江夏郡功曹张骋坐着车赶路，拉车的牛忽然说道："天下将乱，我很着急啊。你坐着我拉的车要去什么地方？"张骋和他的几个随从都惊慌害怕，就哄骗它说："让你回去，你别再说话了。"于是半路而回。到了家，还没有解下拉车的牛，狗又说道："为什么回来这么早？"张骋更加担忧害怕了，便把这事藏起来不说。安陆县有个善于占卜的人，张骋到他那里去占卜。占卜的人说："非常不吉利。这不是一家一户的祸患，国家将有战乱发生，整个郡都要破败灭亡了吧?”张骋回到家里，牛又像人一样站起来行走，来围观的百姓很多。那年秋天，张昌起兵造反，先占据了江夏，欺骗迷惑百姓，说因为汉朝的国运又要兴盛了，有凤凰来临的吉兆，圣人将要出来了。参军的人都戴红头巾，用来显示火德的吉兆。百姓流离迁徙，跟着他作乱，就像回家一样平常。张骋兄弟两人都在张昌手下做了将军、都尉，不久就失败了。于是整个郡都遭毁灭，死伤的人数超过了一半，而张骋一家被灭族。京房《易妖》说："牛能说话，依照它的话，可以预测吉凶。"

【简评】　“天下将乱，我很着急”，其实是时人的心声吧。

戟锋皆火

成都王之攻长沙也，反军于邺，内外陈兵，是夜戟锋皆有火，遥望如悬烛，就则亡焉[1]。

【注释】　1.成都王：司马颖。长沙：指长沙王司马乂。反：同“返”。

【译文】　成都王攻打长沙王的时候，还军到邺县，在城内外都布下军阵。这一夜，戟锋都有火光，遥望好像挂着的蜡烛，走近一看火光就没有了。

【简评】　这个故事有一个著名的历史背景，即西晋末年，司马家帝室诸子的“八王之乱”。具体到这一阶段，先是齐王司马冏被长沙王司马乂打败，司马乂对司马颖表示顺从，互相掣肘。再是河间王司马颙怂恿司马颖联军攻打司马乂，最后司马颖和司马颙获胜，司马颖被立为皇太弟。

生笺单衣

永嘉以来，士大夫竞服生笺单衣。识者怪之曰：“此古穗(cuī)衰之布，诸侯大夫所以服天子。”[1]其后愍、怀晏驾[2]。

【注释】 1.穗衰：一种丧服，专为诸侯之臣跟天子之丧而设。 2.愍、怀：晋愍帝司马邺、晋怀帝司马炽。晏驾：古代帝王死亡的讳辞。

【译文】 永嘉年间，士大夫争着穿生丝细布做的单衣。有见识的人对此感到很奇怪，说：“这是古代特定丧服用的布，是诸侯、大夫为天子服丧时穿的啊。”后来晋愍帝、晋怀帝就死了。

【简评】 晋怀帝是西晋第三任皇帝。永嘉五年（311），前赵政权的皇帝刘聪率军队攻入洛阳，晋怀帝在逃往长安途中被俘，这就是永嘉之乱。晋怀帝后来被毒杀。晋愍帝是西晋最后一任皇帝，在怀帝被杀的消息传到长安后即位，后来也被刘聪所俘，于平阳遇害。

无颜帢

昔魏武军中，无故作白帢（qià），此丧征也[1]。缟素，凶丧之象；帢，毁辱之言也[2]。盖革代之后，攻杀之妖也。初为白帢，横缝其前以别后，名之曰“颜”，俗传行之。永嘉初，乃去其缝，名“无颜帢”。其后二年，四海分崩，下人悲叹，无颜以生也。

【注释】 1.帢：古代士人戴的一种丝织的便帽。 2.缟素：白色衣服。

【译文】 过去魏武帝的军队中，无缘无故地做起白色便帽来。这是不吉利的征兆。白色衣服是有丧事的象征，帢是诋毁侮辱的难听话。制作这样的服饰，是在朝代更替之后，互相攻杀而出现的妖异。开始做白帽子的时候，横向缝住它的前面，用来与它的后面相区别，大家把前端称为“颜”，当时便流行这种帽子。到永嘉初年，渐渐地放弃了那条缝，帽子就叫作“无颜帢”。此后两年，国家分崩离析，穷苦之人悲叹着说：无颜再活着了。

男女二体

惠、怀之世，京洛有人，一身而有男女二体，亦能两幸，而尤好淫。天下兵乱，由男女气乱而妖形作也。当中兴之间，又有女子，其阴在腹肚，居在扬州，亦性好淫色。故京房《易妖》曰：“人生子，阴在首，则天下大乱；若在腹，则天下有事；若在背，则天下无后。”

【译文】 晋惠帝、晋怀帝的时候，洛阳有个人，一个身体上长着男、女两性的器官，能与女人交媾，也能与男人交媾，而本性特别爱好淫乱。天下的战乱是由于男、女的元气混乱，奇异的形象出现之故。到晋元帝中兴晋室的时候，又有个女子，性器官长在腹部，她住在扬州，本性也喜欢纵欲淫乱。所以京房《易妖》说：“人生下孩子，若性器官长在头上，那么国家就会大乱；如果长在腹部，那么国家就有战事发生；如果长在背上，那么国家就没有继承人了。”

任侨妻

建兴四年，西都倾覆，元皇帝始为晋王，四海宅心[1]。其年十月二十二日，新蔡县吏任侨妻胡氏，年二十五，产二女，相向，腹心合，自胸以上脐以下分。此盖天下未壹之妖也。时内史吕会上言：“案《瑞应图》云：‘异根同体，谓之连理；异亩同颖，谓之嘉禾。’草木之异，犹以为瑞，今二人同心，天垂灵象。故《易》云：‘二人同心，其利断金。’休显见生于陕东之国，斯盖四海同心之瑞，不胜喜跃，谨画图上[2]。”时有识者哂之。君子曰：智之难也。以臧文仲之才，犹祀爰居焉[3]。布在方册，千载不忘，故士不可以不学[4]。古人有言：“木无支，谓之瘣(huì)；人不学，谓之瞽(gǔ)。”[5]当其所蔽，盖阙如也[6]。可不勉乎！

【注释】 1.宅心：归心。 2.休显：荣耀，显赫。 3.臧文仲：春秋时期鲁国著名的贤大夫，服事过鲁庄公、鲁闵公、鲁僖公、鲁文公四位国君。祀爰居：臧文仲看见一只漂亮的大鸟，以为是凤凰，让人祭祀它。海鸟的名字叫爰居。 4.布：传布。方册：典籍。 5.瘣：树木的病，表现是没有枝条。瞽：瞎。 6.蔽：蒙蔽，指不知道。阙如：空缺。

【译文】 晋愍帝建兴四年（316），西都长安覆灭，晋元帝刚即晋王位，国内归心。那年十月二十二日，新蔡县县吏任侨的妻子胡氏，二十五岁，生下两个女儿，互相面对着，腹部和心脏合在一起，从胸以上、脐以下，彼此分开。这大概是预示天下没有统一的妖异。当时内史吕会禀告说：“按《瑞应图》上说：‘不同的根而共生一个枝干，叫作连理；不同田垄里的禾苗生出同一个穗子，叫作嘉禾。’草木之类，尚且看作祥瑞，现在两个人同一颗心，这是上天降下的神异现象，所以《易经》说：‘两个人同心，那锋锐的程度可以斩断金属。’荣耀、显赫的事出现在陕地以东的封国，这大概是国内同心的吉兆。我无法抑制喜悦和激动，谨将这两个女孩的形状画成图呈上。”当时有见识的人都笑他。君子评论说：“通晓事理实在很难啊。以臧文仲的才智，尚且会祭祀海鸟。事迹传布在书籍上，人们千载难忘。所以人不能不学习。古代的人说过这样的话：‘树木没有枝叶叫作瘣，人不学习叫作瞎。’对自己不了解的东西，就该付诸阙如。人难道可以不努力吗？”

【简评】 这不过是一对连体婴儿，被别有用心的马屁精利用来阿谀朝廷。所幸当时“有识者哂之”。不同的时代，都有吕会那样的人。幸好，“有识者”也都一样存在。至此，西晋末年的动乱故事告一段落，以下故事都发生在东晋元帝时代，是干宝（？—336）很可能亲耳听到过的了。

淳于伯冤气

建武元年六月，扬州旱。去年十二月丙寅，丞相府斩督运令史淳于伯，血逆流上柱二丈三尺[1]。其年即旱，而太兴元年六月又旱。杀伯之后旱三年，冤气之应也。

【注释】 1.丞相：指晋元帝司马睿。在晋愍帝被害消息传到江南前，司马睿任职丞相，后即位。

【译文】 建武元年（304）六月，扬州大旱。前一年十二月丙寅日，丞相斩杀了督运令史淳于伯，他的血倒流，喷上柱子二丈三尺，那年就发生了旱灾。太兴元年（318）六月，又发生了旱灾。杀掉淳于伯后连旱三年，就是那冤气的报应。

【简评】 淳于伯被杀的来龙去脉见于《晋书》。晋愍帝被掳走后，司马睿宣称要北伐。淳于伯任督运令史，负责督运物资，但被指延误，又有收受贿赂的行为，遂被军法处死。他的儿子提出了几条理由进行申诉，没有被允准。不过，从申诉内容来看，淳于伯贪污可能是实，延误则或多或少是因为司马睿的北伐并未即刻落实，而他没有及时作出应战的表现，才被当作了典型。

王谅牛

大兴元年三月，武昌太守王谅，有牛生子，两头八足，两尾共一腹。不能自生，十余人以绳引之，子死母活。其三年后死。又有牛生，一足三尾，生而死也。

【译文】　大兴元年（318）三月，武昌郡太守王谅家，有牛生下小牛，那小牛有两个头、八条腿，两条尾巴长在同一个腹部上。母牛无法自己生产，十多个人用绳子把小牛拉了出来。小牛死了，母牛活了下来。三年后母牛死了。又有一头牛生小牛，小牛有一条腿、三条尾巴，生下来就死了。

太兴地震

元帝太兴元年四月，西平地震，涌水出。十二月，庐陵、豫章、武昌、西陵地震，涌水出，山崩。王敦陵上之应也[1]。

【注释】 1.陵：凌驾。

【译文】 元帝太兴元年（318）四月，西平郡发生地震，地下水涌出地表。十二月，庐陵、豫章、武昌、西陵发生地震，地下水涌出地表，山岭崩塌。这是感应到了王敦凌驾于皇帝之上的事。

【简评】 王敦是东晋丞相王导的堂兄，他们两人协助司马睿建立了东晋政权。王敦一直有反叛之心，说他“凌驾于皇帝之上”，不算过分。

陈门牛生子两头

元帝大兴中，割晋陵郡封少子，以嗣太傅东海王[1]。俄而世子母石婕妤疾病。使郭璞筮之，遇《明夷》之《既济》，曰[2]：“世子不宜裂土封国，以致患悔，母子并贵之咎也。法所封内，当有牛生一子两头者，见此物则疾瘳(chōu)矣[3]。”其七月，曲阿县陈门牛生子两头，郡县图其形而上之。元帝以示石氏，石氏见而有间[4]。或问其故，曰：“晋陵王土，上所以受命之邦也。凡物莫能两大，使世子并其方，其气莫以取之。故致两头之妖，以为警也。”

【注释】 1.少子：晋元帝少子司马冲。 2.遇《明夷》之《既济》：得到了明夷卦和既济卦。明夷、既济都是《周易》中的卦名。明夷卦卦形为䷣，由地和火上下相叠而成，这是占卜中得到的正卦。然后用特定方法确定从下向上数第五爻为动爻，需要反转其阴阳而得到变卦，则得到既济，卦形为䷾，由水和火上下相叠而成，所以作者说先后得到了两个卦象。用《周易》占卜时，都需要先得到正卦，再确定动爻并得到变卦，综合考虑两卦而预测未来的吉凶。 3.瘳：病愈。 4.有间：疾病稍稍减轻。

【译文】 晋元帝大兴年间，晋元帝将晋陵郡封给小儿子司马冲，让他做了太傅、东海王司马越的嗣子。不久，东海王世子的母亲石婕妤生病了。元帝让郭璞卜卦算命，得到了明夷卦和既济卦。郭璞说："东海王世子不应该被分封到诸侯国，招致担忧和悔吝，这是母亲、孩子都贵重的错咎。在依照法度他应得到的封地之内寻找，会有牛生下一头长着两个脑袋的小牛。看到这个东西，石婕妤的病就会好。"这年七月，曲阿县陈门的牛生下了长着两个头的小牛，郡县官员把它的形状画下来上呈，元帝把画拿给石婕妤看，她看后就好了起来。有人问这是什么缘故，郭璞回答说："晋陵是皇上的土地，也是皇上接受天命当上皇帝的地方。凡事没有能两头坐大的。让世子也去领晋陵郡，他的元气不足以获得它。所以招致了长两个头的妖怪，用来作为警示。"

【简评】 东海王司马越世子司马毗不知生死，于是晋元帝以司马冲继司马毗后，称东海世子。元帝的另一个儿子司马绍被立为太子。当时，已有反心的王敦曾经谋求废太子，改立司马冲为太子，想在以后寻找机会再废太子而自立。学者指出，本则故事看似是平常的妖异，其实，郭璞的卦象存在警诫之意，暗示着"不能两头坐大"，也就暗示着当时的人隐约担心王敦要拥立司马冲以自谋。

武昌灾

元帝太兴中，王敦镇武昌，武昌灾。火起，兴众救之，救于此而发于彼，东西南北数十处俱应，数日不绝。此臣而君行，亢阳失节。是为王敦陵上，有无君之心，故灾也。

【译文】　晋元帝太兴年间，王敦镇守武昌，武昌发生了火灾。火烧起来，王敦便发动群众救火，但这儿扑灭了，那儿却又燃烧起来，东西南北，几十个地方都烧起来了，几天也没熄灭。这就是臣下行君主之事，阳气太盛，失去了节制。是因为王敦凌驾于皇帝之上，有无视君主的野心，所以才会发生火灾。

【简评】　王敦的故事不知是幸运还是不幸。他谋求夺权已经很久，起事后却生了病，尚未称帝就被晋明帝司马绍讨伐，最终以五十九岁病亡。

中兴服制

晋中兴，著帻者以带缚项[1]。下逼上，上无地也。作裤者直幅为口，无杀，下大失裁也[2]。王敦之征。

【注释】 1.中兴：指晋元帝司马睿建立东晋。 2.杀：收束。

【译文】 东晋建立的时候，戴帽子的人用帽带缚住脖子。这是下面逼迫上面，上面无地自容了。做裤子的用整幅的布做裤脚，不做收束，下半边完全没有剪裁好。这都是王敦叛乱的征兆。

【简评】 东晋有“王与马共天下”之说，即地方势力王导、王敦与司马氏一同主导政局。这种权力的平衡，双方本来可能心知肚明。随着王敦也有了“司马昭之心”，维护帝王的权威问题就被放到台面上来了。在各种生活中的时髦事物里找征兆，可能是事前造势，也可能是事后归因。

仪仗生华

王敦在武昌，铃下仪仗生华，如莲花状，五六日而萎落[1]。说曰：“铃阁，尊贵者之仪；铃下，主威仪之官[2]。《易》称：‘枯杨生华，何可久也。’今狂花生于枯木，又在铃阁之间，言威仪之富，荣华之盛，皆如狂花之发，不可久也。”其后终以逆命，没又加戮，是其应也。

【注释】 1.铃下：指门卫、侍从。华：同“花”。 2.铃阁：指翰林院以及将帅或州郡长官办事的地方。

【译文】 王敦在武昌的时候，侍从所持的仪仗上开出花来，像莲花的样子，五六天就凋谢了。有人说：“铃阁是给尊贵者的仪节，铃下是主掌威仪的官。《易经》里说：‘干枯的杨树开花，怎么可能长久呢？’现在狂怪的花长在干枯的木头上，又在官府中，就是说礼仪之多，荣华之盛，都像狂花的开放一样不能长久。”后来王敦终于因为违抗晋明帝之命，死后还被陈尸示众，是这件事应验了。

【简评】 王敦病死后，部下秘不发丧，包藏了尸首，埋在屋里。等到诸军皆败，战乱平息，王敦就被烧毁衣冠，摆成长跪的姿势戮尸，头颅被斩下示众。这就是所谓“没又加戮”。

吴郡晋陵讹言

太兴四年，吴郡民讹言有大虫在纻中及樗(chū)树上，啮人即死。晋陵民又言曰，见一老女子居市，被发从肆人乞饮，自言：“天帝令我从水门出，而我误由虫门。若还，天帝必杀我，如何？”于是百姓共相恐动，云死者已十数也。西及京都，诸家有樗、纻者伐去之，无几自止。此事未之能论。

【译文】 太兴四年（321），吴郡百姓传谣言说，有大虫藏在苎麻布中和樗树上，咬了人，人就会死。晋陵百姓又传说，见到一个老女人住在集市上，披散着头发向店里的人乞讨饮食，自己说："天帝命令我从水门出来，而我却误由虫门出来。如果回去，天帝一定会杀了我。怎么办?"于是百姓都恐惧骚动，传说死者已经有十几个了。谣言向西传到京城，凡是家里有樗树、苎麻布的人家，纷纷砍伐、丢弃它们。没过多久，谣言自己止息了。这件事不能评定。

【简评】 没想到干宝也有不能评定的事情。可见谣言容易产生，起初也不一定都有目的。恰恰是对它的利用和解释，让它变得与各种吉凶休咎相关。不同的利用者、解释者往往有自己的立场。而历史上留下来的，往往是成功者解释的谣言。

京邑讹言

永昌元年，宁州刺史王逊遣子澄入质，将渝、濮(pú)杂夷数百人[1]。京邑民忽讹言宁州人大食人家小儿，亲有见其蒸煮满釜甑(zèng)中者[2]。又云失儿皆有主名，妇人寻道，拊心而哭[3]。于是百姓各禁录小儿，不得出门[4]。寻又言已得食人之主，官当大航头大杖考竟，而日有四五百人晨聚航头，以待观行刑[5]。朝廷之士相问者，皆曰信然，或言郡县文书已上。王澄大惧，检测之，事了无形，民家亦未尝有失小儿者，然后知其讹言也。此事未之能论。

【注释】 1.质：质子。王侯重臣在京畿之外的，有时会派一个儿子到京城，作为政治上的人质。将：带。渝、濮杂夷：西南地区的少数民族。濮人居地在今云贵川至江汉流域以西一带。 2.甑：中国古代的蒸食用具。 3.拊心：拍胸，表示哀痛或悲愤。 4.录：收藏，此处指藏匿。 5.考竟：刑讯穷竟。

【译文】 永昌元年（322），宁州刺史王逊派其子王澄入京为质，带着渝、濮一带数百名少数民族的人随行。京城百姓中忽然流传谣言，说是宁州人大吃人家的小孩，有人亲眼看见他们蒸煮小孩，釜甑中都已盛满。又说，丢失的小孩都有家长姓名，妇人在道路上寻找，捶胸痛哭。于是百姓各自管束、藏匿孩子，不准他们出门。不久又传说吃小孩的人已经抓到，官府将要在大航头用大杖对他们刑讯追究。那一天有四五百人清晨就聚集在航头，等着观看行刑。有朝廷官员问他们，这些人都言之凿凿，还有人说郡县文书已经上呈朝廷。王澄十分害怕，查问此事，事情没有一点迹象，百姓中也未曾有丢失小孩的人家，然后才知道这是谣言。这件事不能评定。

【简评】 宁州是西晋时所置的州，刺史镇建宁郡。到了东晋和南朝宋、齐时，辖有今云南省全境、贵州省中西部地区。它是边境地区的重镇，所以刺史要把儿子派到京城去做质子，以取得皇帝的信任。

妖怪篇之六

鹏鸟赋

贾谊为长沙王太傅，四月庚子日，有鹏(fú)鸟飞入其舍，止于坐隅，良久乃去[1]。谊发书占之，曰："野鸟入处，主人将去。"[2]谊忌之，故作《鹏鸟赋》，齐死生而等祸福，以致命定志焉[3]。

【注释】 1.鹏：指猫头鹰一类的鸟。过去认为不祥。 2.发：打开。 3.致：求取，获得。

【译文】 贾谊是长沙王的太傅，四月庚子日，有鹏鸟飞进他的住房，停在座位边上，很久才飞走。贾谊打开书来占卜，书上说："野鸟进了人的居处，这屋子的主人就将离去。"贾谊很忌讳这件事，所以写了《鹏鸟赋》，把死和生、祸与福等量齐观，以此表达自己对命运的看法，确定自己的志向。

【简评】 《鹏鸟赋》是一篇名文，至今流传。贾谊与鹏鸟在文中进行了问答。鹏鸟对人的命运发出很长的议论。那句著名的"天地为炉兮，造化为工；阴阳为炭兮，万物为铜"，就出自鹏鸟之口。后来，金庸笔下的黄药师也曾吟诵这一句。本事再大，也有烦恼。人生天地间，总有些时候像在大炉子里煅烧。

翟宣

王莽居摄，东郡太守翟义，知其将篡汉世，谋举义兵。兄宣教授，诸生满堂。群鹅雁数十在中庭，有狗从外入而啮之，皆惊，比救之，皆已断头[1]。狗走出门，求不知处。宣大恶之。后数月，莽夷其三族[2]。

【注释】 1.鹅雁：多指鹅。比：等到。 2.夷：铲除，诛灭。

【译文】 王莽已居摄政之位。东郡太守翟义知道他将要篡夺汉朝的政权，便计划起义。他的哥哥翟宣是教授，学生满堂。有几十只鹅在院子里，有条狗突然从门外进来咬它们，鹅全都受到了惊吓。等人们去救的时候，它们都已经被狗咬断了头。狗跑出了门，人出去找，也不知道狗跑去了什么地方。翟宣很厌恶这件事。过了几个月，王莽诛灭了他的父族、母族和妻族。

【简评】 这则故事大约是要在狗咬鹅雁的行为和王莽诛灭翟家三族的事实之间建立一种暗示般的联系。然而，即使诚然如此，无辜的人又能怎样预先防备呢？“宣大恶之”，自然是心有所感。可在这寰宇之中，他其实无路可逃。

公孙渊

魏司马太傅懿，平公孙渊，斩渊父子。先时，渊家有犬，着朱帻（zé）绛衣[1]。襄平城北市生肉，长围各数尺，有头目口喙，无手足而动摇。占者曰："有形不成，有体无声，其国灭亡。"

【注释】 1.帻：头巾。

【译文】 魏国太傅司马懿平定了公孙渊，杀了公孙渊父子二人。此前，公孙渊家有一只狗，戴着红头巾，穿着红衣裳。襄平县北边市场上长出一块肉，高度和周长各有几尺，有头、眼睛和嘴巴，没有手脚，却在摇晃。占卜的人说："有形状而没有长成，有躯体而没有声音，发生这种事的国家就会灭亡。"

【简评】 三国的时候，并不只有魏、蜀、吴三个政权。景初元年（237），公孙渊自立为燕王，改元绍汉，引诱鲜卑侵扰北方。景初二年（238），魏国派司马懿和高句丽东川王攻击公孙渊，以围城之法使他弹尽粮绝而亡。

诸葛恪

诸葛恪征淮南归，将朝会，犬衔引其衣[1]。恪曰："犬不欲我行乎？"还坐，有顷复起，犬又衔衣。乃令逐犬，遂升车，入而被害。恪已被杀，其妻在室，语使婢曰："汝何故血臭？"[2]婢曰："不也。"有顷愈剧。又问婢曰："汝眼目视瞻，何以不常？"婢蹶(jué)然起跃，头至于栋，攘臂切齿而言曰："诸葛公乃为孙峻所杀。"[3]于是大小知恪死矣，而吏兵寻至。

【注释】 1.朝会：诸侯、群臣朝谒国君。 2.使婢：使女，婢女。 3.蹶然：忽然，突然。攘臂：捋起袖子，露出胳臂。

【译文】 诸葛恪出征淮南回来，将要朝见君主时，狗咬住他的衣服拉着，诸葛恪说："狗不想让我走吗？"便又回去坐下。过了一会儿他又起身，狗又咬住他的衣服，于是他让人赶走狗，就上车了，进宫后他被杀了。他被杀之后，他妻子在家里，问婢女说："你为什么有血腥味？"婢女说："没有啊。"过了一会儿，血腥气更重了，她又问婢女说："你的眼睛所看的方向，为什么不同平常？"这婢女突然跳起来，头碰到梁上，捋起袖子，露出手臂，咬牙切齿地说："诸葛公竟然被孙峻杀了。"于是一家老小都知道诸葛恪死了，而官兵们一会儿就来了。

【简评】 诸葛恪出征淮南是为了攻打魏国，但出征不利，未收实效。当时，他已经是吴国的太傅，掌握帝王之下的最高权力。吴少帝孙亮早有诛杀他之心，也确实与权臣孙峻一起设计在宫宴中伏兵杀死了他，随后诛灭其三族。这就是故事末尾“吏兵寻至”，官兵到诸葛家来的原因。

王周南

中山王周南，正始中为襄邑长。有鼠从穴出，在厅事上，语曰：“周南，尔以某月某日当死。”周南急往不应，鼠还穴。后至期复出，更冠帻皂衣而语曰：“周南，汝日中当死。”[1]周南复不应，鼠复入穴。斯须复出，语曰：“向日适欲中。”[2]鼠入复出，出复入，转行数语如前。日适中，鼠复曰：“周南，汝不应，我复何道？”言讫，颠蹶而死，即失衣冠[3]。周南使卒取视，俱如常鼠。

【注释】 1.冠帻：戴着头巾。 2.斯须：片刻，一会儿。 3.颠蹶：倒仆。

【译文】 中山的王周南，在魏正始年间任襄邑县县长。有只老鼠从洞中爬出来，在厅堂上对王周南说：“周南，你在某月某日会死去。”王周南急忙离开，不回应它，老鼠回到洞中去了。后来，到了王周南要死的那一天，老鼠戴着头巾，穿着黑衣，对王周南说：“周南，你中午就要死了。”王周南又不回应，老鼠又进洞去了。一会儿，老鼠又出来，说：“快到中午了。”老鼠进洞出洞，出洞进洞，讲了几次和前面相同的话。到了正中午，老鼠又说：“周南，你不回答，我还能说什么呢？”说完，便倒在地上死了，它的衣服和头巾立刻消失了。王周南派兵卒把它拿来细看，与平常的老鼠没有什么不同。

【简评】 世界各地都有许多与人名字相关的巫术。如果一方呼喊，一方答应，则答应者就会落入施术者的陷阱之中；若呼喊没有得到回应，则巫术不成功。在这则故事里，王周南全程不搭腔，施法的老鼠反而死了。在后面的篇章中，我们还能看到，人如果能叫出精怪的名字，精怪就会退散或逃走。其背后的巫术思想也是相通的。

留宠

东阳留宠，字道弘。居于湖熟。每夜，门庭自有血数升，不知所从来，如此三四日。后宠为折冲将军，见遣北征[1]。将行，而炊饭尽变为虫，其家人蒸粆(shā)，亦变为虫[2]。其火逾猛，其虫逾壮。宠遂北征，军败于檀丘，为徐龛所杀。

【注释】 1.见：被。 2.粆：蔗糖。

【译文】 东阳郡人留宠，字道弘，住在湖熟县。每天夜里，他门前的空地上总是自己冒出几升血，不知道是从什么地方来的。这样有三四天了。后来，留宠任折冲将军，被派往北方打仗。将要出发了，所烧的饭都变成了虫。他家人蒸制的蔗糖也都变成了虫。蒸制用的火愈猛，那虫就愈肥壮。留宠于是北征而去，兵败于檀丘，被徐龛杀死了。

【简评】 人生的福祸是不可预知的，可人总想知道一点儿未来，或者总在“未来”来临之后，反过来设想自己早已做好了心理准备。因此古书常常记载各种灾异与祥瑞，把它们解释成后事的前因。在这则故事里，血，大约暗示着血光之灾；虫，也许暗示着战死的兵士命如沙虫。

东莱陈氏

东莱有一家，姓陈，家百余口。朝炊，釜不沸。举甑(zèng)看之，忽有一白头公从釜中出。便诣师，师云[1]：“此大怪，应灭门。便归，大作械[2]。械成，使置门壁下，坚闭门在内，有马骑麾盖来叩门者，慎勿应。”乃归，合手伐得百余械，置门屋下。果有人至，呼不应，主帅大怒，令缘门入[3]。从人窥门内，见大小械百余。出门还说如此，帅大懊惋，语左右云：“教速来，不速来，遂无复一人当去。何以解罪也？从此北行，可八十里，有一百三口，取以当之[4]。”后十日中，此家死亡都尽，此家亦姓陈。

【注释】 1.师：此处指巫师。 2.械：武器。 3.缘：向上爬，攀缘。 4.当：顶替。

【译文】 东莱郡有一家姓陈，全家一百多口人。有一天早上做饭，锅烧不开。把蒸笼拿起来看，忽然有一个白头老人从锅里出来。陈家的人就去拜访巫师。巫师说：“这是大妖怪，你们家会被灭门。你们快回家，多多制造兵器，兵器做成后，放在门边的墙壁下，紧紧关闭大门，躲在家里，有骑马带仪仗的来敲门，千万不要答应。”于是陈家人回去，举家动手砍制，做成了一百多件兵器，放在门厅里。果然有人来呼唤他们，但没有人答应。主帅非常生气，叫部下爬门进去。随从的人窥探了一下门内，看见大小兵器有一百多件，就出门向主帅汇报了这样的情况，主帅听后很是懊恨惋惜，对身旁的人说：“叫你们快来，你们却不快点来，于是没有一个人能被抓去，我们拿什么抵罪呢？从这里向北走，大约八十里，有一百零三口人，把他们抓了来顶替吧。”过了十天，这一家的人全都死光了。这一家也姓陈。

【简评】　这个故事真可怕。恐怖之处还不在妖怪杀死一百多口人，而在于连妖怪都会在工作中应付塞责，这一家攻不下来，就去寻找另一家当替罪羊——反正他们都姓陈，人数也差不多。妖怪的世界，都是人想象出来的。人性的善与恶都折射在其间。

聂友板

聂友，字文悌，豫章新淦（古暗切）人[1]。少时贫贱，常好射猎。夜照，见一白鹿，射中之。明寻踪，血既尽，不知所在。且已饥极，便卧一梓树下。仰见箭着树枝，视之，乃是昨射鹿箭。怪其如此，于是还家赍粮，命子侄持斧以伐之，树微有血[2]。遂裁截为二板，牵着陂塘中。板常沉池，然时复浮出，出辄家有吉庆。

友每欲致宾客，辄便常乘此板[3]。或于中流欲没，客大惧，聂君呵之，还复浮出。仕宦大如意，位至丹阳太守。在郡经时，外司白云：“涛入石头，聂君陂中板来耳。”来日，自视之，果然。聂君惊曰：“此陂中板来，必有意。”即解职归家。下舡便闭户，二板挟两边，一日即至豫章。自尔之后，板出便反有凶祸，家大轗(kǎn)轲(kě)[4]。今新淦北二十里余曰封谿，有聂友所截梓树板系着牂(zāng)柯处[5]。所用樟木为牂柯者，遂生为树。今犹存，其木合抱，乃聂友回日所栽。始倒植之，今枝叶皆向下生。

【注释】 1.新淦：即今江西新干。古暗切：是古人对“淦”这个字的注音。 2.赍：旅行的人携带衣食等物。 3.致：招引。 4.轗轲：困顿，不得志。 5.牂柯：船只停泊时用以系缆绳的木桩。

【译文】 聂友，字文悌，是豫章郡新淦县人。年轻的时候贫穷而卑贱，总是喜欢打猎。有天夜里，他照见一只白鹿，射中了它。第二天寻找白鹿的踪迹，走到血迹尽处，却不知道白鹿在哪里。聂友已经很饿了，就躺倒在一棵梓树下休息。仰头看见有一支箭插在树枝上，仔细看，就是自己昨天射白鹿的那支箭。事情成了这样，他感到奇怪，于是回到家里带上干粮，让子侄们拿着斧头来砍伐这棵梓树。树略微流了些血。于是他就把砍下的树切割成两块木板，拉回家放进池塘中。木板时常沉没在水里，但有时又会浮出水面。它出来的话，聂友家里总会有好事。聂友每次想要招引宾客，就常常乘坐这木板。有时木板忽然在水中央要沉没下去，客人非常恐惧，聂友大声责骂它，它就又重新浮出了水面。聂友的仕途非常如意，官至丹阳太守。他在丹阳郡做了一段时间官，负责外事的官吏来禀报说：“波涛流入石头城，聂大人池塘中的木板来了。”第二天，聂友亲自查看，果然如此。聂友惊异地说："这池塘中的木板来到这里，必定有它的用意。"他立即辞去官职回家，进到船舱里，就关闭门窗，两块木板夹持在船的两边，一天时间就到了豫章。从此后，木板浮出水面，就反而预示着灾祸，聂友家变得非常困顿。现在新淦县北面二十多里有个名叫封谿的地方，是聂友切割的梓木板所系的木桩所在地。那棵用来做木桩的樟木，已经长成了树，现在还在，有合抱那么粗了，它是聂友回家的时候所种的。一开始是倒着种的，现在它的枝叶都向下生长。

【简评】　聂友是真实的历史人物。他与诸葛恪亲近，受其推荐而当了将军。随着诸葛恪被孙亮、孙峻诛灭，聂友的处境也变得不妙，盛年而卒。故事中，两块木板仿佛还带着白鹿的性格，能跑长途，速度很快，起起伏伏。而且，它们就像被驯服了的神兽似的，会听聂友的话，尽量帮助他。如果浪漫一点，相信传说，那就该问：木板为什么不能告诉聂将军，及早抽身，远离斗争？

豫章人

豫章人好食蕈(xùn)，有黄姑蕈者，尤为美味。有民家治舍，烹此蕈以食工人[1]。工人有登厨屋施瓦者，下视无人，唯釜煮物，以盆覆之。俄有小儿裸身绕釜而走，倏忽没于釜中。顷之，主人设蕈，工独不食，亦不言其故。既暮，食蕈者皆卒。

【注释】 1.治舍：造房子。食：给……吃。

【译文】 豫章人喜欢吃蕈。有一种黄姑蕈，味道特别鲜美。有一家盖房子，煮这种蕈招待帮着盖房的工人们。有一个工人在厨房上安瓦，向下看见里面没人，只有一口锅在煮着什么东西，上面用盆盖着。一会儿，有一个小孩光着身子绕着锅跑，转眼就在锅里消失了。一会儿，主人把蕈摆到餐桌上，只有那个安瓦的工人不吃，也不说原因。到了天黑，吃蕈的人全死了。

【简评】 这可能是个吃了毒蘑菇出现幻觉的故事！

变化篇之一

变化

天有五气，万物化成。木精则仁，火精则礼，金精则义，水精则智，土精则恩。五气尽纯，圣德备也。木浊则弱，火浊则淫，金浊则暴，水浊则贪，土浊则顽。五气尽浊，民之下也。中土多圣人，和气所交也；绝域多怪物，异气所产也。苟禀此气，必有此形，苟有此形，必生此性[1]。故食谷者智慧而夭，食草者多力而愚，食桑者有丝而蛾，食肉者勇憨而悍，食土者无心而不息，食气者神明而长寿，不食者不死而神[2]。大腰无雄，细腰无雌。无雄外接，无雌外育。三化之虫，先孕后交；兼爱之兽，自为牡牝。寄生因夫高木，女萝托乎茯苓。木株于土，萍植于水。鸟排虚而飞，兽跖(zhí)实而走，虫土闭而蛰，鱼渊潜而处[3]。本乎天者亲上，本乎地者亲下，本乎时者亲旁，则各从其类也[4]。千岁之雉，入海为蜃；百年之雀，入江为蛤。千岁龟鼋，能与人语；千岁之狐，起为美女；千岁之蛇，断而复续；百年之鼠，而能相卜：数之至也。春分之日，鹰变为鸠；秋分之日，鸠变为鹰：时之化也。故腐草之为萤也，朽苇之为蛩(qióng)也，稻之为蛩也，麦之为蛱蝶也，羽翼生焉，眼目成焉，心智存焉，此自无知而化为有知，而气易也[5]。鹤之为獐也，蛇之为鳖也，蛩之为虾也，不失其血气而形性变也[6]。若此之类，不可胜论。应变而动，是为顺常；苟错其方，则为妖眚(shěng)[7]。故下体生于上，上体生于下，气之反者也；人生兽，兽生人，气之乱者也；男化为女，女化为男，气之背者也。鲁牛哀得疾，七日化而为虎。形体变易，爪牙施张，其兄将入，搏而食之。

当其为人，不知将为虎；当其为虎，不知当为人。故太康中，陈留阮士禽伤于虺，不忍其痛，数嗅其疮，已而双虺(huǐ)成于鼻中[8]。元康中，历阳纪元载客食道龟，已而成瘕(jiǎ)[9]。医以药攻之，下龟子数升，大如小钱，头足觳(què)备，文甲皆具，唯中药已死[10]。夫嗅非化育之气，鼻非胎孕之所，亨道非下物之具[11]。从此观之，万物之生死也，与其变化也，非通神之思，虽求诸己，恶识所自来[12]？然朽草之为萤，由乎腐也；麦之为蛱蝶，由乎湿也。尔则万物之变，皆有由也。农夫止麦之化者，沤之以灰；圣人理万物之化者，济之以道。其与不然乎？

【注释】 1.禀：持有。 2.夭：短命。 3.排虚：扑打空气。跖：踏，踩。 4.旁：附近，周围。 5.蛬：古同“蛩”，蟋蟀。 6.獐：一种小型的鹿。 7.妖眚：灾异，妖异之气。 8.虺：古代传说中的一种毒蛇。 9.瘕：中医上指一种腹中结有硬块的病症。 10.觳：坚硬的外皮。 11.亨道非下物之具：据李剑国注，句谓四通八达的大道不是吃乌龟的宴席。下物，指乌龟。具，筵席。 12.恶：古同“乌”，疑问词，哪，何。

【译文】 自然界有水、木、金、火、土五气，各种事物都是这五种气变化而成的。木气精纯就有仁爱，火气精纯就有礼节，金气精纯就有道义，水气精纯就有智慧，土气精纯就有恩德，五气都精纯，圣人的德行就完备了。木气混浊就虚弱，火气混浊就淫乱，金气混浊就残暴，水气混浊就贪婪，土气混浊就顽固，五气都混浊，就是百姓中的卑陋之人了。中原多圣人，是和顺之气交会的结果；极其边远的地方多怪物，是奇异之气所生产的。如果禀受了某一种精气，就一定有这一种形体；如果有了这一种形体，就一定会产生这一种性情。所以吃五谷的聪明却短寿，吃草的力气大却愚蠢，吃桑叶的会吐丝却变成了蛾子，吃肉的勇猛却蛮横，吃泥土的没有意识却忙碌不休，吃气体的神志清明而且长寿，不吃东西的不死而且成神。腰粗的动物没有雄性，腰细的动物没有雌性。没有雄的就和其他动物交配，没有雌的就靠其他动物来生育。蜕化三次的虫子，先怀孕后交配；爱无亲疏的禽兽，自己与自己交配。寄生草依附高大的树木，女萝攀缘茯苓。树木扎根在土中，浮萍植根在水里。鸟儿扑打空气来飞翔，禽兽踏着土地奔跑。虫子用泥封起自己而冬眠，鱼儿在深水潭中居处。生在空中的亲附上面的，生在地上的亲附下面的，生于时令的亲附周围的，这是各种事物都从属于它们的种类。上千岁的野鸡，到海里就变成了大蛤蜊；上百岁的麻雀，到江中就变成了小蛤蜊；上千岁的龟鳖能和人谈天；上千岁的狐狸，会变身为美女；上千岁的大蛇，被斩断了又能自行接续；上百岁的老鼠，能看相占卜。这是寿命年数造成的。春分那一天，鹰变成鸠；秋分那一天，鸠变成鹰。这是时令变化造成的。所以，腐烂的草变成萤火虫，腐烂的芦苇变成蟋蟀，稻谷变成小黑虫，麦子变成蝴蝶，羽毛翅膀长出来了，眼睛长成了，心智也就存在了，这是从无知无觉变成有知觉，精气也就改变了。鹤变为獐，蛇变为鳖，蟋蟀变为虾，没有丧失它们的血气，但形体和性质变了。像这样的例子数不胜数。顺应着变化的规律而变动，是顺应常规。假如违背了变化的方向，就会造成妖异。所以，下身的器官长在上身，上身的器官长在下身，是元气逆反而造成的；人生禽兽，禽兽生人，是元气混乱而造成的；男人变为女人，女人变为男人，是元气相背而造成的。鲁国的牛哀得了病，七天后变成了老虎，形体改变，张牙舞爪，他哥哥将要进屋，他就把哥哥抓住吃了。当牛哀是人的时候，并不知道自己将要变成老虎；当他成为老虎的时候，也不知道自己应该是人。所以，西晋太康年间，陈留郡的阮士禽被毒蛇咬伤了，他无法忍受那疼痛，屡次去闻那伤口，不久就有两条毒蛇在他鼻孔中生成。西晋元康年间，历阳县的纪元载在外地吃了路上的乌龟，不久腹中就结了硬块，医生用药来治他，他泻下几升小乌龟，大小像小铜钱，头、脚、皮都孵化长全了，龟纹和硬壳也都具备，只是被下了药已经死去。闻不会产生化育万物的气息，鼻腔不是怀胎的地方，四通八达的大道不是吃乌龟的宴席。由此看来，各种事物的生死及其变化，如果没有博大通神的思想，即使从自己的身上体会寻找，又怎能知道它们是从什么地方来的？但是，腐烂的草变成萤火虫，是由于腐烂的缘故；麦子变成蝴蝶，是由于潮湿的缘故。这样看来，那么各种事物的变化都是有原因的。农民要阻止麦子的变化，就用草木灰来浸泡；圣人治理各种事物的变化，用道来成就。难道不是这样的吗？

【简评】　中国古代对事物关系的论述往往如此。其基本要素至少包括事物的普遍联系和彼此感应，以及它们受到方位、精气的影响。必须承认，不能以合乎逻辑来要求前科学时代的文本，毕竟古人缺乏的不是智慧，而是合理认识世界的工具。这一篇应该是《搜神记》中谈论各种“变化”的篇目之总序，以下的篇目都与这个主题相关。

龙易骨

龙易骨，麋易骼[1]。蛇类解皮，蟹类易壳，又折其螯足，堕复更生。谷之化为虫也，妖气之所生焉。

【注释】　1.麋：大鹿。骼：禽兽之骨。

【译文】　龙换骨，大鹿换骼。蛇类蜕皮，蟹类换壳。另外，折断蟹钳，它掉落后还能再生。谷子化为虫的时候，妖气就在其中生长出来。

【简评】 龙和麋更换骨骼，自然找不到证据；但蛇蜕皮、蟹脱壳，又都是容易观察到的现象。古代世界的想象与现实常常不能截然分开。

木蠹

木蠹（dù）生虫，羽化为蝶[1]。

【注释】 1.蠹：蛀蚀，此处用作被动。

【译文】 木头被蛀蚀长出虫子，羽化后就成为蝴蝶。

贲羊

季桓子穿井，获如土缶，其中有羊焉。使问之仲尼曰："吾穿井而获狗，何耶？"仲尼曰："以丘所闻，羊也。丘闻之：木石之怪，蚯蚑蝄蜽；水中之怪是龙罔象；土中之怪曰贲羊。"《夏鼎志》

曰："罔象如三岁儿，赤目，黑色，大耳，长臂，赤爪，索缚则可得食。"《王子》曰："木精为毕方，火精为游光，金精为清明也。"

【译文】 季桓子挖井，得到一个瓦器般的东西，里面有只羊。他就派人拿这件事去问孔子："我挖井得到一只狗，为什么？"孔子说："依我所知，应该是羊。我听说，树木、石头中的精怪是蚯蚑、蝄蜽，水中的精怪是龙、罔象，泥土中的精怪叫作贲羊。"《夏鼎志》上说："罔象像三岁的小孩，红眼睛，黑颜色，大耳朵，长胳膊，红脚爪，用绳子把它缚住就可以吃了。"《王子》说："木精是毕方，火精是游光，金精是清明。"

【简评】 季桓子穿井得羊而称获狗，有试探之意，孔子博学，成功回答。干宝讲完故事之后，还引述其他书，描述了水中之怪的形象，附赠了三种精怪的异说。

犀犬

元康中，吴郡娄县怀瑶家，忽闻地中有犬子声隐隐。视声所自发，有小穿，大如螾(yǐn)穴[1]。瑶以杖刺之，入数尺，觉如有物。乃掘视之，得犬子，雌雄各一，目犹未开，形大于常犬也。哺之而食，左右咸往观焉。长老或云："此名犀犬，得之者令家富昌，宜当养之。"以目未开，还置穿中，覆以磨砻[2]。宿昔发视，左右无孔，遂失所在。瑶家积年无他福祸也。大兴中，吴郡府舍中又得二枚，物如初。其后太守张茂为吴兴兵所杀。《尸子》曰："地中有犬，名曰地狼；有人，名曰无伤。"《夏鼎志》曰："掘地而得狗，名曰贾；掘地而得豚，名曰邪；掘地而得人，名曰聚。聚，无伤也。此物之自然，无谓鬼神而怪之。"然则与地狼名异，其实一物也。《淮南万毕》曰："千岁羊肝，化为地宰；蟾蜍得苽(gū)，卒时为鹑。"[3]此皆因气作，以相感而惑也。

【注释】 1.穿：孔洞。螾：同"蚓"，蚯蚓。 2.磨砻：磨石。 3.地宰：不详，诸家注为地神。苽：同"菰"，为禾本科菰属多年生宿根水生草本植物。唐以前主要食用其种子，即菰米；后来则食用肉质的茎，即茭白。

【译文】 元康年间，吴郡娄县的怀瑶家中，忽然听见地下传来隐隐的小狗叫声。仔细察看那发出声音的地方，上面有一个小洞，大小像蚯蚓洞那样。怀瑶用棍子插入那小洞，入内几尺深，发觉里面好像有东西。于是掘开土查看，得到两只小狗，一雌一雄，眼睛还没有睁开，体形比平常的狗大。给它们喂东西，它们就吃了。周围的人都去看这小狗。有老人说："这叫作犀犬，得到它的人可以发家致富，所以应当要喂养它们。"因为小狗眼睛还没有睁开，怀瑶又把它们放回到洞中了，用磨石把洞盖上。过了一晚，他打开磨石去察看，左边右边都没有洞了，于是就找不到狗的所在了。怀瑶家中多年来并没发生其他好事和坏事。大兴年间，吴郡的官厅里又得到两只，小狗的样子和之前一样，后来太守张茂被吴兴郡的兵杀了。《尸子》说："地下有狗，名字叫作地狼；地下有人，名字叫作无伤。"《夏鼎志》说："掘地而得到的狗，叫作贾；掘地而得到的猪，叫作邪；掘地而得到的人，叫作聚。聚，就是无伤。这些都是天然的东西，不要认为是鬼神而感到奇怪。”既然这样，那么贾与地狼，名称不同，实际上是同一样东西。《淮南万毕》说：“上千岁的羊肝变成地神；癞蛤蟆得到芰白，死时就变成鹌鹑。”这都是因为互相感应而彼此惑乱啊。

【简评】　《淮南万毕》，即《淮南万毕术》，是西汉淮南王刘安招致的神仙方术之士们所作。刘安主持编写的书分为《内书》《中篇》与《外书》。前者今名《淮南子》，又名《淮南鸿烈》；《中篇》名为《鸿宝》，未见传本；而末者即是《万毕》，它主要讨论事物变化之道，可惜传至隋唐已经散佚，今存的片段，都是后人从各书中辑录出来的。《搜神记》虽为小说之属，且自身也在流传中散失了不少，但它的传世部分，仍然有功于保存秦汉以前的古书和故事。

彭侯

吴先主时，陆敬叔为建安太守。使人伐大樟树，下数斧，忽有血出。至树断，有一物人头狗身，从树穴中出走。敬叔曰：“此名彭侯。”烹而食之，其味如狗。《白泽图》曰：“木之精名彭侯，状如黑狗，无尾，可烹食之。”

【译文】　吴先主孙权的时候，陆敬叔任建安太守，派人去砍伐大樟树，砍了几斧头，忽然有鲜血流出来。等到树断了，有个长着人脸狗身的怪物从树洞中往外跑了出来。陆敬叔说："它名叫彭侯。"把它煮来吃了，味道像狗一样。《白泽图》说："树木的精怪名叫彭侯，形状像黑狗，没有尾巴，可以煮着吃。"

【简评】　《白泽图》是流行于中古时代的精怪图籍，久已失传。虽然学者曾辑佚搜集不少文字，但图像依旧缺失。直到敦煌藏经洞文献被发现后，人们才注意到，其中有两种图文并茂的《白泽精怪图》，它们曾经取材于最早的《白泽图》。据学者研究，早期道教信徒曾将这类书用作辟邪驱疫的"工作手册"。

怒特祠

武都故道有怒特祠，土生梓树焉。秦文公二十七年，使人伐之，树创随合，经日不断。文公乃益发卒，持斧者至四十人，犹不断[1]。士疲还息。其一人伤足不能去，卧树下，闻鬼相与言："劳乎攻战？"其一人曰："何足为劳！"又曰："秦公必将不休，如之何？"答曰："秦公其如予何！"又曰："赭(bèn)衣灰坌，子如之何？"[2]默然无言。卧者以告，于是令工皆衣赭，随斫创坌以灰。树断，化为牛。使骑击之，不胜。或堕于地，髻解被发，牛畏之，乃入水，不敢出。故秦自是置旄(máo)头骑，使先驱[3]。

【注释】 1.益：更。发卒：派人。 2.赭衣灰坌：穿赤褐色衣服，用灰撒树。坌，尘土飞扬着落在物体上。 3.旄头骑：担任先驱的骑兵。

【译文】 武都郡故道县有一座怒特祠，土地上长着一棵梓树。秦文公二十七年（前739），他派人去砍伐这棵梓树，树上的创口随即合拢，砍了一天也没砍断。文公就增派士卒，拿着斧头的人增加到四十个，还是砍不断。士兵们疲倦了回去休息，其中一个人伤了脚，不能离开，躺在树下，听见几个鬼相谈。一个说："很辛劳吧，攻防之战？"另一个说："哪里算得上辛劳？"问的鬼又说："秦文公一定不会罢休，怎么办？"前一个回答说："秦文公能把我怎么样呢？"问的又说："秦文公如果叫人穿着赤褐色的衣服，用灰撒树，这么来砍你，你怎么办？"回答的那个哑口无言。躺在树下的人便把听到的话告诉了秦文公。秦文公于是叫士兵们都穿上赤褐色衣服，砍出树的创口，紧跟着就把灰撒在上边。树被砍断了，变作一头牛。秦文公派骑兵去击杀它，没有取胜。有个骑兵摔到地上后，发髻散开了，披着头发，牛害怕他，于是逃进水中，不敢出来。所以秦国从此以后设置了旄头骑，让他们担任前锋。

【简评】 "旄"字可以通"髦"，即毛发中的长毫。今天"旄头"已成为义项固定的专词，但回归这个故事的语境，既然牛所怕的是披头散发的人，那么，秦国的"旄头骑"本来也该是"披头散发的先驱骑兵"。

白头老公

桂阳太守江夏张辽，字叔高，居鄢陵。田中有大树，十余围，盖六亩，枝叶扶疏，蟠地不生谷草[1]。遣客斫之，斧数下，树大血出。客惊怖，归白叔高。叔高怒曰："老树汁赤，此何得怪！"因自斫之，血大流出。叔高更斫枝，有一空处，白头老公长四五尺，突出趁叔高[2]。叔高以刀逆斫，杀之，四五老公并死。左右皆惊怖伏地，叔高神虑恬然如旧[3]。诸人徐视，似人非人，似兽非兽。此所谓"木石之怪，夔、蝄蜽"者乎？其伐树年中，叔高作辟司空侍御史、兖州刺史[4]。

【注释】 1.扶疏：枝叶茂盛的样子。 2.趁：逐，追赶。 3.神虑：心神。 4.辟：征召来授予官职。

【译文】 桂阳太守江夏张辽，字叔高，住在鄢陵县。田中有棵大树，十多围粗，树荫遮住了六亩地，枝叶很茂盛，遮住的地方长不出谷草。张辽派门客去砍它，用斧子砍了几下，树流出很多血来。门客惊恐害怕，回来报告了张辽。张辽十分生气地说："老树的树浆就是红的，这有什么好奇怪的！"于是他就自己砍那棵树，大量鲜血流了出来。张辽继续砍树枝，枝上有一个空地方，突然跳出一个四五尺高的白头老人追逐张辽，张辽用刀逆着砍过去，杀了他。如此一共砍掉了四五个老头，旁边的人都惊慌害怕得趴在地上，而张辽的心神却还像原来那样平静。各人仔细看那死去的白头老人，既不是人，也不是野兽。这就是所谓的"木石的妖怪，夔、蝄蜽"之类的东西吗？砍树这一年，张辽被征召为司空侍御史、兖州刺史。

【简评】 还记得此前的《贲羊》一则吗？其中孔子所说的话，分明是"木石之怪，蚑蛂蝄蜽"，而这里的引文，却成了"夔、蝄蜽"。这是因为，前一则中，各个版本有异文，整理者参校之后，遵从他所选用的底本文字，没有改动；而这一则中，此处没有异文，整理者当然也不会在此作出说明。距离今天时代久远的古书，其定本的面貌往往不可知，正是因为每一次传抄引述都可能造成一点儿差异。面对差异的时候，不妨诚恳一些，譬如——我真的不知道“蚷蚑蜩蛃”都是什么东西。

池阳小人

王莽建国三年，池阳有小人景，长一尺余，或乘车，或步行，操持万物，大小各自称，三日止[1]。《管子》曰：“涸泽数百岁，谷之不徙，水之不绝者，生庆忌。庆忌者，其状若人，长四寸，衣黄衣，冠黄冠，戴黄盖，乘小马，好疾驰。以其名呼之，可使千里外一日反报。”然池阳之景者，或庆忌也乎？又曰：“涸川之精生蟡(guǐ)，蟡者一头而两身，其状若蛇，长八尺。以其名呼之，可使取鱼鳖。”

【注释】 1.景：同“影”，影子。称：匹配。

【译文】 王莽建国三年（11），池阳县出现小人的影子，长一尺多，有的乘车，有的步行，手里拿着各种东西，东西的大小也都与小人相配，影子出现了三天才消失。《管子》说：“几百年间，山谷没有移位，水源没有断绝的干枯湖泽里，就会生出庆忌。庆忌这种东西，它的形状像人，身长四寸，穿着黄色的衣服，戴着黄色的帽子，打着黄色的伞盖，骑乘着小马，喜欢飞快地奔驰。用它的名字叫它，可以让它在千里以外当天赶回来。”那么，池阳县的小人影子或许就是庆忌吧?《管子》又说：“干枯的河川中的精灵，会长成蝺，蝺这种东西，有一个头两个身体，它的形状像蛇，身长八尺。用它的名字叫它，可以让它抓鱼鳖。”

【简评】 妖怪也有不同的类型，庆忌这样的小水怪就于人无害，十分可爱。而且，其实它和水中之怪罔象有相似的形象。据学者研究，这一类与水有关、小人儿形象的精怪，早期可能有同一个来源，即所谓的“魃”。

傒囊

诸葛恪为丹阳太守，出猎。两山之间，有物如小儿，伸手欲引人。恪令伸之，仍引去故地，去故地即死[1]。既而参佐问其故，以为神明[2]。恪曰：“此事在《白泽图》内，曰：‘两山之间，其精如小儿，见人则伸手欲引人，名曰傒囊，引去故地则死。’无谓神明而异之，诸君偶未之见耳。”众咸服其博识。

【注释】 1.仍：于是，就。 2.参佐：部下，僚属。

【译文】　诸葛恪任丹阳太守时，有一次出去打猎。两座山之间，有个像小孩一样的东西，伸出手来想拉人。诸葛恪让它把手伸出来，就拉着它的手使它离开了原来的地方。一离开原来的地方，它就死了。过了不久，部下问这是什么缘故，认为诸葛恪英明得像神一样。诸葛恪说："这事记载在《白泽图》中，说：'两座山之间，那种像小孩的精怪，看见人就伸出手来想拉人，它的名字叫作傒囊。拉着它离开原来的地方就会死去。'不必觉得我英明如神而对此感到奇怪，各位只是恰巧没有见过这文献罢了。"大家都佩服他的博闻强识。

【简评】　《白泽图》又一次出现了。看来，它不仅是道教信徒的"工作手册"，也是早期士人的"妖怪百科全书"。没读过《白泽图》的随从们就只能仰视英明神武的领导了啊。

治鸟

越地深山中有鸟，大如鸠，青色，名曰治鸟。穿大树作巢，如五六升器，户口径数寸，周饰以土垩，赤白相分，状如射侯[1]。伐木者见此树，即避之去。或夜冥，人不见鸟，鸟亦知人不见己也，便鸣唤曰："咄！咄！上去！"明日便宜急上去。曰："咄！咄！下去！"明日便宜急下去。若不使去，但言笑而不已者，人可止伐也。若有秽恶及犯其所止者，则有虎通夕来守，人不去，便伤害人。此鸟白日见其形，是鸟也；夜听其鸣，亦鸟也。时有观乐者，便作人形，长三尺[2]。至涧中取石蟹，就人火炙之，人不可犯也。越人谓此鸟是越祝之祖也[3]。

【注释】 1.垭：同"垩"，白色的土。射侯：箭靶。 2.观乐：观赏玩乐。3.祝：掌管祭祀的人。

【译文】 越地一带的深山中有一种鸟，像鸠那么大，青色，名叫"治鸟"。它们在大树上打洞做窝，那洞大如五六升的容器，洞口直径只有几寸，洞口周围用白色的泥土作为装饰，红白二色互相分明，形状就像箭靶子。砍树的人看见这种树，就避开它而离去。有时候天黑了，人看不见鸟，鸟也知道人看不见它，就对人叫："咄，咄，上去！"明天人就应该赶紧向上去砍伐。如果鸟叫："咄，咄，下去！"明天就应该赶紧向下去砍伐。如果那鸟不叫"去"，只是谈笑个不停，人们就可以停止砍伐了。如果有污秽恶浊的东西，或者侵入了它停留的地方，就有老虎整晚来守着，人不离开，老虎就会伤害人。这种鸟，白天看见它的形貌，是鸟；夜里听见它的鸣叫声，也是鸟。如果遇到观赏游乐的人，它们就变成人的模样，身高三尺，到溪涧中去抓石蟹，走到人点的火边上烤蟹吃，人无法侵犯它们。越国的人说这种鸟是越国祭司的始祖。

【简评】 精怪并不总会害人，治鸟就很可爱，认真生活，打扮小家，指引人砍树，爱干净，爱吃火烤小螃蟹。从它的基本特征来看，我猜原型是某种啄木鸟。

变化篇之二

落头民

秦时，南方有落头民，其头能飞。其种人部有祭祀，号曰“虫落”，故因取名焉。吴时，将军朱桓得一婢，每夜卧后，头辄飞去，或从狗窦，或从天窗中出入，以耳为翼[1]。将晓复还，数数如此[2]。傍人怪之，夜中照视，唯有身无头，其体微冷，气息裁属（zhǔ），乃蒙之以被[3]。至晓头还，碍被不得安，两三度堕地，噫咤甚愁[4]。而其体气急，状若将死。乃去被，头复起傅颈，有顷平和，复瞑如常人[5]。桓以为巨怪，畏不敢畜，乃放遣之。既而详之，乃知天性也[6]。时南征大将亦往往得之，又尝有覆以铜盘者，头不得进，遂死。

【注释】 1.狗窦：狗洞。 2.数数：屡屡，每每。 3.裁：通“才”，仅仅。属：继续，连接。 4.噫咤：慨叹。 5.傅：附着。 6.详：详查。

【译文】 秦朝时，南方有一种落头人，他们的头能飞。这种人的部落内有一种祭祀，叫作“虫落”，那个部落因而就取名叫“虫落”。孙吴时，将军朱桓得到一个婢女，每天夜里睡觉后，她的头总是飞走，或从狗洞，或从天窗中进出，把耳朵当作翅膀。天快亮的时候头又飞回来。每每如此。旁边的人感到奇怪，夜里点了灯去细看，只见婢女有身体而没有头，她的身体稍微有些冷，呼吸仅仅能接得上，于是这人就用被子把她的身体盖住了。到天亮时，她的头回来了，碍于身体被被子遮住，头无法安上去，两三次掉在地上，它慨叹着非常愁苦，而身体呼吸急促，好像快要死了的样子。于是这人拿掉被子，头又飞起来，安附在脖子上，过了一会儿就平静了，她又像常人一样睡着了。朱桓以为这婢女是个大妖怪，吓得不敢再养着她，就把她遣散了。此后详查了情况，才知道这是那部落中人的天性。当时南征的大将军也常常得到这种人。又曾经有人用铜盘去盖住脖子，头不能接上去，人就死了。

【简评】 落头民的传说影响甚广，后来流传到日本，更名为“飞头蛮”，成了“百鬼夜行”中的一员。在日本的妖怪系统里，它具备了一些更加鲜明的妖怪性格。

刀劳鬼

临川间诸山县有妖魅，来常因大风雨，有声如啸，能射人，其所著者如蹄，有顷头肿大[1]。毒有雌雄，雄急雌缓，急者不过半日，缓者不延经宿[2]。其方人，常有以求之，求之少晚则死[3]。俗求之，名曰“刀劳鬼”[4]。故外书云：“鬼神者，其祸福发扬之验于世者也。”[5]《老子》曰：“昔之得一者，天得一以清；地得一以宁；神得一以灵；谷得一以盈；侯王得一，以为天下贞。”[6]然则天地鬼神，与我并生者也。气分则性异，域立则形殊，莫能相兼也。生者主阳，死者主阴。性之所托，各安其方。太阴之中，怪物存焉。

【注释】 1. 著：附着。 2. 不延经宿：别本作“经宿”。 3. 求之：别本作

“救之”。 4.求之：别本无此二字。 5.外书：佛教徒称佛经以外的书为外书。 6.一：《老子》中“一”由道变动而来，此处可理解作道。贞：通“正”，首领。

【译文】 临川郡内那些山中的县里有妖怪，它们常常随着大风雨而来，发出的声音很像长鸣，能射击人。被它们射中的地方会起蹄子般的印，一会儿人头就肿起来了。这种怪物有雌有雄，雄毒发作快，雌毒发作慢。毒性快的不超过半天时间就死了，毒性慢的可以过一夜。那地方的人常有办法挽救被怪物射伤的人，救得晚了一点，受伤的人就会死。民间把这种妖怪叫作“刀劳鬼”。所以有书上说：“鬼神是散播祸福并被世人证实了的东西。”《老子》说：“过去得道的有：天得道而清爽；地得道而安宁；神得道而灵验；谷得道而盈满；侯王得道，就能成为天下的首领。”既然这样，那么天地鬼神都是和我们并存的东西。精气有别，天性就不同，界域有别，形体就不同，没有什么东西能兼而有之。活的东西以阳气为主，死的东西以阴气为主。天性所依附的东西，各自安于它们生存的地方。极盛的阴气之中，就有怪物存在啊。

【简评】 在文献版本上较优的文字，不一定在文意上也较为通顺。本篇比较难读，在具体的译文上，不得不参照了晚期版本。早期文献常有这样的情况。但也必须说明，晚期版本看似通顺，确实也不尽真实。之所以有那种“通顺”的效果，很可能是因为传抄、整理者们强行用自己的理解修改了原文。

蜮

汉中平年内，有物处于江水，其名曰蜮（yù），一曰短狐。能含沙射人，所中者则身体筋急，头痛发热，剧者至死[1]。江人以术方抑之，则得沙石于肉中。《诗》所谓“为鬼为蜮，则不可得”也。今俗谓之溪毒。先儒以为南方男女同川而浴，乱气之所生也。

【注释】 1.筋急：筋脉紧急不柔，屈伸不利。

【译文】 东汉中平年间，有一种生活在长江之中的怪物，名字叫“蜮”，又叫“短狐”。它能含沙射人，被射中的人，全身筋脉紧张，头痛发热，严重的甚至会死亡。长江边上的人用方术压制它，就能在肉中找到沙石。这就是《诗经》所说的“你若是鬼蜮，则不可知”中的“蜮”啊。现在民间把它称为“溪毒”。前代的儒者认为那是因为南方的男女在同一条河中洗澡，淫乱的气息产生出了它。

【简评】 蜮是一种“状如鳖，三足”的鬼怪，并不存在于现实世界，但《诗经》《山海经》《搜神记》中都有它的身影。

鬼弹

汉时，永昌郡不韦县有禁水，水有毒气，唯十一月、十二月可渡涉，自正月至十月不可渡，渡辄得病杀人。其气中有恶物，不见其形，其作有声，如有所投击。中木则折，中人则害，土俗号为“鬼弹”[1]。故郡有罪人，徙之禁旁，不过十日皆死也[2]。

【注释】 1. 害：被害。 2. 徙：迁移。

【译文】 汉代永昌郡不韦县有条禁水，水里有毒气，只有十一月、十二月可以渡河。从正月到十月不可渡河，渡河就会生病死人。那毒气中有一种邪恶的东西，看不见它的形状，但它一活动就有声音，好像在投掷什么似的。打中树木，树木就被打断，打中了人，人就被杀害。当地的人们称它为“鬼弹”。所以郡中有了犯人，就把他们迁移到禁水边，不超过十天，这些犯人就都死了。

【简评】 不韦县在今云南省保山市，是个有历史的地方。吕不韦曾是秦王嬴政的丞相，后来受叛乱牵连，全家流放蜀郡，途中饮鸩自尽。到了汉武帝在西南地区设置郡县时，把流放蜀地的吕氏族人迁去充实人口，于是有了不韦县。

犬蛊

蛊有怪物，若鬼。其妖形变化，杂类殊种，或为狗豕，或为虫蛇。其人皆自知其形状，常行之于百姓，所中皆死。鄱阳赵寿有犬蛊，有陈岑诣寿，忽有大黄犬六七，群出吠岑。后余伯妇与寿妇食，吐血几死，屑桔梗以饮之，乃愈。

【译文】　蛊能产生一种像鬼的怪物。那妖形的变化，门类混杂而品种特异，有的变成狗猪，有的变成虫蛇，养蛊的人都知道自己养的蛊是什么形状。他们常把这些蛊施行到百姓身上，中了蛊毒的人都会死去。鄱阳郡的赵寿养有狗蛊。有个叫陈岑的去拜访赵寿，忽然有六七只大黄狗成群出动对着陈岑吼叫。后来我伯母和赵寿的妻子吃饭，吐血吐得几乎死去，把桔梗削成碎屑饮服，才痊愈。

【简评】　“蛊”是一种人工畜养的毒虫，也指操纵毒虫以惩罚违规的人，后指用咒诅害人。这种巫术在早期传统社会中很是流行，随着时代变迁，相关记述也渐渐减少了。

张小

余外姊夫蒋士先，得疾下血[1]。医言中蛊，家人乃密以蘘(ráng)荷置其席下，不使知[2]。忽大笑曰："蛊食我者，张小也。"乃收小，小走。自此解蛊药多用之，往往验。《周礼》庶氏以嘉草除蛊毒，其蘘荷乎？

【注释】 1. 下血：便血。 2. 蘘荷：姜科姜属多年生草本植物，根茎淡黄色，有辛辣味。

【译文】 我妻子的姐夫蒋士先得了便血的疾病。医生说他中了蛊毒，于是家里人就偷偷把蘘荷放在他的席子下面，不让他知道。蒋士先忽然大笑着说："让蛊虫啃食我的就是张小。"于是人们就去抓张小，张小已逃走了。从那以后治疗蛊毒，常用蘘荷，往往有效验。《周礼》中说庶氏用嘉草除蛊毒，那所谓的嘉草，就是指蘘荷吗？

【简评】 这则故事相当著名。许多中医文献都曾援引它来证明蘘荷的解毒功效。

霹雳

扶风杨道和，夏末于田内获，值天雷雨，止桑树下[1]。霹雳下击之，道和以锄格之，折其左肱，遂落地，不得去[2]。唇如丹，目如镜，毛如牛角，长三尺余，状如六畜，头似猕猴[3]。

【注释】 1.获：收割庄稼。 2.格：抗拒，抗御。肱：胳膊。 3.六畜：指马、牛、羊、猪、狗、鸡六种家畜。

【译文】 扶风郡的杨道和，夏末在田间收割庄稼，遇到天下雷雨，就在桑树下停留。霹雳神下来打他，杨道和就用锄头来抵抗，打断了霹雳神的左胳膊，它就掉在地上，不能离去了。这神嘴唇像丹砂，眼睛像镜子，毛像牛角，高三尺多，样子像六畜，头像猕猴。

【简评】 古人曾说，画鬼比画人容易，因为谁也没有真正见过鬼，所以描绘鬼的形象时没有标准答案。试想一下，一个物体要如何兼具“状如六畜，头似猕猴”的特点呢？正因为不用负责，所以才能这样天马行空地描述。而且，这些描述越不具体，所能唤起的听众的联想就越丰富。

大青小青

庐江皖、枞阳二县境上，有大青小青，里居。山野之中，时闻有哭声，多者至数十人，男女大小，如始丧者。邻人惊骇，至彼奔赴，常不见人。然于哭地必有死丧，率声若多则为大家，声若小者则为小家。

【译文】 庐江郡皖县和枞阳县的边界上，有大青、小青居住在乡里。山野之中，时常听见有哭声，多的时候有几十人，男女老少都有，好像刚死了人一样。住在附近的人惊惧害怕，就奔到那里，却常常看不见人。但在哭的地方一定有死亡事件。一般来说，哭声听上去人很多，就是大户人家死了人；哭声听上去小，就是小户人家死了人。

【简评】 大青、小青仿佛人类的好朋友，与遭遇死丧之家共情，和他们一起尽哀。

豭国

蜀中西南高山之上有物，与猴相类，长七尺，能作人行，善走逐人，名曰豭(jiā)国，一名马化，或曰玃猨(jué yuán)。伺道行妇女年少者，辄盗取将去，人不得知。若有行人经过其旁，皆以长绳相引，犹故不免。此物能别男女气臭，故取女，男不取也[1]。若取得人女，则为家室。其无子者，终身不得还，十年之后，形皆类之，意亦迷惑，不复思归。若有子者，辄抱送还其家，产子皆如人形。有不养者，其母辄死，故惧怕之，无敢不养。及长，与人不异。皆以杨为姓，故今蜀中西南多姓杨，率皆是猳国马化之子孙也。

【注释】 1.臭：气味。

【译文】 蜀国内西南部的高山上，有一种动物，和猴子相似，身长七尺，能像人一样站起来走路，善于奔跑追人，它们的名称叫“猳国”，又叫“马化”，或叫“玃猿”。它们经常探察路过的青年妇女，总是把她们抢了带走，人们无从得知。有路人经过它们旁边时，都用长绳子互相牵着走，还是不能避免被它们抢去。这种动物能辨别男女的气味，所以它们只抢女人，不抢男人。如果抢到了女子，它就把她当作妻子。没能生下孩子的，就一生都不能再回家了。十年以后，这些被抢去的妇女，形体都与它们相似了，思想也迷乱了，不再想回家了。生了孩子的，它们总是抱着孩子连同母亲送还到她的家里。她们所生的孩子都像人的形状。如果回家后不抚养孩子，那么孩子的母亲就会死，所以母亲们很害怕，没有敢不抚养的。等到这些孩子长大，和人没有什么不同，都把“杨”当作姓。所以现在蜀地西南部有很多姓杨的人，他们大概都是猳国、马化的子孙。

【简评】 这个故事属于一种著名的传说故事类型，民俗学者命名为“猴娃娘型”。大意为猿猴抢劫人类女子为妻并生育后代。二十世纪三十年代，学者已经指出，猿猴抢婚的情节可能是原始图腾崇拜的产物。九十年代，又有进一步研究，说明了猿猴崇拜流行于西南地区的羌人部落。

秦瞻

秦瞻居曲阿彭皇野，忽有物如蛇，突入其脑中。蛇来，先闻臭(chòu)死气，便于鼻中入，盘其头中，觉泓泓冷[1]。闻其脑间，食声咂咂，数日而出去。寻复来，取手巾急缚口鼻，亦被入。积年无他病，唯患头重。

【注释】 1.臭死：凶狠酷烈。臭，同“臭”。泓泓：幽深的样子，多形容流水。

【译文】 秦瞻居住在曲阿县彭皇野外，忽然有一个像蛇一样的东西冲进了他的脑中。这条蛇来的时候，能预先闻到酷烈的气味。它便从秦瞻的鼻孔中钻进去，最后盘绕在他的头颅中，他便觉得头部像流水一样深沉且寒冷。只听见脑中有咂咂的吃食声，几天后，蛇就钻出来走了。不久后，蛇又来了，秦瞻急忙拿手巾缚住鼻子和嘴巴，但仍然被蛇钻了进去。过了好几年，他也没有其他的病，只是感到头很重罢了。

【简评】 这位秦瞻也许是一个间歇性重度耳鸣患者？

李寄

东越闽中有庸岭，高数十里。其下北隙中有大蛇，长七八丈，围一丈[1]。土俗常病，东治都尉及属城长吏多有死者。祭以牛羊，故不得福[2]。或与人梦，或下喻巫祝，欲得啖童女年十二三者。都尉令长并共患之，然气厉不息。共请求人家生婢子，兼有罪家女养之，至八月朝，祭送蛇穴口。蛇辄夜出，吞啮之。累年如此，前后已用九女。一岁，将祀之，复预募索，未得其女。将乐县李诞家有六女，无男，其小女名寄，应募欲行，父母不听。寄曰：“父母无相，唯生六女，无有一男，虽有如无。女无缇萦济父母之功，既不能供养，徒费衣食。生无所益，不如早死。卖寄之身，可得少钱，以供父母，岂不善耶?”父母慈怜，终不听去。寄自潜严，不可禁止[3]。寄乃行告贵，请好剑及咋蛇犬。至八月朝，便诣庙中坐，怀剑将犬。先作数石(dàn)米餈(cí)（疾资切）[4]。用蜜灌之，以置穴口。蛇夜便出，头大如囷(qūn)，目如二尺镜[5]。闻餈香气，先啖食之。寄便放犬，犬就啮咋，寄从后斫，得数创。创痛急，蛇因踊出，至庭而死。寄入视穴，得其九女髑髅(dú lóu)，悉举出，咤言曰：“汝曹怯弱，为蛇所食，甚可哀愍。”[6]于是寄女缓步而归。越王闻之，聘寄女为后，拜其父为将乐令，母及姊皆有赐赏。自是东治无复妖邪之物。其歌谣至今存焉。

【注释】 1.隙：山缝。围：围度。 2.故：仍，还是。 3.潜严：暗自做好准备。 4.石：重量单位，一百二十市斤为一石。米餈：米糕。疾资切：古人对“餈”的注音。 5.囷：圆形的粮仓。 6.咤：痛惜。

【译文】 东越国闽中郡有一座庸岭，高几十里。在它山下，北部的山隙中有一条大蛇，长七八丈，身围一丈。当地人都很害怕它，东冶都尉和下属县城里的长官有许多是被蛇咬死的。人们一直用牛羊去祭祀它，仍旧不得保佑。这大蛇要么托梦给人，要么喻示巫祝，说它要吃十二三岁的女孩。都尉和县令都为此事苦恼。但是大蛇的妖异之气却一直不消退。他们只得一起征求大户人家家养奴婢之女和罪犯之家的女儿，把她们收养起来。到八月初一，祭祀后，把女孩送到大蛇的洞口。大蛇总是夜里出来吞噬这些女孩。连年如此，前前后后已经用了九个女孩。这一年，要祭蛇了，官员们又预先招募寻求，还是没有找到那个用来献祭的女孩。将乐县李诞的家中有六个女儿，没有男孩，最小的女儿叫李寄，想应募而去，父母不允。李寄说：“父母没有福相，只生了六个女儿，没有一个儿子，即使有了孩子也如同没有，女儿我没有缇萦救父母那样的功德，既然不能供养父母，只是白白耗费衣服食物，活着没有什么用，不如早点去死。把我卖掉，可以略微得些钱，用来供养父母，难道不好吗？”父母疼爱她，始终不让她去。李寄暗自做好准备，家里没能拦住她。于是李寄就禀告贵人，索要好剑和会咬蛇的狗。到八月初一，她就到祭祀那蛇的庙中坐好，揣着剑，带着狗。她先把几石米糕用蜜拌匀，放在蛇的洞口。晚上蛇便出来了，头大得像圆形的粮仓，眼睛像直径两尺的镜子。它闻到米糕的香味，先去吞食它。李寄就放出狗，狗靠近蛇撕咬，李寄从后面砍蛇，几次得手，砍伤了它。蛇的剑伤痛得厉害，便从洞中跳出来，爬到院子里就死了。李寄进入洞穴察看，找到了那九个女孩的头骨，都拿了出来，痛惜地说：“你们这些人胆小软弱，被蛇吃了，真是可怜。”于是李寄慢慢地走回家去。越王听说了这件事，聘李寄为王后，任命她的父亲为将乐县县令，她母亲和姐姐都得到了赏赐。从此东冶不再有妖异怪诞的东西了。赞颂李寄的歌谣到现在还在那里流传着。

【简评】 这是一篇经典名文。在中国的文化传统中，一位斩蛇的女英雄实在太过夺目，成了现代人相当中意的选段。因此，它频频出现在各种古代文学选本和读本中。不过，很遗憾，女英雄离家之前，也得先发表一通女儿没有什么用的言论；成功之后，也不过是从李家的女儿，变作越王的妻子，顺带给自己的父亲赢得一官半职。

司徒府二蛇

咸宁中，魏舒为司徒。府中有蛇二，其长十丈，居厅事平橑（lǎo）之上[1]。止之数年，而人不知，但怪府中数失小儿及鸡犬之属。后一蛇夜出，经柱侧，伤于刃，病不能登，于是觉之[2]。发徒数百，共攻击移时，然得杀之。视所居，骨骼盈宇之间。于是毁府舍，更立之。

【注释】 1.平橑：各家观点不同，应是承尘的别名，即天花板。 2.病：困难。

【译文】 咸宁年间，魏舒任司徒之职。官府中有两条大蛇，长有十丈，住在公堂的天花板上，栖息在那儿已经几年，而人们还不知道，只是奇怪官府中屡次丢失小孩以及鸡狗之类。后来有一条蛇晚上出来，经过柱子边上，被刀口碰伤了，无法再爬上去，人们这才发现了它。官府发动几百个差役，一起击打了它好一会儿，才成功杀死了它。察看它居住的地方，只见骨骼塞满了它的住处。于是便捣毁了这座公堂，另外再建造了一座。

【简评】　注解古代名物词语向来很难。因为“橑”的本义是椽子，所以人们译注《搜神记》时，往往说这两条大蛇住在梁上。语言学者辩驳说，若在梁上，怎么可能久久不被发现呢？因此推考“平橑”的来源，找到《营造法式》及其所引《山海经图》的记载，提出它应该就是天花板的别称。

变化篇之三

五酉

孔子厄于陈，弦歌于馆中[1]。夜有一人，长九尺余，著皂衣高冠，大叱，声动左右[2]。子贡进，问："何人耶?"便提子贡而挟之。子路引出，与战于庭，有顷未胜。孔子察之，见其甲车间时时开如掌，孔子曰："何不探其甲车，引而奋之?"[3]子路如之，没手，仆于地，乃是大鳀(tí)鱼也，长九尺余[4]。孔子叹曰："此物也，何为来哉？吾闻物老则群精依之，因衰而至。此其来也，岂以吾遇厄绝粮，从者病乎？夫六畜之物及龟蛇鱼鳖草木之属，久者神皆依凭，能为妖怪，故谓之五酉[5]。五酉者，五行之方，皆有其物[6]。酉者老也，故物老则为怪矣。杀之则已，夫何患焉！或者天之未丧斯文，以是系予之命乎[7]？不然，何为至于斯也?"弦歌不辍。子路烹之，其味滋，病者兴[8]。明日遂行。

【注释】 1.厄：困厄。 2.皂：黑色。 3.甲车：铠甲与下颌骨之间。车，下颌骨。奋之：别本作"奋登"，奋力爬上去。 4.鳀鱼：鲇鱼。 5.六畜：牛、马、羊、鸡、狗、猪六种家畜。 6.五行之方：古人以金、木、水、火、土五行，匹配西、东、北、南、中五个方向。 7.系：维持。 8.滋：味美。兴：起床。

【译文】 孔子在陈国遭到困厄的时候，在旅馆中弹琴唱歌。夜里有一个人，身高九尺多，穿着黑衣服，戴着高帽子，大声呼喊，声音惊动了孔子身边的人。子贡走上前，问："你是什么人啊?"他便提起子贡夹在腋下。子路把他引出室外，和他在院中打了起来，过了一会儿，子路没能取胜。孔子仔细观察，只见那人的铠甲和下颌骨之间不时张开，有手掌那么大。孔子对子路说："为什么不把手伸到那铠甲与下颌骨之间，拉着它奋力爬上去?"子路照办了，把手全都伸了进去，那人便倒在地上，原来是一条大鲇鱼，长九尺多。孔子叹息说："这东西为什么来啊？我听说过，事物年老后，各种精怪就来依附它，因为它衰微了才来的。这鱼精的来临，难道是因为我遇到了困厄，没了粮食，跟随我的人都病了的缘故吗？那些家畜们，以及龟、蛇、鱼、鳖、野草、树木之类，活的时间长了，神灵都依附它们，能做出妖异之事，所以人们把它们称为'五酉'。五酉，是说五行的各个方向上都有对应的东西。酉，就是老，所以东西老了就会变成妖怪，把它杀掉，妖怪也就消失了，这又有什么可担心的呢？或者是老天为了让那些古代的文化典制不埋没丧失，要用这东西来维持我的生命吗？否则，它为什么会到这里来呢?"孔子继续弹唱不停。子路煮了这条鲇鱼，鱼的味道很好，病人吃了都能站了起来。第二天，大家就又赶路了。

【简评】 孔子在陈国遭遇困厄的事，见于《论语》。原文说孔子"在陈绝粮，从者病，莫能兴。子路愠见曰：君子亦有穷乎？子曰：君子固穷，小人穷斯滥矣"。这则故事显然是根据这一历史背景来编的。并且，它显然具有相当深厚的群众基础，在读书人之外的世界里大为流行。民间唱本《在陈绝粮》中，便有子路与鱼精大战的情节，比《搜神记》原文好懂多了。其唱词曰："勇子路也不慌来也不忙。他这里伸手拔出七星剑，和那个九丈大汉战一场。他两个战来战去多一会，分不出谁胜谁败谁高强。孔夫子在旁参透其中意，叫子路抓住腮巴是良方。勇子路勇而奋登，仆于地，原是个金色鲤鱼放毫光。都只为夫子在陈遭了困，这原是天赐鲤鱼救素王。"

竹中长人

临川陈臣家大富。永初元年，臣在斋中坐。其宅内有一町(tǐng)筋竹[1]。白日忽见一人，长丈许，面如方相，从竹中出[2]，径语陈臣："我在家多年，汝不知。今去，当令汝知之。"去一月许日，家大失火，奴婢顿死[3]。一年中，便大贫。

【注释】 1.町：田地，田亩。 2.方相：传说中驱疫辟邪的神。 3.顿：全部。

【译文】 临川郡陈臣的家里很富裕。永初元年（107），陈臣坐在书房中，他住宅内有一畦筋竹，白天忽然看见一个人，身高一丈多，面容像方相，从竹林中走出来，径直对陈臣说："我在你家中好多年了，你不知道，今天我要离开你了，应该让你知道。"这人走了一个月左右后的某一天，陈家严重失火，奴婢全都被烧死了。一年之间，陈家便非常贫穷了。

【简评】 故事本身无甚高论。不过，把家宅平安、条件优裕视为神灵保佑下的运气，看作"得之我幸，不得我命"的东西，倒有助于面对无常的人生。

张汉直

陈国张汉直至南阳，从京兆尹延叔坚学《左氏传》。行后数月，鬼物持其妹，为之扬言曰：“我病死，丧在陌上，常苦饥寒。操一二量不借，挂屋后楮上[1]。傅子方送我五百钱，在北牖(yǒu)下，皆忘取之[2]。又买李幼牛一头，本券在书箧中[3]。”往索，悉如其言。妇尚不知有此。妹新归宁，非其所及[4]。家人哀伤，益以为审[5]。父母兄弟，椎结迎丧[6]。去精舍数里，遇汉直与诸生相随[7]。汉直顾见家人，怪其如此。家见汉直，良以为鬼也。惝(chǎng)怳(huǎng)有间，汉直乃前，为父说其本末如此，得知妖物之为[8]。

【注释】 1.量：通“緉”，双。不借：草鞋的别称。古人说，它是人人都有的东西，不须借用，故得此名。 2.牖：窗。 3.券：古代用于买卖或债务的契据。 4.归宁：已嫁女子回娘家归问父母。 5.审：确凿。 6.椎结：挽髻如椎。 7.精舍：儒家讲学的学社。 8.惝怳：恍惚，迷惘。

【译文】 陈国的张汉直到南阳去，跟随京兆尹延叔坚学习《左传》。离家几个月以后，妖怪挟持了他的妹妹，通过她，为张汉直代言说：“我病死了，葬在田间，常常被饥饿与寒冷所困。我过去打的一两双草鞋，挂在屋后的楮树上。傅子方送给我五百文钱，放在北窗下面。我都忘记拿了。我还买了李幼的一头牛，契据放在书箱中。”大家去找这些东西，都像她说的那样。张汉直的妻子都还不知道有这些东西，他妹妹刚从丈夫家里回娘家来，也不可能知道这些。家里人十分悲伤，更加认为张汉直的死确定无疑。于是父母兄弟都梳起发髻去接办丧事。离学府还有几里地，却碰上张汉直和同学们一起走着。张汉直回头看见家里人，奇怪他们打扮成这个样子。家里人看见张汉直，非常坚定地觉得他是鬼，迷惘了很长时间，张汉直才上前与父亲说了事情的始末，得以知道这是妖怪造成的。

【简评】 这则故事也见于应劭《风俗通义》，早于《搜神记》。鬼神作祟虽是虚妄，它毕竟还折射出了一些现实，譬如一位汉代的读书人，如果穷困潦倒而死，能留下什么财产呢？一两双草鞋，五百文钱，一头牛。

虞国

余姚虞国，有好仪容。同县苏氏女，亦有美色，国尝见，悦之。后见国来，主人留宿，中夜告苏公曰："贤女令色，意甚钦之，此夕宁能令暂出否？"[1]主人以其乡里贵人，便令女出从之。往来渐数，语苏公："无以相报，若有官事，其为君任之。"主人喜。自尔后，有役召事，往造国[2]。国大惊曰："都未尝面命，何由便尔？此必有异。"具说之，国曰："仆宁当请人之父而淫人之女[3]？君复见来，便斫之。"后果得怪。

【注释】 1.令色：美色。 2.役召：召令服役，召唤役使。造：造访。 3.淫：侵犯。

【译文】 余姚县的虞国有美好的仪形和容貌。同县的苏家女子也很漂亮。虞国曾经见过她，喜欢她。后来虞国到苏家去，主人留他过夜。半夜，虞国对苏公说："您的好女儿非常美貌，我心里很钦慕她。今晚是不是能叫她暂且出来一下呢？"主人因为虞国是当地显贵，便叫女儿出来侍候他。虞国来往的次数渐渐多了，对苏公说："我没有什么能报答你。如果有官府中的事，就让我来为你承担吧。"主人听了很高兴。在这之后，官方有了召令服役的事务，主人就去拜访虞国。虞国大为惊讶地说："我和你完全没有面谈过，怎么会就这样了？这里一定有异状。"主人就详细地把事情说了。虞国说："我难道会向人家的父亲请求奸淫人家的女儿？你再看见'他'来，就该把'他'杀了。"后来苏公果然捉到了妖怪。

【简评】 "宁当请人之父而淫人之女"，是一句掷地有声的话，非常正派。不过，也须逆向思索一下："乡里贵人"是不是真的可以许诺一点好处，就"请人之父而淫人之女"？这样的事，是不是曾经发生过？

度朔君

袁绍在冀州，有神出河东，号"度朔君"。百姓为立庙，庙有主簿大福。陈留蔡庸为清河太守，过谒庙。有子名道，亡已三十年。度朔君为庸设酒，曰："贵子昔来，欲相见。"须臾子来。度朔君自云父祖昔作[1]。兖州有人士苏氏，母病，往祷。主簿云："君逢天士留待。"闻西北有鼓声而君至。须臾一客来，着皂单衣，头上五色毛，长数寸，去。复一人着白布单衣，高冠，冠似鱼头。谓君曰："吾昔临庐山，共食白李，忆之未久，已三千岁。日月易得，使人怅然。"去后，君谓士曰："先来南海君也。"士是书生，君明通五经，善《礼记》，与士论礼，士不如也[2]。士乞救母病，君曰："卿所居东有故桥，坏久之。此桥乡人所行，卿母犯之。卿能复桥，便差[3]。"曹公讨袁谭，使人从庙换千匹绢，君不与。曹公遣张郃毁庙，未至百里，君遣兵数万，方道而来[4]。郃未达二里，云雾绕郃军，不知庙处。君语主簿："曹公气盛，宜避之。"后苏并邻家有神下，识君声，云："昔移入胡，阔绝三年。"乃遣人与曹公相闻，欲修故庙，地衰不中居，欲寄住。公曰："甚善。"治城北楼以居之。数日，曹公猎，得物，大如麑(ní)，大足，色白如雪，毛软滑可爱，公以摩面，莫能名也[5]。夜闻楼上哭云："小儿出行不还。"太祖拊掌曰："此物合衰也。"晨将数百犬绕楼下，犬得气，冲突内外，见有物大如驴，自投楼下。犬杀之，庙神乃绝。

【注释】 1.昔作：李剑国原注称此下有阙文。 2.五经：儒家的五种经典，即《诗》《书》《礼》《易》《春秋》。 3.差：病愈。 4.方道：并排行进。 5.麑：幼鹿。

【译文】 袁绍在冀州时，河东郡有神灵出现，号称"度朔君"，百姓一起为他建立了庙宇。庙里有个主簿叫大福。陈留郡的蔡庯当了清河太守，前来拜访这庙宇。他有个儿子名叫道，亡故已经三十年。度朔君给蔡庯置办了酒席，说："您的儿子曾来过，他想见见您。"一会儿，蔡道就来了。度朔君自己说他的祖先当过（下有阙文）。兖州有一个士人姓苏，母亲病了，他到庙里来祈祷。主簿说：“你遇到天上的神人，他要留你一下。”听见西北方有鼓声，随后度朔君就到了。一会儿，有一个客人进来，穿着黑色的单衣，头上有五彩的羽毛，长达几寸，又走了。又来了一个人，穿着白色的单衣，戴着高帽子，帽子像鱼头，对度朔君说：“从前到庐山，和你一起吃白李子，回想起来还没多久，却已经三千年了。时间过得真快，使人惆怅。”这人走后，度朔君对姓苏的士人说：“刚才来的是南海王。”士人是个读书人，度朔君精通五经，特别熟习《礼记》，与士人谈论起礼仪来，士人比不上他。士人求度朔君医治他母亲的病，度朔君说：“你住宅的东面有座旧桥，已经坏了很久。这座桥是你乡里人所走的，你母亲曾经冒犯过桥神。你若能把桥修好，母亲的病便会痊愈。”曹操讨伐袁谭，派人到庙里来换一千匹绸缎，度朔君不给。曹操派张郃来捣毁庙宇。离庙还有一百里，度朔君便派兵几万，并排行进而来。张郃离庙还有二里地，有云雾笼罩了他的部队，他们就不知道这庙宇的所在了。度朔君对主簿说：“曹操的气势很盛，应该躲开他。”后来苏家的隔壁邻家有神灵降临，士人辨认出是度朔君的声音。度朔君说：“过去我移居到胡地去了，和你们久别了三年。”于是士人派人与曹操联系，说想修筑一下旧庙，但那块土地已经衰败不适合居住，就想让度朔君到别处去借住。曹操说：“很好。”于是修筑了城北的楼，让度朔君居住。过了几天，曹操去打猎，猎得一个怪物，像小鹿一样大，大脚，颜色白如雪，皮毛软滑而可爱，曹操用这皮毛摩擦面孔，但不知道它叫什么名字。夜里听见楼上有人哭着说：“小孩儿外出不回家。”曹操拍着手说：“这东西活该衰败了。”早晨他带来了几百只狗，围绕在楼下。狗发现了气味，里里外外地冲袭、突击，只见有一个驴子那么大的东西，自己跳到楼下。狗把它咬死了，庙里的神灵从此就消失了。

【简评】　这个故事的细节何以如此，已不可知了，但它编造的背景还可以想象。度朔君本是袁绍治下的神，却日渐衰微，最后被曹操所杀。它可能是在双方割据斗争，而曹操取得上风之际渐渐成型的。

顿丘魅

魏黄初中，顿丘界有人骑马夜行。见道中有物，大如兔，两眼如镜，跳梁遮马，令不得前[1]。人遂惊惧堕马，魅便就地把捉，惊怖暴死[2]。良久得苏，苏已失魅，不知所在[3]。乃更上马，前行数里，逢一人相问讯，因说向者之事变如此，“今相得为伴，甚佳欢喜”。人曰：“我独行，得君为伴，快不可言。君马行疾，且前，我在后相随也。”遂共行。语曰：“向者物何如？乃令君如此惧怖耶？”对曰：“其身如兔，两眼如镜，形甚可恶。”伴曰：“试顾视我耶？”人顾视之，犹复是也。魅便跳上马，人遂堕地，怖死。家人怪马独归，即行推觅，于道边得之[4]。宿昔乃苏，说状如是。

【注释】 1. 跳梁：蹦跳腾跃，形容强横、跋扈。 2. 把：拿。 3. 苏：苏醒。 4. 推觅：寻找，寻求。

【译文】 曹魏黄初年间，顿丘县界内有个人骑着马夜行，看见路当中有一样东西，像兔子那样大，两只眼睛像镜子一样明亮，突然强横地拦住马的去路，使马不能再向前走了。这人就又惊又怕地从马上摔了下来。妖魅便在地上捉拿住了他。这人惊慌害怕，突然昏死了过去，很久才苏醒过来，醒后妖魅已经消失，不知道去哪里了。他于是又上了马，向前走了几里，碰到一个人对他打招呼，他便说了刚才的事情变化，“现在能得以和你做伴，我实在是很高兴”。那人说：“我一个人走路，有你做伴，快乐得无法形容了。你的马走得快，就在前面吧，我在后面跟着。”于是他们结伴而行。那人问他："刚才那东西长什么样，竟让你如此害怕啊?"他回答说："那东西的身体像兔子，两只眼睛像镜子，形貌很可厌。"这伙伴说："你试着回头看看我啊?"这人回头一看，仍然还是那妖魅。那妖魅就跳上了马，这人于是摔到地上，吓得昏死了过去。家里的人因那马独自回来而奇怪，就去找他，在路边找到了。过了一夜，这人才苏醒过来，说发生的情况是这样的。

【简评】 这兔子精坏则坏矣，倒很纯粹，不谋财，不害命，只是一味地恶作剧。最恶之处，也不过"试顾视我耶"，居然透露出一点俏皮的意味。因此我觉得这是个好故事。

东郡老翁

建安中，东郡民家有怪者，无故盆器自发，訇訇作声，若有人击焉。盘案在前，忽然便失之。鸡生辄失子。如是数岁，甚疾恶之[1]。乃多作美食，覆盖，著一室中，阴藏户间伺之[2]。果复重来，发声如前。便闭户，周旋室中，更无所见。为暗，但以杖挝地。良久，于室隅间有所中，呼曰："唷(yòu)唷，冥死。"[3]乃开户视之，得一老翁，可百余岁，言语了不相当，貌状颇欲类兽。遂行推问，乃于数里上得其家人，云失来十余年，得之哀喜[4]。后岁余日，复更失之。闻在陈留界复作妖怪如此，时人犹以为此翁也。

【注释】 1.疾：厌恶，憎恨。 2.著：放在。阴：暗中。 3.冥死：据李剑国原注，指“黑暗中将被打死”。 4.推问：讯问。

【译文】 建安年间，东郡一个老百姓家发生怪事。一只盆无缘无故地自己震动，发出訇訇的声音，好像有人在敲击。盘子和案桌本来在面前，突然之间就消失了。鸡下了蛋，总是丢失。这样已经好几年了，这家人非常厌恶这些事。于是就烧了很多好吃的，遮盖好，放在一个房间里，人暗中潜伏在门边等着。那怪物果然又来了，像之前那样发出声音。这家的人马上把门关上，在房间里转悠着走了好半天，什么东西都没看到。因为屋里暗，他只用棍子敲打地面，过了很久，在屋子的墙角边打着了什么东西。有声音说：“哎哟哎哟，要被暗中打死了！”于是开门细看，找到一个老头，大约有一百多岁，说起话来却一点儿也不相称，容貌形状很像野兽。于是这家人就讯问他，才在几里以外找到了他的家人，家人说已经失散了十多年，找到了既悲哀又高兴。过了一年多，家人又找不到他了。听说陈留郡界内又出现同样的怪事，当时的人还认为就是这个老头做的。

【简评】 这老头敲盆，端盘子，移桌子，偷鸡蛋，也不干什么别的，似乎是个专一的馋鬼。

倪彦思家魅

吴时，嘉兴倪彦思，居县西埏里。有鬼魅在其家，与人语，饮食如人，唯不见形。彦思奴婢有窃骂大家者，云今当以语[1]。彦思治之，无敢詈之者[2]。彦思有小妻，魅从求之，彦思乃迎道士逐之。酒殽既设，魅乃取厕中草粪，布著其上。道士便盛击鼓，召请诸神。魅乃取伏虎，于神座上吹作角声音[3]。有顷，道士忽觉背上冷，惊起解衣，乃伏虎也。于是道士罢去。彦思夜于被中窃与妪语，共患此魅[4]。魅即屋梁上谓彦思曰："汝与妇道吾，吾今当截汝屋梁。"即隆隆有声。彦思惧梁断，取火照视，魅即灭火，截梁声愈急。彦思惧屋坏，大小悉遣出，更取火视，梁如故。魅大笑，问彦思："复道吾不？"郡中典农闻之曰："此神正当是狸物耳。"[5]此魅即往谓典农曰："汝取官若干百斛谷，藏著某处。为吏污秽，而敢论吾！今当白于官，将人取汝所盗谷。"典农大怖而谢之，自后无敢道。三年后去，不知所在。

【注释】 1.大家：女主人。 2.詈：骂。 3.伏虎：小便壶。 4.患：苦于。 5.典农：官名，掌管屯田区的生产、民政和田租。

【译文】 三国吴的时候，嘉兴的倪彦思住在县城西边的埏里。有鬼魅住在他家中，跟人谈话，吃东西也像人一样，只是不见形体。家里奴婢中有一个偷偷骂女主人的，那鬼魅说，现在该把她说的话告诉主人了。倪彦思治了这个奴婢的罪，再也没有敢骂女主人的了。倪彦思有个小妾，鬼魅向倪彦思讨要她，倪彦思就去请了道士来驱逐鬼魅。酒菜已经摆好了，鬼魅却从厕所中取了粪撒在它上面。道士便极力打鼓，召请各位神仙，鬼魅却拿了小便壶，在神座上吹出号角般的声音。一会儿，道士忽然感到背上冷，惊慌地起来脱衣服，原来小便壶在他背上。于是道士便罢休离去了。倪彦思夜晚在被窝里偷偷地和妻子讲话，两人都对这鬼魅感到头疼。鬼魅却在屋梁上对倪彦思说：“你和妻子一起说我，我现在就要锯断你的屋梁。”梁上就发出轰隆隆的声音。倪彦思害怕屋梁断了，点了火烛照亮察看，鬼魅立即把火吹灭，而锯屋梁的声音更加急促。倪彦思害怕房屋塌坏，把全家老幼都打发到屋外，又拿了火烛察看，屋梁还像原来那样。鬼魅大笑，问倪彦思：“你还要说我吗?”郡中主管农业的官员听了，便说：“这怪物就应该是个狐狸精。”这鬼魅便去对典农说：“你拿了公家几百斛谷子，藏在某个地方。做官吏不清廉，却还敢说我！现在我就该向官府告发，带人去取你所偷的谷子。”典农非常恐惧而向它道歉。从这以后没有敢说这鬼魅的人了。三年以后，鬼魅离开，不知到什么地方去了。

【简评】　“狸物”在最早的经典文献里，指的是“埋物”，即龟鳖之类。但此处的鬼魅性格如此活泼，显然不相符合。那么，就剩下猫和狐狸两种选择。而在鬼怪故事的世界里，猫有专属的“猫鬼”。《搜神记》中的“狸”可能还是指犬科动物狐狸。这个狐狸精既有分寸，也懂策略。它捉弄人，吓唬人，使人变得污秽或不适，但并不伤害他们的生命。它还知道如何实施威胁，以达到自己的目的。鬼怪虽然是人编出来的，有时候倒比人还真率可爱一些。

狸神

博陵刘伯祖，为河东太守。所止承尘上有神，能语，常呼伯祖与语，及京师诏书告下消息，辄豫告伯祖[1]。伯祖问其所食啖，答曰："欲得羊肝。"遂买羊肝，于前切之，luán脔脔随刀不见，辄尽两羊肝[2]。有一老狸，miǎo眇眇在案前，持刀者欲举刀斫之，伯祖诃止，自举著承尘上[3]。须臾大笑曰："向者啖肝醉，忽然失形，与府君相见，大惭愧。"[4]后伯祖当为司隶，神复先语伯祖云："某月某日诏书当到。"到期如言。及入司隶府，神随逐在承尘上，辄言省内事[5]。伯祖大恐惧，谓神曰："今职在刺举，若左右贵人闻神在此，因以相害。"[6]神答曰："诚如府君所虑，当相舍去。"遂绝无声。

【注释】 1.承尘：天花板。豫告：即预告，预先告诉。豫，同"预"。 2.脔：切块的肉。 3.眇眇：模糊的样子。 4.府君：汉代对郡相、太守的尊称。后沿用。 5.省：王宫。 6.刺举：检举。

【译文】 博陵县的刘伯祖任河东郡太守，住处的天花板上有个神，会说话，常常叫刘伯祖来相谈。当京城的诏书向下传递消息时，它总会预先告诉刘伯祖。刘伯祖问它想吃什么，答说："想要羊肝。"于是刘伯祖就买了羊肝，在它面前切碎，一块块羊肝随着一刀刀切下就不见了，就这样它吃完了两块羊肝。忽然有一只老狐狸，隐约地出现在切肉的案板前面，拿刀的人想举刀砍它，刘伯祖喝止了，亲自抱着狐狸放到了天花板上。过了一会儿，它大笑着说："刚才我吃羊肝，过于沉醉，忽然不注意露出了原形，与太守您相见了，好生惭愧。"后来刘伯祖要当司隶校尉，神又预先告诉刘伯祖说："某月某日，诏书该来了。"到那天果然如它所说的那样。等到刘伯祖进了司隶府，神仍然随行，住在天花板上，总是讲一些王宫禁地里的事情。刘伯祖非常恐惧，对神说："我现在的职责是监察检举。如果皇帝身边的贵人听说有神仙在这里，就会用这个理由来害我。"神回答说："确实像大人您所忧虑的那样，我应该离开你走了。"

从此就消失无声了。

【简评】 如果有这样一位狐仙朋友，我愿意不当官，努力劳作，给它买羊肝，帮它打扫天花板，和它聊聊世界与人生。

吴兴老狸

吴兴一人，有二男，田中作。作时，见父来骂詈(lì)打拍之[1]。儿归以告母，母问其父，父大惊，知是鬼魅，便令儿斫之，鬼便寂不复往。父忧恐儿为鬼所困，便自往看。儿谓是鬼，便杀而埋之。鬼便归，作其父形，且语其家："二儿已得杀妖矣。"儿暮归，共相庆贺，遂积年不觉。后有一师过其家，语二儿云："君尊侯有大邪气。"[2]儿以白父，父大怒。儿出，以语师，令速去。师便作声入，父即成大老狸，入床下，遂擒杀之。往所杀者，乃真父也，改殡治服[3]。一儿遂自杀，一儿忿懊亦死。

【注释】 1.詈：骂。 2.师：法师。尊侯：对他人之父的敬称。 3.治服：办理丧事。

【译文】 吴兴郡有一个人，他有两个儿子，儿子们在田里劳动时，见到父亲来大骂并追打他们。儿子回家把这事告诉了母亲，母亲问父亲，父亲大惊，知道是鬼魅，便叫儿子把它砍死。鬼便安静下来不再去了。父亲忧心害怕儿子被鬼所困，就亲自去田里查看。儿子以为是鬼，就把父亲杀死埋了。那鬼就回了家，变成了那父亲的样子，并且对他家里的人说："两个儿子已经成功杀死了妖怪。"儿子傍晚回家，与家人一起庆贺，竟然好几年都没有发觉实情。后来有一位法师到他们家来，对两个儿子说："你们的父亲有很大的邪气。"儿子把这话告诉父亲，父亲大怒。儿子出来，把父亲发火的事告诉法师，让他快走。法师却口中发声走进内室，父亲就变成了一只很大的老狐狸，钻进了床下，法师把它捉住杀了。儿子们从前杀掉的，是真正的父亲，他们就为父亲改葬和办理丧事。一个儿子于是自杀了，另一个儿子气愤懊悔，也死了。

【简评】　这个故事应当与下一卷中的《秦巨伯》相参看。秦巨伯所遇的鬼魅假扮成他的两个孙子，几度误会之后，就把真正的孙子杀死了。那故事的原型见于《吕氏春秋》。而这一则反过来，由儿子杀死了父亲，在设定上还有几分原创的光芒。但是，秦巨伯靠着自己与鬼魅斗争（虽然失败），而本则中假扮父亲的老狐狸却是被一位法师识破的。有些学者指出，在当时捉鬼也许日渐成为特定职业的专门工作之一，传播法师捉鬼的故事，可能是民间宗教在进行自我宣扬。

句容狸妇

句容县麇村民黄审，于田中耕。有一妇人过其田，自睖(chéng)上度，从东适下而复还[1]。审初谓是人，日日如此，意甚怪之。审因问曰：“妇数从何来也？”妇人少住，但笑不言，便去。审愈疑之，预以长镰伺其还，未敢斫妇，但斫所随婢。妇化为狸走去，视婢，但狸尾耳。审追之，不及。后人有见此狸出坑头，掘之，无复尾焉。

【注释】 1.畻：同“塍”，田园间的土埂。

【译文】 句容县麋村的村民黄审在田中耕地。有一个妇女经过他的田地，从田埂上走过去，从东边刚下去而又回来。黄审开始以为是人，但她天天这样，他觉得很奇怪。黄审于是问道：“你这妇人，几次三番，是从哪里来的?”这妇女稍稍停留了一下，只是笑着不讲话，就走了。黄审更加怀疑她，就预先准备了长镰刀等候她回来，他没敢砍那妇女，只砍了她随行的婢女。妇女变成狐狸逃跑了。再看看那婢女，只是条狐狸尾巴而已。黄审追狐狸，没能追上。后来有人看见这狐狸从坑洞中出来，就把它挖出来，它已经再也没有尾巴了。

【简评】 狐狸的美丽至少有一半拜尾巴所赐。失去了尾巴，多么悲伤！何况它什么坏事也没做，被人搭讪也没有接茬儿，却无辜地受了伤。

狸客

董仲舒尝下帷独咏，忽有客来诣，语遂移日[1]。风姿音气，殊为不凡。与论五经，究其微奥。仲舒素不闻有此人，而疑其非常。客又云：“欲雨。”仲舒因此戏之曰：“巢居知风，穴居知雨。卿非狐狸，则是鼷(xī)鼠[2]。”客闻此言，色动形坏，化成老狸，蹶然而走[3]。

【注释】 1.下帷：放下室内悬挂的帷幕，指闭门苦读。移日：日影移动，指不很短的一段时间。 2.鼷鼠：小家鼠。 3.蹶然：忽然，突然。

【译文】 董仲舒曾经放下帷幕独自吟咏，忽然有个客人来拜访，就聊了很久。客人的风采姿态、声音气质都非常出众。董仲舒和他谈论五经，他能够穷尽其中微妙的奥秘。董仲舒向来没听说过这个人，就怀疑他不是常人。客人又说：“要下雨了。”董仲舒就拿这话和他开玩笑说：“住在巢里的知道刮风，住在洞里的知道下雨。你若不是狐狸，就是小老鼠。”客人听了这话，脸色改变，身形败露，化作一只老狐狸，突然跑走了。

【简评】 狐狸真的是中国古代精怪中最可爱的一种，它的性格色彩丰富多变，行事出人意表，作怪的方式常常是恶作剧、开玩笑式的，并不一定造成严重后果。本则中的老狐狸爱读书，擅长谈天，又注意仪容，简直是一位很有魅力的动物朋友。董仲舒用开玩笑的方式揭穿他，也还不失体面，至少比喊打喊杀要强得多。

庐陵亭

吴时，庐陵郡都亭重屋中，常有鬼魅，宿者辄死，自后使官莫敢入亭止宿[1]。时丹阳人姓汤名应者，大有胆武，使至庐陵，便入亭宿焉[2]。吏启不可止此，应不随谏，尽遣所将人还外止宿，唯持一口大刀，独卧亭中[3]。至三更中，忽闻有扣阁(gé)者[4]。应遥问是谁，答云："部郡相闻。"[5]应使进，致词而去。经须臾间，复有扣阁者如前曰："府君相闻。"[6]应复使进，身著皂衣。去后，应谓是人，了无疑也。顷复有扣阁者，言是部郡、府君诣来。应乃疑曰："此夜非时，又府君、部郡不应同行。"知是鬼魅，因持刀迎之。见有二人，皆盛衣服，俱进。坐毕，称府君者便与应谈。谈未毕，而部郡者忽起，跳至应背后。应乃回顾，以刀击中之。府君者即下座走出。应急追，至亭后墙下及之，斫伤数下。去其处已，还卧。达曙，将人往寻之，见有血迹，追之皆得。云称府君者是老豨(xī)魅，云部郡者是老狸魅[7]。自后遂绝，永无妖怪。

【注释】 1.庐陵郡：今江西吉安一带。都亭：都邑中的传舍。传舍即旅舍。 2.胆武：胆量和勇武。 3.启：禀报。谏：谏言。将：带领。 4.阁：小门。 5.部郡：官名，即部郡从事，主管督促文书、检举非法之事。 6.府君：汉代对郡相、太守的尊称。后沿用。 7.豨：古同"豨"，猪。

【译文】 三国吴时，庐陵郡的亭馆楼上常常闹鬼，在里面过夜的人总是会死。从那以后，过路的行使官员都不敢到亭馆里留宿。当时丹阳郡有个叫汤应的人，很有胆色和武力，出使来到庐陵，就去亭馆里住宿。亭吏告诉他不能住在这里，汤应没有听从他的谏言。他让带领的所有随从人员退到外面去住宿，自己只拿了一把大刀，独自睡在亭馆中。到三更的时候，忽然听见有人敲门。汤应远远地问是谁，外面的人回答说："部郡从事前来问候。"汤应让他进来，他说了些话就走了。一会儿，又有人像前面那个一样来敲门，说："郡守前来问候。"汤应又让他进来，这人身穿黑衣。他们走了以后，汤应认为他们都是人，一点儿也没有怀疑。稍后又有人敲门，说部郡从事、郡守前来拜见。汤应才怀疑地想："大晚上不是拜访的时候，而且部郡从事和郡守不应该一起来。"他知道来的是妖怪，于是拿着刀迎接他们。他看见两个人都穿着华美的衣服，一起进房。坐定后，自称郡守的便和汤应谈话。还没有说完，自称部郡从事的忽然起身跳到汤应背后。汤应就回过头来看，用刀砍中了他。自称郡守的就离开座位逃跑出去，汤应急忙追赶，到亭馆的后墙下，追上了，连砍几刀砍伤了他。离开那个地方后，汤应回去睡觉。到天亮，汤应带人前去寻找，看见有血迹，循着找，把两个妖怪都找到了。自称说是郡守的，是老猪精；自称部郡从事的，是老狐狸精。从此以后妖怪就绝迹了，再也没有了。

【简评】 这个故事，套用了亭馆鬼怪叙事中一种经典的模板，其大体结构是"亭馆闹鬼—不能入住—偏要入住—深夜周旋—天亮消灾"。在后面几卷之中，还有好几个框架雷同、情节相似的故事。它们可能同出一源而各自流行，在传播过程中改变了细节。因此，引入一些文本之外的思考，也许能使这类故事看起来更有意义。比如，早期的人们是否对远途旅行与临时借宿抱有一定的畏惧之情？是否出于不熟悉、不可控的未知环境，而产生这样的恐怖想象，又以胆大的主角来破除？

阿紫

后汉建安中，沛国陈羡，为西海都尉。其部曲士灵孝，无故逃去，羡欲杀之[1]。居无何，孝复逃走。羡久不见，囚其妇，其妇实对。羡曰："是必魅将去，当求之。"[2]因将步骑数十，领猎犬，周旋于城外求索，果见孝于空冢中。闻人犬声，怪避。羡使人扶以归，其形颇象狐矣。略不复与人相应，但啼呼索"阿紫"。阿紫，雌狐字也。后十余日，乃稍稍了寤，云[3]："狐始来时，于屋曲角鸡栖间，作好妇形，自称'阿紫'，招我[4]。如此非一。忽然便随去，即为妻，暮辄与共还其家。遇狗不觉，云乐无比也。"道士云："此山魅。"《名山记》曰："狐者，先古之淫妇也，其名曰'阿紫'，化而为狐，故其怪多自称'阿紫'也。"

【注释】 1.部曲：部下的兵士。 2.将：带。 3.寤：醒悟。 4.鸡栖：鸡栖息之所，鸡窝。

【译文】 东汉建安年间，沛国郡的陈羡任西海都尉。他部下的兵士灵孝无故逃跑，陈羡想要杀了他。过了没多久，灵孝又逃跑了。陈羡很长时间看不到他，把他的妻子关了起来，其妻对他讲述了实情。陈羡说："这必定是被妖怪带走了，该去找他。"于是率领几十个步兵骑士，带着猎犬，在城外来回寻找，果然发现灵孝在一个空墓穴中。听见人与狗的声音，妖怪避走了。陈羡让人搀扶着灵孝回来，他的形状已经很像狐狸了。他完全不再和人应答，只是哭啼呼唤寻找"阿紫"。阿紫，是雌狐狸的名字。过了十多天，他才略微明白醒悟，说：“狐狸刚来的时候，在房屋拐角处的鸡窝那里，它化作美女的形象，自称为‘阿紫’，招我去。像这样不止一次，我忽然就跟着它去了，把它当作了妻子，晚上总是和它一起回到它家里。遇到狗来时，我还没有醒，自觉其乐无比啊。”道士说：“这是山里的精怪。”《名山记》里说：“狐狸是远古的淫妇，她的名字叫‘阿紫’，变成了狐狸。所以狐狸精大多自称‘阿紫’。”

【简评】　这位阿紫并不祸害人，只是想和人快乐地生活在一起罢了。此外，也请注意，这则故事与《吴兴老狸》一则有相似之处：驱鬼的任务已经由道士这种专家来完成。

胡博士

有一书生居吴中，皓首，自称“胡博士”。以经传教授诸生，假借诸书[1]。经涉数载，忽不复见。后九月九日，士人相与登山游观，但闻讲诵声。命仆寻觅，有一空冢，入数步，群狐罗列。见人迸走，唯有一老狐独不去，是皓首书生，常假书者。

【注释】　1.经传：经（儒家的经典著作）和传（解说、注释儒家经典的书）的合称。泛指重要的古籍。

【译文】　有一个书生，住在吴郡，头发都白了，自称为“胡博士”。他为学生们传授儒家经典，向人借书。经过了几年，他忽然就不再出现了。后来有一年九月初九的时候，读书人们一起登山游览，只听见讲书的声音。人们就叫仆从去寻找，找到一个空墓穴，往里走几步，一群狐狸排列在那儿，看见人来就逃跑了，单单一只老狐狸不走。它就是那个白头书生，常问人借书的那个。

【简评】 狐仙仿佛有自己的世界，与人类处在平行的时空，只是偶尔要出来胡闹一下，或者向人索求些什么。眼下这一位特别可爱。他所爱的，竟然是知识；所渴望的，竟然是人间的知识载体——书。

宋大贤

南阳西鄂有一亭，人不可止，止则害人。邑人宋大贤，以正道自处，不可干[1]。尝宿亭楼，夜坐鼓琴而已，不设兵仗[2]。至于夜半时，忽有鬼来登梯，与大贤语，瞋目磋齿，形貌可恶[3]。大贤鼓琴如故，鬼乃去。于市取死人头来，还语大贤曰：“宁可行小熟啖？”[4]因以死人头投大贤前。大贤曰：“甚佳，吾暮卧无枕，正当得此。”鬼复去，良久乃还，曰：“宁可共手搏耶？”大贤曰：“善。”语未竟，大贤前便逆捉其胁，鬼但急言：“死！死！”[5]大贤遂杀之。明日视之，乃是老狐也。因止亭毒，更无害怖。

【注释】 1.正道：正确的道理。干：侵犯。 2.兵仗：兵器。 3.瞋目：瞪着眼睛。磋齿：磨着牙。 4.宁可行小熟啖：别本作“宁可少睡耶”。 5.胁：腋下到腰的位置。

【译文】 南阳郡西鄂县有一座亭馆，人不可以在里面留宿，若留宿就会受害。当地人宋大贤以正道立身处世，不可侵犯。他曾经在这亭楼上住宿，夜里只是坐着弹琴，没有准备兵器。到半夜时分，忽然有鬼爬上楼梯，和宋大贤谈话，这鬼瞪着眼睛磨着牙，身形容貌很可厌。宋大贤还是像之前那样弹着琴，鬼就走了。一会儿，鬼从街市上拿来一个死人的头，回来对宋大贤说：“你能不能稍微睡一下？”它就把死人的头扔在宋大贤身前。宋大贤说：“很好！我晚上睡觉没有枕头，正该得到这个。”鬼又走了。过了很久才回来，说：“能不能一起空手搏斗一下呢？”宋大贤说：“好！”话还没说完，他就迎上去抓住了鬼的腰。鬼只是急急地连声说：“死！死！”宋大贤就把它杀了。第二天去细看，是只老狐狸。于是宋大贤就消灭了亭楼里的祸患，再也没有可怕的东西了。

【简评】 这则故事与《庐陵亭》相似，同是一个亭楼鬼怪故事。在后面的几卷中，它还有许多翻版。不同的故事有不同的发生地点，可见其模板一度广泛流行。但比较而言，这一则要精彩一些，因为鬼不只以言语与人交锋，甚至做出了吓人的行动，主动抛出骷髅头挑衅人类。当我们注意到这则故事里的鬼是老狐狸的时候，就多少能够理解这种行为了。毕竟，中国狐狸的“神格”中，就有一些喜欢恶作剧的成分。

斑狐书生

张华字茂先，范阳人也。惠帝时为司空。于时燕昭王墓前，有一斑狐，积年能为幻化。乃变作一书生，欲诣张公。过问墓前华表曰：“以我才貌，可得见张司空否？”[1]华表曰：“子之妙解，无为不可。但张司空智度，恐难笼络，出必遇辱，殆不得返[2]。非但丧子千岁之质，亦当深误老表。”书生不从，遂诣华[3]。华见其总角风流，洁白如玉，举动容止，顾盼生姿，雅重之[4]。于是论及文章，辨校声实，华未尝闻此。复商略三史，探赜(zé)百家，谈老庄之奥区，被风雅之绝旨，包十圣，贯三才，箴八儒，擿(tī)五礼，华无不应声屈滞[5]。乃叹曰：“天下岂有此年少！若非鬼怪，则是狐狸。”书生乃曰：“明公当尊贤容众，嘉善而矜不能，奈何憎人学问[6]？墨子兼爱，其若是耶[7]？”言卒便请退。华已使人防门，不得出。既而又谓华曰：“公门置甲兵兰锜(yǐ)，当是疑于仆也[8]。将恐天下之人卷舌而不言，智谋之士望门而不进，深为明公惜之。”华不应，而使人御防甚严。时有丰城令雷焕，字孔章，博物士也。华谓孔章曰：“今有男子，少美高论。”孔章谓华曰：“当是老精。闻魑魅忌狗，可试之。”华曰：“狗所别者数百年物耳，千年老精不复能别。唯有千年枯木，照之则形见。闻燕昭王墓前有华表柱，向千年，可取照之，当见。”乃遣人伐之。使人既至，闻华表叹曰：“老狐自不自知，果误我事。”于华表穴中得青衣小儿，长二尺余。将还，未至洛阳，而变成枯木[9]。遂燃以照之，书生乃是一斑狐。茂先叹曰："此二物不值我，千年不复可得。"[10]

【注释】 1.华表：古代宫殿、陵墓等大型建筑物前面做装饰用的柱。 2.殆：大约。 3.诣：拜见。 4.总角：古代未成年人把头发扎成向上分开的两个发髻，形状像角，借指幼年或少年。雅：很。 5.三史：不同历史时期，"三史"的概念有所变化。在张华的时代，指《史记》《汉书》和《东观汉记》。探赜：探索奥秘。奥区：深奥隐微之处。被：打开。此义后作"披"。风雅：指《诗经》中的诗歌。十圣：指孔门十哲颜渊、闵子骞、冉伯牛、仲弓、宰我、子贡、冉有、季路、子游、子夏等人。三才：天地人为三才，引申为天文、地理与人事，即宇宙与人生。箴：评论，批评。八儒：相传孔子死后，儒家分为八派，故称。擿：挑剔，指摘。五礼：以祭祀之事为吉礼，丧葬之事为凶礼，军旅之事为军礼，宾客之事为宾礼，冠婚之事为嘉礼，合称五礼。 6.矜：怜悯。 7.兼爱：指同时爱不同的人或事物。这是墨子学派的伦理学说。墨子主张爱无差别等级，不分厚薄亲疏。 8.兰锜：兵器架，此处代指兵器。 9.将：带。 10.值：遇到。

【译文】 张华字茂先，是范阳人。晋惠帝时任司空。当时燕昭王墓前有一只花狐狸，修炼多年，能变化形象，于是变成了一个读书人，想去拜访张华。它到墓前的华表面前问："凭我的才貌，能见张司空吗?"华表说："您善于说解，无所不可。只是以张司空的才智气度，恐怕不容易拉拢他，你去了一定会受辱，大概还会回不来。不但丧失修炼千年的形体，也会严重妨害我这根老华表。"狐狸不听，就去拜见张华。张华看见他年少而风流，肌肤洁白如玉，举动神情，眉目之间，都生出风姿，很敬重他。于是他就谈论起文章的优劣，评判各个作家的声望和实际能力，张华从未听见过这样的评论。他又商讨了三部著名史书，探求了诸子百家的奥秘，畅谈了《老子》《庄子》的深奥之处，揭示了《诗经》的非凡意旨，概括孔门十哲的学问，贯通宇宙人生的道理，针砭了儒家八个学派的得失，指摘了五种礼法的弊端，张华没有不回应迟钝、应答艰涩的。于是张华叹息说："天底下哪会有这样的少年！你若不是鬼魅，就一定是狐狸。"书生说："您应该尊重人才，包容众生，宽容普通的百姓，赞美好人而同情无能的人。怎么能忌恨别人的学问呢？墨子爱天下的人，会像你这样吗？"说完便要告辞。张华已经派人守门，狐狸出不去了。不久，狐狸又对张华说："你在门口安排了兵士武器，该是对我产生怀疑了。我真要担心天下的人会卷起舌头不再和您交谈，有智谋的人望着您的家门而不再进来。我深深为您感到惋惜。"张华不理他，反而叫人严密地防守。当时有个丰城县的县令雷焕，字孔章，是个通晓万物名理的人。张华对雷焕说："现在有个男子，年纪很轻，很擅长言谈，议论高明。"雷焕说："这应当是个老妖精。听说鬼魅怕狗，可以用狗试一下。"张华说："狗能够辨别的只是修炼几百年的东西，千年老妖就不再能辨别了。只有点燃千年枯木来照它，原形才能显出来。听说燕昭王墓前有华表柱，将近有一千年了，可以取来照妖，它应该会现形。"于是张华就派人去砍华表。使者到了，听到华表叹息说："老狐狸不自量力，果然坏了我的事。"在华表的基坑里找到两个穿青衣服的小孩，身高两尺多。使者把他们带回来，还没到洛阳，他们就变成了枯树。于是张华点燃枯树去照书生，竟是一只花狐狸。张华叹息说："这两样东西如果不碰上我，过一千年也不可能再被发现。"

【简评】　本卷有很多狐狸的故事。压卷出场的这一位，再度贯彻了狐狸们爱读书的优良传统，甚至把西晋的著名文学家张华都难倒了。在遭遇暴力扣押，自知无法离去之际，还尝试用墨子兼爱的道理去说服对方，几乎纯真得可爱。他本来抱着既仰慕，又想挑战张华的心态而去，最后应该对人类的胸襟很失望吧。的确，"尊贤容众，嘉善而矜不能"的品质是很珍稀的，"憎人学问"，或者嫉妒同类拥有别的什么好东西，倒是普遍的人性。

变化篇之四

黑头白躯狗

山阳王瑚，字孟琏，为东海兰陵令。夜半时，辄有黑帻(zé)白单衣吏诣县扣阁(gé)，迎之则忽然不见[1]。如此数年。后令于外伺之，见一老狗，黑头白躯犹故，至阁便为人[2]。使人以白孟琏，杀之乃绝[3]。

【注释】 1.辄：总是。帻：头巾。阁：门。 2.伺：探察。 3.白：禀告。

【译文】 山阳郡的王瑚，字孟琏，任东海郡兰陵县令。半夜时，总有戴黑头巾、穿白单衣的小吏到县衙敲门，开门迎接他，人就忽然不见了。这样已经好几年了。后来王瑚派人在县衙门外探察，见到一条老狗，头是黑的，身体是白的，如同之前那个小吏，一到门口便化作了人。派出的人把情况告诉王瑚，杀了狗，怪事就消失了。

【简评】 黑脸白身子，爱和人类开玩笑的狗狗，很可爱啊。

沽酒家狗

司空南阳来季德，停丧在殡[1]。忽然见形，坐祭床上，颜色服饰，真德也[2]。见儿妇孙子，次戒家事，亦有条贯，鞭朴奴婢，皆得其过[3]。饮食既饱，辞诀而去。家人大小，哀割断绝。如是四五年。其后饮酒多，醉而形露，但见老狗，便共打杀。因推问之，则里中沽酒家狗也[4]。

【注释】 1. 司空：官名。殡：停放灵柩。 2. 见：同“现”，显现。 3. 戒：同“诫”，告诫。鞭朴：亦作“鞭扑”，用作刑具的鞭子和棍棒。亦指用鞭子或棍棒抽打。 4. 推问：审问，讯问。这里指查证。

【译文】 司空南阳人来季德，已经逝世，停灵在家等着下葬，忽然又现出原形，坐在祭床上，面色、服装都是真的来季德的样子。他面见了儿子、媳妇、孙子们，依次告诫家中事务，也有条理。他鞭打奴婢，也都知道他们的罪过。吃喝饱腹之后，他就辞别走了。全家老少，哀痛欲绝。像这样过了四五年。后来他喝酒太多了，醉后露出原形，只见是一条老狗，大家便一起把它打死了。接着大家去查证狗的来历，原来就是乡里卖酒人家的狗。

【简评】 这是个悲哀的故事。初时，活着的人们不知道逝去的亲人是狗所化，在“他”离去的时候还非常难舍。四五年后，大家一定已经不再那么想念先人了。否则，即便见到了狗的躯体，也不妨宽容以待，视为慰藉，不必打杀而后快。

白狗魅

北平田琰，母丧，恒处庐[1]。向一期(jī)，夜忽入妇室[2]。密怪之，曰："君在毁灭之地，幸可不甘。"[3]琰不听而合。后琰暂入，不与妇语，妇怪无言，并以前事责之。琰知魅，临暮竟未眠，衰服挂庐。须臾，见一白狗攫(jué)庐，衔衰服，因变为人，著而入[4]。琰随后逐之，见犬将升妇床，便打杀之。妇羞愧病死。

【注释】 1.庐：古人为守丧而构筑在墓旁的小屋。 2.期：一周年。 3.毁灭之地：指母亲过世，居丧哀毁的境地。 4.须臾：一会儿。攫：抓取。

【译文】 北平郡的田琰为母亲守丧，一直住在墓旁的小屋里。快到一年的时候，夜里他忽然走进了妻子的房间。妻子暗中责备他，说："你在哀毁难当的境地里，希望你别这么做。"田琰不听，和她交欢。后来田琰短暂回家一次，没有和妻子说话，妻子对他不说话感到奇怪，且用上次的事情责备他。田琰知道是精怪，直到天黑也没睡着，把丧服挂在墓旁的小屋里。一会儿，他看见一只白狗来到小屋，抓起丧服叼在嘴里，于是狗就变成了人，穿了丧服，进妻子的房间里去了。田琰跟在它后面追它，看见这条狗即将爬上妻子的床，就把它打死了。他妻子羞愧病死了。

【简评】 故事的产生总有其文化背景。这则故事反映出，孝曾经是不可动摇的道德准则。另外，骗色是要受到惩罚的。狗被打死，是咎由自取，而妻子羞愧病死，却有些冤枉。

吴郡士人

有一士人姓王，家在吴郡。于都假还，至曲阿，日暮，引船上当大埭（dài）[1]。见塘上有一女子，年十七八，甚美，便呼之留宿。至晓，士解金铃系其臂，令暮更来。遂不至。明日，使人至家寻求，都无女人。因过猪栏中，见一母猪，臂有金铃也。

【注释】 1.假：请假。当：向着。埭：堵水的土坝。

【译文】 有一个姓王的读书人，家在吴郡。有次他从都城请假回家，来到曲阿县，天色已晚，便把船拉向坝上停靠。他看见塘边有一个女子，十七八岁，很漂亮，就招呼她来过夜。到天亮时，他解下一个金铃系在她的胳膊上，让她晚上再来。她竟不再来了。次日，他派人到她家寻求，根本没有女人。所派的人于是走近猪圈，见到一只母猪，前腿上系有金铃。

【简评】 这样的故事挺让人喜欢的。发生了些事，对双方都没有造成后果，却有些淡淡的戏谑。

安阳亭

安阳城南有一亭，廨(xiè)不可宿也，若宿杀人[1]。有一书生明术数，乃过宿之[2]。亭民曰："此不可宿，前后宿此，未有活者。"书生曰："无苦也，吾自能谐。"[3]遂住廨舍，乃端坐诵书，良久乃休。夜半后，有一人著皂单衣，来往户外，呼："亭主。"[4]亭主应曰："诺。""亭中有人耶？"答曰："向者有一书生在此读书久，适休，似未寐。"乃喑嗟而去[5]。须臾，复有一人，冠帻赤衣，来呼亭主。亭主应诺，亦复问："亭中有人耶？"亭主答如前，复喑嗟而去。既去寂然。于是书生无他。即起诣向者呼处，微呼亭主，亭主亦应诺。复问："亭中有人耶？"亭主答如前。乃问："向者黑衣来者谁？"曰："北舍母猪也。"又曰："赤冠帻来者谁？"曰："西舍老雄鸡父也。"曰："汝复谁耶？"曰："我是老蝎也。"于是书生密便诵书至明，不敢寐。天明，亭民来视，惊曰："君何以得活耶？"书生曰："汝促索臿(chā)来，吾与卿取魅。"[6]乃掘昨夜应处，果得老蝎，大如琵琶，毒长数尺。于西家得老雄鸡父，北舍得老母猪。凡杀三物，亭毒遂静，永无灾横也。

【注释】 1.安阳：县名，治所在今河南安阳西南。亭：秦汉时期担当军事、司法、交通职能的基层官制及其建筑。可为往来人员提供食宿。廨：旧时官吏办公的地方。 2.术数：指阴阳五行等方术。 3.苦：困扰。谐：办妥，办成。　4.皂：黑色。　5.喑嗟：低声叹息。　6.臿：同“锸”，铁锹。

【译文】　安阳城南有一座亭馆，办公区域不可住宿，若在其中住宿就会死人。有一个书生会方术，于是到那亭馆里过夜。亭旁的人说：“这里不能居住，前后在这儿居住过的人，没有一个能活下来的。”书生说：“不用困扰，我能解决。”于是他住在亭馆的办公厅中，就端正地坐着读书，很久才休息。半夜以后，有个穿黑色单衣的人，来到门外喊：“亭主。”亭主答应：“哎。”来人问：“亭中有人吗？”亭主回答说：“刚才有个书生在这里读书。现在不读了，好像还没有睡。”于是那人低声叹息着走了。一会儿，又有一个戴着头巾，穿着红衣的人，来呼唤亭主，亭主答应，他也又问：“亭中有人吗？”亭主像之前那样回答，这人也低声叹息着走了。他们走后，周围安静无声了。于是书生知道没有人来了，起来走到刚才那两个人呼喊的地方，轻声呼唤亭主，亭主也答应了一声。书生又问：“亭中有人吗？”亭主就像刚才那样回答。书生就问道：“刚才穿着黑衣服来的是谁？”亭主回答说：“北屋的母猪。”书生又说：“戴着红头巾来的是谁？”亭主回答说：“西屋的老公鸡。”书生说：“你又是谁呢？”亭主说：“我是老蝎子。”于是书生就暗中背书到天亮，不敢睡着。天亮了，亭旁的人来看他，惊讶地说：“你是怎么活下来的？”书生说：“快催促人拿铁锹来！我为你们捉拿精怪。”于是他来到昨天夜里发生对答的地方开挖，果然发现了老蝎子，像琵琶那么大，毒刺有几尺长。又到西边屋舍抓住了老公鸡，北边屋舍抓住了老母猪。总共杀了三个怪物，亭馆里的毒害就平息下来，永远也没有灾祸横行了。

【简评】　仔细留意一下，这类不怕鬼怪，敢于独自过夜，并且能镇邪除恶的人的故事，主角常常是个男性读书人。而故事中的鬼怪常常是动物所变，它们最常见的魔力，也不过是会说人话而已。如何致人于死，真难以想象。其实，编故事的人重在制造人类的胜利，本来也没想为鬼怪们脸上贴金。

高山君

汉齐人梁文好道，其家有神祠，建室三四间，座上施皂帐，供神像其中。积十数年。后因祀事，帐中忽有人语，自呼“高山君”。大能饮食，治病有验，文奉事甚肃[1]。积数年，得进其帐中。神醉，文乃乞得奉见颜色[2]。谓文曰：“授手来。”[3]文纳手，得捋其颐，髯须甚长[4]。文渐绕手，卒然引之，而闻作杀羊声。座中惊起，助文引之，乃袁公路家羊也，失之七八年，不知所在[5]。杀之乃绝。

【注释】 1.肃：恭敬。 2.奉见：敬视。奉，敬辞。 3.授：给。 4.颐：下巴。 5.引：拉。袁公路：东汉末年的军阀袁术，字公路。

【译文】 汉朝齐郡人梁文爱好道术，家里有一座神祠，造了三四间房屋，神座上挂着黑色的帷帐，其中供奉着神像，有十多年了。后来有一次因为祭祀之事，帷帐中忽然有人说话，自称“高山君”。他很能吃东西，治病灵验，梁文非常恭敬地侍奉他。过了几年，梁文被准许进入那帷帐中。神醉了，梁文于是乞求瞻仰他的面容。神对梁文说：“把手伸给我。”梁文把手伸去，能够捋到神的下巴，胡须很长。梁文渐渐把胡须绕在手上，突然一拉，却听见了杀羊般的叫声。在座的人吃惊地站了起来，帮着梁文拉那个神，原来是袁术家的一只羊。袁家丢了它七八年，一直不知道在哪里。把羊杀了，神迹也就没有了。

【简评】 流行的故事常常有套路，剥去情节的外衣，内核总不太新鲜，因此读多了便会有点厌烦。此时不妨重点关注细节，以体会每一个具体编故事的人匠心何在。比如这一则，因为是羊，所以神的名字才叫“高山君”啊。

獭妇

吴郡无锡有上湖大陂(bēi)，陂吏丁初，天每大雨，辄循堤防[1]。春盛雨，初出行塘。日暮间，顾后有小妇人，姿容可爱，上下青衣，戴青伞，追后呼：“初掾(yuàn)待我。”[2]初时怅然，意欲留伺之，复疑本不见此，今忽有妇人冒阴雨行，恐必鬼物。初便疾行，顾见妇人，追之亦速。初因急走，去之转远，顾视妇人，乃自投陂中，泛然作声，衣盖飞散，视是大苍獭，衣伞皆荷叶也。此獭化为人形，数媚年少者也。

【注释】 1.陂：池塘。循：通“巡”，巡视。 2.顾：回头看。掾：佐吏。此处是用官名来称呼丁初。

【译文】 吴郡无锡县有个叫上湖的大池塘。管池塘的小吏丁初，每次天下大雨，总是去巡视堤岸。春天刚下过大雨，丁初出去巡视湖塘。黄昏时，回头看见有一个小妇人，姿色容貌很可爱，全身上下都穿着青色的衣服，撑着青色的伞，在后边追着他呼叫："丁大人等等我。"丁初当时十分惆怅，想留下等等她，但又起疑想道：本来从没见过她，现在忽然有个妇人冒着阴雨天气赶路，恐怕一定是鬼怪。丁初便快步行走，回头看那妇人追得也很急。丁初因而急忙跑走，离她渐渐远了。回头看那妇人，竟自己跳进湖中，水波激荡有声，衣服和伞都飞散开来。仔细看，原来是只青黑色的大水獭，衣服和伞都是荷叶。这只獭化作人形，好几次诱惑年轻的人。

【简评】 春雨中，大湖畔，水獭穿着荷叶来，是多么灵动的情境。世人编异性鬼怪故事，三句话不离色诱，格局实在太小。不过，细思这"格局"，原因却与普遍的人性有关。

蛇讼

汉武帝时，张宽为扬州刺史。先是，有老翁二人争山地，诣州讼疆界，连年不决，宽视事，复来[1]。宽窥二翁，形状非人，令卒持戟将入，问："汝何等精？"[2]翁欲走，宽呵格之，化为二蛇[3]。

【注释】 1. 州：州府。视事：指新任官员到职办公。 2. 戟：一种兵器。将：

带。 3.格：阻止。

【译文】 汉武帝时期，张宽任扬州刺史。在此之前，有两个老头争夺山地，到扬州府为疆界纠纷而打官司，几年都没有解决。张宽到任后，他们又来为这事打官司。张宽暗中察看这两个老头，身形样貌不像人，就命令士兵拿着兵器押他们进来，问道："你们是什么精怪？"两个老头想跑，张宽呵斥阻止了他们，他们化作了两条蛇。

【简评】 这则故事的匠心与《高山君》那一则相似，都是借助动物本身的属性来设定情节。正因为是两条蛇，才会争夺山地疆界，几年也没有吵完。

阿铜

道士丹阳谢非，往石城冶买釜。还，日暮，不及家。山中有庙舍于溪水上，入中宿，大声语曰："吾是天帝使者，停此宿。"犹畏人劫夺其釜，意若搔搔不安[1]。夜二更中，有来至庙门者，呼曰："阿铜。"铜应诺。"庙中有人气，是谁？"铜云："有人，言是天帝使者。"少顷便还。须臾又有来者，呼铜，问之如前，铜答如故，复叹息而去。非惊扰不得眠，遂起，呼铜问之："先来者是谁？"铜答言："是水边穴中白鼍(tuó)。"[2]"汝是何等物？"云："是庙北岩嵌中龟也。"[3]非皆阴识之[4]。天明，便告居人，言："此庙中无神，但是龟鼍之辈，徒费酒肉祀之。急具锸来，共往伐之。”诸人亦颇疑之，于是并会伐掘，皆杀之。遂坏庙绝祀，自后安静。

【注释】 1.搔搔：不安的样子。搔，通“骚”。 2.鼍：扬子鳄。 3.岩嵌：峻险的山岩。 4.阴：暗中。

【译文】 丹阳郡道士谢非去石头城买锅。回来时，天色黄昏，来不及赶到家。山里溪水边有座庙宇，他就到里面留宿，大声说道：“我是天帝的使者，在这里留宿。”他还怕别人抢夺他的锅，心里一直好像骚动不安。夜里二更时分，有人来到庙门口，叫道：“阿铜。”阿铜答应。外面的人说：“庙里有人的气味，是谁？”阿铜说：“是有个人，自称是天帝的使者。”一会儿那人便回去了。不久又有人来叫阿铜，像刚才一样问，阿铜也像刚才那样回答，那人也叹息着走了。谢非受到惊扰后睡不着，于是起床，呼唤阿铜，问他：“刚才先来的是谁？”阿铜回答说：“是溪水边洞穴中的白鳄鱼。”谢非又问：“你是什么东西？”阿铜回答说：“是庙北边峻险的山岩中的乌龟。”谢非都暗暗记住了。天亮后，他便告诉住在附近的人，说：“这庙里没有神灵，只是些乌龟、鳄鱼之类，你们白白花费酒食祭祀它们。赶快拿铁锹来，一起去除掉它们。”大家也很有些怀疑，就一起去铲除挖掘，把乌龟、鳄鱼都杀死了。于是捣毁了庙宇，断绝了祭祀，从此以后就安定平静了。

【简评】 这一则似乎可以看作《安阳亭》那个故事的另一版本。有些细节根据环境的变化而改变了，但仍有没有处理好的蛛丝马迹。《安阳亭》里，亭主是蝎子，夜里前后来了两个动物（母猪、公鸡）；这里的庙主是只乌龟，虽然叙述上也确实来过两个动物，揭晓时却只有白鳄鱼正式出现。当读到重复的桥段时，找差别也是一种乐趣。

鼍妇

鄱阳人张福，舡（chuán）行还野水边[1]。忽见一女子，甚有容色，自乘小舟，来投福，云："日暮畏虎，不敢夜行。"福曰："汝何姓，作此轻行？无笠雨驶，可入，见就避雨[2]。"因共相调，遂入就福寝，以所乘小舟系福舡边[3]。三更许，雨晴月照，福视妇人，乃见一大白鼍（tuó），枕福臂而卧[4]。福惊起，欲执之，遽走入水。向小舟乃是一枯槎段，长丈余。

【注释】 1.舡：同"船"。 2.笠：竹篾编成的笠形覆盖物。见就：到我这里。见，用在动词前面，称代自己。 3.调：调戏。就：到。

【译文】 鄱阳人张福乘船回到野外的河边。忽然见到一个女子，很有姿色，独自划着小船来投靠张福，说："天黑了，我怕老虎，不敢在夜里赶路。"张福说："你姓什么，为什么作这样轻率的旅行？你的船没有遮挡，冒雨行驶，可以进我的船里躲雨。"于是两人彼此调戏了一番，女子就到张福的船里睡了，把她乘坐的小船系在张福的船边。三更左右，雨停了，月光拂照，张福细看那女子，竟见到一条大白鳄，头枕着他的胳膊躺着。张福受惊而起来，想捉住它，它急忙逃进水里。刚才的那只小船原来是一截干枯的树木枝丫，长一丈多。

【简评】 动物所变的美妇人与人类男性共度良宵的故事也很常见。是否有趣，既要看那"妇人"的原始身份是否与当时的自然环境相符合，也要看事情有什么后果，即故事背后是否有宣扬因果报应的动机。若是萍聚萍散，从此再无瓜葛，视作“金风玉露一相逢”又有何妨。

鼠妇

豫章有一家，婢在灶下，忽有人长数寸，来灶间。婢误以履践杀一人[1]。须臾，遂有数百人著缞(cuī)麻，持棺迎丧，凶仪皆备[2]。出东门，入园中覆船下。就视，皆是鼠妇[3]。作汤浇杀，遂绝。

【注释】 1. 践：踩踏。 2. 缞麻：粗麻布丧服。凶仪：丧葬的礼仪。 3. 鼠妇：俗称“潮虫”，一种生活于陆上潮湿处的虫子。

【译文】 豫章郡有一户人家，婢女在灶边，忽然有一些身长几寸的人来到厨房间，婢女不小心用鞋子踩死了其中一个人。一会儿，就有几百个人穿着麻制丧服，扛着棺材来安置尸体，丧葬的礼仪都很完备。他们出了东门，进了园中一条翻过来的船底下。走近仔细看，都是鼠妇。烧了热水去浇烫，把它们杀死，怪事就绝迹了。

【简评】 鼠妇性喜阴暗潮湿之处。其实，若长期生活在人的住宅里，它们就会缺水而死。那翻过来的船底下倒像是它们的家。

蝉儿

淮南内史朱诞，字永长，吴孙皓世为建安太守。诞给使妻，有鬼病，其夫疑之为奸[1]。后出行，密穿壁窥之，正见妻在机中织，遥瞻桑树上，向之言笑。给使仰视，树上有年少人，可十四五，衣青布褶，青幧(qiāo)头[2]。给使以为信人也，张弩射之，化为鸣蝉，其大如箕，翔然飞去[3]。妻亦应声惊曰："噫！人射汝。"给使怪其故。后久时，给使见二小儿在陌上共语，曰："何以不复见汝？"其一即树上小儿也，答曰："前不谨，为人所射，病疮积时。"[4]彼儿曰："今何如？"曰："赖朱府君梁上膏以傅之，得愈。"[5]给使白诞曰："人盗君膏药，颇知之否？"[6]诞曰："吾膏久致梁上，人安得盗之？"[7]给使曰："不然，府君视之。"诞殊不信，为试视之，封题如故。诞曰："小人故妄作，膏自如故。"[8]给使曰："试开之。"则膏去半焉，所掊(póu)刮见有趾迹[9]。诞自惊，乃详问之，给使具道其本末。

【注释】 1.给使：供役使之人。鬼病：难以告人的怪病。 2.幧头：古代男子束发的头巾。 3.信人：传信的人。 4.疮：箭伤。 5.傅：涂抹。 6.颇：略微。 7.致：放置。 8.妄作：虚妄之谈。 9.掊：以手、爪扒物。

【译文】 淮南内史朱诞，字永长，吴国孙皓时任建安太守。他侍从的妻子患有怪病，丈夫怀疑她有奸情。后来侍从外出，偷偷地在墙上打了个洞来窥视，正好看见妻子在布机上织布，她的眼睛远望桑树，对着树谈笑。侍从抬头看，树上有个少年，大约十四五岁，穿着青衣服，戴着青头巾。侍从把他当成了传信的人，张弓射他。那人变成一只知了，大如畚箕，高高地飞走了。妻子也随着那射箭声惊讶地说："呀！有人射你。"侍从觉得这事的因由很奇怪。后来过了很久，侍从看见两个小孩在路上交谈。一个说："为什么很久没看见你？"另一个就是树上的小孩，他回答说："上次不小心，被人射了，箭伤拖了很久。"那小孩又问："现在怎么样了？"受伤的说："靠朱太守梁上的膏药涂抹伤口，得以痊愈。"侍从禀告朱诞说："有人偷了您的膏药，您是否略有所察觉？"朱诞说："我的膏药早就放到了梁上，别人怎么偷得到呢？"侍从说："不见得，大人还是去看看它。"朱诞非常不相信，试探着去看，膏药的包装都没动。朱诞便说："小人故作妄言，膏药就像原来那样。"侍从说："试着打开看看。"只见膏药早就少了一半，刮挖之处看见有脚爪的痕迹。朱诞自己吓了一跳，于是详细地问侍从，侍从便把这事情的前因后果全部告诉了朱诞。

【简评】 遇到异状就往奸情上想，实在不够自信。这个侍从的妻子多么可爱啊，她是个能和知了聊天的妙人。

细腰

魏郡张奋，家巨富，忽衰死财散，遂卖宅与黎阳程应。应入居，举家疾病，转卖与邺人何文。文先独持大刀，暮入北堂梁上坐。至一更中，忽有一人长丈余，高冠赤帻，升堂呼问曰："细腰。”细腰应诺。其人曰：“舍中何以有人气？”答曰：“无之。”便去。须臾，复有一高冠青衣者，次之，又有高冠白衣者，问答并如前。及将曙，文乃下堂中，因往向呼处，如向法呼细腰，问曰：“向赤衣冠谓谁？”答曰：“金也，在堂西壁下。”“青衣者谁也？”曰：“钱也，在堂前井西五步。”“白衣者谁也？”曰：“银也，在堂东北角柱下。”问：“君是谁？”答云：“我杵也，今在灶下。”及晓，文按次掘之，得金银各三百斤，钱千余万，烧去杵。由此大富，宅遂清宁。

【译文】 魏郡的张奋家里本来极其富裕，忽然衰弱抱病而死，家财也散失了，于是张家就把房屋卖给了黎阳的程应。程应搬进去居住后，全家生病，又把房屋转卖给邺城的何文。何文先独自拿了大刀，傍晚进屋，到北面的堂屋梁上坐下。夜里一更时，忽然有一个人，身高一丈多，戴着高帽子、红头巾，登堂喊道：“细腰。”细腰答应了一声。那人说：“屋里为什么有人的气味？”细腰回答说：“没有人。”这人就走了。一会儿，有一个戴高帽子穿青衣服的，再接下来，有一个戴高帽子穿白衣服的，都和细腰像最初那样相互问答。到快要天亮的时候，何文才从梁上下到堂中，于是他走到之前那三个人喊叫的地方，像那些人之前那样呼唤细腰，问道：“之前穿红衣服、戴红头巾的是谁？”细腰回答说：“是黄金，在堂屋的西墙下。”何文又问：“穿青衣服的是谁？”细腰回答说：“是铜钱，在堂屋前井西边五步远处。”再问：“穿白衣服的是谁？”细腰回答说：“是银子，在堂屋东北角柱子底下。”何文问：“你是谁？”细腰回答说：“我是木杵，现在在灶头下面。”等到天亮，何文依次挖掘，得到黄金、白银各三百斤，铜钱千万多，把木杵烧掉了。何文从此变得非常富裕，家宅于是清静安宁了。

【简评】 这是《安阳亭》的又一个版本，故事要素的相似之处一目了然，都是主人公勇于进入鬼屋，先听见鬼与鬼的对答，再向鬼发出询问，最后在天亮时把它们一窝端掉。不过这一则的要素有所增加，不再是纯粹的祛除鬼怪，而是驱鬼、致富一举两得。赤的是金，青的是铜，白的是银，也算用心编排，符合事物本来的特性。

文约

魏景初中，阳城县吏王臣，家有怪，无故闻拍手相呼，伺无所见[1]。其母夜作倦，就枕寝息。有顷，复闻灶下有呼曰："文约，何以不见？"头下应曰："我见枕，不能往，汝可就我。"[2]至明，乃饭臿也[3]。即聚烧之，怪遂绝。

【注释】 1. 伺：观察。 2. 见：动词前表示被动，相当于"被"。 3. 饭臿：饭铲。

【译文】 曹魏景初年间，阳城县吏王臣家里有妖怪，无缘无故地听见拍手和彼此呼喊的声音，可观察不到什么。他母亲夜里劳作疲累，靠在枕头上睡觉。一会儿，又听见灶下有喊声说："文约，为什么没看到你？"他母亲头下的枕头回答说："我被枕着，不能到你那边去。你可以到我这儿来。"天亮一看，原来是饭铲。王臣就把它们放在一起烧掉了，妖怪从此就绝迹了。

【简评】 枕头和饭铲聊聊天，本来也没什么。只能怪人类太胆小。

秦巨伯

琅邪秦巨伯，年六十。尝夜行饮酒，道经蓬山庙。忽见其两孙迎之，扶持百余步，便捽(zuó)伯颈着地，骂："老奴，汝某日捶我，我今当杀汝。"[1]伯思惟，某时信捶此孙[2]。伯乃佯死，乃置伯去。伯归家，欲治两孙，孙惊惋叩头，言："为子孙，宁可有此！恐为鬼魅，乞更试之。"伯意悟。数日，乃诈醉，行此庙间。复见两孙来，扶持伯。伯乃急持，动作不得[3]。达家，乃是两偶也[4]。伯著火炙之，腹背俱焦坼(chè)[5]。出著庭中，夜皆亡去，伯恨不得之[6]。后月，又佯酒醉夜行，怀刃以去，家不知也。极夜不还，其孙恐又为此鬼所困，乃俱往迎之，伯乃刺杀之。

【注释】 1.捽：揪，抓。捶：打。 2.思惟：思量。信：确实。 3.持：捉住。 4.偶：仿人形制成的木偶。 5.坼：裂。 6.著：放。

【译文】 琅邪郡人秦巨伯，六十岁了，曾经在夜里外出喝酒，路过蓬山庙。忽然看见他的两个孙子来迎接他。搀扶着他走了一百多步，就掐住他的脖子把他按倒在地，骂道：“老奴才！你某天打了我，我现在要杀死你！”秦巨伯仔细想了想，那天的确打过这两个孙子。于是秦巨伯就装死，这两人才扔下秦巨伯走了。秦巨伯回到家中，想要处罚两个孙子。孙子惊讶叹惜地磕头，说：“当子孙的，怎么可以做这种事呢？恐怕那两人是鬼魅，求您再去试一下。”秦巨伯明白过来了。过了几天，他就假装喝醉，来到这座庙前。又看见两个孙子来搀扶他。秦巨伯就赶紧把他们捉住。他们动弹不得。到家中一看，却是两个偶像。秦巨伯点火烤它们，它们的腹部、背部都被烤焦裂开了，他把它们拿出去放在院子里，结果两个人偶夜里都逃跑了。秦巨伯后悔自己没能捉住它们。下个月，他又假装喝醉了酒夜里走路，怀里藏着刀而去，家里的人却不知道。夜深了他还没有回来，他的孙子怕他又被那鬼所困，就一起去迎接他，秦巨伯竟然把他们都刺死了。

【简评】　这则故事，在《搜神记》诸篇中，算是较为优异的，可它并不是原创。先秦文献《吕氏春秋》中，就有一篇《奇鬼》，基本情节完全一致，只是省去了中间的一捉一逃，又多出了末尾的一段大道理，其大意是：对相似的事物一定要详加探查，以把握其本质的区别，否则就会做出轻率的行为，导致不可挽回的后果。其实，不讲道理，只看情节，它也不失为一个好故事，结构完整，设计精巧，悲伤与荒诞同在。

变化篇之五

瑶草

姑媱山，帝之女死，化为瑶草，其叶蕤(ruí)成，其华黄色，其实如菟丝[1]。故服瑶草者，恒媚于人焉。

【注释】 1. 蕤成：别本作“胥成”，旧注认为，即叶子重叠而生。华：同“花”。菟丝：淡黄色的旋花科寄生植物，特性为攀附寄生。

【译文】 姑媱山，天帝的女儿死在这里，化为了瑶草。这草的叶子互相重叠，花是黄色的，果实像菟丝一样。所以吃了瑶草的人，总是能逢迎取宠于人。

【简评】 吃了瑶草可以“媚于人”这一处，各家翻译有细微的出入。有说“常能招人喜爱”，也有说“常常比别人妩媚”，也有说“能助欢爱”。从上一句中说瑶草的果实形如攀附寄生的菟丝来看，似乎可以找到“缠人”的特性。因此这里选取了“媚”字的“取媚”之意来译。

蒙双氏

昔者高阳氏，有同产而为夫妇[1]。帝放之于崆峒之野，相抱而死[2]。神鸟以不死草覆之。七年，男女同体而生，二头四足四手，是为蒙双氏。

【注释】 1.同产：一母所生。 2.放：流放。崆峒：本义是山高峻的样子。此处应是地名。

【译文】 从前高阳氏的时候，有两个一母所生的人结成了夫妻，高阳氏把他们流放到崆峒的原野上，他们互相拥抱着死去了。神鸟用不死草覆盖了他们的身体。七年后，男女两人在同一个身体上活了过来，有两个头，四只手，四只脚，这就是蒙双氏。

【简评】 蒙双氏分明是一个上古时代的连体婴。

蚕马

寻旧说云：太古之时，有大人远征，家无余人，唯有一男一女，并牡马一匹，女亲养之[1]。穷居幽处，女思念其父，乃戏马曰："尔能为我迎得父还，吾将嫁汝。"既承此言，马乃绝缰而去，径至父所。父见马惊喜，因取而乘之。马望所自来，悲鸣不息，父曰："此马无事如此，我家得无有故乎？"乃亟乘以归。为畜生有非常之情，故厚加刍养[2]。马不肯食，每见女出入，辄喜怒奋系，如此非一[3]。父怪之，密以问女，女具以告父，必为是故也。

父曰："勿言，恐辱家门，且莫出入。"于是伏弩射而杀之，曝皮于庭[4]。父行，女与邻女之皮所戏，以足蹙之曰[5]："汝是畜生，而欲取人为妇耶[6]？招此屠剥，如何自苦[7]？"言未及竟，马皮蹶然而起，卷女以行[8]。邻女忙怕，不敢救之，走告其父[9]。父还求索，已出失之。后经数日，得于大树枝间，女及马皮尽化为蚕，而绩于树上[10]。其茧纶理厚大，异于常蚕。邻妇取而养之，其校数倍[11]。因名其树曰桑。桑者，丧也。由斯百姓竞种之，今世所养是也。言桑蚕者，是古蚕之余类也。案《天官》："辰为马星。"[12]《蚕书》曰："蚕曰龙精[13]。月当大火，则浴其种。"是蚕与马同气也。《周礼》马质职掌"禁原蚕者"，注云："物莫能两大，禁原蚕者，为其伤马也。"[14]汉礼，皇后亲采桑，祀蚕神，曰苑窳妇人、寓氏公主。公主者，女之尊称也；苑窳妇人，先蚕者也。故今世或谓蚕为女儿者，是古之遗言也。

【注释】 1.牡马：公马。 2.刍养：用草料饲养。 3.奋系：鼓起劲来想挣脱缰绳。奋，鼓劲；系，系马的绳。 4.伏弩：放暗箭。 5.蹙：通"蹴"，踢，踏。 6.取：同"娶"。 7.如何：为什么。 8.蹶然：突然。 9.忙怕：害怕，恐惧。 10.绩：把麻纤维劈开接续起来搓成线。此处指吐丝成线。11.校：相差。 12.案：通"按"，表示按语。 13.龙精：蚕的别名。 14.马质：掌管评估马的价值以完成交易的官员。原：再。指一年两次养蚕。

【译文】 追寻到很久以前，有一个故事说：有一个大人出门远行，家里没有其他人，只有一儿一女，还有一匹公马，由那女儿亲自喂养。这家人隐居独处，女儿思念她的父亲，就和马开玩笑说："你能帮我把父亲接回家，我就嫁给你。”听了这话之后，马就挣断缰绳跑出去了，径直跑到她父亲那里。父亲看见马，又惊又喜，于是就骑上了它。马望着它来时的道路，不停悲鸣。父亲说：“这匹马无缘无故做出这样的行为，我家莫不是出了什么事吗？”于是他急忙骑着马回了家。因为这畜生对主人感情特别深，所以主人也优厚地饲养它。马不肯吃草料，每次看见那女儿进出，总是似喜似怒地鼓起劲来想挣脱缰绳，这样的情况不止一次。父亲对此感到奇怪，就偷偷地询问女儿。女儿便把与马开玩笑的事都告诉了父亲，认为一定是因为这个缘故。父亲说：“不要把这件事说出去，恐怕有辱我家的名声。并且你别再在家中各处出入了。”于是父亲放暗箭把马射死，把马皮剥下来晒在院子中。父亲走了，女儿和邻居家的女子到晒马皮的地方玩耍，女儿用脚踩着马皮说：“你是畜生，却还想娶人做妻子吗？招来了屠杀与剥皮，为什么自讨苦吃？”话还没说完，那马皮突然跃起来，卷着女儿飞走了。邻居家的女子害怕，不敢救她，就跑去告诉她的父亲。她父亲回来寻找，女儿已经出门失踪了。后来过了几天，在一棵大树的枝丫间找到了，但女儿和马皮都变成了蚕，在树上吐丝作茧。那蚕丝纹理整齐而厚大，不同于一般的蚕茧。邻近的妇女取这种蚕饲养，所获与原先相差几倍。人们因此把那棵树命名为“桑”。“桑”，就是“丧”。百姓从此争着种植这种树，现在用来养蚕的就是它。所谓的“桑蚕”，是古蚕中残剩下来的一种。根据《天官》的说法：“辰星是马星。”《蚕书》上说：“蚕是龙精。星宿在大火的那个月，就要浴蚕选种。”这说明蚕和马具有同一种元气。《周礼》规定，“马质”这种官的职务要掌理“禁止一年两度养蚕的事”。郑玄的注解说：“事物不能同时为大。禁止一年两度养蚕，是因为怕它伤害马。”按照汉代的礼仪，皇后亲自采桑，祭祀蚕神。蚕神叫作“苑窳妇人”“寓氏公主”。公主，是对女子的尊称，苑窳妇人，是第一个教人民养蚕的人。所以现在世上有些人把蚕叫作女儿，这是古代遗留下来的说法啊。

【简评】 故事本身不难理解，倒是按语引经据典，相当复杂。古代星象是专门之学，此处只能节略各家之说，尝试说明一下，可能错误，仅供参考。文中谈马，说到“辰为马星”，也就是辰星与马有关联。这是因为“辰星”有一个义项，即指房宿，而房宿又有“天驷”的别名。谈养蚕，则是“月当大火，则浴其种”，即大火之月选育蚕种。为何马与蚕相互影响呢？因为辰星亦特指大火星，也就是今天通名为心宿二的那颗亮星。古人因星名相同而将蚕与马关联在一起。

江夏黄母

汉灵帝时，江夏黄氏之母浴，伏盘水中，久而不起，变为鼋(yuán)矣[1]。婢惊走告，比家人来，鼋转入深渊[2]。其后时时出现。初浴簪一银钗，犹在其首。于是黄氏累世不敢食鼋肉[3]。

【注释】 1.鼋：一种大鳖。 2.比：等到。 3.累世：几代。

【译文】 汉灵帝时，江夏郡黄氏的母亲洗澡，趴在浴盆里的水中，很长时间也没有起来，结果竟变成大鳖了。婢女惊慌地跑去告诉黄家人，等到家里的人赶来的时候，那鳖已经爬进了深水潭。后来它经常出现。当初黄氏的母亲洗澡时插在头上的一根银钗，还在那大鳖的头上。于是黄氏几代人都不敢吃鳖肉。

【简评】 读到人化为异物的故事，通常要看一看是什么人化作了什么东西。据我浅显的印象，女性化为动植物的例子较多。故事的编者们可能处于某种无意识的共同心态之中。这样深思下去实在不甚愉快，倒不如换个角度：进入深水潭的大鳖，永远不用再面对人间万事。她获得了自由。

宣骞母

吴宝鼎元年六月晦日，丹阳宣骞母，年八十矣，亦因池浴，化为鼋，其状如黄氏[1]。骞兄弟四人闭户卫之，掘堂上作大坑，泻水。其鼋入水中游戏，一二日间，恒延颈出外望。伺户小开，便轮转自跃，入于深渊，遂不复还。

【注释】 1.晦日：农历每月末的一天。

【译文】 吴国孙皓宝鼎元年（266）的六月二十九日，丹阳郡宣骞的母亲，已经八十岁了，也因为在池子里洗澡而变成了大鳖，情状和黄氏的母亲一样。宣骞兄弟四人关上门守着她，把厅堂挖作大坑，把水倒在里面。这只鳖进入水坑中游泳戏耍，一两天内，总是伸着脖子向外望。等到门稍开一点的时候，它便像车轮似的滚了出去，自己跳进了深水潭，就不再回来了。

【简评】 这一位更妙更决绝，她主动逃脱了监禁，也不再“时时出现”，而是“遂不复还”。

玉化蜮

晋献公二年，周惠王居于郑。郑人入王府，多取玉焉。玉化为蜮（yù），射人[1]。

【注释】 1. 蜮：传说中一种能含沙射人的动物。

【译文】 晋献公二年（前675）的时候，周惠王居住在郑国。郑人进入王府，取走了很多玉。那些玉化作了蜮，含沙射人。

貙人

江汉之域有貙（chū）人，其先廪君之苗裔也，能化为虎[1]。长沙所属蛮县东高居民，曾作槛捕虎[2]。虎槛发，明日众人共往格之，见一亭长，赤帻大冠，在槛中坐[3]。民因问："君何以入此中？"亭长大怒曰："昨忽被县召，夜避雨，遂误入此中耳。急出我[4]。"民曰："君见召，必当有文书。"[5]即出怀中召文书，于是即出之。寻视之，乃化为虎，上山走。俗云：貙虎化为人，好着葛衣，其足无踵，虎有五指者皆是貙[6]。

【注释】 1.廪君：廪君蛮，古族名。秦汉时居今川东、鄂西地区，故又称巴郡蛮、南郡蛮。 2.槛：捕捉野兽的机具。 3.格：格杀。 4.出：放出。 5.见：被。 6.踵：脚后跟。

【译文】 长江汉水流域一带有貙人，他们的祖先是廪君的后代，这种人能变成老虎。长沙郡所属的蛮县东高的居民，曾经做了机关来捕捉老虎。机关被触发了，第二天，人们便一起去杀老虎，却看见一个亭长，戴着红头巾、大帽子，在机关中坐着。人们就问："你为什么在这里面？"亭长非常生气地说："昨天我忽然被县里召见，夜里躲雨，就误入了这个机关。赶紧把我放出去！"人们于是问："既然你是被召见的，必定应当有文书。"亭长就从怀里取出召见他的文书，于是人们就把他放了出来。过了一会再看，他竟变成了老虎，跑上山去了。一般都说："貙虎变成人，喜欢穿葛布衣服，脚没有后跟。后足有五个脚趾的老虎都是貙。"

【简评】 这则故事反映了西南少数民族的虎崇拜现象。廪君本人是巴人传说中的祖先，他渡过各种难关建立了国家，相传死后魂魄变成白虎。因此该族崇拜老虎。而在其他民族看来，该族的人与老虎也就难以区分。这种虎崇拜现象还有实物为证。四川的金沙遗址出土过石虎，三星堆遗址出土过青铜虎形器。

新喻男子

豫章新喻县男子，见田中有六七女，皆衣（yì）毛衣[1]。不知是鸟，匍匐往，得其一女所解毛衣，取藏之[2]。即往就诸鸟，诸鸟各飞去，一鸟独不得去，男子取以为妇，生三女[3]。其母后使女问父，知衣在积稻下，得之，衣而飞去[4]。后复以衣迎三儿，亦得飞去。

【注释】 1. 衣毛衣：穿着羽毛衣服。 2. 匍匐：爬行。 3. 就：接近。取：同"娶"。 4. 积稻：堆积的稻垛。

【译文】 豫章郡新喻县的一男子看见田间有六七个女子，都穿着羽毛衣服。他不知道她们是鸟，爬过去，得到了其中一个女子脱下来的羽毛衣服，取来把它藏了起来。接着他就走近那几只鸟。几只鸟各自飞走了，只有一只鸟无法飞走。这男子就娶她作了妻子，生了三个女儿。后来母亲让女儿去问父亲，得知衣服藏在稻垛下，她找到衣服，穿上飞走了。后来她又带着羽衣来迎接三个女儿，女儿们也都得以飞走了。

【简评】 这则故事非常著名。1933年，民俗学者钟敬文已经注意到，它属于世界范围内普遍流行的"天鹅处女"故事类型。这类故事的基本要素是男子遇见女子洗澡，拾取了她具有法术的衣服，使她不能离开，共同生活一段时间后，她寻回衣服，便自行离去。在这个基本结构之上，还可附加种种情节，但本质不会改变。钟敬文撰有长篇论文《中国的天鹅处女型故事——献给西村真次和顾颉刚两先生》。文章写得轻松亲切，大家可以自行阅读。

零陵太守女

汉末，零陵太守史满有女，悦门下书吏。乃密使侍婢取吏盥(guàn)手残水饮之，遂有孕，十月而生一子[1]。及晬(zuì)，太守令抱儿出门，使求其父，儿匍匐入吏怀[2]。吏推之，仆地化为水。穷问之，具省前事，太守遂以女妻其吏[3]。

【注释】 1.盥：洗涤。 2.晬：周岁。匍匐：爬行。 3.穷：寻根究源。省：明白。

【译文】 汉朝末年，零陵郡太守史满有个女儿，喜欢上太守门下的文书小吏，就偷偷地叫她的丫鬟把文书的洗手水拿来喝了，于是有了身孕。十个月后，她便生了个孩子。等到孩子周岁时，太守便叫人把小孩抱出来，让他寻找自己的父亲。这小孩爬进了文书的怀里，文书把他推开，他便倒在地上变成了水。太守追问自己的女儿，全部了解了过去的事，就把女儿嫁给了文书。

卷二一

田无啬儿

汉哀帝建平四年四月，山阳方与有女子田无啬(sè)，孕，未生二月，儿啼腹中[1]。及生不举，葬之陌上[2]。三日有人过，闻儿啼声，母掘养之。

【注释】 1.山阳方与：山阳郡方与县，在今山东鱼台县西。 2.不举：没能养活。举，抚养。陌：田野。

【译文】 汉哀帝建平四年（前3）四月，山阳郡方与县有个名叫田无啬的女子怀孕了，没生之前两个月，孩子就在她腹中哭啼。等生下来，这孩子没能养活，埋在了田野里。三天后有人经过，听到孩子的啼哭声，母亲又把他从坟地里挖出来养育他。

【简评】 本卷多数篇目都含有人死而不朽或死而复生的情节。这些内容能够流行，既是因为人总有长生不老的愿望，也是因为早期的医疗水平比较有限，病人的实际情况不易判断。许多人看似已死，其实只是暂时昏迷，还有苏醒的机会。这些事情往往会被记录下来，例如本则便见于《汉书·五行志》。世人在事实基础上附会各种灵异现象，它们便越传越奇，成了故事。

冯贵人

汉冯贵人死将百岁，盗贼发冢，贵人颜色如故，但肉微冷。群盗共奸之，致妒忌争斗，然后事觉。

【译文】　汉代的冯贵人死时接近百岁。盗贼掘墓，见她容颜如故，只是身体略冷。群盗都想奸淫她，致使彼此妒忌争斗，然后事情才暴露出来。

【简评】　《后汉书·段颎传》曾说，段颎是因为“盗发冯贵人冢”之事而被降级调用的，《后汉书·陈球传》也有“冯贵人冢墓被发，骸骨暴露，与贼并尸，魂灵污染”的描述。因此，冯贵人墓被盗贼所发，是历史事实。

史姁

汉陈留考城史姁(xǔ)，字威明。年少时尝得病，临死谓其母曰：“我死当复生，埋我，以竹杖柱我瘞(yì)上[1]。若杖拔，掘出我[2]。”及死埋之，柱杖如其言。七日往视之，杖果拔出。即掘尸出，已活，走至井上浴已，平复如故[3]。后与邻人乘船至下邳(pī)卖锄，不时售，思欲归[4]。谓人曰：“我方暂归。”[5]人不信之，曰：“何有千里暂得归耶?”答曰:“一宿便还，即不相信，作书取报，以为验实。”其一宿便还，果得报书，具知消息。考城令江夏鄳(méng)贾和闻之，姊病在乡里，欲急知消息，请往省之[6]。路遥三千，再宿报书，具知委曲。

【注释】 1.瘗：坟墓。 2.拔：拔出，这里是被动用法。 3.已：完毕。4.时：按时。售：卖完。 5.方：将要。 6.考城：在今河南民权。鄳：县名，在今河南信阳。

【译文】 汉代陈留郡考城县史姁，字威明，年轻的时候曾经患病，临死时对他母亲说:“我死了会再活过来。你把我埋了，用一根竹杖竖在我的坟上，如果竹杖被拔出来了，就把我挖出来。”等他死了，母亲就埋葬了他，按他的吩咐竖了根竹杖。七天后去察看，竹杖果然被拔了出来。母亲就把他的尸体挖出来，他已经复活了，跑到井边洗澡之后，便恢复得像过去一样。后来他与邻居一起乘船到下邳县去卖锄。没有按时卖完，他想要回家，对邻居说:“我将暂时回去一下。”邻居不相信他，说:“哪有相距千里却能短暂回家的事?”他回答说:“我住一夜就回，假如你不信，可以写信给家里，让他们回信，作为证明。”他过了一夜便回来了，邻居果然得到了家里的回信，得知了家里的详细情况。考城县的县令江夏郡鄳县人贾和听说了这件事，他姐姐得了病，在家乡，他想赶紧知道姐姐的情况，请史姁前去看望她。考城县到鄳县远达三千里，史姁过了两夜就带来了回信，让贾和知道了姐姐的详细情况。

【简评】 死而复生的情节并不太新鲜。因地府数日游而获得某些异能，倒是很巧妙的设想。当这些异能并不与功名财色挂钩时，故事就显得更纯粹而可爱些。史姁复活之后，还是过着普通人的生活，要出远门去卖锄子。只是他成了飞毛腿，自己能连夜回家，又能帮人远程捎信。

这种异能对应着现实中亲人相见的愿望，而愿望，与欲望不同。

长沙桓氏

献帝初平中，长沙桓氏死。月余，其母闻棺中有声，发之，遂生。

【译文】 汉献帝初平年间，长沙有个姓桓的人死了。一个多月后，他妈妈听到棺材中有声音，打开了它，他于是就活了过来。

【简评】 这故事背后，有妈妈的爱吧。

李娥

建安四年二月，武陵充县女子李娥，年六十余，病死，埋于城外，已十四日。娥比舍有蔡仲，闻娥富，谓殡当有金宝，盗发冢[1]。剖棺，斧数下，娥于棺中言曰："蔡仲，汝护我头。"仲惊

jù
遽，便出走[2]。会为吏所见，遂收治，依法当弃市[3]。娥儿闻，来迎出娥，将去[4]。武陵太守闻娥死复生，召见问事状。娥对曰："闻谬为司命所召，到得遣出[5]。过西门，适见外兄刘伯文，为相劳问，涕泣悲哀。娥语曰：'伯文，一日误见召，今得遣归，既不知道，又不能独行，为我得一伴不[6]？又我见召，在此已十余日，形体又当见埋藏，归当那得自出？'伯文曰：'当为问之。'即遣门卒与户曹相问：'司命一日误召武陵大女李娥，今得遣还。娥在此积日，尸丧又当殡敛，当作何等得出？又女弱独行，岂当有伴邪？是吾外妹，幸为便安之[7]。'答曰：'今武陵西界民李黑，亦得遣还，便可为伴。'辄令黑过，敕娥比舍蔡仲，令发出娥也。于是娥遂得出，与伯文别。伯文曰：'书一封，以与儿佗。'娥遂与黑俱归。事状如此。"其语具作鬼声。太守慨然叹曰："天下事真不可知也。"乃表以为蔡仲虽发冢，为鬼神所使，虽欲无发，势不得已，宜加宽宥，诏书报可。太守欲验语虚实，即遣马吏于西界推问李黑，得之，黑语协[8]。乃致伯文书与佗，佗识其纸，乃是父亡时送箱中文书也，表文字犹在也，而书不可晓。乃请费长房读之，曰："告佗：当从府君出案行，当以八月八日日中时，武陵城南沟水畔顿，汝是时必往。"到期，悉将大小于城南待之，须臾果至，但闻人马隐隐之声，诣沟水，便闻有呼声曰："佗来，汝得我所寄李娥书不邪？"曰："即得之，故来至此。"伯文以次呼家中大小问之，悲伤断绝，曰："死生异路，不能数得汝消息。吾亡后，儿孙乃尔许人。"良久，谓佗曰："来春大病，与此一丸药，以涂门户，则辟来年妖厉矣。"[9]言讫忽去，竟不得见其形[10]。至前春，武陵果大病，白日见鬼，唯伯文之家鬼不敢向。费长房视药曰：“此方相脑也。”[11]

【注释】 1.比舍：邻居。殡：灵柩。 2.惊遽：惊慌。 3.会：适逢。收治：收捕法办。弃市：死刑。 4.将：带。 5.谬：错。 6.道：道路。 7.便安：便利安适。 8.协：同。 9.病：疾病流行。 10.讫：完毕。 11.方相：上古时代传说中驱疫避邪的神灵。

【译文】 建安四年（199）二月，武陵郡充县的妇女李娥，六十多岁，生病死了，埋在城外，已经十四天。李娥有个邻居叫蔡仲，他听说李娥很富裕，以为灵柩中一定有金银珠宝，偷偷地挖开坟墓。他劈棺材的时候，劈了几斧，李娥在棺材中说道：“蔡仲，你要护住我的头！”蔡仲惊慌，便逃跑了。正好被吏人看见，于是就被逮捕审讯。按照法律，蔡仲应该被处以死刑。李娥的儿子听说母亲活了，就来把母亲接出棺材，带回家去。武陵太守听说李娥死而复生，就召见了李娥，向她询问事情状况。李娥回答说：“听说我是误被掌管生死的神召去的，到了就被打发出来。经过西门外，正巧碰见表哥刘伯文，我们互相慰问，痛哭流涕，十分悲哀。我说：‘伯文，我有一天被误召到这里，今天才得以放回。我既不认得路，又无法独自一人赶路，你能为我找个伴来吗？此外，我被召来，在这里已经十多天，我的身体又应当被埋葬了，回家时应该从哪里走，才能走出去？’伯文说：‘我会为你问一下。’他就派了守门的士兵去问户曹：‘掌管生死的神有一天误召了武陵郡的成年女子李娥，现在她得以放回人世。李娥在这里已有不少日子了，又肯定办过丧礼，尸体都收殓埋葬了，应该怎么做才能从棺材里出去？还有，她一个弱女子，独自行走，难道不该有个伴吗？她是我的表妹，希望您让她便利安稳地回去。’户曹回答说：‘现在武陵郡西面边境上的李黑也被放回，便可以让他做伴。’户曹就让李黑来，命令李娥的隔壁邻居蔡仲，叫他挖开坟墓让李娥出棺。这样，我李娥就得以从阴间出来。与伯文告别，伯文说：‘有封信，请你把它捎给我儿子刘佗。'接着我就和李黑一起回来了。事情的情形就是这样。"李娥说话都是鬼的声音。太守感慨地叹息说："天下的事真是无法知道啊!"于是他向朝廷上表，认为蔡仲虽然挖了坟，却是鬼神让他干的，即使他不想挖，情势也使他不得不这么办，对他盗墓的行为应当宽恕原谅。朝廷批准。太守想验证一下李娥的话是否真实，就派遣骑兵到郡西面去询问李黑，找到了他，李黑与李娥所说的情况一致。李娥便把刘伯文的信捎给了刘佗。刘佗认得那信纸是父亲死亡时陪葬箱中的文书纸。表面的文字还在，但信却不可理解。于是就请费长房来读信，写的是："告诉刘佗：我要跟着府君出外巡视，八月八日中午时分，我应该会在武陵城南河沟边暂停，你这时候必须得去。"到了约定的日期，刘佗带了全家老小在城南等父亲。一会儿刘伯文果然来了。只听见隐隐有人马之声。刘佗来到河边，就听见有人喊道："刘佗，你过来！收到我让李娥捎给你的信了吗?"刘佗说："就是因为收到了，所以我才来这里。"刘伯文依次呼唤着全家老小，一一问候，悲痛欲绝，他说："死和生是两个世界，不能经常得到你们的消息。我死后，儿孙们竟这么多了。"过了很久，他又对刘佗说："明年春天会有大病流行，给你这一丸药，拿它涂在家门上，就可以避开明年的凶险怪戾了。"说罢就急忙走了，刘佗终究没能看见父亲的形体。到第二年春天，武陵郡果然大病流行，白天都能见到鬼，只有刘伯文的家，鬼不敢去。费长房仔细察看了那药丸后说："这是驱疫之神方相的脑子啊。"

【简评】 李娥的故事原型见于《后汉书·五行志》，但《搜神记》的版本已与原始版本大异其趣，增添了太多要素。不过，最重要的，似乎还是亲人之间的彼此关怀、照顾和思念。李娥的表哥刘伯文在阴间为她奔走，又挂念着阳间的孩子一家。李娥帮表哥捎信，使刘伯文父子"相见"。刘伯文和家族中人一一交谈，真切地感受到了家族绵延的意味。他还操着心，要帮助他们躲过瘟疫。故事的原貌已很难获知，不过故事本身毕竟要由活着的人去讲述，这就让人感到，死亡不是终点，遗忘才是。一个被家族铭记的人，总在某个意义上活着。

贾偶

建安中，南阳贾偶，字文合，得病卒亡。死时，有吏将诣太山，同名男女十人[1]。司命阅呈，谓行吏曰："当召某郡文合来，何以召此人[2]？可速遣之。"时日暮，治下有禁，不得舍，遂至郭门外大树下宿[3]。有好女独行无伴，文合问之曰："子似衣冠家，何为步行？姓字为谁？"女曰："我三河人也，父见为弋阳令[4]。昨错被召来，今得遣去。遂逼日暮，惧获瓜田李下之讥，望君之容，似类贤者，是以停留，依凭左右[5]。"文合曰："悦子之心，愿交欢于今夕。"女曰："闻之诸姑，妇人以贞专为德，洁白为称。"文合与相反覆，终无动志，天明别去。文合死已再宿，停丧当敛，视其面有色，摸心下稍温，半日间苏。文合将验其事，遂至弋阳，问其令，则女父也。修刺谒令，因问曰："某月某日君女宁卒亡而却生耶？"[6]具说女姿颜服色，言语相反覆本末。令入问女，所言皆与文合同。令大惊叹，竟以女配文合焉。

【注释】 1.将：带。太山：即泰山。当时的人相信泰山府君统治阴间。 2.司命：掌管生死的神。 3.禁：禁令。舍：到馆舍居住。 4.见：现在。 5.瓜田李下：比喻容易引起嫌疑的场合或情况。 6.修刺：置备名帖，通报姓名。宁：莫非。

【译文】 建安年间，南阳贾偶，字文合，生病死了。死时，有一个小吏就把他的灵魂带到泰山府君那里。与他同名的男男女女共有十人。掌管生死的神查阅了生死簿，对着来抓人的小吏说："应该召来某某郡的文合，为什么召来这个人？应该赶快把他送回去！"这时太阳已下山了，管辖范围内有禁令，文合不可以去馆舍中居住。于是他就到城外的树下过夜。这时一个美丽的女子独自行来，没有伴侣，贾文合问她说："你好像是大户人家的姑娘，为什么徒步行走？你的姓名叫什么？"女子说："我是三河人氏，父亲是现任弋阳县令。昨天我被错召来，今天得以离去。就要接近日暮了，我怕遇到旁人，有什么说不清楚的嫌疑。看您的容貌举止像个贤人，因此在您边上停留下来，想把您当个依靠。"贾文合说："我很喜欢你，想和你度过愉快的夜晚。"女子说："我曾听父亲的姊妹们说过，女子应以贞洁专一为美德，把清白当作名誉。"贾文合反复诱劝，她始终没有动摇自己的意志。天亮以后，两人分别了。贾文合死了已经两夜，停灵已毕，就要入棺了，家人见他的脸上有血色，摸摸心口也稍微有点温暖，半天工夫，他苏醒过来了。贾文合想要验证一下他此前遭遇的事情，于是来到弋阳县，打听那里的县令，确实是女子的父亲。他带着名片通报，拜见了县令，就问县令："某月某日，您的女儿难道不是死而复生了吗？"他还详细地叙述了那姑娘的容颜服饰，以及他们反复谈话的始末。县令进闺房问女儿，女儿的话与贾文合说的全都相同。县令大为惊叹，竟然把女儿许配给了贾文合。

【简评】　渴望异性，所以在阴间也出语挑逗；渴望权力，所以被挑逗的女性有一位县令父亲。这样的故事并不可爱。不过，有一个细节还算巧妙。主人公姓贾名偶字文合，命名方式很像"甄士隐""贾雨村"——看官们，这事儿不存在，如有雷同，纯属巧合。

柳荣

临海松阳人柳荣，从张悌至杨府拒晋军[1]。荣病死船中二日，时军已上岸，无有埋之者，忽然大呼言："人缚军师！人缚军师！"声激扬，遂活。人问之，荣曰："至上天北斗门下，卒见人缚张军师，意中大愕，不觉大呼言：'何以缚张军师？'[2]门下人怒荣，叱逐使去。荣便去，怖惧，口余声发扬耳。"其日，悌战死。荣至元帝时犹在。

【注释】 1.杨府：根据史书，张悌与晋军对战之地在杨荷桥，位于今安徽和县附近。拒：抵御。 2.卒：突然。愕：惊讶。

【译文】 吴国临海郡松阳县的柳荣，跟着张悌到杨府去抵御西晋的军队。柳荣病死在船中已两天了，当时士兵都已上岸，没有人去埋葬他。他忽然大叫道："有人绑缚军师！有人绑缚军师！"喊声激动昂扬，于是就活了过来。有人问他是怎么回事，柳荣说："我登上天界来到北斗门边，突然看见有人绑缚张悌，我心里大为吃惊，不觉大叫着说：'为什么绑缚张军师？'那门边的人对我生了气，大声斥责，让我走。我就走了，十分恐惧，口中残余的喊声便发出来了。"那一天张悌阵亡。柳荣到晋元帝的时候还活着。

【简评】 晋泰始五年（269），晋武帝派司马伷、王浑、杜预、王浚等率军二十余万人，攻打三国中的吴国。次年，总管军事的张悌率队与晋将张翰、周浚结阵对峙，失败。张悌被生擒俘虏而后斩首，吴军大败。这一战之后，吴国已无力改变晋强吴弱的局面。这就是本则故事的历史背景。

河间男女

武帝世，河间郡有男女相悦，许相配适[1]。既而男从军，积年不归。父母以女别适人，女不愿行[2]。父母逼之而去，无几而忧死。其男戍还，问女所在，其家俱说之。乃至冢所，始欲哭之叙哀，而已不胜其情，遂发冢开棺，女实时苏活。因负还家，将养数日，平复。其夫闻，乃往求之。其人不还，曰："卿妇已死，天下岂闻死人可复活耶？此天赐我，非卿妇也。"于是相讼。郡县不能决，以谳(yàn)廷尉[3]。廷尉奏以精诚之至，感于天地，故死而更生。在常理之外，非礼之所处，刑之所裁，断以还开冢者。

【注释】 1.河间：古代郡、国名，即今河北省河间市。配适：两姓相合，即成婚。 2.适：嫁。 3.谳：将案情上报，请示。

【译文】 晋武帝之时，河间郡有一对男女彼此相爱，约定以后结婚。不久，男子去服兵役，好几年没回来，女方父母让女儿嫁给别人。女儿不愿意去，父母亲强迫她，她只好嫁了，不久就忧愁而死。男方服兵役回来，问女子在哪里，家人就把事情经过都告诉了他。于是他来到姑娘的墓地，开始只想哭祭她，说说自己的哀思，哭完却承受不住自己的感情，于是挖开坟墓，打开棺材，这女子当时就复活了。于是他把她背回家。

休息调养了几天，女子的身体恢复了。她的丈夫听说了，就去向这个男子索要女子。那男人不肯还给他，对他说："你的妻子已经死了，天底下哪里听说过死人可以复活的事呢？她是老天对我的恩赐，并不是你的妻子。"于是双方打了官司。郡县两级都无法判决，就上报请示廷尉审理。廷尉上奏说，这件事是由于男子精诚所至，感动了天地，所以女子才能死而复生。此事在常理之外，不能用普通的礼法来处置、用刑法来裁决。这女子最终判给挖掘坟墓的男子。

【简评】　在许多死而复生的故事里，这一则以其更具人情味而显得有些特别。不过，故事中的女子，与其说像爱情故事的主角，倒不如说像推动情节发展的工具。她全部的个人意志只在开端处灵光一现，然后，便是被家人逼迫而出嫁，被恋人开棺而回到人世，被前夫上门索取，被官僚判定归谁。这一连串的被动句式，折射出故事作者与受众的各种观念。听个故事而已，不必把它背后的东西一起接受下来。

颜畿

咸宁中，琅邪颜畿(jī)，字世都。得病，就医张瑳(cuō)自治，死于瑳家[1]。家人迎丧，旐(zhào)每绕树木不可解，送丧者或为之伤[2]。乃托梦曰："我寿命未应死，但服药太多，伤我五脏耳。今当复活，慎无葬我也[3]。"父拊(fǔ)而祝之曰[4]："若尔有命，复当更生，岂非骨肉所愿？今但欲还家，不葬尔也。"旐乃解，还家。乃开棺，形骸如故，微有人色，而手爪所刮摩，棺板皆伤。于是渐有气息，以绵饮沥口，能咽，遂乃出之。日久饮食稍多，能开目视瞻，屈伸手足，然不与人相当，不能言语，饮食犹常人。如此者十余年，家人疲于供护，不复得操事。其弟弘都，绝弃人事，躬自侍养，以知名。后气力稍更衰劣，卒复还死也。

【注释】 1.就：到。 2.旐：引魂幡。 3.慎：与“勿”“无”等否定词连用，表示“千万不要”。 4.拊：拍。

【译文】 晋咸宁年间，琅邪郡的颜畿，字世都，得了疾病，自己到医生张瑳那里去求治，死在了张家。颜家人去把他的遗体迎归家中时，引魂幡总是缠住树木解不开。有些送葬的人被它冲犯了。于是颜畿托梦说：“我的寿命还不应该死，只是服药太多，损伤了我的五脏而已。现在我将重新活过来，千万不要埋葬我啊。”他的父亲拍着棺材祝告说：“如果你还有寿命，将要再重新活过来，难道不是亲人们所希望的事？今天只是想带你回家，不是去埋葬你啊。”引魂幡这才松开，队伍回到家中。于是家人把棺材打开，颜畿的躯体形貌依然如故，面目还略有人色。而他的手指甲抓磨棺材板，都留下了痕迹。于是他渐渐有了呼吸。用绵绵不断的水滴到他口中，他能咽下去，于是大家就把他从棺材里抬了出来。时间久了，他的饮食量渐渐增加了，能睁开眼睛看东西，手脚也能弯曲伸展，但比不上一般人。他不能说话，但饮食像正常人一样。像这样维持了十多年，家人供养护理他忙不过来，不再能做别的事情了。他的弟弟弘都，完全不干人世间的各种事情，亲自来服侍供养他，因此出了名。后来，颜畿的体力逐渐更加衰弱，最后还是又死了。

【简评】 故事赖灵异而成立，可是，剥去灵异的成分，这实在太像是个庸医误人的社会新闻。病人没有得到合理的救治，反而被活活关进了棺材，缺氧挣扎，于是“手爪所刮摩，棺板皆伤”，幸而被家人发现，不至于死。也许事情本来如此，托梦的细节反而是踵事增华。

杜锡婢

杜锡，字世嘏(gǔ)。家葬，而婢误不得出。后十余年，开冢祔(fù)葬，而婢尚生[1]。其始如瞑，有顷渐觉。问之，自谓当一再宿耳。初婢埋时，年十五六。及开冢后，姿质如故，犹十五六也。嫁之，有子。

【注释】 1. 祔葬：合葬。此处应指杜妻死后开墓与亡夫合葬。

【译文】 杜锡，字世嘏，家里人为他办丧事时，有个婢女耽误了没能跑出墓穴。过了十多年，杜锡家人掘开坟墓让他妻子与亡夫合葬，而婢女还活着。开始的时候好像闭上了眼睛，过了一会儿就渐渐地醒了。问她，她自己说，时间只相当于过去了一两夜而已。当初这婢女被埋葬时，十五六岁。等到掘开坟墓后，她的姿态容貌一如过去，还像十五六岁。杜家人把她嫁了出去，她还生了儿子。

【简评】 婢女只是推动情节、描述灵异的工具。墓中的她作何想法？回到人间后，她想嫁人吗？这些细节显然不在作者与听众关心的范围内。再不妨想一想，为什么要把误入墓穴的人设定为“她”，而不是“他”？

贺瑀

会稽山阴贺瑀，字彦琚。曾得疾，不知人，惟心下尚温。居三日乃苏，云：“吏将上天，见官府，府君居处甚严，使人将瑀入曲房[1]。房中有层架，其上层有印，中层有剑，使瑀唯意取之[2]。印虽意所好，而瑀短不及上层，取剑以出[3]。门吏问曰：‘子何得也？’瑀曰：‘得剑。’吏曰：‘恨不得印，可以驱策百神。今得剑，唯得使社公耳[4]。’”疾既愈，果有鬼来白事，自称社公[5]。每行，即社公拜谒道下，瑀深恶之。

【注释】 1.将：带。府君：旧时对神的敬称。曲房：内室。 2.唯：任。 3.短：矮。 4.社公：社神。负责民间事务的小神。 5.白：禀告。

【译文】 会稽郡山阴县的贺瑀，字彦琚，曾经得了疾病，不认识人了，只有心口还有点温热，过了三天才苏醒，说：“差役把我带上了天，见到一座官府，大神居住的地方禁卫森严。他派人把我带进内室，房中有多层的架子，上层有印，中层有剑，他让我任意拿取。印虽然是我想要的，但是我个子矮，够不着上层，就拿了剑出来。看门的小吏问我：‘你拿到了什么？’我说：‘拿到了剑。’看门人说：‘可惜你没拿到印，印可以指挥百神。现在你得了剑，只能支使社神而已。’”贺瑀的疾病痊愈后，果然有鬼来禀告事情，自称是社神。贺瑀每次出行的时候，社神们就会在道边拜谒，他很厌恶它们。

【简评】 印与剑，在古代的现实生活中，都可视为某种权力的象征。一个死而复生的人讲述阴间故事，也无非在二者中挑选一个，那实在只是活人们权力欲的折射罢了。

冯稜妻

冯稜妻死，稜哭之恸，乃叹曰："奈何不生一子而死！"俄而妻复苏。后孕，十月产讫而死。

【译文】 冯稜的妻子死了，冯稜吊唁她时十分悲痛，于是叹息说："你怎么没生个儿子就死了！"不久妻子复活了。后来她怀了孕，十月怀胎，生完孩子就死了。

【简评】 冯稜的妻子最初身体就不好，幸而未死；难道完成了生育的人生重任，便可以去死了？这故事与神异没什么关系，倒是反映着一些历史悠久的想法和它在当时现实中的折射。

李通

蒲城李通死，来云：见沙门法祖，为阎罗王讲《首楞严经》[1]。又见道士王浮，身被锁械，求祖忏悔，祖不肯赴[2]。

【注释】 1.沙门法祖：名叫法祖的和尚。据慧皎《高僧传》，此处应指帛法祖。 2.被：穿着，戴着。此义后作“披”。

【译文】 蒲城的李通死了，活过来后说：见到法祖和尚在为阎王讲解《首楞严经》。又见到道士王浮，身上戴着刑具，求法祖为他忏悔，法祖不肯去。

【简评】 这个故事十分著名。佛教传入中国后，与道教持续竞争。帛法祖与王浮都是真实的历史人物。王浮信道教而排佛，曾撰写《老子化胡经》，说佛是老子出关入西域后变化而成的。这个说法流行开来，佛教徒自然难以接受，而反过来编派王浮下地狱不得解脱的故事以相抗衡。

卷二二

周式

汉下邳(pī)周式，尝至东海，道逢一吏，持一卷书，求寄载。行十余里，谓式曰："吾暂有所过，留书寄君船中，慎勿发之。"[1]去后，式盗发视书，皆诸死人录，下条有式名[2]。须臾吏还，式首道视书，吏怒曰："故以相告，而勿视之。"[3]式叩头流血。良久，吏曰："感卿远相载，此书不可除。卿今日已去，还家，三年勿出门，可得度也。勿道见吾书。"式还不出，已二年余，家皆怪之。邻人卒亡，父怒，使往吊之。式不得止，适出门，便见此吏[4]。吏曰："吾令汝三年勿出，而今出门，知复奈何？吾求汝不见，连累为得鞭杖。今已见汝，无可奈何。后三日日中，当相取也。"式还涕泣，具道如此。父故不信，母昼夜与相守涕泣[5]。至三日日中时见来取，便死。

【注释】 1.过：过访。慎勿：千万不要。 2.盗发：偷偷打开。 3.须臾：一会儿。首道：据李剑国注，指"向道"，下文翻译以此为准。故：本来，原来。而：你。 4.适：刚。 5.故：仍然。

【译文】 汉代下邳县的周式，曾经到东海郡去。路上遇到一个小吏，拿着一卷书，请求搭船。船行了十余里，他对周式说："我暂时要去拜访一个人，把书留下，寄放在你的船上，千万不要打开看。"小吏走了以后，周式偷偷地打开书看，都是各个死人的名录。其下条目中有周式的名字。一会儿，小吏回来了，周式对他说自己看了书。小吏生气地说："本来告诫过，让你不要看这部书。”周式向他磕头，头破血流。过了很久，小吏说：“感激你让我搭了远途便船，但书上的名字不可以除去。今天你离去后，回家去，三年不要出门，就可以渡过这个劫难。不要说你看见了我的书。”周式回家后闭门不出，已经两年多了，家里的人都感到奇怪。邻居忽然死去，他父亲因他不出门而恼怒，命他到邻居家去吊丧。周式不得已，刚出家门，就看到这个小吏。小吏说：“我叫你三年不要出门，你今天出门了，我知道了又有什么办法？我此前说找不到你，已经受了连累，遭到鞭打。今天已经看见你了，我也无可奈何了。再过三天的中午，我会来取你性命。”周式回家，哭着把事情详细说了。他父亲仍然不相信，他母亲日日夜夜守着他，和他一起哭。第三天中午，有人来捉周式，他就死了。

【简评】 有一部精彩的学术著作《故事法则》，主要研究民间故事的构成法。它提出，故事的设定，往往会在“初始条件与既定目标之间设置障碍”，但是最终，增加的正、负情节往往会彼此抵消，最后，故事会照旧走到它原来设定的结局。在这则故事里，设定的结局是周式会死。而波折则是，周式苦苦哀求，获得了免予一死的办法（正）；周式坚持了两年多，却毕竟没能把办法贯彻到底（负）。这两个情节的功用彼此抵消了。

陈仲举

陈仲举微时，尝宿黄申家，而申妇方产[1]。有扣申门者，家人咸不知。久久方闻屋里有言：“宾堂下有人，不可进。”扣门者相告曰："今当从后门往。"其一人便往。有顷还，留者问之："是何等[2]？名为何？当与几岁？"往者曰："男也，名为奴，当与十五岁。""后应以何死？"答曰："应以兵死。"[3]仲举告其家曰："吾能相，此儿当以兵死。"[4]父母惊之，寸刃不使得执也[5]。至年十五，有置凿于梁上者，其末出。奴以为木也，自下以长木钩钩之，凿从梁落，陷脑而死[6]。后仲举为豫章太守，故遣吏往饷之申家，并问奴所在，其家以此具告仲举[7]。仲举叹此谓命矣。

【注释】 1.陈仲举：陈蕃，字仲举，东汉末著名大臣，桓帝时为太尉，灵帝时为太傅。微：地位卑贱。指还没有发达的时候。 2.何等：什么样的人。 3.兵：兵器。 4.相：相面。 5.寸刃：寸长的刀刃，指小刀。 6.陷：攻破，此处指扎破。 7.故：特意。饷：赠送。指赠送礼物。

【译文】 陈蕃还没有显达的时候，曾经寄宿在黄申家中。黄申的妻子正在生孩子，有人来敲黄申家门，家里的人都不知道。很久后，才听见屋里有人说："客堂下有人，不能进来。"敲门的对门里的说："现在要从后门进来。"其中一人就去了。过了一会儿，那人便回来了。留在大门边上的人问他："生下来的是什么样的人？名叫什么？该给他多少寿命？"去的人说："是个男孩，名叫'奴'，应该给他十五年寿数。"留在那儿的人又问："后来这孩子该是怎么个死法？"去的人回答说："该因为兵器而死。"陈蕃对黄家的人说："我会相面。你们这孩子会因兵器而死。"父母为此惊怕，连寸长的小刀都不让儿子拿。到他十五岁的时候，有人把凿子放在梁上，凿子的末端露了出来，黄奴以为是根木头，就在下面用长木钩钩它，凿子从梁上落下来，坠入了他的脑袋，他就死了。后来陈蕃任豫章郡太守，特意派了差役去到黄申家馈赠礼物，并问询黄奴在哪里。黄家把情况详细告诉了陈蕃。陈蕃叹息地说：“这就是所谓运命啊！”

【简评】 陈蕃是非常著名的人物。《世说新语》开篇第一则，便是叙述他如何“言为士则，行为世范”，也就是成了士大夫的榜样。又说“登车揽辔，有澄清天下之志”，也就是志存高远，有匡扶天下的志愿。然而，本则故事却堪称光辉人物的另一面：他有能听到鬼讲话的特异功能，泄露天机时有一点善意，发达之后不忘故人，但同时，似乎也还有一点“八卦”的爱好。文献的性质不同，所折射的东西也就不同，因为它们的作者和受众群并不完全重合。究竟哪一个陈蕃，才比较接近真实的他呢？这似乎不是一个好问题。倒不如反过来思考：为什么同一个陈蕃，却在不同的轨道上，演化出了不同的特点与性格？

苏韶

故中牟令苏韶，有才识，咸宁中卒。乃昼现形于其家，诸亲故知友闻之，并同集。饮啖言笑，不异于人。或有问者：“中牟在生，多诸赋述，言出难寻[1]。请叙死生之事，可得闻耶？”韶曰：“何得有隐。”[2]索纸笔，著《死生篇》。其词曰：“运精气兮离故形，神眇(miǎo)眇兮爽玄冥[3]。归北帝兮造酆(fēng)京，崇墉郁兮廓峥嵘[4]。升凤阙兮谒帝庭，迩卜商兮室颜生[5]。亲大圣兮项良成，希吴季兮慕婴明[6]。抗清论兮风英英，敷华藻兮文璨荣[7]。庶擢身兮登昆瀛，受祚福兮享千龄[8]。”余多不尽录。初见其词，若存若亡。

【注释】 1.中牟：即中牟令，此处是用官职代称人。 2.隐：隐瞒。 3.爽：失。玄冥：黑暗。 4.北帝：北方之神。酆京：酆都，传说中的鬼城。崇墉：高墙、高城。廓：通“郭”，外城。峥嵘：建筑物高大耸立。 5.迩：临近。卜商：姒姓，卜氏，名商，字子夏，孔子的学生。室：与……同室。颜生：颜回，孔子的学生。 6.项良成：传说中鬼族的圣贤。希：仰慕。吴季：吴王寿梦的第四子，名札，世称季札，春秋时期吴国贵族，政治家、思想家、外交家。婴明：不详。 7.抗：高亢，高声。 8.庶：幸而，幸得。昆瀛：应指昆仑与瀛海，传说中的仙境。祚福：福分。

【译文】 已故的中牟县县令苏韶，有才能识见，过世于咸宁年间。他竟然大白天在自己家里现出了原形。他的亲戚旧交听说了，都一起到他家来集会。他吃喝谈笑，和普通人没有什么不同。有的人问他：“您在世的时候，多有著述，但是话说出去，就再难追述了。现在请您说说死生之事，我们可以有机会听一听吗？”苏韶说：“我怎么会隐瞒。”他索要纸笔，写下了《死生篇》。文章说：“元气运行啊离开了原来的身形，精神渺茫啊迷失于一片昏冥。归属北帝所辖啊来到丰京，那里高墙耸立啊城郭高峻。我登上了凤阙啊步入了天庭，身边有子夏啊屋里有颜渊。我亲近于鬼圣项良成，仰慕吴季札啊还有婴明。我高声谈论啊风神俊英，铺排辞藻啊文章华荣。幸蒙拔擢啊登入仙境，蒙受福分啊享有千岁高龄。”其余的词句还有很多，不能全部抄录。当初看到的这些辞章，也已经在存亡之间了。

【简评】 咸宁是西晋武帝司马炎第二个年号。当时道教已经兴起且具备了一定基础。苏韶所作的赋受到道教思想的影响：死亡之事由北帝即酆都大帝管辖，正是道教神仙体系中的设定。不过，在他描述的死后世界中，还出现了孔门后学等前贤人物，又有一位鬼中“大圣”。可见当时的信仰世界中，各种要素显然混杂在一起。其实，所谓的迷信思想，往往如此。

孤竹君

汉令支县有孤竹城，古孤竹君之国也[1]。灵帝光和元年，辽西人见辽水中有浮棺，欲斫破之。棺中人语曰："我是伯夷之父孤竹君也。海水坏我棺椁(guǒ)，是以漂流，汝斫我何为[2]？"人惧，乃不敢斫，因为立庙祀祠。吏民有欲发视者，皆无何而死[3]。

【注释】 1.令支：汉、曹魏和晋时县名，属幽州辽西郡，故城在今河北迁安市西。孤竹君：商朝孤竹国国君的封号。据《史记·伯夷列传》，他是伯夷、叔齐的父亲。 2.棺椁：古代的棺材之外，还要套一层大棺，即是椁，合称棺椁。 3.发视：打开棺木看看。无何：不久。

【译文】 汉代令支县内有座孤竹城，是古代孤竹君的封国。汉灵帝光和元年（178），辽西的人看见辽河中有一口漂浮的棺材，想要砍破它。棺里的人说："我是伯夷的父亲孤竹君。海水冲坏了我的外棺，所以才漂流在河里。你们为什么砍我的棺材？"人们害怕了，就不敢砍它了，因而给孤竹君建造了庙宇来祭祀他。凡是想打开棺材看一下的小吏和百姓，都不久就死了。

【简评】 孤竹国早期疆域很大，其北境确实达到了辽宁凌源、朝阳、西辽河（辽河支流）一带。所以故事说孤竹君的棺材漂浮在辽河里，是有历史根据的。

鹄奔亭

汉九江何敞为交趾刺史，行部到苍梧高要县，暮宿鹄奔亭[1]。夜犹未半，有一女子从楼下出，呼曰："明使君，妾冤人也！"[2]须臾，至敞所卧床下跪曰："妾本居广信县，脩里人。早失父母，又无兄弟，嫁与同县施氏，薄命先死。有杂缯百十匹，及婢致富一人。妾孤穷羸弱，不能自振，欲之傍县卖缯[3]。从同县男子王伯赁牛车一乘，直钱万二千，载缯，妾乘车，致富执辔，乃以前年四月十日到此亭外。时日暮，行人断绝，不敢复进，因即留止。致富时暴得腹痛，妾之亭长舍乞浆取火，而亭长龚寿操刀持戟，来至车傍，问妾曰：'夫人何从来？车上何载？丈夫何在？何故独行？'妾应曰：'何劳问之？'寿因持妾臂曰：'年少爱有色，冀可乐也。'[4]妾惧怖不应，寿即持刀刺胁下，一疮立死。又刺致富，亦死。寿掘楼下合埋，妾在下，婢在上。取财物而去，杀牛烧车，车釭及牛骨贮在亭东空井中[5]。妾既冤死，痛感皇天，无所告诉，故来自归于明使君。"敞曰："今欲发之，汝何以为验？"[6]女子曰："妾上下着白衣、青丝履，皆未朽也。妾姓苏，名娥，字始珠。愿访乡里，以散骨归死夫。"掘之，果然。敞乃驰还，令吏捕寿，考问具服[7]。问广信县，与娥语合[8]。寿父母兄弟，皆捕系狱。敞表："寿常律杀人，不至于族[9]。然寿为恶，隐密经年，王法所不得治。今鬼神自诉者，千载无一。请皆斩之，以明鬼神，以助阴教。"上报听之。初掘时，有双鹄奔其亭，故曰"鹄奔亭"。

【注释】 1.行部：巡行所属部域，考核政绩。苍梧：郡名，治所在今广西梧州。高要县：在今广东肇庆一带。 2.明使君：英明的太守。使君，汉代对刺史的称呼，汉以后用作对州郡长官的尊称。 3.之：到，往。 4.冀：希望。 5.釭：车子中用以穿轴的金属眼。 6.发：发掘。 7.考问：拷打审问。具服：完全服罪。 8.县：县令。 9.族：灭族。

【译文】 汉朝九江郡的何敞任交趾刺史时，视察部属，来到苍梧郡高要县，夜里留宿在鹄奔亭。不到半夜，便有一个女子从楼下走出来，呼喊着说："英明的刺史，我是有冤屈的人啊！"很快，她走到何敞的卧床前跪下说："我本来居住在广信县，是脩里人氏，很早就失去了父母，也没有兄弟。嫁给了本县的施某，他短命先死了。留下各种各样的丝织品百十四，还有个叫致富的婢女。我孤苦穷困，身体瘦弱，不能自给自足，想到邻县去卖掉丝织品。我向本县男子王伯租借了一辆牛车，值一万二千文钱。车载了丝织品，我坐着车，叫致富执着缰绳驾车。于是在前年四月十日来到这鹄奔亭外。当时已是黄昏，路上没有行人，我不敢再走，就在这里停留。致富当时突然腹痛，我到亭长的住处去讨饮料和火种。亭长龚寿却拿着刀戟来到车边，问我说：'夫人从哪里来？车上装的是什么？你丈夫在哪里？为什么独自赶路？'我回答说：'何劳你来问这些事情？'龚寿于是抓住我的胳膊说：'年轻的我喜欢美人儿，希望能一起取个乐。'我害怕而不肯答应。龚寿就拿起刀刺我的肋下，一刀毙命。又刺致富，致富也死了。龚寿在楼下挖了坑，把我们合埋在里边，我在下，致富在上。他带着财物走了，杀了牛，烧了车，车轴上的金属部件和牛骨都藏在这亭东边的空井里。我已经冤屈而死，痛感老天无眼，无处申诉，所以亲自来向您这位英明的刺史告状。"何敞说："我现在想挖出你的尸体，你用什么来证明是自己呢？"女子说："我上下身都穿着白衣服，脚上穿着青丝鞋，都还没有腐烂。我姓苏，名娥，字始珠。希望您向我的乡邻询访一下，把我零散的尸骨与我亡夫的葬在一起。"何敞挖出尸体，果然是这样。于是他骑马飞奔而回，派遣差役逮捕龚寿，拷问审讯，龚寿完全服罪。又向广信县令查问，所得也和苏娥的话相合。龚寿的父母兄弟，全部被逮捕入狱。何敞向朝廷上表说：“按照通常的法律，龚寿杀人，不至于全族处死。但他所做的事隐瞒了这么久，王法也没能治他的罪。现在鬼神亲自来申诉这种事，千年也碰不上一次。我请求把他们都杀了，以昭明鬼神的力量，助成阴间的教令。”皇帝批复同意。何敞最初掘墓时，有两只天鹅奔到这座亭来，因此它得名“鹄奔亭”。

【简评】　亭是古代基层官制之一，源于战国时期的秦国，汉朝沿用。文中的亭长龚寿要担当这一亭的军事、治安、邮驿等职能。因为亭具备这样的功能，所以一个亭里会有客舍等设施。《鹄奔亭》的故事原型比这里简单多了。《太平御览》引谢承《后汉书》，只说苏娥被杀，何敞按察得实，诛杀龚寿。而《搜神记》则大大加详，有了完整的因果首尾。经学者研究，“亭鬼”一类的故事情节往往如此，即弱女子被亭长杀害，高级官员巡察到此而后破案，为之昭雪。这些故事并不随时间流逝而失去生命力，明清时期还曾进入戏曲小说。色情与恐怖相结合的原型背后，有一些耐人寻味的人性之常。

文颖

汉南阳文颖，字叔良。建安中，为甘陵府丞。过界止宿，夜三鼓时，梦见一人跪前曰[1]：“昔我先人葬我于此，水来湍墓，棺木溺，渍水处半燥，然无以自温[2]。闻君在此，故来相依。屈明日暂住须臾，幸之，相迁高燥处。”鬼披衣示颖，而背沾湿。颖心中怆然，即寤。寤已语左右，左右曰：“梦为虚耳，何足可怪？”[3]颖乃还眠。向晨复梦见，谓颖曰：“我以穷苦告君，奈何不相愍悼乎？”[4]颖梦中问曰：“子为是谁？”[5]对曰：“吾本赵人兰襄，今属注送民之神。”[6]颖曰：“子棺今为所在？”[7]对曰：“近在君帐北十数步，水侧枯杨树下，即是吾墓也。天将明，不复得见，君必念之。”颖答曰：“诺。”忽然便寤。天明可发，颖曰：“虽云梦不足怪，此何太适。”[8]左右曰：“亦何惜须臾，不验之耶？”颖即起，幸之，十数人将导，顺水上，果得一枯杨，曰：“是矣。”[9]掘其下，未几果得棺。棺甚朽坏，没半水中。颖谓左右曰：“向闻于人，谓为虚矣。世俗所传，不可无验。”为移其棺，醊(zhuì)而去之[10]。

【注释】 1.止宿：停留住宿。 2.湍：冲刷，冲击。自温：本意为自己取暖，这里应指自己把湿的棺木烘干。 3.足：足以。 4.愍悼：哀悼，哀怜。 5.为是：同义复指，是。 6.注送民之神：据李剑国注，指注死送生者，亦即冥神。 7.为：于，在。 8.适：恰好，恰巧。 9.幸：临。 10.醊：祭祀时把酒洒在地上。

【译文】 汉代南阳郡人文颖，字叔良，建安年间任甘陵府丞。有一次他越过地界，停下过夜，半夜三更时分，梦见一个人跪在面前说：“过去我的父亲把我埋葬在这里，河水流来冲刷了我的坟墓，我的棺材被淹了，浸在水里的地方半湿半干，然而我无法自己烘干。听说您在这儿，所以前来依靠。想委屈您明天暂时停留片刻，您若把棺材搬迁到高爽干燥的地方，就是我的幸运。”鬼揭开衣裳给文颖看，后背是湿的。文颖心里凄凉，当即醒了过来，醒后把这梦告诉了身边的人。身边的人说："梦都是假的，哪有什么值得奇怪的？"文颖于是又睡了。天快亮时又梦见这个鬼。鬼对文颖说："我把困苦的情况告诉了您，为什么不哀怜我呢？"文颖在梦中问道："你是谁？"鬼回答说："我本是赵国人兰襄，现在属于冥神管辖。"文颖说："你的棺材现在在哪里？"鬼回答说："在您帐篷北边十几步的近处，河边的枯杨树下面，就是我的坟。天就要亮了，我不能再见到您了，您一定别忘了这件事。"文颖回答说："好。"忽然就又醒了。天亮以后，可以出发了，文颖说："虽然说梦里的事不值得奇怪，但这个梦为什么这么恰巧呢？"身边的人说："你何必吝啬这点时间而不去验证一下呢？"文颖便立即起身去那个地方。十几个人顺着他的指引，顺着河流向上走，果然找到一棵干枯的杨树，文颖说："就是这里了。"在杨树下开挖，不久果然找到了棺材。棺材腐烂得很厉害，有一半浸没在水中。文颖对身边的人说："之前从别人那里听说鬼神之事，以为都是假的；社会上流传的东西，不可能没有验证。"他为这个鬼迁移了棺材，洒酒祭祀后离去了。

【简评】 鬼来祈求迁葬，也是志怪故事中的经典类型。一般都以人伸出援手为结局。它可以独立成为故事主干，也可以是其中一个要素——那死在鹄奔亭的女子，主要愿望是报冤，附带着也想和自己的亡夫合葬。文颖的故事，还是可以用《故事法则》里指出的故事构成法来分析。既定的结局是为死者迁葬，而波折则从文颖同情死者信其托梦，到以为梦境为假，再到将信将疑，欲一探究竟的心理过程。最终，成对出现的正负两个念头相互抵消了，只剩下最后一次意愿，导向了顺利的结局。

宗定伯

南阳宗定伯，少年时夜行，忽逢一鬼。问曰："谁？"鬼曰："鬼也。"寻复问之："卿复谁？"定伯乃欺之曰："我亦鬼也。"鬼问："欲至何所？"答曰："欲至宛市。"鬼言："我亦欲至宛市。"遂相与为侣向宛。共行数里，鬼言："步行太极，可共递相担也。"[1]定伯曰："大善。"鬼便先担定伯数里。鬼言："卿太重，将非鬼也？"[2]定伯言："我新死，故身重耳。"定伯因复担鬼，鬼略无重。如是再三。定伯复问鬼曰："我新死，不知鬼悉何所畏忌。"[3]鬼答曰："唯不喜人唾耳。"于是共行。道遇水，定伯令鬼先渡，听之了无声音。定伯自渡，漕灌(cuǐ)作声[4]。鬼复言："何以作声？"定伯曰："新死不习渡水故尔，勿怪吾也。"行欲至宛市，定伯便担鬼着顶上，急持之，鬼大呼，声咋(zé)咋然，索下，不复听之[5]。径诣宛市中，下着地，鬼化为一羊。定伯恐其变化，亟唾之[6]。卖之，得钱千五百，乃去。买者将还系之，明旦视之，但绳在[7]。时人语曰："宗定伯卖鬼，得钱千五百。"

【注释】 1.极：慢。递：轮流。担：负，这里指背着或扛着。 2.将：岂，难道。 3.悉：都。 4.漕灌：象声词，形容水声。 5.持：捉。咋咋：象声词，形容呼叫声。索：要求。 6.亟：急忙。 7.将：带。

【译文】 南阳郡人宗定伯年少的时候，晚上走路遇见了鬼。宗定伯问：

“你是谁?”鬼说:“我是鬼。”过了一会儿,鬼又问宗定伯:“你又是谁?”宗定伯于是欺骗他说:“我也是鬼。”鬼问:“你要到哪里去?”宗定伯回答说:“想到宛城的市场上去。”鬼说:“我也想到宛城的市场上去。”于是两人结伴走向宛城,一起走了几里路。鬼说:“步行太慢,我们可以轮流背着对方走。”宗定伯说:“太好了。”鬼就先背着宗定伯走了几里。鬼说:“你太重,难道你不是鬼啊?”宗定伯说:“我是新死的,所以身体才沉重。”宗定伯于是也背起了鬼,鬼完全没有重量。他们就如此反复轮换背着对方走。宗定伯又问鬼说:“我是新死的,不知道鬼都害怕、忌讳什么?”鬼回答说:“只是不喜欢人的唾沫而已。”于是他们一起走着。路上碰到了河,宗定伯让鬼先渡过去,听着一点声音也没有。宗定伯自己渡河时,水声嘈杂作响。鬼又说:“你渡河为什么有声音?”宗定伯说:“我刚死,是过河不熟练的缘故,别责怪我。”快走到宛城的市场了,宗定伯便扛着鬼放在头顶上,急忙抓住他。鬼大声叫嚷,声音咋咋作响,要求宗定伯把他放下来。宗定伯不再听他的,径直走到宛城的市场上,才把他放下扔在地上。鬼变成了一只羊,宗定伯怕它变化,赶紧对它吐了口水。他把羊卖了,得到了一千五百文钱,才走了。买主把羊带回家,用绳子系上。第二天早晨去看,只有绳子还在。当时的人说:“宗定伯卖鬼,得钱千五百。”

【简评】 宗定伯的故事不只见于《搜神记》。仅以中古时代志怪小说而言,它是比较好的一篇。既没有堕入“施舍—报偿”之类因果论窠臼,也不涉及太多贪婪、暴力、血腥、色情的人性阴暗面,且叙述结构新奇,有些幽默,不容易拿一般的故事法则去套解。它是个比较纯粹,不涉及大道理的鬼故事。而且,其实,那上当受骗的鬼并没有什么损失,还是成功地逃走了。

卷二三

无鬼论

吴兴施绩，为吴寻阳督，能言论[1]。有门生，亦有意理，常秉“无鬼论”[2]。门生后渡江，忽有一单衣白袷客来，因共言语，遂及鬼神。移日，客辞屈，乃语曰[3]：“君辞巧，理不足。仆便是鬼，何以云无？”问鬼何以来，答曰：“受使来取君，期尽明日食时。”门生请乞酸苦，鬼问：“有人似君者不？”[4]云：“施绩帐下都督，与仆相似。”鬼许之，便与俱归。与都督对坐，鬼手中出一铁凿，可长尺余，安著都督头，便举椎打之[5]。放凿便去，顾语门生：“慎勿道。”[6]俄而都督云头觉微痛，还所住[7]。向来转剧，至食时便亡[8]。

【注释】 1.寻阳：西汉时在今湖北省黄梅设立寻阳县，属庐江郡。后来领地代有变迁。据《九江县志》，三国吴时期县名应是柴桑县，属武昌郡。督：军事长官。 2.秉：持。 3.移日：日影移动，指一长段时间以后。 4.请乞酸苦：苦苦哀求。 5.可：大约。 6.顾：回头看。 7.所住：居住的地方。 8.向来：后来。

【译文】 吴兴郡的施绩是寻阳郡的军事长官，善于言谈议论。他有个学生，也有思辨能力，此人一向持无鬼论。这学生后来渡江时，忽然有一个身穿白领单衣的客人来，于是两人一起谈论，就谈到鬼神的事。争论了很久，客人理屈词穷，就说：“您巧言善辩，但理由却不充分。我就是鬼，凭什么说没有鬼呢？”学生于是问鬼因何而来。鬼回答说：“我被委派来抓您，约定的最后期限是明天吃饭的时候。”这学生苦苦哀求。鬼问道："有长得像你的人吗？"学生说："施绩手下的都督和我长得像。"鬼答应了，便与学生一起回去，和都督面对面坐着。鬼手中拿出一把铁凿子，大约有一尺多长，把它安放在都督的头上后，便举起椎子打这铁凿。鬼放下凿子就离去了，回头对那学生说："千万不要说出去。"一会儿，都督说觉得头上略微有些痛。后来疼痛加剧，到吃饭的时候就死了。

【简评】 这个故事非常有趣。据学者研究，它属于鬼故事里的"替死鬼"类型。施绩学生的故事显然就是在人间找了个相貌相似的人来替死。早期的人有时依靠巫术思维来认识世界，可能会发自内心地相信这种可能性。后来，随着各种宗教思想的兴起和社会生活的变化，这些故事中的巫术色彩渐渐淡化，情节越来越丰富曲折，成就了各种怪谈。故事的设定还有一个有趣之处：持无鬼论的人活见了鬼，并且这鬼正是要来索他的命。实际上，是鬼身体力行地向不信者展现不可知世界的力量。这种冲突对比，便让情节显得更加刺激。

王昭平

新蔡王昭平，犊车在厅事上，夜无故自入斋室中，触壁而后出[1]。又数闻呼噪攻击之声，四面而来。昭乃聚众，设弓弩战斗之备，指声弓弩俱发，而鬼应声接矢数枚，皆倒入土中。

【注释】 1.厅事：厅堂。斋室：房间。

【译文】 新蔡县人王昭平的小牛车停在厅堂上，晚上这车无缘无故地自己进了房间，撞破墙壁冲了出去。又几次听到呼喊喧闹和攻击的声音从四面传来。于是王昭平召集起人群，准备好弓弩等战斗装备，一听到声音，弓弩手都放了箭，而鬼也随声挨了好几箭，都跌倒在泥土中。

【简评】 古书断句向来不易。这一则中，“王昭平犊车”的意思到底是“王昭的平犊车”，还是“王昭平的犊车”，历来有争议。甚至，“新蔡王昭”到底是指新蔡这个地方的王昭，还是指晋代被封为新蔡王的司马腾之子司马绍（“绍”字讹误为“昭”），也有异说。古书的口传、抄写、刊刻等几种形态，并不是线性发展的，时代较早时尤其如此。所以不能强求一个正确答案，而是应当列出各种合理的可能，在其中择善而从。

石子冈

孙峻杀朱主，埋于石子冈[1]。归命即位，将欲改葬之[2]。冢墓相亚，不可识别[3]。而宫人颇有识主亡时所著衣服，乃使两巫各住一处，以伺其灵，使察战鉴之，不得相近[4]。久时，二人俱白：见一女人，年可三十余，上著青锦束头，紫白袷裳，丹绨(tí)丝履，从石子冈上。半冈，而以手抑膝，长太息。小住须臾，进一冢上便住，徘徊良久，奄然不见[5]。二人之言，不谋而同。于是开冢，衣服如之。

【注释】 1.孙峻：孙吴时期的权臣。朱主：孙权幼女孙鲁育，因下嫁左将军朱据，称为朱公主，即朱主。 2.归命：指归命侯孙皓。 3.亚：次。指排列在一起。 4.察战：孙吴时期官职名。 5.奄然：忽然。

【译文】 孙峻杀了朱主，把她埋在石子冈。归命侯孙皓即位后，想要为她改葬，但坟墓排列在一起，不能辨别哪一座是她的坟，但宫女还很能记得朱主死时所穿的衣服。于是孙皓就让两个巫师各自待在一个地方，等待公主的灵魂出现，又派察战官监督，不让两个巫师彼此接近。过了很长一段时间，两人都说："看见一个女人，年龄大约三十多岁，上边用青色的锦包着头，穿着紫色与白色的夹衣，红色的厚丝鞋子，从石子冈向上走。走到半山时，她将手撑在膝盖上，长长地叹气。稍微停留了一会儿，又向前走到一个坟上就停住了。她在那里徘徊了很久，忽然不见了。"两人的话不约而同，于是孙皓就掘开坟墓，女尸穿的衣服就是那样。

【简评】 权力斗争容不下亲情。朱公主的死，是因为胞姐全公主诬陷她参与策划谋杀孙峻。何以如此？则是因为此前，孙和为太子时，全公主想要废掉太子，立鲁王孙霸，拉拢妹妹，可她没有听从。那么，石子冈上的女鬼为什么叹息呢？是为了姐妹相残而伤心，还是只为自己当初做错了选择？

夏侯恺

夏侯恺因疾死。宗人字苟奴，察见鬼神[1]。见恺来收马，并病其妻[2]。著平上帻（zé），单衣，入坐生时西壁大床，就人觅茶饮[3]。

【注释】 1.宗人：同宗之人。 2.病：担心，忧虑。 3.平上帻：魏晋以来武官所戴的一种平顶头巾。

【译文】 夏侯恺因病而死。他同族有一个名叫苟奴的人，能看见鬼神。苟奴看见夏侯恺回家，想取走马，并为他的妻子担忧，他回家时戴着平顶头巾，穿着单衣，进屋坐在他在世时经常坐的西墙边的大床上，向人要茶喝。

【简评】 文献的流传途径，有时意想不到。陆羽《茶经》摘录与茶相关的故事，曾引到这一篇。做了鬼，再回家，也不忘向人要茶喝，可见饮茶在当时已是寻常习惯。

史良

渤海太守史良，好一女子。许嫁而未果，良怒，杀之，断其头而归，投于灶下，曰："当令火葬。"头语曰："使君，我相从，何图当尔!”[1]后梦见曰：“还君物。”觉而得昔所与香缨金钗之属。

【注释】 1.使君：汉代用以称呼刺史，后用作对太守等州郡长官的尊称。

【译文】 渤海太守史良喜欢上一个女子，那女子答应嫁给他而没能兑现。史良生气了，杀死了她，把她的头割下来拿回家去，扔在灶下，说：“我要用火烧了你。”那头对他说：“太守，我和您在一起，哪里想到会是这样!”后来史良梦见她说：“还你东西。”史良醒来后，得到了过去送给她的香缨、金钗之类。

【简评】 史良是暴力、血腥、凶残和颟顸的集合体。女子倒太讲信义了——失去了性命，却只还给他昔日所受的礼物，“与君相决绝”。

紫珪

吴王夫差小女，名紫珪。童子韩重有道术，紫珪悦之，许与韩重为婚。韩重乃学于齐鲁之间，临去，属其父求婚[1]。王怒，不与女，紫珪结气亡，葬于阊门之外。重三年归，闻其死哀恸，至紫珪墓所哭祭之。紫珪忽魂出冢傍，见重流涕。重与言，乃左顾宛颈而歌曰：“南山有鸟，北山张罗。鸟既高飞，罗将奈何。志欲从君，谗言孔多。悲结生疾，没命黄垆(lú)[2]。命之不造，冤如之何!”

"羽族之长，名为凤凰。一日失雄，三年感伤。虽有众鸟，不为匹双。故见鄙姿，逢君辉光。身远心近，何尝暂忘！"遂邀重入冢。三日三夜，重请还。临去，紫�星取径寸明珠并昆仑玉壶以送重。重赍(jī)二物诣夫差，夫差大怒，按其发冢[3]。紫玉见梦于父，以明重之事。夫差异之，悲咽流涕，因舍重，以子婿之礼待之。

【注释】 1.属：托付，委托。 2.黄垆：黄泉。 3.赍：带着。按：治罪。

【译文】 吴王夫差的小女儿名叫紫珪。有个少年叫韩重，有道术。紫珪爱上了他，答应与他结婚。韩重就到齐鲁一带去求学。临走时，委托父亲去求婚。吴王很恼火，不肯把女儿嫁给韩重。紫珪郁闷而死，埋葬在阊门之外。三年后韩重回到家中，听说了紫珪的死，十分悲哀，去紫珪墓前悼念祭祀她。紫珪的灵魂从坟墓旁走了出来，见到韩重，流下眼泪。韩重和她说话，她就向左边掉过头去，摇动着脖子唱道："南山有只鸟儿，北山上有网罗。鸟儿已经高飞，网罗也没奈何。本想要嫁给你，谗言又实在多。悲伤得生了病，性命儿付黄垆。是我的命不好，还有什么话说！""山林百鸟的王，名字叫作凤凰。一天失去雄凤，三年总是悲伤。虽然还有凡鸟，不与它们成双。不避卑陋形象，映你神色辉光。身虽远而心近，何曾一刻相忘？"于是紫珪邀请韩重一起回到坟墓里，度过三天三夜。韩重请求回去，紫珪拿了一颗直径一寸的明珠和昆仑之玉做的壶送给他。韩重带着两件东西去拜见夫差，夫差大为愤怒，治了他掘墓的罪。紫珪托梦给父亲，说明韩重之事。夫差觉得此事奇异，悲泣哽咽，流下眼泪，于是放了韩重，用对待女婿的礼节对待他。

【简评】 这是个极其有名的故事，对后来的文学作品影响很大。例如，

《牡丹亭》的基本情节即是杜丽娘梦中与柳梦梅相爱，醒后伤感病亡，后来，柳梦梅挖开她的坟墓，她活了过来，与情郎成婚。杜丽娘的父亲也要治柳梦梅盗掘坟墓之罪，经历种种小波折，方才真相大白。其故事架构与本篇颇有相似之处。

谈生

有谈生者，年四十，无妇。常感激读经书，通夕不卧[1]。至夜半时，有一好女，年十五六，姿颜服饰，天下无双，来就谈生，遂为夫妇[2]。言曰："我不与人同，夜，君慎勿以火照我也。至三年之后，乃可照耳。"谈生与为夫妇，生一儿，已二岁矣。生不能忍，夜伺其寐，便盗照视之。其腰已上生肉如人，腰已下但是枯骨。妇觉，遂言云："君负我。我已垂变身，何不能忍一年，而竟相照耶?"谈生辞谢，涕泣不可复止[3]。云："与君虽大义，今将离别。然顾念我儿，恐君贫，不能自谐活，暂逐我去，方遗君物[4]。"将生入华堂奥室，物器不凡，乃以一珠袍与之，曰："可以自给。"[5]裂取谈生衣裾留之，辞别而去。后谈生持袍诣市，睢阳王家买之，直钱千万[6]。王识之曰："是我女袍，那得在市？此人必发吾女冢[7]。"乃收考谈生，谈生具以实对[8]。王犹不信，乃往视女冢，冢全如故。乃复发视，果于棺盖下得衣裾。呼其儿视，貌似王女，王乃信之。即出谈生，而复赐之遗衣，遂以为女婿，表其儿为侍中[9]。

【注释】 1.感激：激动，有生气。 2.就：靠近，接近。 3.辞谢：道歉。4.方：将。 5.将：带。奥室：内室，深宅。 6.直：同“值”。 7.发：发掘。 8.收考：拘捕拷问。 9.表：向朝廷上书。侍中：官名。

【译文】 有个叫谈生的人，四十岁了，没有妻子。他常常激动地读着经典，整晚不睡觉。一天半夜，有个姑娘，年纪十五六岁，姿态、容貌、服饰都天下无双，她来接近谈生，于是两人做了夫妻。她说：“我和别人不同，晚上你千万不要用光来照我。三年以后才可以照。”谈生和她结婚后，有了一个儿子，已经两岁。谈生忍不住，夜里等妻子入睡后，就偷偷点灯照着看她。她的腰部以上像人一样长着肉，腰以下只有枯骨。妻子醒了，就说：“你辜负了我。我已经就快变身了，为什么不能再忍耐一年，竟然现在就要照我呢?”谈生道歉，哭泣不止。妻子对谈生说：“我与你虽有夫妇之大义，但现在将要分别了。但我顾念我儿子，担心你太穷，不能依靠自己妥善地养活你们两个。你暂且跟我去，我将要给你一点东西。”她带着谈生进入华堂深宅，里面的器物都非同寻常，于是她拿着一件缀珠的长袍给了他，说：“可以用它养活自己。”她撕了谈生的一片衣襟留下，就作别而去。后来谈生拿着这珠袍到市场上出售，睢阳王家的人买了它，它价值千万。睢阳王认得那件衣服，说：“这是我女儿的长袍，怎么会出现在市场上呢？这个人一定是发掘了我女儿的坟墓。”于是就把谈生抓来拷问。谈生详细地回答了实情。睢阳王还不相信，就去查看女儿的坟墓，依然完好如故。于是又挖开坟墓查看，果然从棺材盖下面发现了谈生的衣襟。睢阳王又把谈生的儿子召来查看，发现他的相貌与自己的女儿相似。睢阳王这才相信谈生的话，把他放了出来，又把女儿留下的珠袍赠给了他，把他当作自己的女婿，并上书朝廷，让谈生的儿子当了侍中。

【简评】 以男性视角来看，这个故事可以概括为：一个大龄男性，无法自立，却平白获得了妙龄娇妻，生了儿子，拥有了财富，攀上了权贵，儿子也白捡了官职。他不守约定，却没有付出任何实质代价。从女子视角看，则是：一个妙龄女鬼，本想重新成人。因为配偶不守约定而功亏一篑。她没有索取任何报偿，而是赠以财富，甘心独自隐去；临走的时候，还留下前夫的衣裾为纪念。编者与受众的心理，可想而知。而且，如同《紫珪》一篇，这则故事也成为后世戏曲的蓝本。譬如，《雷峰塔》里的许仙，不也是这样辜负了白娘子，让她露出了蛇形吗？

挽歌

《魁櫑(lěi)》，丧家之乐。挽歌者，执绋者相偶和之声也[1]。挽歌词有《薤(xiè)露》《蒿里》二章，出田横门人[2]。横自杀，门人伤之，为悲歌。言人如薤上露，易晞灭也；亦谓人死，精魂归于蒿里[3]。故有二章。其一章曰：“薤上朝露何易晞，露晞明朝更复落，人死一去何时归？”二章曰：“蒿里谁家地，聚敛魂魄无贤愚。鬼伯一何相催促，人命不得少踟蹰[4]。”

【注释】 1.执绋：牵引灵车绳索。 2.薤：一种葱。 3.晞：被太阳晒干。4.鬼伯：鬼中之长，也就是鬼的头领。

【译文】 《魁櫑》是举丧之家的音乐。挽歌是牵引灵车绳索的人彼此唱和的歌。挽歌的歌词有《薤露》《蒿里》二章，出于田横门客之手。田横自杀，门客哀悼他，就唱起了悲歌。歌词的意思是说，人就像葱叶上的露水，容易晒干消失；又说人死后，灵魂回归到泰山南边的蒿里。所以歌有两章。第一章说："葱叶上的清晨露水，这么容易被晒干。露水干了，明天还会降下。人死了，什么时候才能回来？"第二章说："蒿里是谁家的地方？聚起了那么多灵魂，不分贤愚。鬼的头领为什么催得那么急，人命不能稍作歇息。"

【简评】 田横是秦末时人，原为齐国贵族，起兵反秦。汉初因刘邦取得天下而自杀。后来，追随他的五百门客也都自刎而亡。这两首挽歌都非常著名，而且特别真诚感人。它们直面了人生的短暂、无端，死亡的不可预知和生命的无法挽回。

卷二四

神农

神农以赭鞭鞭百草，尽知其平毒寒温之性，臭味所主，以播百谷，故天下号曰神农皇帝也[1]。

【注释】 1. 赭鞭：赤色鞭子，相传为神农用以检验百草性味的工具。臭味：气味。

【译文】 神农用赤色鞭子鞭打各种草木，全然了解了它们或无毒或有毒，或寒热或温凉的性质，以及各种气味所主治的疾病，然后根据这些经验播种各种谷物，所以天下的百姓叫他“神农皇帝”。

【简评】 相传神农生活在夏朝以前，可是现在与他相关的故事都流行于春秋战国以后。这种情况可能是口传神话进入书面记录的时间差导致的。他真实生活的具体时代恐怕不太可考。他的别名很多，可能反映了不同故事渐渐定型到一个人物身上的过程。“尝百草”与“教农耕”是神农传说中比较流行的部分。

荼与郁垒

《黄帝书》云：上古之时有二神人，一名荼与，二名郁垒，性能执鬼[1]。度朔山山上有大桃树，二人依树而住。于树东北有大穴，众鬼皆出入此穴。荼与、郁垒主统领简择万鬼，鬼有妄祸人者，则缚以苇索，执以饴虎[2]。于是黄帝作礼欧之，立桃人于门户，画荼与、郁垒与虎以象之[3]。今俗法，每以腊终除夕饰桃人，垂苇索，画虎于门，左右置二灯，象虎眼，以祛不祥。

【注释】 1.执：统治，管理。 2.简择：挑选。 3.欧：同“敺”（“驱”的古字），驱赶。

【译文】 《黄帝书》说：上古的时候有两个神人，一个叫荼与，另一个叫郁垒，天生就能掌管鬼。度朔山上有一棵大桃树，这两人住在树旁。树东北有个大洞，所有的鬼都从洞中出入。荼与、郁垒负责统率和挑选所有的鬼，如果鬼贸然祸害人类，他们就用芦苇做的绳索将他绑起来，抓去喂老虎。于是，黄帝创制了礼仪来驱赶鬼，在门户前立起桃木做的人像，画上荼与、郁垒和老虎来象征他们。现在民间的做法是，在每年腊月底的除夕之夜，装饰桃木人，垂挂芦苇做的绳索，在门口画上老虎，门左右挂上两盏灯代表虎的眼睛，用以祛除不祥。

【简评】 荼与有一个更为脍炙人口的名字，叫作神荼。这个传说的历史也非常久远，在东汉王充《论衡》所引《山海经》选文中就有记载，且两位神祇的技能——对作乱的鬼“缚以苇索，执以饴虎”，已经完全成型了。文学家也曾利用这个故事，时代亦早于《搜神记》。东汉张衡写《东京赋》时，铺排岁末宫廷中的大傩之祭，便有“度朔作梗，守以郁垒，神荼副焉，对操索苇”的记载。在干宝之后，除夕夜请出神荼、郁垒的风俗依然流传，并且似乎更简单易行了。南朝宗懔的《荆楚岁时记》中说："岁旦，绘二神贴户左右，左神荼，右郁垒，俗谓之门神。"只要将两位神的画像贴在门上就好了。

帝喾

帝喾(kù)与颛顼(zhuān xū)平九黎之乱，始立五行之官者也[1]。

【注释】 1.帝喾：传说中的五帝之一。颛顼：传说中的五帝之一。九黎：上古时代传说中的南方古族名。五行之官：即木正、火正、金正、水正、土正，见《左传》。

【译文】 帝喾与颛顼两人平定了九黎之乱，是首先设立五行之官的人。

【简评】 本篇解释的四个名词，几乎没有一个有定论，学者们众说纷纭。上古帝系向来复杂难明，一方面是因为记载极其有限，另一方面则是，有限的记载并不能区分神话与史实。而早期史书叙事简略，于是，很难精确考证"九黎"究竟泛指哪些地区的哪一族人民，也不易说清"五行之官"究竟各自掌管什么事务。在这些问题上，也许只能期待更多的考古材料来解开谜团。

盘瓠

高辛氏有老妇人，居于王宫。得耳疾历时，医为挑治，出顶虫，大如茧[1]。妇人去后，盛以瓠(hù)蓠，覆之以盘[2]。俄尔顶虫乃化为犬，其文五色，因名“盘瓠”，遂畜之。时戎吴盛强，数侵边境，遣将征讨，不能擒胜。乃募天下有能得戎吴将军首者，购金千斤，封邑万户，又赐以少女[3]。后盘瓠衔得一头，将造王阙[4]。王诊视之，即是戎吴。“为之奈何？”群臣皆曰：“盘瓠是畜，不可官秩，又不可妻，虽有功，无施也。”少女闻之，启王曰：“大王既以我许天下矣，盘瓠衔首而来，为国除害，此天命使然，岂狗之智力哉！王者重言，霸者重信，不可以子女微躯，而负明约于天下，国之祸也[5]。”王惧而从之，令少女随盘瓠。盘瓠将女上南山，山草木茂盛，无人行迹[6]。于是女解去上衣，为仆鉴之结，著独力之衣，随盘瓠升山入谷，止于石室之中[7]。王悲思之，遣往视觅，天辄风雨，岭震云晦，往者莫至。盖经三年，产六男六女。盘瓠死后，自相配偶，因为夫妻。织绩木皮，染以草实。好五色衣服，裁制著用，皆有尾形[8]。经后母归，以语王。王遣追之男女，天不复雨。衣服褊裢，言语侏(zhū)离，饮食蹲踞，好山恶都[9]。王顺其意，有诏赐以名山广泽，号曰“蛮夷”。蛮夷者，外痴内黠，安土重旧。以其受异气于天命，故待以不常之律。田作贾贩，无关繻(xū)符传、租税之赋[10]。有邑君长，皆赐印绶。冠用獭皮，取其游食于水。今即梁、汉、巴、蜀、武陵、长沙、庐江群夷是也。用糁杂鱼肉，叩槽而号，以祭盘瓠，其俗至今。故世称“赤髀(bì)横裙，盘瓠子孙”[11]。

【注释】 1.顶虫：上古时代传说中生于头颅的虫。 2.瓠蓠：葫芦瓢一类的器具。瓠，葫芦。 3.购：悬赏征求。 4.造：到访。阙：宫殿前的高台，此处指宫殿。 5.霸：指古代诸侯联盟的盟主。 6.将：带。 7.仆鉴：不详。《后汉书》引此文，李贤作注时即称，“仆鉴”“独力”的意思都不清楚，俗本写作“仆竖”，是妄自附会而改，不宜遵从。 8.著用：衣服。 9.褊裢：《后汉书》此处写作“斑兰”，即斑斓，五色错杂。侏离：语言怪异，难以理解。 10.关繻：出入关隘的帛制凭证。符传：凭证。 11.髀：大腿。

【译文】 高辛氏的时候，有个老妇人住在王宫，得了耳疾，已有一段时间。医生为她挑治，挑出一只生于头颅中的虫，像蚕茧一样大。老妇人走后，医生把它放在瓠瓢中，用盘子盖住了它，不久这虫子就变成了一条狗，它身上的花纹有五种颜色，于是医生把它命名为“盘瓠”，并畜养了它。当时戎吴部落十分强盛，屡次侵犯边境，高辛氏派遣将军去讨伐，但无法制服取胜。于是他向全国招募能够取得戎吴将军首级的人，悬赏一千斤金，分封城邑一万户，还会把小女儿赐给他。后来盘瓠衔着一个人头，带着它到了宫殿门外。高辛氏仔细察看，正是戎吴将军的头。国王问：“对这件事，应当怎么办呢？”各位大臣都说：“盘瓠是牲畜，不能给它以官禄，又不能为它娶妻。虽然有功劳，也不必对它实施奖赏了。”高辛氏的小女儿听说了，禀告父王说：“大王已经把我许诺给天下了。盘瓠叼着首级来了，为国家除去了祸害，这是天意让事情成了这样，难道是狗的智慧和力量吗？君王要重视诺言，霸主要讲究信用，不能因为我轻微的身躯，而在天下人面前违背公开的约定，这是国家的灾祸啊。”高辛氏感到害怕而听从了她的话，让小女儿跟着盘瓠走了。盘瓠带着这女子登上南山，山上草木茂盛，没有人的行踪。于是女子就脱去上衣，改变装扮，梳仆鉴之结，穿独力之衣，跟随着盘瓠登高山，进深谷，在石洞中停留下来。高辛氏又悲伤又想念女儿，派人前去察看寻觅，但老天总是刮风下雨，山岭震动，云色昏暗，去的人没有一个能到达。大约过了三年，女子生下六个男孩和六个女孩。盘瓠死后，这些孩子自己互相结成对，于是成了夫妻。他们用树皮纺织，用草籽来染色，喜欢穿五色的衣服，裁制的衣服都有尾巴。后来他们的母亲回去了，把这些事情告诉高辛氏，他派出使者去迎接那几个男孩女孩，天不再下雨了。这些人衣服色彩斑斓，说的话怪异难解，吃喝的时候喜欢蹲着，爱好山野而厌恶都市。国王顺从他们的意愿，下诏赐给他们名山大泽，把他们称为“蛮夷”。所谓的蛮夷，看上去不怎么聪明，实际上却很黠慧，他们安于乡土，重视旧有的习惯。因为他们从上天那里领受了特别的气质，所以用不同于平常的法律来对待他们：种田也好，经商也好，出入关隘时，不需要交验凭证与符节，也不需要缴纳租税。凡是拥有城邑的首领，都赐以印信绶带。他们的帽子是用水獭皮做的，取其在江河中寻求食物的习性。这些人，就是今天梁州、汉中郡、巴郡、蜀郡、武陵郡、长沙郡、庐江各地的蛮夷。他们把米饭和鱼肉混在一起，敲着木槽叫喊着来祭祀盘瓠，这种风俗一直流传到今天。所以世人说：“露着大腿，系着短裙的，是盘瓠的子孙。”

【简评】　盘瓠神话的来源众说纷纭，难以精确考证。不过，它反映出的两个特色，学者们已普遍认同。一是，它所处的部落崇拜犬。无论盘瓠本身具备狗的形象，还是部落后人制衣时都做出尾巴，均可反映这一点。二是，这个部落最早时是通过血亲婚配来繁衍的。六对孩子自相婚配，当然是个明证；其实，就连盘瓠本人诞生于王宫中一位老妇人的耳朵里，却又娶了帝王的小女儿这一点，也隐约折射着兄妹婚姻的事实。

汤祷桑林

汤既克夏，大旱七年，洛川竭。汤乃以身祷于桑林，剪其发，自以为牺牲，祈福于上帝[1]。于是大雨揔至，洽于四海[2]。

【注释】 1.牺牲：祭祀用的牲畜。 2.揔至：骤然而至。揔，通“匆”。洽：沾湿，湿润。

【译文】 汤战胜了夏桀后，大旱七年，洛水干涸。汤就把自己作为祭品在桑林向上天祈祷，剪掉了自己的头发，把自己当作祭祀用的牲畜，向上帝求福。于是大雨骤然降临，全国都湿润了。

【简评】 有一部著名的民俗学著作《发须爪》，是民国学者江绍原所作，他研究了与头发、胡须、指甲相关的迷信和风俗。书里谈到，先民觉得这些东西都是自己身体的分身，有替代本人的作用。这就可以解释为什么故事里的商汤会用头发来象征自己的性命。

武王伐纣

武王伐纣，至河上，雨甚，疾雷，晦冥，扬波于河[1]。众甚惧，武王曰：“余在，天下谁敢干余者？”[2]风波立济[3]。

【注释】 1.甚：厉害，严重。这里指很大。晦冥：昏暗。 2.干：冒犯。 3.济：停止。

【译文】 周武王讨伐商纣王，来到黄河上。雨很大，雷声急，天色昏暗，波涛在黄河翻滚。大家都很害怕，武王说："我在，天下有谁敢来冒犯我！"风波马上平息了。

【简评】 这条记载，诸书都说是出自《搜神记》。而干宝距离武王伐纣的时代已经很久远了，不知道他的文献依据何在。如果武王果真说过这样的话，自然可以视为某种凛凛不可触犯的帝王之气。可是，也不能排除另一种情况：为了造就这种效果，后人们添油加醋，努力创造出这样的情境来。

苌弘

苌弘见杀，蜀人藏其血，故三年而为碧[1]。

【注释】 1.见：用在动词前表被动，相当于"被"。

【译文】 苌弘被杀，蜀国的人就把他的血藏起来，于是他死后三年，这些血化作了青白色的玉石。

【简评】 苌弘的故事历史悠久，《庄子》中就有记载。传说他是东周时期的蜀人，是一位政治家。因支持晋国的范氏，被权臣赵鞅逼杀。《庄子》对这个故事的评论是："人主莫不欲其臣之忠，而忠未必信。"也就是说，做君主的，都希望臣子忠诚，可是忠诚的臣子却未必能取得信任。后来，就有了"化碧"的典故，用以称颂忠臣志士矢志不渝。

萧桐子

齐惠公之妾萧桐子，见御有身，以其贱，不敢言也[1]。取薪而生顷公于野，又不敢举也[2]。有狸乳而鹯(zhān)覆之，人见而收之，因名无野[3]。是为顷公，代有齐国。

【注释】 1.萧桐子：历史上曾真实存在的人。在《左传》中名为"萧同叔子"，应较为确切。见御：被临幸。 2.举：抚养。 3.鹯：一种猛禽。

【译文】 齐惠公的小妾萧同叔子，被临幸后怀孕了。因为地位卑贱，不敢说出来。她拿了一些柴草铺垫着，把顷公生在野外，又不敢抚养他。有只野猫来给孩子喂奶，鹯鹰来遮护他。有人看见了，就收养了这个孩子，于是给他取名叫"无野"。这就是后来继承齐国国君之位的齐顷公。

【简评】 齐顷公出生的故事史书无征，但他的母亲萧同叔子确实见载于史书《左传》。故事有些一言难尽：晋景公曾派遣中军佐郤克到齐国征召齐顷公参加盟会。齐顷公让母亲萧同叔子躲在帷幕中，让她观看郤克跛脚的样子。郤克登上台阶，萧同叔子在房里笑起来。郤克受到侮辱，发誓报复，后来便引发了两国之间的战争。

古冶子

齐景公渡于江沈之河，鼋(yuán)衔左骖(cān)没之，众皆惊惕(tì)[1]。古冶子于是拔剑从之，邪行五里，逆行三里，至于砥柱之下，乃杀鼋也[2]。左手持鼋头，右手挟左骖，燕跃鹄踊而出，仰天大呼，水为逆流三百步，观者皆以为河伯也[3]。

【注释】 1.江沈：别本作“江沅”，可能都有误。因为“河”在古代常常特指黄河，与“江沈”“江沅”皆不相关。鼋：大鳖。左骖：驾车时位于左边的马。 2.邪行：斜着走。砥柱：山名，位于河南省三门峡东，原立于黄河急流之中，后因整治河道而炸毁。 3.河伯：黄河的水神。

【译文】 齐景公渡黄河时，有一只大鳖衔走了他车前左边的马，没入水下。大家都惊惧警惕。古冶子在这时拔剑追赶大鳖，他斜着走了五里，逆着走了三里，来到砥柱山下，才把大鳖杀了。他左手拿着鳖头，右手挟着那马，像燕子一样跃起，天鹅一样飞出。他仰天大喊，河水为此倒流了三百步。观看的人都以为他是水神河伯。

【简评】　关于“江沈”的异文，有的版本作“江沅”。但《水经注》讲到砥柱山时，已经抄录本文，作出辨析，指出了几种矛盾。郦道元的结论是：古冶子杀大鳖的事情确实发生在黄河水道之中，砥柱山下。因为《水经注》也是著名的书，所以使古冶子的事迹更为知名了。学者甚至特别提出，郦道元结合真实地貌情况与当地神话传说的写作手法，增强了文字的感染力。如果我们承认《水经注》也可以当作古典文学读物，那么，这又是一个晚出文本获益于早期文本，并反作用于它的好例子。

卷二五

熊渠

楚熊渠夜行，见寝石，以为伏虎，弯弓射之，没金饮羽[1]。下视，知其石也，复射之，矢摧无迹。汉世复有李广，为右北平太守，射虎得石，亦如之。刘向曰："诚之至也，而金石为之开，况人乎？夫唱而不和，动而不随，中必有不合者也。夫不降席而匡天下者，求之己也[2]。"

【注释】 1.寝石：横卧的石头。没金饮羽：箭头和箭杆上的羽毛都隐没于其中。饮，隐没。 2.匡：正。

【译文】 楚国的熊渠夜间巡行，看见横卧着的石头，以为是趴在地上的老虎。他拉弓射它，箭头和箭杆上的羽毛都隐没在了里面。下马细看，知道那原来是块石头。再射它，折断了箭也没能留下什么痕迹。汉代又有个李广，任右北平太守，以为自己在射老虎，所得的是石头，也像熊渠那样。刘向说："精诚所至，金石为开，何况人呢？那些倡议而无人响应，行动而无人追随的，其中一定有不合理的地方。那些不离开座席而能匡正天下的人，是因为反求诸己的缘故啊。"

【简评】 见到石头，误以为虎而一箭中的，是因为人在恐惧中生出了巨大的潜能。事后再试则失败，是因为心里知道失败也没有关系，不会被"老虎"攻击了，和"精诚所至"没什么关系。虽然古人是借此讲述治国平天下的道理，但是也要从常识与逻辑上加以推敲。

三王墓

楚干将、莫耶，为楚王作剑，三年乃成。王怒，欲杀之。其剑有雄雌。其妻重(chóng)身当产，夫语妻曰[1]：“吾为王作剑，三年乃成，王怒，往必杀我。汝若生子是男，大，告之曰：‘出户望南山，松生石上，剑在其背。’”于是即将雌剑，往见楚王。楚王大怒，使相之，剑有二，雄雌，雌来雄不来。王怒，诛杀之。莫耶子名赤比，后壮，问其母曰：“吾父所在？”母曰：“汝父为楚王作剑，三年乃成，王怒，杀之。去时嘱我：‘语汝子：出户望南山，松生石上，剑在其背。’”于是子出户南望，不见有山，但睹堂前松柱下，石砥之上，则以斧破其背，得剑，日夜思欲报楚王。楚王梦见一儿，眉间广尺，欲报仇，王即购之千金。儿闻之，亡去。入山行歌，客有逢者，谓：“子年少，何哭之甚悲耶？”曰：“吾干将、莫耶子也。楚王杀吾父，吾欲报之。”客曰：“闻王购子头千金，将子头与剑来，为子报之。”儿曰：“幸甚。”即自刎，两手捧头及剑奉之，立僵。客曰：“不负子也。”于是尸乃仆。客持头往见楚王，楚王大喜。客曰：“此乃是勇士头也，当于汤镬(huò)煮之。”王如其言煮头，三日三夕不烂，头踔(chuō)出汤中，踬目大怒[2]。客曰：“此儿头不烂，愿王自临视之，是必烂也。”王即临之，客以剑拟王，王头堕汤中[3]。客亦自拟己颈，头复堕汤。三皆俱烂，不可识别。分其汤肉葬之，故通名“三王墓”。今在汝南北宜春县界。

【注释】 1.重身：有孕。 2.踔：跳跃。踬目：根据文意，应是瞪眼之意。但“踬”字只有绊、跌之意，有些学者认为是“瞋”的误字。 3.拟：比画。

【译文】 楚国的干将、莫邪夫妇为楚王锻造宝剑，三年才造成。楚王很生气，想杀掉他们。宝剑有雌雄两把。干将的妻子怀孕要分娩了，丈夫对妻子说：“我给楚王铸造宝剑，三年才造成。楚王生气，我去进献宝剑，他必定会杀了我。你生下的孩子如果是男的，等他长大了，告诉他说：‘出门望南山，有一棵长在石头上的松树，宝剑就在它的背面。’”于是干将就带着雌剑去见楚王。楚王非常生气，叫人仔细察看那宝剑，得知应该有两把，一把雄一把雌，雌剑拿来了，雄剑没拿来。楚王生气，就杀了干将。莫邪的儿子名字叫赤比，后来长大了，问他的母亲：“我的父亲在什么地方？”母亲说：“你父亲给楚王造剑，三年才造成。楚王生气，把他杀了。他离家时嘱咐我：‘告诉你的儿子：出门望南山，有一棵长在石头上的松树，宝剑就在它的背面。’”于是赤比便出门向南望去，没有见到山，只见堂前的松木柱下，有石础顶着它。他用斧子劈开木柱的背面，得到了宝剑。于是赤比日日夜夜想要向楚王报仇。楚王梦见一个男孩，两眉之间有一尺宽，想要向他报仇。楚王就悬赏千金来捉拿他。赤比听到这消息，就逃走了，进了山，边走边悲歌。有个侠客碰见了他，对他说：“你年纪轻轻，为什么哭得这么悲伤呢？”赤比说：“我是干将、莫邪的儿子。楚王杀了我的父亲，我想报仇。”侠客说：“听说楚王悬赏千金买你的人头，把你的头和剑拿来，我为你去报仇。”赤比说：“太好了！”就自刎而死，两手捧着头和剑交给侠客，尸体直挺挺地站着。侠客说：“我不会辜负你的啊。”于是尸体才倒了下去。侠客拿着赤比的头去见楚王，楚王非常高兴。侠客说：“这可是勇士的头颅，应该在汤锅中煮它。”楚王照着他的话去煮头，三天三夜还没煮烂。这头从沸水中跳出来，瞪着眼睛，十分愤怒。侠客说：“这男孩的头煮不烂，希望大王亲自到锅边看看它，这就一定能煮烂了。”楚王便走到锅边。侠客挥剑向楚王比画过去，楚王的头落入沸水之中。侠客也比画着砍掉了自己的头，头又落进沸水中。三个头都煮烂了，无法辨认谁是谁。人们把锅里的汤和肉分开来埋葬了，所以总称为“三王墓”。现在这墓在汝南郡北宜春县境内。

【简评】　这可能是《搜神记》中最为经典的篇目之一。其实它还有更早的来源，不过干宝对素材进行过加工，使故事完整而生动。赤比报仇的故事，后来又出现在鲁迅的《铸剑》之中。主干情节虽一致，细节却大大增加了。所增加之处都精巧而耐人寻味。我既喜欢原版故事，为它的刚毅踔厉之气；也喜欢《铸剑》，为它所增添的阴郁色彩和审视眼光。譬如，鲁迅写到了赤比本人优柔的性情，侠客砍楚王头时，围观者的心理状态，还有所谓的“三王”出殡时，围观百姓的种种议论。撇开文本的意蕴，还有值得关注的事：很少有百分之百的原创作品，文学往往或被动或主动地受益于此前的文学。

养由基

楚王游于苑，白猨在焉。王命善射者，令射之。数发，猨搏矢而嬉[1]。乃命养由基。由基抚弓，则猨抱木而号。及六国时，更羸谓魏王曰：“臣能为虚发而下鸟。”魏王曰：“然则射可至于此乎？”[2]更羸曰：“可。”有间，雁从东方来，而更羸虚发而鸟下焉[3]。

【注释】 1.搏：执持。 2.射：指射箭的技术。 3.有间：隔了一会儿。

【译文】 楚王在园林里游猎，有一只白猿在那里。楚王命令擅长射击的人去射它。射了好几箭，白猿用手抓着箭玩耍。楚王于是命令养由基来射。养由基拿起弓箭，白猿就抱着树枝哭号起来。到战国的时候，更羸对魏王说："我能够只拉弓，不放箭，让飞鸟掉下来。"魏王说："难道射技可以达到这种水平吗？"更羸说："能。"一会儿，大雁从东方飞来，更羸虚拉一下弓，大雁就从天上掉了下来。

【简评】 本则中的两个故事也非干宝原创。养由基射白猿，曾见于《淮南子》；更羸射雁，则见于《战国策》——成语"惊弓之鸟"，便从此而来。

澹台子羽

澹(tán)台子羽，赍(jī)千金之璧渡河，河伯欲之[1]。阳侯风波忽起，两龙夹舟[2]。子羽曰："吾可以义求，不可以威劫。"左掺(chān)璧，右操剑，奋剑斩龙，波乃止[3]。登岸，投璧于河，河伯三归之。子羽毁璧而去。

【注释】 1.澹台：复姓。赍：拿着，带着。 2.阳侯：古代传说中的波涛之神。根据文意，也就是河伯。　3.掺：握，持。

【译文】　澹台子羽带了一块价值千金的璧玉乘船渡黄河。河伯想要这块宝玉，兴风作浪，两条蛟龙夹在船边。澹台子羽说："跟我讲道义来求取，可以；对我进行威吓而强取，没有用。"于是他左手持璧，右手持剑，斩杀蛟龙，风波才平定了。上岸以后，澹台子羽把璧玉投进河里，河伯归还了三次。澹台子羽把璧玉毁坏后离去了。

【简评】　璧玉不能任对方强行抢走，所以要战斗到底；但保住它只是为了正义，而并非因为吝惜，所以过河后即行投赠。哪怕对方无颜再收，澹台子羽也坚决不要了。"吾可以义求，不可以威劫"，真是特别动人的一句话。它展现了美好的品质：不畏强权，坚持原则。

韩冯夫妇

宋时大夫韩冯，娶妻而美，康王夺之[1]。冯怨，王囚之，论为城旦[2]。妻密遗(wèi)冯书，缪(miù)其辞曰："其雨淫淫，河大水深，日出当心。"[3]既而王得其书，以示左右，左右莫解其意。臣苏贺对曰："'其雨淫淫'，言愁且思也；'河大水深'，不得往来也；'日出当心'，心有死志也。"俄而冯乃自杀。其妻乃阴腐其衣[4]。王与之登台，妻遂自投台下，左右揽之，衣不中手而死。遗书于带曰："王利其生，妾利其死，愿以尸骨，赐冯合葬。"[5]王怒弗听，使里人埋之，冢相望也。王曰："尔夫妇相爱不已，若能使冢合，则吾弗阻也。"宿昔之间，便有文梓木生于二冢之端，旬日而大盈抱，屈体以相就，根交于下，枝错于上[6]。又有鸳鸯，雌雄各一，恒栖树上，晨夜不去，交颈悲鸣，音声感人。宋人哀之，遂号其木曰"相思树"。相思之名，起于此也。今睢阳有韩冯城，其歌谣至今存焉。

【注释】 1.大夫：官名。 2.论：定罪。城旦：一种针对男犯人的刑罚，即筑城。 3.密遗：悄悄地给。遗，投赠。缪：诈伪，这里指把心里话用隐语说出来。淫淫：水流落不止的样子。当：正对。 4.阴：暗中。腐：腐蚀。 5.利其生：指希望女子活着。利，以……为利。 6.宿昔：一个晚上。

【译文】 宋时，有个任大夫之职的韩冯娶了个美丽的妻子。宋康王夺走了她，韩冯怨恨，宋康王把他囚禁起来，判处他筑城之刑。妻子悄悄地给韩冯一封信，用隐语说："那雨流落不停，河宽水又深，太阳正照着我的心。"过了不久，康王得到这封信，拿给身边的人看，身边的人没有谁明白这些话的含义。大臣苏贺回答说："'那雨流落不停'，是说又忧愁，又有所思念；'河宽水又深'，是说他们无法来往；'太阳正照着我的心'，是说心中有求死的志向。"不久韩冯就自杀了。他的妻子就暗中腐蚀了自己的衣服。宋康王与她一起登上高台，她就趁机从高台上跳下去。身旁的人去拉她，衣服因腐朽而经不起手拉，她就死了。她在衣带上留书说："大王希望我活，我希望死。希望您恩准将我的尸骨与韩冯的合葬。"康王恼怒，不肯同意，派乡里的人把她埋了，让她的坟墓与韩冯的相对。康王说："你们夫妻俩相爱不绝，如果能让两座坟墓合在一起，我就不再阻拦你们了。"一夜之间，便有带斑纹的梓树从两座坟墓顶上长出来，十来天就长得比一抱还粗，树干弯曲着互相靠近，树根在下面缠绕，树枝在上面交错。又有一对鸳鸯鸟，一雌一雄，总是栖息在树上，从早到晚不离去，脖子依偎着悲鸣，叫声令人感动。宋国的人为韩冯夫妇的事迹感到悲哀，就把那梓树叫作“相思树”。“相思”这个词，就是从这儿诞生的。现在睢阳县有韩冯城，故事的歌谣至今流传着。

【简评】 神话学者曾经指出，为爱情牺牲，化为鸟、树或蝴蝶的故事并不少见。本则是一例，《孔雀东南飞》是一例，梁山伯与祝英台的传说更是如此。这些故事，大抵都是以死后的某种再生意象来表达对残酷现实的反抗。故事一旦属于某种类型，便容易显得千篇一律。如何甄别优劣呢？至少可以从细节来考量。韩冯妻隐语作信，“阴腐其衣”，都是智慧的表现。另外，她并没有利用这智慧去寻求某种安稳的现实，而是实现了寻死的自由。既不乏突出的智慧，又具备独立的意志，就是一个熠熠生辉的人物。

爰剑

爰剑者，羌豪也[1]。秦时，拘执为奴隶，后得亡去[2]。秦人追之急迫，藏于穴中。秦人焚之，有景象如虎，为蔽火，故得不死[3]。诸羌神之，推以为豪[4]。其后种落炽盛续也。

【注释】 1.豪：首领。 2.拘执：抓捕。这里是被抓。亡：逃。 3.景象：迹象。 4.神：以之为神。

【译文】　爰剑是羌族的部落首领。秦国时，曾被抓捕为奴隶，后来得以逃走。秦人追得很急，他藏在山洞中，秦人用火焚烧山洞，这时有个像老虎一样的东西来帮他遮挡火焰，所以他没有死。羌族各部落把他当作神，推选他做了首领。从此以后，部落一直兴旺繁盛了。

【简评】　古羌族大约诞育于西北地区，爰剑的故事就是羌人的始祖神话。根据现代学者的研究，民族问题的核心是认同而不是血统。在漫长的历史上，谁是“羌”，谁是“汉”，是不断发展变化的；具体的人也会因现实的需求来选择自己的民族身份。

扶南王

《扶南传》云：扶南王范寻，常养虎五六头，养鳄鱼十数头。若有犯罪，投与虎不噬，投与鳄鱼不噬者，乃赦之，无罪者皆不噬。

【译文】　《扶南传》说，扶南王范寻总是养着五六头老虎、十几头鳄鱼。如果有犯罪的人，把它扔给老虎，老虎不吃，扔给鳄鱼，鳄鱼也不吃的话，就赦免他。老虎和鳄鱼都不会吃那些无罪的人。

【简评】　扶南本是中南半岛的一个古国，统治中心在今天的湄公河三角洲一带。所以那里会有很多老虎和鳄鱼。范寻在位的时代，大约相当于中国东汉时期。他对待囚犯的手段见于《梁书》与《南史》，但干宝的记载与史书文字大不相同，应有更早的来源。

患

汉武帝东游，未出函谷关，有物当道[1]。其身长数丈，其状象牛，青眼而曜(yào)睛，四足入土，动而不徙[2]。百官惊惧，东方朔乃请以酒灌之，灌之数十斛而怪物始消。帝问其故，答曰："此名为'患'，忧气之所生也。此必是秦家之狱地；不然，则是罪人徒作之所聚也[3]。夫酒是忘忧，故能消之也。"帝曰："吁！博物之士，至于此乎！"

【注释】 1.函谷关：位于今河南省灵宝市，紧靠黄河岸边。关在谷中，深险如函，因此得名。是中国古代重要的关隘之一。 2.曜：闪耀。动而不徙：虽然在动，却不改变位置。徙，移动。 3.徒作：服劳役。

【译文】 汉武帝东巡，没出函谷关时，有一个东西挡住了去路。它身长几丈，形状像牛，眼睛是青色的，眸子闪亮，四只脚插在泥土中，虽然在动，却没有改变位置。百官惊怕，东方朔于是请求用酒浇它。对它浇了几十斛酒，怪物才消失。汉武帝问这是什么缘故，东方朔回答说："它的名字叫'患'，是忧愁之气产生出来的。这里一定是秦国的监狱所在地；否则，就一定是服劳役的犯人聚居的地方。酒是用来忘记忧愁的东西，所以能把它消去。"汉武帝说："啊！博学多识的人，竟能达到这种地步！"

【简评】 这个故事真的好棒，它为忧愁赋予了名字和形象。"患"的本义就是忧，并有祸、疾、恶、苦各种意义。它巨大（身长数丈），强硬（有牛一样的形象，闪闪发亮，难以忽视的眼睛），难以消除（一直活动却仍在原地)。我们每个人心里，或许都会长出这样一头大牛。只是别向酒求助——李白说过，“举杯消愁愁更愁”。

焦尾琴

蔡邕在吴，吴人有烧桐以爨（cuàn）者，邕闻其爆声曰：“此良桐也。”[1]因请之，削以为琴[2]。而烧不尽，因名“燋（jiāo）尾琴”，有殊声焉。

【注释】 1.爨：做饭。 2.请：请求。

【译文】 蔡邕在吴郡时，当地人烧桐木来做饭，蔡邕听见木头爆响的声音，说：“这是棵好桐木啊！”于是请求做饭的人把木头给他，他用这段桐木削制成琴。而它是没有烧完的木头，于是命名为“燋尾琴”，有出众的声音。

【简评】 蔡邕是汉代著名的音乐家，懂得辨别制作乐器的材料。另一个相似的故事是，传说他到柯亭的时候，发现那里的人用竹子做屋椽。他观察了一下那些椽子，认为正适合做竹笛，于是就做出了声音嘹亮的好笛子。

卷二六

谅辅

谅辅，字汉儒，广汉新都人。少给佐史，浆水不交[1]。为郡督邮、州从事，大小毕举，郡县敛手焉[2]。夏枯旱，太守自暴中庭，而雨不降。时以五官掾出祷山川，三日无应，乃曰[3]："辅为郡股肱，不能进谏纳忠，荐贤退恶，和调阴阳，至令天下否(shè)滠，万物燋枯，百姓(yóng)喁喁，无所告诉，咎尽在辅[4]。太守内省责己，自曝中庭，使辅谢罪，为民祈福，三日无效。今敢自誓，至日中雨不降，请以身塞无状[5]。"乃积薪柴，将自焚焉。至禺中时，山气转起，雷雨大作，一郡沾润也[6]。世以此称其至诚。

【注释】 1.给：供，这里指供职。佐史：汉代地方官署内书佐和曹史的统称。交：原指一方给予，一方接受，此处单指接受。 2.督邮：官名。督邮书掾、督邮曹掾的简称。汉代各郡的重要属吏。从事：官名。州部属吏。敛手：拱手。表示恭敬。 3.五官掾：官名。汉代郡太守自署属吏之一，掌春秋祭祀，若功曹史缺，或其他各曹员缺，则署理或代行其事，无固定职务。 4.否滠：别本作"否隔"，即隔绝不通之意。喁喁：仰望期待的样子。告诉：诉说，申诉。 5.无状：所行丑恶无善状。这里是自谦之辞，句意为"用我的身体来抵罪"。 6.禺中：将近午时。

【译文】 谅辅，字汉儒，广汉郡新都人。他年轻时任佐吏之职，不受百姓一碗浆水。后来任督邮、从事，大小事情都办理得妥当，郡县的人都敬重他。夏天干旱之际，太守在庭院中让太阳暴晒自己来求雨，但雨不下。当时谅辅以五官掾的身份外出，向山水祷告，三天没有应验。他发誓说：

“我谅辅身为郡守的得力助手，不能劝上司纳用忠言，不能推荐贤才、罢斥恶人，不能调和阴阳之气，导致天下之气隔绝不通，万物干枯，百姓仰望期待，却控诉无门，这都是我谅辅的罪过。太守反躬自省，责备自己，在庭院中暴晒自己来求雨，让我谅辅来认罪，为百姓求取福祉，三天没有见效。我现在胆敢拿自己来立誓：如果到了中午还不下雨，请让我用自己的身体来抵罪。”于是他堆积木柴，准备自焚。快中午的时候，山上的云气起来了，雷雨大作，全郡都得到滋润。当世的人因此称赞谅辅的虔诚。

【简评】 幸亏还不必付出性命，雨就降了下来。更庆幸如今已有人工降雨的办法，人的虔敬和天公的作美，已经彻底脱离了关系。破除迷信之后，回头看往昔，自然觉得故事荒唐。可是，在一步一步走向科学的漫长道路上，每一代中，都有人付出过种种牺牲。所以，如果有进步，不要认为它来得轻易，又坚不可摧。

何敞

何敞，吴郡人。少好道艺，隐居[1]。重以大旱，民物憔悴[2]。太守庆洪，遣户曹掾致谒，奉印绶，烦守无锡[3]。敞不受，退，叹而言曰：“郡界有灾，安能得怀道？”[4]因跋涉之县，驻明星屋中，修殷汤天下事之术[5]。蝗蝝(yuán)消死，敞即遁去[6]。后举方正、博士，皆不就，卒于家[7]。

【注释】 1.道艺：学问。 2.民物：人民与万物，这里偏指人民。 3.户曹掾：官名。户曹长官。致谒：上门拜访。印绶：官印信和系印信的丝带。4.怀道：抱着学问的志向。 5.之：到，往。明星屋：祭祀星宿的房子。明星，古时可指织女星、启明星或彗星。殷汤：即商汤，中国古代的明君。6.蝗蝝：蝗的幼虫。 7.方正：古代选举官吏的科目之一，以人品端方正直作为选拔标准。博士：古代学官名。

【译文】 何敞是吴郡人，年少时爱好学问，隐居在家。一次，又因为大旱，人民憔悴，太守庆洪派户曹掾来征请他，让户曹掾捧上官印和绶带，麻烦他做无锡县的守令。何敞不肯接受，但退回室内后，感叹地说："本郡范围内有灾害，我哪能一心向往学问呢？"于是他就徒步来到无锡县，住在祭祀星神的房屋中，修习殷汤管理天下之术。等蝗虫都死亡，他就悄悄地溜走了。后来，他被举荐参加方正科考试，又被举荐做博士，他都没有去，死于家中。

【简评】 要相信真有爱学问而不爱官职的人。

徐栩

徐栩，字敬卿，吴由拳人。少为狱吏，执法详平[1]。为小黄令[2]。时属县大蝗，野无生草，至小黄界，飞过不集。

【注释】 1.详平：公正，公平。 2.小黄：县名，西汉置，治所在今河南省开封市东北。

【译文】 徐栩，字敬卿，吴郡由拳县人。他年轻时做过管理监狱的小吏，执法公正公平。后来当了小黄县令。当时郡中各县大闹蝗灾，田野里连草都活不下来，但蝗虫经过小黄县境时，却径直飞过去而不聚集。

【简评】 这则故事还见于《后汉书》，且有下文。史书上说，巡视部门来到小黄县，发现徐栩不治蝗灾，就批评了他。于是徐栩辞去官职，而蝗虫立刻到来。刺史只好向徐栩道歉，让他官复原职，蝗虫又飞走了。

王业

王业，和帝时为荆州刺史。每出行部，沐浴斋洁，以祈于天地："当启佐愚心，无使有枉百姓。"[1]在州七年，惠风大行，苛慝(tè)不作，山无豺狼[2]。

【注释】 1.行部：巡视部属。启佐：开导辅助。 2.惠风：柔和的风，比喻仁爱。苛慝：暴虐邪恶。

【译文】 王业在汉和帝时任荆州刺史。他每次巡视部属，都沐浴吃素，从而向天地祈求："希望神灵开导辅助愚笨的我，别让我冤枉了百姓。"他在荆州七年，仁爱的风气盛行，暴虐邪恶的事不再发生，山里都没有豺狼。

【简评】 旧本《搜神记》此后还有一段。说王业死在湘江之中，有两只白虎守护他的尸体。等丧事完毕，白虎就离开州界不见了。人们给王业和老虎一同立了碑，称为“湘江白虎墓”。若言“搜神”，似乎这一段才是“神”之所在。

葛祚

葛祚(zuò)，字符先，丹阳句容人也。吴时，作衡阳太守。郡境有大槎(chá)横水，能为妖怪，百姓为之立庙[1]。行旅必过，要祷祠槎，槎乃沉没；不者，槎浮，则船为破坏[2]。祚将去官，乃大具斤斧之属，将伐去之[3]。明日当至。其夜，庙保及左右居民，闻江中汹汹有人声非常，咸怪之[4]。旦往视，槎移去，沿流流下数里，驻在湾中。自此行者无复倾覆之患。衡阳人美之，为祚立碑曰：“正德所禳(ráng)，神等为移。”[5]

【注释】 1.大槎：大木筏。 2.行旅：行旅的人，即旅客。 3.斤斧：斧头。 4.庙保：负责祠庙的人。汹汹：气势大或声势大。 5.禳：去除。

【译文】 葛祚字符先，是丹阳句容人。他在三国吴时任衡阳郡太守。郡内有个大木筏横在河中，能为祸作怪。百姓给这木筏建立了祠庙。旅客必须得从这里经过，祭祀它，向它求祷，木筏就沉下去；否则木筏就浮在水面，那么船就会被它破坏。葛祚将离任时，就准备好了许多斧头之类，要把木筏砍掉。第二天就要去现场了，而这一天夜里，负责祠庙的人和附近居民却听见江中人声汹汹，大异于常，都感到很奇怪。第二天，他们前往观看，木筏已经移走了，沿着江水向下漂流了几里，停留在河湾中。从此，过河的人不再有翻船的祸患了。衡阳郡的人感戴美政，为葛祚立了块碑，碑文说："正直的德行消除灾祸，神灵也为之迁移。"

【简评】 我们并不知道神异是如何生成的。仅就本则故事而言，似乎不能排除人为作恶的可能。若真如此，那么，葛祚是明知如此而作出了应对，还是无心地险些就要揭破真相呢？为什么非要等到离任之前，才下决心动手呢？所有的答案只能由读者心证了。

卷二七

二华之山

二华之山，其本一山也[1]。当河，河水过之而曲流。有神排而分之，以利河流，其手足迹，于今存焉。故张衡作《西京赋》，所称“巨灵赑(bì)屃(xì)，高掌远跖(zhí)，以流河曲”是也[2]。

【注释】 1.二华之山：指太华山和少华山。 2.赑屃：壮猛有力的样子。

【译文】 太华山和少华山本来是一座山，临着黄河，河水经过它的时候，绕道流过。有神把山体推开，一分为二，以便河流穿过。神的手足痕迹至今还在。所以张衡写《西京赋》时，有“那巨大的神灵壮猛有力，他对着山手劈脚踢，让弯曲的河水能流过去”的句子。

【简评】 早期的文学作品常常受到神话故事影响，或者说，神话一直在滋养文学。《西京赋》之例，只是其一。

霍山

汉武徙南岳之祭，著庐江灊(qián)县霍山之上，无水[1]。庙有四镬(huò)，可受四十斛[2]。至祭时，水辄自满，用之足了，事毕即空[3]。尘土树叶，莫之污也。积五十岁，岁作四祭。后但作三祭，一镬自败。

【注释】 1.灊县：汉朝设置的县，在今安徽省霍山县衡山镇。 2.镬：本指无足的鼎，也可理解为大锅。斛：量词。 3.了：了事，完事。

【译文】 汉武帝把南岳衡山的祭祀迁到庐江郡灊县的霍山上。那里没有水。庙里有四口大锅，可以容纳四十斛的水量。到祭祀的时候，锅里的水总是自己涨满，用这些水足够完成祭祀。祭礼完毕，锅内就空了。尘土、树叶都不能把它弄脏。如此经过五十年，每年都进行四次祭祀。后来改为一年三次祭祀，有一口锅就自行坏了。

【简评】 五岳的概念不是一次定型的，而是随着实际需求和朝廷认定的改变而改变。汉武帝时期的“南岳衡山”，确实就是安徽的霍山。至于是将对湖南衡山的祭祀迁到此地来完成这一认定，还是干脆抛弃衡山，直取霍山，学者们还有不同的意见。其实，具体细节的考证固然重要，但是这种流动、灵活地看待“历史事实”的视野也很值得学习。

樊山

樊山，若天大旱，以火烧山，即致大雨，今往往有验。

【译文】 樊山这个地方，如果遇到大旱，用火烧山，天就会降下大雨。至今往往灵验。

【简评】 樊山在今湖北鄂州附近。苏轼《记樊山》一文中，便有“或曰‘燔山’，岁旱燔之，起龙致雨”的记载，可见用火烧山可以求雨的传说流传千古，到了宋代也还有着生命力。

孔窦

徵(zhēng)在生孔子空桑之地，今名为孔窦，在鲁南山之穴[1]。外有双石，如桓楹起立，高数丈[2]。鲁人祗(zhī)敬，世祭祠[3]。穴中无水，每当祭时，洒扫以告，辄有清泉自石间出，足以周事[4]。既已，泉亦止。其验至今在焉。今俗名女陵山。

【注释】 1.徵在：孔子的母亲，姓颜。空桑之地：上古时代地区名，约在今鲁西豫东地区。 2.桓楹：华表。 3.祗敬：恭敬。 4.周事：济事，成事。

【译文】 徵在在空桑这个地方生下了孔子，现在那里名叫孔窦，在鲁郡城外南山的洞穴里。石洞外面有两块石头，像华表一样矗立着，有好几丈高。鲁郡的人对它很恭敬，世代祭祀。洞中没有水，每次将要祭祀的时候，人们洒水扫地后祷告神灵，就有清澈的泉水从石头中间流出来，足以用来完成祭祀。祭祀完毕，泉水也不再涌出。这种灵验之事至今犹存。现在那里俗名为女陵山。

【简评】 有些故事虽然细节不同，内核却是相同的。孔窦的泉水与霍山那自行产水的大锅，岂不相似？逆着情节推想一下，便不难感受到人们制造灵异的某些需求和意图。

澧泉

太山之东有澧(lǐ)泉，其形如井，本体是石也。欲取饮者，皆洗心致，跪而挹之，则泉出如流，多少足用[1]。若或污慢，则泉缩焉。盖神明之常志者也[2]。

【注释】 1.心致：别本作“心志”，意为思想。 2.常志：别本作“尝志”。

【译文】 泰山的东边有澧泉，它的形状像水井，本体却是石头。想要取泉水饮用的人，都得洁净了思想，跪着去舀水，这泉水就会像河流一样涌出来，无论想取多少都足够用。如果有人心志污秽、态度轻慢，泉水就不再涌出。这大概是神灵固有的意志吧。

【简评】 早期文献的流传情况过于复杂，有时文意优长与版本可靠二者不可得兼。在另一个版本的《搜神记》中，“常志”写为“尝志”，可以理解为“神明考验人们的意志”。结合泉水对着虔诚之人源源不绝，遇到轻慢之人就不肯涌出的情况，似乎有一些合理之处。

但是，文献整理工作有一定的原则，不能理所当然地把所有看起来合理的地方拼在一起。古书确实很难读。

湘东龙穴

湘东新平县有一龙穴，穴中有黑土。岁旱，人则共壅(yōng)水以塞此穴，穴淹则立大雨[1]。

【注释】 1.壅：堵塞。

【译文】 湘东郡新平县有一个龙的洞穴，穴中有黑土。大旱，人们就一起堵住水道来填堵这洞穴，这洞穴被淹没了，大雨就立刻降临了。

【简评】 认为洞穴可以通灵或有神灵居住，是一种普遍的想象。人们认为龙负责行雨，既然无法用语言沟通，只能用行为提醒它了。“让你也尝尝干旱的滋味”。

虬塘

武昌南有虬山，山之阴有龙穴。居民每见神虬飞翔出入，祷雨即应[1]。后人筑塘其下，曰虬塘。

【注释】 1.虬：传说中的小龙，有弯曲的角。

【译文】 武昌南边有座虬山，山的北边有龙的洞穴。居民总是见到神龙飞翔着进进出出，向它求雨，就会应验。后来的人就在洞穴下方挖了个池塘，名叫虬塘。

泽水神龙

巴郡有泽水，民谓神龙。不可鸣鼓其傍，即使大雨。

【译文】 巴郡这个地方有片湿地水塘，人们说那里有神龙。不能在旁边敲鼓，敲鼓就会降下大雨。

马邑城

昔秦人筑城于武州塞内，以备胡，城将成而崩者数矣[1]。忽有马驰走一地，周旋反覆[2]。父老异之，因依走迹以筑城，城乃不崩，遂名之为马邑[3]。

【注释】 1.数：数次，几次。 2.驰走：快跑，疾驰。 3.因：于是。

【译文】 从前，秦人曾在武州塞内筑城，用来防备匈奴。城快筑成而崩塌的情况发生了好几次。忽然有匹马在某个地方飞快地奔跑，循环往复。当地父老觉得很奇怪，于是按照马跑出的痕迹来筑城，城墙才终于不再崩塌，于是将城命名为“马邑”。

【简评】 秦汉时期的马邑在今山西省朔州市，确实是中原与匈奴交战的前线位置。到了唐朝，这个历史悠久的地名成了很多边塞主题诗歌爱用的词。例如皇甫冉的名篇《春思》，首联即云：莺啼燕语报新年，马邑龙堆路几千。

代城

代城始筑，立板干[1]。一旦亡西南板，四五十里于泽中自立，结苇为外门，因就营筑焉。故其城周圆三十五里，为九门。故城处呼之以为东城。

【注释】 1. 板干：古代筑城或筑墙的用具。板，即筑墙的夹板；干，是筑墙时立在两头之木。

【译文】 代州城墙开始修筑的时候，架起了夹板、木柱这些工具。有一天早上，西南角的板都消失了，四五十里长的板，自己竖立在沼泽地里。人们用芦苇编织了外城门，于是就在板竖立的地方修建城池。所以这座城周长三十五里，共有九个门。一开始筑城墙的地方，称之为东城。

延寿城

缑(gōu)氏县有延寿城[1]。

【注释】 1.缑氏县：古县名，治所在今河南洛阳偃师区东南。

【译文】 缑氏县里有一座延寿城。

由拳县

由拳县，秦时长水县。秦始皇东巡，望气者云：“五百年后，江东有天子气。”[1]始皇至，令囚徒十万人掘污其地，凿审山为硖，北迤（yǐ）六十里，至天星河止[2]。表以恶名，故改之曰由拳县，言囚倦也。由拳即嘉兴县。始皇时童谣曰：“城门有血，城当陷没为湖。”有妪闻之，朝朝往窥。门将欲缚之，妪言其故。后门将以犬血涂门，妪见血走去。忽有大水欲没县，主簿令干入白令，令曰：“何忽作鱼？”[3]干曰：“明府亦作鱼。”[4]遂沦为湖。

【注释】 1.望气：根据云气的色彩、形状和变化来附会人事，预言吉凶。 2.污：低洼，凹陷之义。 3.主簿：县的副长官。白：下对上禀告事务。 4.明府：对县官的尊称。

【译文】 由拳县是秦朝时的长水县。秦始皇东巡的时候，望气的人说：“五百年后，江东有天子之气。”秦始皇到了以后，就让十万囚徒挖掘长水县的土地，使之凹陷，把审山凿为峡，向北绵延六十里，到天星河为止，并给当地起了个坏名字，所以改长水为由拳，意思是囚徒们都很疲累。由拳就是嘉兴县。秦始皇时的童谣说：“城门有血，城会陷没成湖泊。”有个老妪听见了，天天去探看。守门的将官要捉拿她，她就讲了天天来看的原因。后来，守门的将官用狗血涂在城门上，这妇女看见血，便跑走了。忽然有洪水要淹没县城，名叫令干的主簿去衙内报告县令。县令说：“为什么忽然变成了鱼?”令干说：“您也会变成鱼。”于是这县城就沦陷成了湖泊。

【简评】 这显然是两段故事。前一段讲述今日嘉兴县的来由，后一段讲述嘉兴遭到洪水的情况。它们可能都间接地反映了一些史实。譬如，前者至少说明秦时的嘉兴还未经开发，比较僻远，可能是安置囚徒的地方。后者也许反映了当时嘉兴地区低湿，临近河海，水患频繁。

卷二八

鲛人

南海之外有鲛人，水居如鱼，不废绩织[1]。时从水中出，向人家寄住，积日卖绡(xiāo)[2]。鲛人临去，从主人索器，泣而出珠满盘，以与主人[3]。

【注释】 1.绩织：纺织。 2.积日：累日，连日。绡：轻薄的生丝制品。3.从：向。

【译文】 南海之外有一种鲛人，像鱼一样住在水里，不停地纺织。它们有时从水里出来，到人类家中寄居，连日卖绡。临走的时候，它们会向主人索要容器，哭出眼泪，化作满盘珠子，送给主人。

【简评】 鲛人的各种故事都非常著名。成语“鲛人泣珠”，便与它能够落泪成珠的传说相关。词语“鲛绡”，便是传说中它织成的绡。当然，人造的传说，最终是用以比喻人类的织物。如同“鲛珠”，如此精美的虚拟物，也用来比喻人的眼泪。它还或隐或显地进入了文学作品——“沧海月明珠有泪”，想一想，是哪一片海？又是谁的泪珠？

飞涎乌

东南海去会稽三千余里，有犬国[1]。国中有飞涎乌，似鼠而翼如鸟，而脚赤。然每至晓，诸栖禽未散之前，各占一树，口中有涎如胶，绕树飞，涎如雨，沾洒众枝叶。有他禽之至，如网也，然乃食之。如竟午不获，即空中逐而涎惹之，无不中焉。若人捕得，脯之，治痟(xiāo)渴[2]。其涎每布，至后半日即干，干自落，落即复布之。

【注释】 1.会稽：会稽郡，在干宝的时代，约相当于今天的浙江宁波与绍兴地区。 2.痟渴：糖尿病。

【译文】 东南海外，距离会稽郡三千余里的地方，有个犬国。国中有一种叫作“飞涎鸟”的动物，像老鼠一样，翅膀像鸟，而脚是红色的。然而每到天亮，各种栖息的鸟类没有飞散之前，它们就各占领一棵树。它们的口中有像胶一样的口水，绕树飞行时，口水下落如雨，沾洒到许多枝叶上。当有别的禽鸟来的时候，就像撞进了一张网。飞涎鸟就会吃掉它们。如果中午过后还没捕到鸟，飞涎鸟就会在空中追逐鸟，并用口水粘附它们，没有打不中的。如果有人捉到飞涎鸟，把它做成干肉吃，就能治疗糖尿病。它们的口水每次铺散开来，半天后就会干掉，干掉后就会掉落，落后，它们就再铺散一次。

【简评】 这一则不见于今本《搜神记》中，而是因为其他书引录时声称引自此书，才得以保留。不过，若问《搜神记》是不是最早的来源，也并没有确切的答案。早期神话传说故事的流传情况常常如此，既有口耳相传，也有各自记录，久而久之，不断踵事增华，具体的细节或已谬以千里。我们不得不承认，很多时候，历史文献的“源”，已经难以考察了，“流”，却还偶尔能看清几条支脉。有时，这支脉甚至很长很长——跨过唐宋元明，传说中的飞涎鸟在清代重获新生。李汝珍《镜花缘》中有这样一段："多九公道：此鸟海外犬封国最多，名叫'飞涎鸟'，口中有涎如胶，如遇饥时，以涎洒在树上，别的鸟儿飞过，沾了此涎，就被粘住。今日大约还未得食，所以口内垂涎。此时得了不孝鸟，必是将他饱餐。"这简直是清代人对晋代文献的"文言文翻译"啊。

骊龙珠

河上翁家贫，恃纬萧而食[1]。其子没川，得千金之珠。父曰："夫珠在骊龙颔下。子遭其睡也，使其寤（wù），子当为齑（jī）粉，尚奚珠之有哉[2]！"

【注释】 1.纬萧：编织蒿草。 2.寤：醒。齑粉：碎末，细粉。奚：疑问代词，相当于"何"。

【译文】 河上有个贫穷的老翁，靠编织蒿草为生。他的儿子投身于河流，得到了一颗价值千金的珠子。他父亲说："这颗珠在骊龙下巴下边。你刚好遇到骊龙睡着的时候罢了，假如那时它醒了，你会粉身碎骨的，哪里还会得到什么珠子呢！"

【简评】 这则故事也是《搜神记》与其他书相关的明证。今本《庄子·杂篇·列御寇》中，有情节高度相似而语句也比较接近的故事。一般认为

《杂篇》形成较晚，且全书经过西晋人郭象的整理，但毕竟仍在东晋的干宝之前。这个故事也衍生出成语“探骊得珠”，后来用来比喻写文章能紧扣关键，扼要精练，一语中的。

余腹

东海名余腹者，昔越王为脍（kuài），割而未切，堕半于水内，化为鱼[1]。

【注释】 1.脍：切得很细的鱼或肉。

【译文】 东海中有名为余腹的鱼。当年越王打算吃鱼脍，割开了大块，还没切细的时候，有一半掉进了水里，化成了鱼。

土蜂

土蜂名曰蜾蠃（guǒ luǒ），今世谓之蠮螉（yē wēng），细腰之类也。其为物，纯雄而无雌，不交不产，常负桑虫之子而育之，则皆化成己子焉[1]。

【注释】 1.桑虫：桑蠹虫，即桑天牛。

【译文】 土蜂名叫蜾蠃，现代又叫它蠮螉，它是细腰蜂之类。这种生物都是雄性而没有雌性，不交配也不生育，常常背走桑蠹虫的孩子，养大它们，它们就都化作了土蜂的孩子。

【简评】 观察自然，是从古至今人们都在做的事，但古人的技术手段毕竟有限，有时候，想象的成分因此占了上风。相信土蜂之子都是桑天牛幼子所化，纯属误会。而这种误会的源头可以远溯至《诗经》里的“螟蛉有子，蜾蠃负之”。其实，土蜂拖走这些昆虫幼体，并非是要养，而是要吃。它们会把卵产在猎物的身上。

青蚨

南方有虫，名䗥蝺（tūn yú），其形似蝉而差大，味辛美，可食[1]。每生子，必著草叶，大如蚕种。人得子以归，则母飞来就之，不以远近，虽潜取，必知处。杀其母以涂钱，以其子涂贯，用钱货市，旋则自还[2]。故《淮南子万毕术》以之还钱，名曰“青蚨”，云：“青蚨，一名鱼伯。以母血涂八十一钱，以子血涂八十一钱，置子用母，置母用子，皆自还也。”

【注释】 1.差：略微，比较。 2.货市：买卖。旋：立即，随即。

【译文】 南方有一种名叫蠍蝎的虫子，形状像知了，而略微大些，辛辣而味美，可以吃。它生子时，必定把卵产在草叶上。这些卵像蚕的卵一样大，人带着它回家，它的妈妈就会飞来接近孩子，无论远近。即使是悄悄带走幼虫，母虫也必定知道它在哪里。杀掉蠍蝎母虫，把血液涂在钱上，再杀掉幼子，把血液涂在穿钱的绳子上，用这些钱去买东西，它们立刻就会回来。所以《淮南子万毕术》用它还钱，称之为“青蚨”，说：“青蚨，又叫作鱼伯。用母虫的血涂八十一钱，幼虫的血涂八十一钱，先用涂了母虫血的钱，或者先用涂了幼虫血的钱，花出去的钱都会自己回来。”

【简评】 人总有“千金散尽还复来”的愿望，但是做不到，便生出种种邪念。投于现实，坑蒙拐骗；托于幻术，便设定母子连心的昆虫，以它们的血涂钱，希望实施交感巫术，让钱取之不尽、用之不竭。在许多动物报恩故事里，人类施恩，是救了它们的命；所得的报偿，常常是财富。而在这样纯然幻想财富的故事里，根本无所谓施与报。杀掉昆虫母子，获得花不光的钱，竟然全不必付出代价。

长卿

蟛蠘(péng yuè)，蟹也[1]。尝通梦于人，自称“长卿”，今临海人多以“长卿”呼之。

【注释】　1.蟛蠘：蟛蜞，小螃蟹。

【译文】　蟛蠘就是蟹。它曾经托梦给人，自称为“长卿”。现在临海的人多管它叫“长卿”。

【简评】　晋代时，蟛蜞别名为“长卿”，似乎是比较流行的说法。在崔豹的《古今注》中也有记载。

火浣布

昆仑之墟，地首也，是惟帝之下都。故其外绝以弱水之深，又环以炎火之山。山上有鸟兽草木，皆生育滋茂于炎火之中，故有火浣布。非此山草木之皮枲(xǐ)，则其鸟兽之毛羽也[1]。汉世，西域旧献此布，中间久绝。至魏初，时人疑其有文无实。文帝以为火性酷烈，无含育之气，著之《典论》，明其不然，曰：“不然之事，绝智者之听。”及明帝立，诏三公曰[2]：“先帝昔著《典论》，不朽之格言。其利刊石于庙门之外及太学，与石经并，以为永示后世[3]。”至此，西域使至，始献火浣布焉。于是刊灭此论，而天下笑之。

【注释】 1.皮枲：树皮、麻皮等植物纤维。 2.三公：中国古代地位最尊显的三个官职的合称。魏之三公为太尉、司徒、司空。 3.庙：应指太庙，中国古代帝王的宗庙。太学：中国古代的国家最高学府。

【译文】 昆仑山上的大丘是大地的头颅，是天帝设在下界的都城。所以它的外围以很深的弱水来隔绝，又用火焰山环绕着。山上有鸟兽草木，都在火焰之中繁殖生长，所以那里出产火浣布。制作它的材料若不是山上的草木外皮纤维，就是山中鸟兽的羽毛。汉朝的时候，西域曾经进贡过这种布，后来很长一段时间停止了进贡。到了曹魏初年，当时的人们怀疑这种布只有文字记录，并非真实存在。魏文帝认为火的性质严酷猛烈，其中没有化育生物的元气，他把这个观点写进《典论》，表明此物不可能存在，说：“这是不可能的事，应杜绝那些有识者的道听途说。”等到魏明帝登基，下诏对三公说：“先帝过去所著的《典论》，是不朽的格言。应当把它刻在石头上，立在太庙门外和太学之中，和石经并列，以永远昭示后代。”此际，西域的使者到来，才又献上了火浣布。于是铲掉了石碑上的论述，而天下的人都把这事当作笑柄。

【简评】 火浣布亦即石棉，是一种化学物质，具有绝缘的特性，因此遇火不燃。战国、两汉文献对它有不少记载。中国的石棉主要分布在青海、新疆、陕西等地，在历史上，确实远离中原，依赖西域进贡。当政局动荡，西域与中原交通阻绝之际，人们受限于认知，便很难相信它的存在。所以，认识事物，须要避免“身边即世界”的常见逻辑。对自己没有亲眼见过的一切，不宜妄下断言。另外，石棉虽然作用很大，但已被世界卫生组织界定为一级致癌物，接触时应尽量小心。

阳燧阴燧

夫金锡之性，一也。以五月丙午日中铸为阳燧，以十一月壬子夜半铸为阴燧[1]。

【注释】 1. 阳燧：用铜或铜合金做成的凹面镜，当它面向太阳时，光线从不同角度聚集到焦点上，能够点燃易燃物，完成取火。阴燧：古时月夜承接露水的盘子。

【译文】 金和锡的性质是一样的。五月的丙午日正午铸造，便成为阳燧；十一月壬子日半夜铸造，便成为阴燧。

【简评】 铸造的器物之所以能具备某些功用，与铸造的具体时刻没有关系。这一点，今天的人大抵不会有异议了。其实，对事物客观层面的观察与主观层面的理解常常是共同发生的，很难截然分开。在条件不足的情况下，人们常常以为自己“观察”到了事实的真相，而其实只是通过“理解”，在各种情况间建立联系，获得一些似乎合理的认知。

卷二九

随侯珠

随侯行，见大蛇被伤，救而治之[1]。其后蛇衔珠以报之。其珠径盈寸，纯白而夜有光明，如月之照，可以烛堂，故历世称“随侯珠”焉，一名“明月珠”[2]。

【注释】 1. 随侯：春秋战国时期随国的国君。 2. 径盈寸：直径大于一寸。盈，满。光明：光亮。照：指月光。烛：照。

【译文】 随侯出行时，遇到一条大蛇受了伤，他救了它，把它治好。后来蛇衔来一颗珠子报答随侯。那颗珠子直径大于一寸，颜色纯白，而夜里能发出光亮，像月亮的光一样，可以照亮堂屋。所以历代都称之为“随侯珠”，又有一个名字叫“明月珠”。

【简评】 随侯珠是历史上著名的珍宝，与和氏璧齐名。后来，它们都成了著名的典故，有时简称为“随珠荆玉”，又或者被诗人们取用，成为天然的对仗语。早期经典文本对文学传统的滋养，往往如是。

哙参

哙(kuài)参寓居河内，养母至孝。曾有玄鹤，为弋人所射，穷而归参[1]。参抚视，箭创甚重，于是以膏药摩之[2]。月余渐愈，放而飞去。后数十日间，鹤夜到门外。参秉烛视之，鹤雌雄双至，各衔一明月珠，吐之而去，以报参焉[3]。

【注释】 1. 戎人：本来特指先秦时期西北地区的部落，后来成为西方少数民族的泛称。别本作“弋人”，则是专指射鸟的人，亦通。穷：穷尽。这里指玄鹤没有办法。 2. 抚视：抚养照看。摩：抚摩。即在伤处涂药膏。 3. 秉烛：拿着蜡烛。

【译文】 哙参居住在河内，奉养母亲非常孝顺。曾有一只黑色的鹤，被少数民族的人射伤后，无计可施而来到了哙参家。哙参抚养照看它，见其箭伤很严重，就用药膏涂在它的患处。一个多月后，鹤渐渐痊愈，哙参就把它放走了。后来，过了几十天，玄鹤又在一个晚上飞回门外。哙参拿着蜡烛去看，雌雄两只玄鹤双双飞来，口中各含着一颗明月珠，把它们吐出后便飞走了，用来报答哙参的救命之恩。

【简评】 动物报恩是民间故事中十分常见的主题之一，并且在世界各地都自然衍生。它们的报答方式或是直接带来金银财宝，或是为人类付出劳动，而劳动果实价值高昂。本则故事中的玄鹤，有一个白羽毛的日本同类——请去查一查，那个著名的日本民间故事叫作《夕鹤》。

苏易

苏易者，庐陵妇人，善看产[1]。夜忽为虎所取，行六里，至大旷，厝（cuò）易置地，蹲而守[2]。见有牝虎当产，不得解，匍匐欲死，辄仰视[3]。易悟之，乃为探出之，有三子。生毕，虎负易送还，并送野肉于门内。

【注释】 1. 看产：接生。 2. 厝：放置。 3. 解：指把小老虎生下来。辄：总是。

【译文】 苏易是庐陵郡的妇人，擅长接生。一天夜晚，她忽然被老虎捉住，走了六里路后，来到一片大旷野。老虎把苏易丢在地上，蹲在一边看守着。苏易看见一只母虎正临产，但一直不能生下小老虎来。母虎趴在地上，痛苦欲死，眼睛总是向上看着。苏易明白了事情的原委，于是从母虎的肚腹里为它掏出小老虎来，共有三只。生完虎崽后，老虎就把苏易驮着送回了家，并送了野味到苏易家门内。

【简评】 苏易的故事可能是虚构的，而人与动物和谐相处的现实，则是可能的。其中，既要看到人的自然保育工作，也要看到动物在各种情境下对人心的疗愈。我们本来就是邻居。试想一下，为什么迪士尼的大明星都是些老鼠、鸭子、松鼠和狐狸的卡通形象呢？

庞企远祖

庐陵太守太原庞企，字子及。自说其远祖不知几何世也，坐事系狱，而非其罪，不堪拷掠，自诬伏之[1]。及狱将上，有蝼蛄(lóu gū)虫行其左右，其祖乃谓蝼蛄曰：“使尔有神，能活我死，不当善乎？”[2]因投饭与之，蝼蛄食饭尽去[3]。有顷复来，形体稍大，意每异之，乃复与食[4]。如此去来，至数十日间，其大如豚。及竟报，当行刑[5]。蝼蛄夜掘壁根为大孔，乃破械，从之出去[6]。久时遇赦得活。于是庞氏世世常以四节祠祀蝼蛄于都衢处[7]。后世稍怠，不能复特为馔，乃投祭祀之余以祠之，至今犹尔。

【注释】 1.坐：因为。拷掠：拷打，刑讯。自诬伏之：屈打成招，被迫认罪。诬，把捏造的坏事强加于人，这里是被动意。 2.狱：这里指罪案。上：上报。蝼蛄：一种昆虫，习性善于挖土，有个别名叫“地狗子”——与故事情境非常契合。乃：于是。谓：对……说。使：假如。活：使……免于一死。不当善乎：不等于是件善事吗？当，等于。 3.因：于是。尽：完。 4.有顷：一会儿。每：总是。异之：以之为异，即因为蝼蛄越长越大而感到奇怪。 5.竟报：指罪案上报程序完成。 6.破械：挣破枷锁。械，刑具。 7.四节：四季。祠祀：祭祀。都衢：城中大道，指繁华处。

【译文】 庐陵太守太原人庞企，字子及，自己说他有位不知道是哪一世的远祖，因为某些事被抓进牢狱。但那并非是这位远祖的罪过，只是受不了严刑拷打而被迫认罪。罪案准备上报时，有只蝼蛄虫在他身边爬行，他就对它说：“如果你有神通，能让我逃脱死罪活下来，不是一件善事吗？”于是他就给蝼蛄虫吃了饭，蝼蛄吃完了饭就走，一会儿又回来了，体形稍微大了一些。庞企的祖先总觉得这件事很奇异，于是又拿饭给它吃。像这样来来去去几十天，蝼蛄已经像小猪那么大了。等到判决的流程走完，即将行刑。蝼蛄晚上在监狱的墙根上挖了个大洞，于是庞企的祖先打破枷锁，跟着它离开了监狱。很久以后，他遇到大赦，得以活了下来。于是庞家世世代代，一年四季，都在繁华的地方祭祀蝼蛄。后世子孙有些怠慢了，不能再特地准备供品，只拿祭祀祖先剩下的东西来祭祀它，至今也还是如此。

【简评】　这也是一个动物报恩故事，并不新奇，但构思很有意思。因为编者设定故事的时候，利用了蝼蛄喜欢挖土的习性来推动情节发展。这就比蛇或鹤带来明珠要真切，比老虎叼肉要具体：一面是爱挖土的昆虫吃了许多饭，变得像小猪一样大；另一面是这个大虫子本性难移，所以仗着体量增长，能挖开牢狱的墙根。这两方面严丝合缝，才让故事的“施—报”结构显得完美无瑕。

杨宝

弘农杨宝，年七岁，行于华山中。见黄雀被蝼蚁所困。宝收养之，疮愈而飞去。后数年，黄雀为黄衣童子，持玉环来，以赠杨宝：“我华岳山使者，为人所伤，劳子恩养，今来报衔[1]。子之世代，皆为三公[2]。”言讫不见。后汉时。

【注释】 1.报衔：衔环以报。 2.三公：中国古代地位最尊显的三个官职。历朝历代具体情况不同，官名也有所区别。

【译文】 弘农人杨宝七岁的时候在华山中行走，遇到一只被蝼蚁围困的黄雀。他收养了它，黄雀身上的伤口愈合后就飞走了。几年以后，黄雀变成一个穿黄衣服的童子，拿着玉环来送给杨宝，并说："我是华岳山的使者，被人伤害，劳烦你爱护养育。现在我衔着玉环来报答你。你的后人，世世代代都能官至三公。"说完，黄衣童子就不见了。这是东汉时的事情。

【简评】 这则故事与一个成语相关。"结草衔环"一词，比喻受人恩惠，定当厚报，是一句分量很重的许诺。结草的故事，出自《左传·宣公十五年》，此不赘述。衔环的故事，就来自杨宝救助的这只黄雀与它带来的玉环。杨宝的故事非常有名，不只《搜神记》有记载，《续齐谐记》也有其事，且细节更为繁复，列出了杨家后代的"四世名公"，坐实了黄雀的丰厚报偿。

卷三〇

须长七尺

须长七尺。

【译文】 胡须七尺长。

笑电

电曰笑电。

【译文】 电叫作笑电。

仲子

仲子隐于鹊山。

【译文】 仲子在鹊山隐居。

裤褶（正文阙）